BUSCANDO A DOROTHY

BUSCANDO A DOROTHY

ELIZABETH LETTS

Traducción de Icíar Bédmar

☾ UMBRIEL

Argentina • Chile • Colombia • España
Estados Unidos • México • Perú • Uruguay

Título original: *Finding Dorothy*
Editor original: Ballantine Books
Traducción: Icíar Bédmar

1.ª edición: junio 2022

© 2019 by Elizabeth Letts. Publicado en virtud de un acuerdo con Folio Literary Management, LLC e International Editors' Co.
All Rights Reserved
© de la traducción 2022 *by* Icíar Bédmar
© 2022 *by* Ediciones Urano, S.A.U.
Plaza de los Reyes Magos, 8, piso 1.º C y D – 28007 Madrid
www.umbrieleditores.com

ISBN: 978-84-16517-77-0
E-ISBN: 978-84-19029-57-7
Depósito legal: B-7.405-2022

Fotocomposición: Ediciones Urano, S.A.U.
Impreso por: Romanyà-Valls – Verdaguer, 1 – 08786 Capellades (Barcelona)

Impreso en España – *Printed in Spain*

Para Susanna Porter

«Hay un palabra más dulce que madre, hogar o cielo.
Esa palabra es *libertad*».

Matilda Joslyn Gage

«Escribí *El maravilloso mago de Oz* puramente para el
deleite de los niños de hoy en día. Aspira a ser un cuento
de hadas moderno, en el que el asombro y la alegría
tengan cabida, pero no la pena ni las pesadillas».

L. Frank Baum

«Intenté por todos los medios creer en el arcoíris, traté
de alcanzar el otro lado, pero no pude».

Judy Garland

Capítulo 1

HOLLYWOOD

Octubre de 1938

E ra una ciudad dentro de una ciudad, una fábrica textil que tejía la enmarañada telaraña de fantasía del celuloide. Desde las brillantes agujas de los sastres en las tiendas de disfraces, al zoo donde entrenaban a los animales; desde la sopa de bolas de matzah en la cafetería hasta las cegadoras oficinas blancas del nuevo edificio administrativo Thalberg. Un ejército de gente constituido por compositores, músicos, técnicos, hojalateros, directores y actores que convertían el hilo en oro. Érase una vez un tiempo en el que los sueños se hacían a mano, pero que ahora eran producidos en masa. Y aquellas dieciocho hectáreas eran la línea de montaje.

Fuera de esos muros, las colinas marrones, los vecindarios ordenados y las grúas oxidadas de Culver City no parecían poseer ni una pizca de magia. Pero al cruzar las puertas de MGM, o la Metro, como era conocida, entrabas en un reino encantado. Un tranvía privado atravesaba el centro de la parte trasera de los estudios y podía transportarte al otro lado del mundo, o hacerte viajar atrás en el tiempo: desde la calle de Billy el Niño con las antiguas casas de arenisca de Nueva York del salvaje oeste al renacimiento italiano en la plaza de Verona, y ni una sola parada en el mundo exterior. En 1938 había más de tres mil personas trabajando dentro de esos muros. Tal y como la Ciudad Esmeralda estaba en el mismísimo centro de la Tierra de Oz, los estudios MGM eran el corazón palpitante de ese mítico sitio llamado Hollywood.

* * *

Maud Baum llevaba casi una hora esperando de pie en el exterior de las gigantescas puertas principales de la Metro-Goldwyn-Mayer. Era un rostro más entre la multitud de visitantes que esperaban la oportunidad de entrar. De vez en cuando, un resplandeciente automóvil se acercaba a las puertas, y cada vez que pasaba, el guardia de los estudios se ponía alerta y ofrecía un saludo. Cuando esto ocurría, los admiradores reunidos alrededor de la entrada para tratar de avistar a alguna de las estrellas se inclinaban hacia delante, arrimando los papeles a las ventanillas de los coches. Mientras observaba aquel espectáculo, Maud no pudo evitar sentirse dolida por Frank: su compañía condenada al fracaso Oz Film Manufacturing Company, que había constado de un solo edificio en forma de granero, había estado a muy poca distancia de la localización de la exitosa Metro. Cuando Frank había fundado su compañía en 1914, Hollywood no había sido más que un páramo adormecido de naranjos y adosados, y el cine no había sido más que una aventura alocada que todos creían que pasaría al olvido. Si tan solo hubiera podido vivir para ver en lo que se convertiría un estudio de cine en las siguientes dos décadas: un nuevo White City, un escenario de teatro gigante. Aquel fantástico lugar era la mismísima manifestación de lo que Frank había sido capaz de imaginar mucho antes de que se hiciera realidad.

Por fin llegó el turno de Maud. Mientras el guarda le escribía un pase, sintió los nervios aflorando en su estómago. En su bolso había un pequeño recorte de la revista *Variety*. No le hacía falta mirarlo de nuevo, ya que lo había memorizado: «OZ HA SIDO VENDIDA A LOUIS B. MAYER DE LA MGM». Como la última persona con vida conectada a la inspiración que había detrás de la historia, estaba decidida a ofrecer sus servicios como asesora. Pero acceder al estudio no había sido fácil. Habían rechazado sus llamadas durante meses, pero accedieron finalmente a regañadientes a una reunión con el jefe de los estudios, Louis B. Mayer, cuando la recepcionista se cansó de responder a sus llamadas diarias. Hoy era el día en que expondría sus argumentos.

Si a Maud le había enseñado algo su madre sufragista, Matilda, era que, si querías algo, tenías que pedirlo o exigirlo si era necesario. Por supuesto, Maud preferiría de buena gana estar leyendo un libro en Ozcot, su casa de Hollywood, pero le había hecho una promesa a su difunto marido que pensaba mantener.

El guarda deslizó su pase a través de la ventana acristalada y asintió.

—¿Dónde se encuentra el edificio Thalberg? —preguntó ella.

Él señaló con la cabeza a la izquierda en un gesto que bien podría estar señalando a cualquier sitio.

—¿*El Pulmón Blanco?* Ve por ese camino, no puedes perderte.

¿Pulmón Blanco? Maud pensó que aquel era un nombre muy extraño para un edificio. Estaba a punto de preguntarle por qué se llamaba así, pero con los años había aprendido a guardarse las cosas para sí misma, para no parecer una vieja tonta y senil.

Dentro de las puertas del estudio, los caminos y carreteras privadas estaban abarrotadas tanto de personas como de vehículos. Pasó un grupo de actores ataviados con elaborados vestidos de baile, joyas de imitación y pelucas empolvadas, seguidos de pintores con monos manchados de pintura, un hombre que tarareaba una canción y otro tipo, que probablemente era un guionista, con el ceño fruncido y un lápiz detrás de la oreja. Maud se apartó del camino al tiempo que tres chicas pasaban a toda velocidad subidas en bicicletas. Aquello le recordó al ajetreo entre bastidores del teatro, en el que había pasado mucho tiempo. Pero esto era a una escala tan inmensa... «¡El mundo es un escenario!». A Frank le había encantado citar a Shakespeare. Y allí, aquella cita parecía ser literalmente cierta.

El edificio Art Moderne Thalberg era deslumbrantemente blanco, con el exterior pintado del color de la nieve. El edificio era claramente nuevo: aún había unos cuantos andamios en uno de los lados. Cuando se adentró en el pulcro vestíbulo, un aire helado le puso la piel de gallina y escuchó un extraño sonido, como el de un anciano resollando. Se ajustó la chaqueta de punto sobre los hombros al tiempo que la recepcionista le dirigía una mirada compasiva.

—Es el aire acondicionado —le dijo—. Como una estufa, pero para el frío.

Maud reprimió una sonrisa, ya que aquello era una idea tan de Frank. *Una estufa para el frío.* Siempre andaba diciendo cosas tan extrañas como esa.

—¿Puedo ayudarla?

—He venido a ver al señor Louis B. Mayer. —Maud se aseguró de que su voz no tuviera ni una pizca de duda. «Aquella que titubea está perdida». Otra de las expresiones de Matilda. A sus setenta y siete años, Maud aún sentía a veces como si su madre estuviera apoyada en su hombro, susurrándole instrucciones como un director de escena.

La recepcionista era una joven mujer con un peinado por encima de los hombros de color platino.

—¿Es una actriz? —le preguntó ella.

—De ninguna manera.

La chica alzó una ceja elegantemente perfilada a lápiz y repasó a Maud con la mirada, yendo desde sus canosos rizos hasta sus robustos zapatos marrones.

—¿Es usted...? —Ella se inclinó hacia delante—. ¿Es la madre del señor Mayer?

A su favor, Maud no dejó entrever su enfado.

—Soy la esposa de L. Frank Baum. Tengo una cita.

La joven entrecerró los ojos mientras repasaba la lista con la punta de su lápiz.

—Lo siento, señora Baum. No está en la agenda del señor Mayer.

—Compruébelo de nuevo —insistió Maud—. A la una en punto. Pedí esta cita hace semanas.

No dejaría que le hicieran dar media vuelta ahora, había esperado mucho a que llegara este día.

—Tendrá que hablar con la señora Koverman... —Ella bajó la voz para seguir hablando—. La montaña Ida. Nadie accede a él sin pasar por ella primero.

Maud le dedicó una sonrisa.

—Se me da bastante bien pasar por encima de la gente.

—Tome el ascensor hasta la tercera planta. Verá el escritorio de la señora Koverman justo enfrente.

Mientras esperaba al ascensor, Maud vio su propio reflejo borroso en el brillante latón de las puertas. Esperaba que su expresión reflejara un espíritu firme, en lugar de la inquietud que sentía en ese momento ahora que por fin había llegado la hora de aquella importante reunión.

—Tercera planta —le dijo al ascensorista al entrar.

Cuando las puertas se abrieron, se encontró cara a cara con un escritorio en cuya placa se leía «Señora Ida Koverman». Una robusta matrona con el pelo corto y marrón examinó a Maud.

—Maud Baum —dijo ella—. Tengo una cita con el señor Louis B. Mayer.

—¿Con qué motivo?

—Mi difunto marido... —Maud hizo una pausa, horrorizada al escuchar su propia voz cambiando de tono.

La señora Koverman la observó sin un rastro de compasión en su mirada.

—Mi difunto marido, el señor L. Frank Baum, fue el autor de *El maravilloso mago de Oz*.

La expresión de la señora Koverman no cambió en absoluto.

Maud había notado desde hacía mucho que había dos clases de personas en el mundo: los admiradores de Oz, que eran aquellos que recordaban su infancia, y los que fingían que nunca habían escuchado hablar de Oz, que creían que los adultos debían alejar todo lo pueril de sus vidas. Por la mirada en la cara de la señora Koverman, ella debía pertenecer a la segunda categoría.

—Siéntese —dijo, y comenzó a golpear las teclas de su máquina de escribir, dando por finalizada la conversación.

Maud se sentó cruzando los pies a la altura de los tobillos, con su bolso y una copia desgastada de Oz en su regazo, esperando que aquello transmitiera la idea de que no iría a ningún lado.

De vez en cuando, la señora Koverman se levantaba, llamaba con los nudillos a la puerta en cuya placa de latón se leía LOUIS B. MAYER, y entraba con un papel escrito a máquina o un mensaje telefónico. Cada vez que volvía a salir, Maud la miraba fijamente, mientras que la señora Koverman evitaba su mirada. De tanto en tanto, Maud miraba su reloj de pulsera, que le indicó que muy pronto llegó y pasó la una y media.

Las dos mujeres habrían continuado con aquella batalla de voluntades de no ser por una gran conmoción que provenía del ascensor. Se escuchó un golpe y alguien gritó «¡Diablos!» tan fuerte que se oyó en toda la habitación. Maud observó estupefacta cómo un alto joven, que bien podía medir más de un metro ochenta, se frotaba la cabeza y se agachaba a recoger un montón de papeles esparcidos por el suelo. Y lo más sorprendente: una copia nueva de El maravilloso mago de Oz se había deslizado por el suelo, y acabó casi a los pies de Maud.

Ella lo recogió y se acercó al hombre.

—¿Me parece que ha perdido usted esto?

—Así es —dijo en un acento británico—. Deme un minuto, estoy algo aturdido.

Maud observó alarmada cómo el desgarbado hombre se tamba-leaba como un pino en un vendaval. Tras un momento, se recolocó la corbata, tomó el libro de las manos de Maud y le ofreció la otra a modo de saludo.

—Noel Langley, guionista.

Él se fijó en el desgastado libro que Maud sujetaba en su otra mano.

—Haciendo los deberes, por lo que veo.

—¿Deberes?

—Déjeme adivinar. ¿Interpretará a la tía Emma?

—¿Tía Emma? —Maud se sobresaltó. Observó al hombre, confusa—. Pero ¿cómo ha sabido...?

—Clara Blandick —continuó Langley, sin percatarse de la reac-ción de Maud—. Supongo...

—Ah, ¿la actriz? —Maud comprendió por fin—. ¿Se refiere usted a la actriz?

—Sí, ¡la actriz! —dijo Langley en un tono de voz aún más alto. Maud parpadeó, molesta.

—De ninguna manera. No soy actriz —dijo firmemente—. Soy Maud Baum. La señora de L. Frank...

Langley parecía completamente perdido.

—Mi difunto marido, Frank. ¿L. Frank Baum? ¿Autor de *El maravilloso mago de Oz*? —Maud alzó su copia del libro y señaló el nombre del autor.

Aún confuso, el joven escudriñó a Maud como si estuviera vién-dola por primera vez. Ella toqueteó la esmeralda que llevaba en el dedo anular y se alisó las arrugas de su sencillo vestido de flores, consciente de que para aquel joven debía parecer muy fuera de lugar.

—Pero el libro se escribió antes de que yo naciera... —dijo Langley despacio, como si estuviera tratando de resolver una complicada ecuación en su cabeza—. Desde luego su mujer debe estar... —Mientras hablaba, inclinó la cabeza más y más hacia un lado, hasta que se asemejó a un curioso saltamontes con sus largas extremidades y la cabeza inclinada.

—Tengo setenta y siete años —dijo Maud—. Aún no estoy muerta, si es lo que está usted pensando.

—Por supuesto que no, claro que no —tartamudeó Langley, que se había sonrojado violentamente—. Es solo que imaginé que el libro se había publicado años atrás. Creo que asumí que… Ah, da igual lo que pensara.

—No se preocupe —le dijo Maud suavemente—. *El maravilloso mago de Oz* fue publicado en el año 1900. En el cambio de siglo.

—Ah, claro… —dijo Langley. El rojo casi había desaparecido de su cara, pero las puntas de sus orejas aún permanecían de color rosa.

—Supongo que parecerá algo muy antiguo para un joven como usted. —Maud sintió que el corazón se le encogía ante aquel pensamiento.

Langley asintió, dándole la razón.

—Lo cual me recuerda… —dijo Maud—. Qué suerte que me haya tropezado con usted. Verá…

Antes de que Maud pudiera acabar de hablar, las puertas del ascensor se abrieron de nuevo y un hombre de pelo castaño se impulsó hacia fuera como si hubiera sido arrastrado por un fuerte viento.

—¡Langley! —gritó.

—Hola —contestó el tipo alto—. Mira a quién tenemos aquí, si es que puedes creértelo. Es la señora de L. Frank Baum. Señora Baum, este es Mervyn LeRoy, el productor.

LeRoy frenó frente a los dos y miró a Maud de arriba abajo.

—¡Caramba! —dijo, aparentemente perplejo ante su presencia.

La mirada de LeRoy recayó en el desgastado libro verde que Maud tenía entre sus huesudas y manchadas manos.

—Vaya, mire eso. —LeRoy alargó la mano—. Esa parece la misma edición del libro que tenía cuando era un niño… Lo tenía en la repisa junto a la cama. Lo adoraba.

Maud vio que se le presentaba la oportunidad perfecta.

—¿Le gustaría echarle un vistazo?

Le tendió el deteriorado libro, con el color de la cubierta desgastado y los bordes raídos. Antes de abrirlo, LeRoy inhaló el aroma del papel y pasó la mano respetuosamente por el tejido verde estampado. Al abrirlo, observó detenidamente las ilustraciones a color, una a una con una media sonrisa en los labios.

—Yo crecí leyendo este libro. ¡Me encantaba! Es difícil de explicar, casi sentía como si los personajes fueran parte de mi propia familia.

—Me alegra escuchar que se sentía así. Por eso, entenderá por qué es tan importante serle fiel a la visión del autor.

LeRoy apartó la mirada del libro en sus manos y volvió a mirar a Maud, cuya presencia física aún parecía confundirlo.

—¿La visión del autor? Para serle franco, jamás le dediqué ni un pensamiento a la persona que lo escribió. Oz siempre parecía atemporal, casi eterno. Es curioso pensar que comenzó como una simple idea de una persona desconocida con un lápiz en su mano.

—Le aseguro que mi marido fue un hombre célebre en su tiempo. Los periódicos solían estar repletos de noticias sobre él. Titulares, incluso. El señor L. Frank Baum, el famoso autor de *El maravilloso mago de Oz*…

Miró a LeRoy expectante, pero él mantuvo la misma expresión. Aunque él no parecía tan joven y novato como Langley, probablemente aún estaba en pañales cuando el nombre de Frank Baum había estado en boca de todos.

—Quizás un joven como usted no lo recuerda… —Maud fue incapaz de esconder el desánimo en su voz.

—No, señora, es la primera vez que escucho todo esto. Pero le prometo que no importa en absoluto. Puede que no recuerde nada del autor, pero ¡jamás olvidaré la historia!

A Maud le dolía pensar que Frank podría ser olvidado, y aun así no le sorprendía del todo. Casi veinte años después de la muerte de su marido, había mucha gente que ya no reconocía su nombre. Pero ¿acaso había alguien, viejo o joven, que no conociera a Dorothy, al Espantapájaros, al Hombre de Hojalata o al León Cobarde? Las creaciones de Frank se habían hecho más famosas que su creador, escapándose de las páginas en las que Frank los había confiado. Maud sabía mejor que nadie que nada de aquello, ni el mago ni las brujas ni la mismísima Tierra de Oz, existirían si no fuera por el hombre de carne y hueso que había habitado el mundo real, que había vivido, reído y a veces sufrido...

—¿Señora Baum? —LeRoy estaba tendiéndole el libro. Maud se dio cuenta de que se había quedado ensimismada—. Bueno, ha sido un placer —dijo, dándose la vuelta para marcharse.

—¿Señor LeRoy? —Maud alzó la mano.

—¿Sí?

—¿Cree usted que podría...? Bueno, es solo que... Verá. Soy la última persona viva con un vínculo con el autor de este libro, y ni siquiera consigo que me permitan...

—*Señor* LeRoy —la interrumpió Ida Koverman.

Él se volvió hacia la señora Koverman, como sorprendido por su presencia.

—¡Hola, Ida! —dijo jovialmente—. ¿Sabes a quién tenemos aquí? —Él alzó el libro—. ¡Es la esposa de L. Frank Baum! ¿Te lo puedes creer?

Las cejas de la señora Koverman permanecieron fijas, al igual que la expresión de su boca.

—El señor Mayer os verá a usted y a Langley ahora.

Ante la mención del nombre de Mayer los dos hombres se transformaron. Langley murmuró un «Tenga un buen día», y LeRoy inclinó su sombrero. Maud se percató entonces de que la breve conversación se había dado por finalizada. Los hombres se apresuraron a entrar en la oficina de Louis B. Mayer sin dirigirle una mirada más, dejando a Maud sin más remedio que volver a su asiento. Media hora después, la puerta de la oficina de Mayer se abrió de nuevo y los dos hombres salieron. Maud se levantó con la esperanza de poder hablar con ellos de nuevo, pero en esa ocasión ambos se encontraban enfrascados en una conversación, y los hombres apenas asintieron en su dirección cuando pasaron junto a ella. De nuevo se encontró a solas con la señora Koverman, la cual escribía rápidamente en la máquina de escribir con un sonoro ruido.

Tras lo que pareció una eternidad, Ida Koverman se levantó y le hizo un gesto para que se acercara. La puerta se abrió dando lugar a una oficina tan grande que Maud podría haber montado en bicicleta en su interior. En un lado había un piano de cola nacarado, al otro un escritorio gigante semicircular. Y tras ese escritorio había un hombre de rostro redondo, con la coronilla calva y con unas gafas tan circulares como su cara. A Maud le recordó a un perrito de las praderas que acababa de salir de su madriguera. No pareció notar que Maud estaba allí mientras rebuscaba en su escritorio, moviendo unos papeles que podían ser guiones. Detrás de ella, la señora Koverman salió y dejó la puerta abierta. Maud permaneció quieta esperando alguna señal o indicio de que había notado su presencia. Viendo que no obtendría ninguna, finalmente se acercó a él.

Louis B. Mayer alzó la mirada, sorprendido de verla allí.

—La esposa de L. Frank Baum —soltó él, levantándose de un salto—. La señora Oz en persona. —Rodeó su escritorio y le dio la mano a Maud de forma amigable. De pronto la soltó, echándose hacia atrás como si estuviera viéndola por primera vez—. Dígame, señora de L. Frank Baum, ¿qué puedo hacer por usted?

—Estoy aquí para ofrecer mis servicios —dijo Maud—. Llamé en cuanto vi el anuncio en *Variety*. —Maud no mencionó el hecho de que el estudio había rechazado su propuesta durante meses—. Quiero convertirme en un recurso para usted. Puedo contarle todo sobre Oz y sobre el hombre que lo creó. Nadie sabe más de esa historia que yo...

Mayer la interrumpió, gritando hacia la puerta abierta.

—¿Ida?

La señora Koverman asomó la cabeza.

—¿Señor Mayer?

—Trae esa caja de cartas aquí, ¿quieres?

Un momento después, la secretaria dejó una gran caja en el escritorio.

—Sé una buena chica y léenos un par de ellas.

Ella rebuscó en la caja durante un rato, y sacó un sobre, y de él una carta.

—Adelante —dijo Mayer.

La señora Koverman empezó a leer con una voz aguda y casi cantarina.

—«Querido señor Mayer, por favor asegúrese de no cambiar nada del libro. Sinceramente, la señora E. J. Egdemane, de Sioux Falls, Dakota del Sur».

Maud se enderezó en su silla.

—Ah, sí, el correo. Solíamos recibirlo a montones. Los admiradores son muy apasionados. ¿Sabía que mi marido solía incorporar sugerencias de los niños en la historia siempre que podía?

Mayer se quedó sentado, impasible, con las manos frente a él puestas sobre el escritorio. Maud no podía descifrar su expresión.

La señora Koverman rebuscó y sacó otra, como si estuviera sacando los números del bingo.

—Esta es de... veamos. Edmonton, Washington. «Querido señor Mayer, nadie puede interpretar al Espantapájaros como el señor Fred Stone del musical de Broadway. Por favor, asegúrese de que lo eligen para la película».

Mayer sonrió.

—No parece importarle que el pobre de Fred Stone apenas puede andar desde que se hizo daño en aquella escena con un aeroplano, y ya no digamos bailar.

—Stone está ya bastante repuesto —dijo Maud bruscamente, pero Mayer estaba haciéndole gestos a la señora Koverman para que continuara su lectura.

—«Querido señor Mayer, mi nombre es Gertrude P. Yelvington. Llevo leyendo los libros de Oz desde que era una niña. Judy Garland no se parece a Dorothy. P. D.: Por favor, asegúrese de que los personajes se parecen a los dibujos hechos por W. W. Denslow, son los que más me gustan».

Dejó caer la carta, que planeó hasta posarse en la caja.

—¿Ve a lo que tengo que enfrentarme? Todos tienen una opinión. Me han dicho que más de noventa millones de personas han leído uno o más libros de Oz. Por supuesto, no necesito decirle eso a usted, señora Baum. Oz es una de las historias más conocidas en todo el mundo. Es a la vez nuestra bendición y maldición. Así que, ¿tiene usted una opinión sobre cómo debería ser la película? Saque número y póngase a la cola.

Maud trató de mantener la compostura. No había sabido qué esperar de Mayer, pero no se le había ocurrido contemplar la posibilidad de aquella repentina y total desconsideración.

—Pero señor Mayer...

—¿Eso es todo, señora Baum? Soy un hombre muy ocupado.

Maud le mantuvo la mirada, digna sucesora de su madre incluso ahora.

—No, señor Mayer, eso no es todo. Por favor, escúcheme. Tiene que entender que tiene una obligación. Oz es un sitio real para mucha gente... Y no solo eso, sino un sitio mejor que el mundo real. Un sitio lejos de las preocupaciones de este mundo. Hay niños ahora mismo que están en situaciones difíciles, que pueden escapar a la Tierra de Oz y sentir que...

—Por supuesto, sí. —Mayer hizo un gesto con la mano, desestimándola—. La historia está en las mejores manos. No tiene nada de qué preocuparse, señora Baum. Muchísimas gracias por visitarnos hoy. Si surge algo, la llamaremos... Ida, apunta el teléfono de la señora Baum, ¿quieres?

Mayer parecía estar ya totalmente desentendido de la conversación.

Había tanto en juego en aquella reunión que Maud se encontró con que casi no podía ni explicarlo. Quería decirle que ella era la única persona que podría ayudarlos a mantenerse fieles al espíritu de la historia, puesto que era la única persona que conocía los secretos de esta. Y aun así, era difícil articular un pensamiento tan impreciso, especialmente ante un hombre tan brusco y desdeñoso. Así que, en lugar de darle un razonado argumento, Maud recurrió a la verdad.

—Estoy aquí para cuidar de Dorothy.

Mayer la miró con escepticismo.

—¿Dorothy?

—Así es —asintió Maud.

Mayer se rio.

—Judy Garland ya tiene una madre, Ethel Gumm, y estoy seguro de que está bastante involucrada en el cuidado de su hija. Le sugiero que no se meta en su camino, esa mujer es toda una fiera.

—Bueno, no estoy preocupada por la actriz, sino... —dijo Maud—. Por Dorothy.

—¿El personaje?

—Sin Dorothy, no hay historia.

—Señor Mayer... —los interrumpió Ida Koverman, echando un vistazo a su reloj—. ¿Quería ver a Harburg y a Arlen? Están trabajando en el estudio de sonido número uno. Si se va ahora, puede llegar a tiempo.

Mayer se levantó de un salto y se giró.

—¿Por qué no viene conmigo, señora Baum? —dijo él—. Le presentaré a nuestra estrella. Un vistazo a nuestra Dorothy y le aseguro que se quedará tranquila. Se lo digo de verdad, es divina.

Capítulo 2

HOLLYWOOD

Octubre de 1938

Maud apenas podía seguir el paso de aquel hombre mientras se introducía en el ascensor. Cuando las puertas se abrieron, ella se apresuró tras él, cruzando el pulcro vestíbulo. Salieron a un callejón atestado de gente donde el aire, gracias al cielo, era algo más caliente que en el interior del edificio. Después de haber esperado tantas semanas, y de practicar su discurso mentalmente, era claro que no había conseguido que Mayer lo entendiera. ¿Cómo podía explicarle que quería ser como una institutriz para el rebelde grupo de creaciones ficticias de Frank, y cumplir la promesa que había hecho años atrás de que cuidaría de Dorothy?

Pero no tuvo mucho tiempo para pensárselo. Mayer esquivaba a la muchedumbre, pasó junto a cuatro personas vestidas de centurión, armadas con escudos y espadas, después junto a un grupo de alegres marineros, y finalmente junto a dos bailarinas que caminaban a paso normal a pesar de ir ataviadas con zapatillas de ballet y mallas rosas, con los zapatos colgados sobre los hombros. Mayer guio a Maud hasta un gran edificio cuya puerta estaba adornada con las letras ESCENARIO UNO.

—Esta chica sí que sabe cantar —dijo él—. Una gran estrella, grandísima. La mayor voz que escuchará jamás. La va a dejar asombrada.

En el escenario había dos hombres a un lado. Uno de ellos tenía una libreta de papel en sus manos y un lápiz detrás de la oreja. El otro estaba sentado ante un piano, tocando unos acordes.

Mayer le señaló a Maud un asiento casi al final, ya que había hileras de asientos desocupados, todos mirando hacia el atril vacío. Después se apresuró a subir los tres escalones que llevaban al escenario. Miró por encima del hombro del pianista y toqueteó algunos de los papeles que había sobre el instrumento, pero no se sentó. Su aparición repentina en la habitación pareció poner nerviosos a los músicos. El pianista se quedó en silencio con la cabeza hundida entre los hombros, como si se tratara de un barco entre los océanos que eran sus hombros.

Al principio, Maud pensó que el pianista, el hombre con el lápiz tras la oreja, Mayer y ella estaban solos en la habitación, pero entonces miró hacia una de las esquinas del escenario, donde había una adolescente con pinta de estar aburrida subida en un taburete con un brazo cruzado sobre el pecho, como si estuviera avergonzada por la mera idea de los senos que se asomaban por su blusa. ¿Era esa realmente Dorothy?

—¿Empezamos desde el principio, entonces? Uno, dos, tres...

El pianista se animó con unos compases, y la chica entornó los ojos mirando la libreta que tenía en la mano, para acto seguido dejarla en su regazo. El hombre del lápiz tras la oreja alzó la mirada y se encontró con la de Maud, como si no se hubiera percatado de la presencia de la mujer hasta ese momento. Entonces volvió a centrarse en su cuaderno mientras el pianista seguía tocando.

Para ser una chica tan pequeña tenía una boca muy grande, y cuando la abrió, el sonido que salió fue el doble de grande que ella.

Las notas empezaron despacio, y entonces se animaron, resaltando la voz de la joven mientras ascendían. Maud podía sentir las vibraciones en lo más hondo de su interior, una emoción tanto como un sonido. Estaba tan asombrada por el tono que al principio no se dio cuenta de las palabras, pero cuando por fin las escuchó, sintió que se enrojecía. ¿La canción hablaba de un arcoíris? ¿De dónde demonios había salido esa letra? No había arcoíris en *El maravilloso mago de Oz*. Nadie sabía lo del arcoíris, excepto Frank y ella. Por un momento sintió un destello, como si hubiera algo familiar en aquella chica, en aquella canción… Pero el piano tocó una nota incorrecta, la chica frunció el ceño, y la sensación desapareció.

El pianista paró, probando diferentes acordes. Maud miró a su alrededor, casi esperando ver allí a Frank. ¿No sería eso muy propio de él? Asomar la cabeza por la puerta con un brillo en sus ojos. Maud se aflojó el cuello del vestido y se quitó la chaqueta. Por supuesto que Frank no iba a aparecer allí en la Metro, en 1938. Se había ido hacía casi veinte años, y Maud lo sabía a la perfección. No estaba loca, tenía la mente tan aguda como siempre. Cambió de postura en la silla y puso las manos sobre su regazo.

Tras varios intentos fallidos de empezar, el pianista por fin siguió, emitiendo unos complicados y resonantes acordes que cambiaron en una elegante progresión. La gran voz de la chica llenó la habitación con facilidad. Cuando paró de cantar, el silencio que siguió fue como la hermana no tan agraciada de una hermosa joven.

Echándole un vistazo a Mayer bajo sus alargadas y oscuras pestañas, la chica claramente esperaba algunas palabras de ánimo.

—Ah, ¡mi pequeña jorobada definitivamente sabe cantar! Ven aquí y dale un abrazo a papá —dijo él.

Ella se bajó del taburete lentamente, dejando entrever un atisbo de la mujer en la que se convertiría muy pronto. Pero entonces, como la niña que realmente era, echó a correr hacia él y se arrojó a los brazos del hombre bajito, tan fuerte que le torció las gafas. Maud observó con incomodidad aquel espectáculo. La chica debía tener al menos quince años, demasiado mayor para esas muestras de afecto con un hombre mayor. El cual, además, no era su padre realmente.

—¿Y la canción? —interrumpió el pianista.

Mayer soltó a la joven actriz y se volvió hacia el hombre del piano mientras Judy, que de pronto parecía algo apagada, se deslizó de nuevo hacia el taburete.

—Perfecta. Excelente. Muy muy buena. Todo lo que canta es perfecto.

—Creo que la canción no es del todo correcta —dijo Maud.

Mayer se volvió hacia ella y la observó, como si hubiera olvidado que estaba allí.

—Quizás algo más rápida la próxima vez —comentó Mayer.

—No, no se trata de eso —dijo Maud, molesta por el hecho de que su voz hubiera salido como si se tratara del chillido de un ratón. Se aclaró la garganta. Nunca había tenido problemas para decir lo que pensaba, pero el diablo que era la vejez hacía que a veces sonara débil cuando no se sentía así en absoluto—. La canción. ¿De dónde ha dicho que salió?

—¿De *dónde*, ha dicho? —El pianista se levantó del banco y cruzó el escenario, haciéndose sombra con la mano para poder mirar hacia la oscuridad—. Le puedo decir de dónde. Estaba en mi coche, vagando en la esquina de Sunset y Laurel, justo enfrente de Schwab's...

Maud estaba intrigada al momento.

—Siga.

—De ahí es de donde salió. Apareció en mi mente. Escribí unos cuantos acordes en un recibo, allí mismo en el salpicadero del coche, y en cuanto el semáforo se puso en verde volví enseguida al estudio.

—¿Sunset y Laurel? —preguntó Maud—. La última parada del tranvía.

—Con todo el respeto, señora, allí no hay tranvía —dijo el hombre del lápiz tras la oreja—. El hotel El Jardín de Allah está en esa esquina, nunca he visto un tranvía cerca de allí.

—Ya sé que allí no hay un tranvía *ahora*. Le hablo del año 1910. Mi marido y yo nos bajamos del tranvía allí en nuestra primera visita a Hollywood.

Un recuerdo de Frank invadió a Maud: sus polainas blancas cubiertas de polvo, el traje gris arrugado y la increíble fuente que era su bigote marrón al bajarse del tranvía y pisar una carretera de tierra rodeada de una arboleda de naranjos. En cuanto lo hizo, cacareó: «¡Así que esto es Hollywood!».

La chica se volvió y se quedó mirando a la oscuridad, parpadeando.

—¿Quién es usted?

—Ah, tenemos una visitante de la mismísima Tierra de Oz. Esta es la señora Maud Baum. Su marido escribió el libro —explicó Mayer—. Señora Baum, le presento a Judy Garland. ¡Va a ser una gran estrella!

—Mi *difunto* marido escribió el libro —lo corrigió Maud, mientras la vívida imagen de Frank se desvanecía.

—Y, por supuesto, ser la viuda del hombre que escribió el libro no le confiere ni el más mínimo conocimiento sobre música —murmuró el pianista, lo suficientemente fuerte para que Maud lo escuchara.

Pero la chica sí que parecía interesada.

—¿Por qué? ¿Por qué dice que la canción no es del todo correcta? —Judy se bajó del taburete y se acercó al borde del escenario, mirando hacia la parte de la sala ensombrecida.

—Bueno… —Maud respiró hondo para calmarse y ordenar sus pensamientos—. Es muy bonita, es solo que… hay algo en la manera de interpretarla. No hay suficiente anhelo en ella.

—¿Suficiente anhelo? —preguntó el pianista—. Eso es absurdo. —Tocó unos compases, usando el pedal como para darle énfasis a sus palabras.

Pero la chica sí estaba escuchándola, Maud lo sabía.

—¿Alguna vez has visto algo que quisieras más que nada en el mundo, pero que supieras que no puedes tener? ¿Alguna vez has apretado la nariz contra la ventana de un escaparate y has visto justo aquello que deseabas, tan cerca que podrías alzar la mano y tocarlo, pero aun así sabes que nunca lo conseguirás?

La chica entrecerró los ojos. Apareció un ligero sonrojo en sus mejillas, y uno de los lados de sus labios descendió. Se enroscó un mechón de pelo alrededor del dedo.

—Cántala así.

Maud estudió la expresión de la chica. ¿Podría esta chica, esta aspirante a Dorothy, entenderlo realmente?

—¡Puede cantarlo de cualquier manera! —dijo la voz de una mujer desde las sombras tras el escenario—. Solo dígaselo, y lo hará. Haz lo que dice la señora, pequeña. Cántala con más anhelo.

La frente de la chica se arrugó, y frunció los labios. Se dio la vuelta en un gesto y bufó, lo suficientemente alto como para que Maud lo escuchara:

—¡Silencio, madre! Estoy intentando escuchar a la señora.

—Solo intento ayudar —susurró su madre desde detrás del escenario.

Maud podía distinguir entre las sombras a un lado del escenario a una mujer de mediana edad que llevaba una blusa rosa y unos pantalones de pescador blancos.

—Perdóneme, señora —le dijo el tipo con el lápiz detrás de la oreja a Maud—. ¿Qué era eso que decía? Soy Yip Harburg, letrista. Quería saber qué más opina. —El hombre del lápiz tenía una mata de pelo oscura, y podía vislumbrar tras sus gafas el acogedor destello de sus ojos marrones.

—Bueno, acerca de la letra… —respondió Maud con suavidad—. Cuando canta «cruzaré el arcoíris», ¿no suena demasiado certero?

—¿Demasiado certero? —dijo Harburg—. No estoy seguro de comprenderla.

—¿Una canción sobre un arcoíris no debería tener algo más de duda en ella? —comentó Maud, que había empezado a hablar con indecisión, pero se animó a expresarse más alto conforme avanzaba—. Solo porque veas un arcoíris no significa que sepas cómo llegar al otro lado. Piénselo. La olla de oro no puedes verla jamás, ¿no es así? Lo único que puedes hacer es tener fe en ella.

El letrista asintió, y entonces recuperó el lápiz desde detrás de su oreja y tachó unas palabras en su cuaderno.

—¿Sabe?, no lo había pensado de esa manera, pero creo que podría tener razón.

Maud se volvió hacia la chica para ver si lo entendía, pero su madre estaba ahora junto a ella en el escenario, tocándole el pelo y susurrando de forma agitada.

Louis B. Mayer dio dos palmadas.

—¡Magnífico, magnífico! Tenemos que irnos, pero seguid trabajando en ello. Seguid haciéndolo como hasta ahora… No se preocupe, señora Baum. Probablemente la canción ni siquiera acabe en la versión final, así que no hay razón para preocuparse por ella ahora.

Mayer rodeó a Maud con el brazo, dirigiéndola hacia la puerta. Antes de que la guiara hacia el ajetreado callejón, Maud volvió la mirada, tratando de atisbar una última vez a la chica, pero en ese momento la pesada puerta del estudio de sonido se cerró tras ellos.

—¡L. B.…! —gritó alguien.

—¡Un momento, por favor! —dijo Mayer, y entonces se alejó de Maud sin ni siquiera despedirse, dejándola sola en aquel callejón atestado de gente.

—Pero ¡señor Mayer! —intentó llamarlo Maud mientras se alejaba.

—¡Venga por aquí cuando quiera! —le dijo él—. Simplemente no estorbe.

Maud se dirigió de vuelta a casa con una sensación de inquietud. Desde el momento en que había visto a Judy, había sabido que era demasiado mayor para interpretar a Dorothy, la cual debía ser una niña con trenzas, y que fuera joven para siempre. Pero aquella desorbitada voz… De alguna manera aquella chica, que era una extraña para Maud, había verbalizado exactamente lo que se sentía al desplegar las alas y querer volar. Incluso ahora, en su octava década de vida, Maud no había olvidado aquellas complicadas emociones: el deseo de escapar, de huir, de crecer..., el destino de toda chica.

Toda chica excepto Dorothy.

Algo se había colado en el interior de Maud, muy adentro. ¿Era por la chica? ¿O era la canción, cuya extraña melodía se había metido en su cabeza y parecía reproducirse de fondo? Condujo a casa incapaz de olvidar el inquietante efecto de la melodía, como la obertura de una obra de Broadway, que adelantaba lo que llegaría a continuación.

Capítulo 3

FAYETTEVILLE, NUEVA YORK

1871

Maud tenía diez años cuando descubrió que la posesión eran nueve décimas partes de la ley. Tenía su infernal falda recogida con una mano mientras huía a toda prisa de Philip Marvel, quien acababa de perder su preciada canica ojo de gato ámbar contra la chica más fiera de todo el vecindario. Maud tenía la canica fuertemente apretada en la palma sudada de su otra mano, con la bolsa de cuero de sus canicas golpeándole la muñeca mientras corría. En ese momento, y como casi siempre, deseó tener bolsillos como los que los chicos tenían. Era la corredora más rápida de su calle desde hacía años a pesar de su clara desventaja: la enagua y la falda. Philip y el resto de sus compañeros de clase estaban burlándose de ella. Podía escuchar sus pisadas tras de sí, y el sonido de sus ya familiares mofas. Aún estaba a media manzana de distancia de su casa y los pulmones le ardían, pero continuó corriendo. Había ganado la canica ojo de gato de forma legal. Sabía que Philip y su grupo querían quitársela a base de fuerza bruta y de su clara ventaja en número, pero ella no tenía ninguna intención de devolvérsela.

La casa de los Gage en Fayetteville estaba en la esquina de una calle, junto a la morada del señor Robert Crouse. La forma más rápida de ponerse a salvo en su propio porche trasero era cruzando la esquina de su jardín, pero no le gustaba tomar esa ruta. En el centro del jardín del vecino había un espantapájaros ataviado con una larga levita negra y un flexible gorro de predicador que le hacía sombra sobre su terrorífica cara de paja. Maud normalmente no era de las que se asustaban, pero el espantapájaros guardaba cierta semejanza con su sobrecogedor amo, el señor Crouse, tanto que cuando era más pequeña solía confundirlos. De noche, antes de que Maud se quedara dormida, a veces imaginaba que el espantapájaros se había escapado de su percha, había escalado por la canaleta y la observaba por la ventana de su habitación.

Maud siguió corriendo. Los pasos de los chicos estaban cada vez más cerca. Torciendo la esquina, llegó a los arbustos que recorrían el lateral del jardín de los Crouse, desde donde podía ver la aterradora cara del espantapájaros mirándola fijamente. Los chicos casi habían llegado a la esquina, así que se coló por un agujero entre el seto de los arbustos de lilas. Escondida entre las hojas, Maud jadeó en silencio mientras ellos pasaban corriendo frente a ella. Desde su posición ventajosa, los vio ralentizar su marcha hasta pararse, mirando a su alrededor sin verla.

—¿Dónde está Maud? —gritó Philip—. ¿Habrá ido a votar con su madre? —Los chicos se rieron. Animado por su reacción, Philip alzó la voz mientras miraba a su alrededor, tratando de localizar a Maud—. ¡A los diez una buena chiquilla, a los veinte una creída, a los cuarenta una solterilla, a los cincuenta una sufragista!

Los chicos explotaron en carcajadas.

A Maud le ardía la cara, y apretó la canica con fuerza en su puño. Incapaz de refrenarse, desde su escondite entre los arbustos gritó cada palabra que había escuchado decir a su madre en casa.

—¡Las mujeres votarán algún día! ¡Y jamás votarán por un zopenco como Philip Marvel o alguien como su aburrido palabrero y mezquino padre metodista y antisufragista!

Ante el sonido de su voz, los chicos se volvieron. Sabía que la habían descubierto momentáneamente, así que Maud no tenía elección: tendría que cruzar el jardín del señor Crouse y trepar por la cerca lateral. Si Crouse veía a la chica en su jardín le caería una buena reprimenda. Apretando con fuerza la canica, contó hasta tres y entonces salió de entre los arbustos y se dirigió hacia el patio de los Crouse.

Solo había avanzado unos metros en el patio cuando escuchó un grito entrecortado. Saltó hacia atrás con el corazón latiéndole desbocado en el pecho. Al principio no consiguió ver nada, pero entonces se agachó para mirar desde otra perspectiva, y se encontró cara a cara con un pico y dos brillantes ojos azules.

Era una cría de cuervo, dando unos saltitos torpes por la hierba, y parecía herido y demasiado pequeño para saber volar. La presa perfecta para los muchos gatos que rondaban por el vecindario. Maud se agachó aún más para mirarlo mejor, y le echó un vistazo rápido a la casa del señor Crouse. La puerta estaba cerrada, y las cortinas negras, echadas.

Muy lentamente, Maud alargó la mano. El cuervo la miró con sus ojos azules, como si estuviera considerando si quería ser su amigo o no.

Maud lo observó muy quieta hasta que sintió un hormigueo en las piernas por estar agachada, pero el pequeño pájaro negro siguió allí parado, con la cabeza inclinada pero sin querer huir.

—Maud —le llegó la voz de su madre desde la puerta trasera—. Maud, ya casi es hora de cenar.

La niña volvió a mirar hacia la casa del señor Crouse. No había movimiento alguno, así que dejó la canica en la hierba y después guio muy suavemente al parajillo herido hasta su falda, dándole la vuelta a la tela para que el pájaro se colocara entre los pliegues. Pero justo entonces oyó el chirriar de una puerta, seguido de la voz del señor Crouse.

—¡Fuera de mi jardín, jovencita!

Maud salió disparada, cruzó el patio tan rápido como pudo y fue directo hacia la valla que separaba la propiedad de los Gage y de los Crouse. Cuando alcanzó los listones de madera y los agarró, lista para escalarlos, se dio cuenta entonces de que le faltaba algo: tenía la mano vacía. Había dejado la canica en el suelo para poder recoger al pájaro, y en su huida se la había dejado allí. Con el corazón martilleándole en el pecho, sintió cómo el pajarillo no dejaba de retorcerse y arañarle la falda.

—¿Maud? —La voz de su madre estaba justo al otro lado de la valla. ¡Estaba tan cerca de la salvación!

Se dio la vuelta y corrió de nuevo a través del patio hasta llegar al sitio junto a los arbustos de lilas donde había dejado la canica.

Maud se lanzó hacia ella, y con la canica de nuevo en una mano y la falda sujeta con la otra, volvió a cruzar el patio. Pero cuando alcanzó la valla se le presentó un nuevo problema. Con ambas manos ocupadas, ¿cómo iba a escalar los listones?

El señor Crouse cruzaba el patio a toda prisa en su dirección. No había tiempo para dudar. Se metió la canica en la boca y, con una sola mano, escaló la valla.

El señor Crouse la alcanzó justo cuando estaba en el punto más alto. Intentó asir la manga de Maud, pero era demasiado tarde, ya que ella ya estaba deslizándose por el lado de los Gage. Aunque con un nuevo problema: mientras se deslizaba hacia su salvación, sintió que la enagua se le quedaba enganchada y escuchó el sonido de esta al rasgarse. Para cuando consiguió llegar a la puerta trasera estaba sin aliento y con la cara roja, y solo llevaba sus calzones, ya que la falda aún estaba doblada hacia arriba con el cuervo revolviéndose en su interior. Maud escupió la canica en su mano. ¡Victoria!

Alzó la mirada y se encontró con su madre mirándola de forma severa, pero con un brillo de alegría en sus ojos.

—¿Qué llevas en la falda? Y por todos los santos, ¿dónde está tu enagua?

Maud se volvió para hacer un gesto hacia la valla, pero tan pronto lo hubo señalado, madre e hija vieron cómo la prenda desaparecía como si alguien hubiera tirado de ella al otro lado.

Desdobló la falda con cuidado y allí estaba la cría de cuervo, algo asustada, pero nada mal dadas las circunstancias.

—¿Ahora le robas pájaros al espantapájaros de los Crouse? —preguntó su madre, aunque parecía claramente divertida ante la situación.

—Creo que se cayó de su nido. Tenemos que darle de comer y encontrarle un sitio donde dormir.

Sin hacer más referencia a la falda rota, a sus trenzas despeinadas o a la enagua perdida, Matilda se puso manos a la obra con total seriedad. Encontró una caja de harina vacía y ayudó a Maud a construir una cama con paja. Después subieron algo de maíz del sótano y pusieron unos cuantos granos junto al pájaro.

Matilda consultó uno de los viejos volúmenes de medicina de su abuelo y preparó una mezcla de sirope de azúcar de caña y agua.

—Si es bueno para los bebés humanos, seguramente también sea bueno para las crías de cuervo.

El señor Cuervo ya estaba asentado y cómodo cuando alguien tocó a la puerta de forma brusca.

Matilda, tan calmada como siempre, se deslizó a través de la habitación y abrió la puerta. Allí estaba el señor Crouse, y en su mano tenía la enagua de encaje de Maud.

—Señora Gage —dijo, inclinando su gorro—. Me gustaría hablar con el señor Gage.

—El señor Gage no se encuentra aquí ahora mismo —respondió Matilda—. Pero yo estoy delante de usted, así que diga lo que tenga que decir.

En ese momento, la cría de cuervo decidió abrir el pico y soltar un graznido. Maud soltó una risita.

El señor Crouse la miró por encima del hombro de su madre, y Maud trató de poner una expresión seria.

—Su hija pequeña —dijo el señor Crouse— no estaba comportándose como debería hacerlo una señorita.

La madre de Maud alzó la barbilla y le quitó la enagua de las manos.

—Buenas tardes, señor Crouse —dijo ella. El hombre inclinó de nuevo el gorro y cuando aún no se había dado la vuelta del todo, ella cerró la puerta con firmeza.

Matilda no era una mujer a la que tratar con ligereza, y no parecía que la situación le hubiera divertido en absoluto. No dijo nada sobre la enagua de Maud, sino que la dejó caer sobre la mesa.

—La manera más sencilla de que no haga falta discutir nada sobre tus enaguas con el señor Crouse sería que dejaras de llevarlas —anunció ella, y acto seguido subió las escaleras y cuando bajó tenía un par de pantalones antiguos de T. C. en la mano—. ¿Por qué no te pones estos a partir de ahora?

Parecía una idea espléndida. Maud tenía envidia de los niños y sus pantalones cortos, y odiaba las faldas, ya que la ralentizaban. Pero ya se mofaban de ella lo suficiente, no podía ni imaginarse lo que pasaría si empezaba a llevar los pantalones usados de su hermano.

—Pero ¡madre! ¿Estás segura de que eso es sensato? —La hermana de Maud, Julia, acababa de entrar en la habitación con un costurero sujeto contra la cadera—. Todos la llamarán «marimacho». ¿No sufre ya suficiente tormento Maud? —A pesar de que era una década mayor que Maud, no era mucho más alta que ella. Su pelo largo y beige estaba sujeto en una enorme espiral sobre su cabeza, con unos cuantos rizos sueltos para enmarcar su rostro. En ese momento sus cejas parecían una hilera de gansos que volaban hacia el sur—. ¿Y has roto tu enagua, Maudie? ¿Otra vez? Te la remendé la semana pasada.

«Lo siento», articuló Maud con la boca, y se puso un dedo sobre los labios para decirle a su hermana que no quería que le dijera a su madre lo mucho que los chicos se burlaban de ella.

Matilda hizo un gesto con la mano para desestimarla.

—El señor Crouse cree que no estoy criando a tu hermana como una señorita —le dijo a Julia—. Y para que se sepa, así es. Demasiado control puede atrofiar a una niña, minar su coraje y hacerla débil.

Maud le echó una mirada rápida a Julia, y ahí estaba: su hermana frunció los labios, frustrada. Aquella era una de las teorías favoritas de madre, que las chicas necesitaban ser libres para ser fuertes, pero a Maud siempre le había parecido que aquello iba con doble intención, y actuaba también como insulto a su hermana, que había abandonado el colegio años atrás.

La puerta principal se abrió y entró su padre. Maud se lanzó a abrazar sus piernas de manera tan fuerte que él fingió que su hija pequeña casi había logrado hacerle caer. Por la habitación había esparcidos trozos de paja, cáscaras de maíz, cordel, papel marrón y el resto de cosas que habían usado para construir el hospital de cuervos.

—¡Ah! —dijo Matilda, notando el ligero olor a quemado que había en el aire—. ¡Me he olvidado por completo de la cena! ¡Julia, rápido!

Julia dejó la cesta obedientemente y corrió hacia la cocina, olvidándose de la enagua rota.

Los ojos del padre se arrugaron un poco mientras se quitaba el abrigo y escuchaba la historia de Maud. Se pasó un rato admirando el cuervo. Pero entonces Maud se acordó de lo mejor que le había pasado ese día: la canica de ojo de gato, la cual había puesto en una pequeña caja junto a la cornisa de la ventana para que no se perdiera.

Su padre la sostuvo contra la luz de la lámpara de gas, admirando el brillo ambarino.

Se agachó sobre una rodilla y la apretó contra la mano de su hija.

—Los chicos querrán ganarla de nuevo —dijo él—. Mantén tu habilidad a punto y confío en que no se lo permitirás.

* * *

Matilda comenzó a cuidar del cuervo con la misma resolución que ponía en cada tarea. El cuervo de Maud creció rápidamente, y pronto pudo dejarlo salir al exterior, donde se posaba sobre la valla, exhibiendo tal valentía ante el espantapájaros del señor Crouse que Maud lo envidiaba un poco. Cada mañana le llevaba maíz, y aunque ya había aprendido a volar, se quedaba cerca de la casa, contento con aquella situación. Maud estaba segura de que el cuervo la reconocía, pues cada vez que la veía dejaba escapar un graznido.

Pero unos días después de la emancipación del señor Cuervo, el señor Crouse se presentó en su puerta de nuevo. Matilda salió al porche y cerró la puerta tras de sí. Maud no escuchó mucho de la breve conversación entre su madre y el vecino, pero en cuanto Matilda volvió al interior, se echó a reír, tan fuerte que terminó doblada con las manos en las rodillas y con lágrimas de risa cayéndole por el rostro.

—¿Qué ocurre? —le preguntó Maud.

Por fin, su madre recuperó el aliento y pudo decirle lo que había pasado.

—Parece que nuestro vecino piensa que el cuervo se está mofando de él —dijo, limpiándose las lágrimas de los ojos.

—¿Mofándose? —preguntó Julia—. ¿A qué se refiere?

—Al parecer —dijo Matilda—, cree que nuestro cuervo ha aprendido nuestro idioma, y que, en lugar de los graznidos de un pájaro, el cuervo está burlándose y diciendo su nombre: ¡*Bob Crouse! ¡Bob Crouse!*

* * *

Maud estaba sentada de piernas cruzadas en la hierba, con unos pantalones que le llegaban hasta las rodillas y que eran mucho más cómodos que una falda y una enagua, y siguió con su conversación unilateral con su aviar amigo hasta que él respondía: *Bob Crouse, Bob Crouse*. Y entonces ella le respondía, tratando de poner su mejor voz de cuervo: *Bob Crouse, Bob Crouse.*

Un sábado por la mañana, el señor Cuervo estaba en el patio trasero graznando cuando se escuchó el fuerte sonido de una escopeta, seguido de un completo silencio.

Pensando que quizás el cuervo se había asustado ante el sonido, Maud salió al patio a investigar, y vio al señor Crouse mirándola desde la ventana de su primer piso. La saludó con una sonrisa.

El señor Cuervo yacía en la hierba cerca de la valla con una herida de bala que le había atravesado el corazón.

—¡Madre!

Maud cruzó el patio corriendo, atravesó la cocina y entró en el salón. Su madre tenía puestas sus gafas y estaba escribiendo. Maud sabía que no debía interrumpirla cuando estaba trabajando, pero Matilda debía de haber oído los sollozos de su hija y visto la cara llena de lágrimas, puesto que en un instante estaba a su lado.

Su madre se quedó blanca cuando vio la mascota de su hija, que yacía en un charco de sangre en la hierba.

—¡Es un asesinato! —dijo. Recogió al cuervo, incluso con toda la sangre, y agarró a Maud de la mano. Marcharon directamente al porche delantero de los Crouse, donde su madre golpeó la aldaba con fuerza, con una furia de la que solo ella era capaz.

La puerta se abrió y allí estaba el criminal en persona, con una gran sonrisa dibujada aún en el rostro.

Sin mediar palabra, su madre desdobló su falda para revelar al pobre y torturado cuervo. Estaba completamente quieto, con una mirada de ojos vidriosos clavada en Maud, le rompió el corazón.

—Parece que tiene una alimaña muerta ahí, señora Gage.

—Esta era la mascota de mi hija. No tenía ningún derecho a hacer lo que ha hecho.

—Yo creo que ha sido un alivio —replicó él.

—¿Qué podría tener usted en contra de este pobre cuervo? No era un peligro para su jardín. Se alimentaba de maíz de nuestras propias manos.

—Sus molestos graznidos no me dejaban dormir —dijo el señor Crouse—. No podía ni pegar un ojo.

—Matarlo era completamente innecesario.

—¿Y qué va a hacer? —Soltó una carcajada—. ¿Va a escribir la Declaración de los Derechos de los Cuervos? «Sostenemos como evidentes estas verdades» —dijo riéndose, mirándolas por encima de su larga y huesuda nariz—. «Que todos los hombres, mujeres, alimañas y bichos son creados iguales...».

La voz de su madre no vaciló.

—Así lo creo realmente, señor Crouse. Que tenga un buen día.

Su madre alzó la barbilla incluso más, y por la forma en que agarró la mano de Maud, ella supo que debía parecer orgullosa también, incluso mientras el corazón se le hacía añicos. En cuanto volvieron a la casa de los Gage, Maud se puso a llorar y Matilda le pellizcó con fuerza en el brazo.

Maud soltó un grito ahogado.

—¿Por qué has hecho eso?

—Porque eso es lo que yo hago —respondió Matilda—. Eres lo suficientemente mayor para aprender que llorar no te llevará a ningún lado. Si te pellizcas, te recordarás a ti misma que es mejor ser fuerte: cuando eres fuerte, puedes luchar.

Más tarde, cuando enterraron al señor Cuervo en el jardín trasero, llovía y las hojas de arce que caían parecían del color de la sangre. Con los ojos ya secos, Maud llevó el ataúd del cuervo, que su padre había construido cuidadosamente de sobras de madera. Él cavó un hoyo en el suelo bajo el manzano y Maud metió solemnemente la pequeña caja en el agujero y lo cubrió con una roca plana. Su padre dio una elegía, y su madre añadió unas palabras sobre cómo los cuervos son odiados por comerse el maíz de la gente y tener las plumas negras, pero que a pesar de eso merecen ser protegidos, puesto que tienen derechos inalienables.

Maud metió la mano en el bolsillo de sus pantalones y sacó su canica de ojo de gato ámbar. Al menos ese trofeo sí había

conseguido mantenerlo. Cantaron un himno, y cuando termina-
ron con los rezos, Maud entonó un sonoro graznido que sonó
sospechosamente como si estuviera diciendo *Bob Crouse, Bob
Crouse*. Enseguida todos se unieron a ella, incluso su madre y su
padre. Y así fue cómo el funeral del señor Cuervo acabó en carcajadas.

Tras ese día, Maud se sintió mejor sobre la muerte del señor
Cuervo, pero se dio cuenta de que el funeral del pájaro no había aplacado la ira de su madre para nada. Matilda se embarcó
en una cruzada, y escribió cartas a la legislación. Viajaba mucho a Albany de todas formas, ya que era la presidenta de la
Asociación Sufragista Femenina del estado de Nueva York, y
podía ser muy insistente con el legislador cada vez que quería
algo.

No tuvo que pasar mucho para que Matilda recibiera una
carta, la cual agitó triunfalmente ante Maud. La Legislatura Estatal de Nueva York había aprobado una ley que hacía que matar a
un animal salvaje que estaba siendo cuidado como una mascota
fuese ilegal.

—¿Ves? Esto es lo que pueden hacer las leyes. Vas a estudiar
para convertirte en abogada. Con un diploma en leyes, serás
capaz de corregir cosas como esta y muchas más. Crecerás siendo fuerte y valiente, y protegerás a todos los cuervos del futuro
—dijo ella.

Como su madre le había asegurado muchas otras veces antes, todo hombre, mujer, niño, de raza negra, creyente o ateo, e
incluso los bichos del campo merecían una oportunidad para
ser felices.

Maud agarró con fuerza la fría canica de ojo de gato en su
bolsillo, pero en su interior creía que su madre estaba equivoca-
da. Todas las leyes del mundo no podrían traer a su cuervo de
vuelta, ni hacer que Maud olvidara su triste mirada. ¿Y cómo
estaba tan segura de que una chica podría conseguir un diploma
en leyes? Nunca había escuchado de ninguna mujer que hubiera

conseguido tal cosa, ¡ni siquiera su formidable madre, o la tía Susan, la mejor amiga de su madre y famosa Susan B. Anthony! Un diploma para una mujer parecía algo incluso más imposible que un cuervo obteniendo un trato justo en el mundo.

Capítulo 4

ITHACA, NUEVA YORK

1880

Nueve años más tarde, Maud se encontraba en la plataforma del tren de Fayetteville cuando la majestuosa máquina de color negro llegó escupiendo una columna de humo. El ruido ahogó sus palabras, e hizo que su falda se agitara con una ráfaga de viento y que el pelo se le metiera en la boca. El pelo de Maud estaba enrollado y sujeto en el estilo que estaba de moda, y estaba vestida con un elegante vestido azul de viaje. Tenía diecinueve años y hacía tiempo que había dejado de llevar los pantalones usados de chico. Su padre estaba a un lado, y su madre, al otro. Con el estrépito de la llegada del tren, Maud podía ver a su madre moviendo la boca, pero no escuchaba ni una de sus palabras. Por primera vez en la vida de Maud todo parecía trabajar al unísono para subestimar a su madre: el gigante caballo de hierro, el traqueteo de las vías del tren, el gran pitido del silbato, incluso el mismísimo cielo azul. Maud iba a irse de casa para ir a la Universidad Cornell, y su madre se quedaría allí.

Su padre la acompañó al tren y la instó a tomar asiento junto a la ventana antes de instalarse a su lado.

—¡Un gran día! —dijo con voz ronca, rodeando la mano de Maud con la suya.

Maud sintió un inesperado pinchazo de tristeza. Ya había intuido cuánto la echaría de menos su padre, pero aquellos últimos días había estado tan ajetreada haciendo y deshaciendo la maleta y contando las horas y minutos que le quedaban para partir, que apenas había tenido tiempo de pensarlo.

Parpadeó, decidida a no dejar que adivinara sus sentimientos. Su padre continuó charlando apaciblemente, haciendo comentarios sobre el paisaje, el buen tiempo que hacía, y nombrando los comerciantes con los que hacía negocios en las ciudades que iban pasando. Pero Maud estaba demasiado emocionada para prestar atención, y respondía a los intentos de entablar conversación con monosílabos hasta que, por fin, su padre se echó a dormir. Ya sin interrupciones, los pensamientos de Maud invadieron su mente, repiqueteando como el tren sobre las vías. Miró a través de la ventana, percatándose de las estaciones: Homer y Cortland, Freeville y Etna. Delimitó la ruta que estaba alejándola de casa. Con cada estación que pasaba, se sentía menos pesada. Para cuando el tren llegó a Ithaca, se sentía tan ligera que podría haber flotado en el aire. Bajó a la plataforma, segura de que iba a encantarle su nueva vida.

Los edificios de la Universidad Cornell estaban en la cima de una alta colina. En el centro de la facultad se alzaba el edificio de ladrillo del nuevo dormitorio de mujeres de Cornell, la facultad de Sage. Su torre central se erguía como un dedo acusatorio hacia el cielo. Maud podía imaginar a su madre señalando el colosal edificio y diciendo: «Las mujeres son iguales, aquí mismo está la prueba». Pero no todos estaban tan convencidos de aquello como Matilda Joslyn Gage. A pesar de lo bonito que era el nuevo edificio dedicado a la educación de las mujeres, los jóvenes alumnos aún no eran del todo iguales entre sí.

Impaciente por empezar su nueva vida, Maud trató de no recordar las discusiones entre su madre y su hermano T. C. acerca de la gran controversia que había generado entre el cuerpo estudiantil masculino el hecho de que admitieran a las jóvenes mujeres. Se habían producido furiosos debates en el periódico del colegio y alrededor de las mesas del comedor, donde los jóvenes alumnos, que pronto serían sus compañeros de clase, habían protestado a gritos contra aquella nueva política, al igual que también algunos miembros de la facultad que habían argumentado que las mujeres hundirían el prestigio de la recién fundada Cornell. La madre de Maud había luchado muy duro por el derecho de las mujeres de poder obtener un diploma, algo que se le había negado a Matilda. La hija mayor de Matilda, Julia, había aguantado la agonía de las expectativas de su madre matriculándose en Siracusa, pero había vuelto a casa, incapaz de aguantarlo por sus nervios y dolores de cabeza. Maud entendió entonces que había sido elegida: no podía decepcionar a su madre.

* * *

Su padre no podría quedarse demasiado, ya que el último tren que salía de Ithaca no le dejaba mucho tiempo para estar allí. Así que una vez se hubo asegurado de que el baúl llegaba a salvo a su nueva habitación, se despidieron. Maud lo abrazó en los momentos finales, enterró la cara en su chaqueta de lana y aspiró su olor a tabaco y jabón. Tras un rato lo dejó ir, pero él se quedó cerca un momento más.

—No dejes que nadie te robe las canicas —le dijo con voz temblorosa, y entonces se dio la vuelta, pero no lo suficientemente rápido como para que Maud no viera sus ojos brillantes por las lágrimas.

A través de la ventana lo vio volver al carruaje e inclinar su gorro antes de desaparecer de su vista. Maud se percató entonces de que estaba realmente sola por primera vez en su vida.

No llevaba ni un cuarto de hora a solas cuando escuchó cómo alguien llamó suavemente a la puerta de su nueva habitación. La abrió y se encontró con una chica sonriente, cuyos rizos cobrizos iluminados por la luz del sol que entraba por la ventana le daban un aspecto de halo.

—¡Ay, estás aquí! ¡Maravilloso! —dijo la chica, entrando a la habitación sin pararse a preguntarle—. Tú debes de ser la señorita Gage. ¿Cómo estás? Soy tu compañera, Josie Baum.

La señorita Baum tenía la cara llena de pecas y unos ojos que parecían dos brillantes botones azules en la cara. La habitación de ambas estaba situada en un largo pasillo de la tercera planta y daba a un patio interior, y la ventana ofrecía una agradable vista a la expansión verde. Su nueva compañera estaba en el segundo año, así que lo sabía todo sobre la vida en Sage, y Maud aprovechó para preguntarle una multitud de cosas.

—Deja que te haga un tour —le ofreció Josie—. Debes aprender a moverte por aquí.

La facultad de Sage, abierta solamente hacía cinco años, en 1875, se había construido sin reparar en gastos. Era un edificio de tres plantas con tres grandes alas, y les proporcionaban todo lo que los alumnos pudieran necesitar o querer. Había modernos retretes en cada planta, y lavabos de donde salía agua caliente directamente de los grifos. Josie le enseñó todo a Maud: los pasillos y escaleras, las salas de estar decoradas con papel de pared de seda a rayas, elegantes sillones de mimbre tapizados y gruesas alfombras orientales. Y en cada sala de estar había un piano de cola. También había un gimnasio para ejercitarse, una piscina cubierta, una enfermería para cuando estuvieran enfermas, una biblioteca, incontables aulas y, por supuesto, un gran comedor que servía tres comidas calientes al día. Lo único que faltaba allí eran las chicas. El grandísimo edificio estaba casi vacío; la facultad era lo suficientemente grande como para alojar a más de doscientas mujeres, pero menos de treinta chicas valientes se habían matriculado como alumnas. La clase de Maud consistía en diecinueve mujeres en una clase de más de doscientos caballeros.

Maud se pasó el resto de la tarde deshaciendo su baúl mientras Josie estaba en su cama. Cada vestido que Maud desdoblaba requería de una inspección por parte de su nueva amiga, a quien le emocionaba todo lo relativo a los vestidos. Aquello fue una sorpresa para Maud. Su madre, aunque era muy particular con su propia higiene, pensaba que hablar sobre cosas de vestidos, lazos y encaje era frívolo. Además, asumía que Maud seguía siendo aquella chica que había sido feliz llevando ropa de chico, cuando en realidad había desarrollado toda una afinidad por la ropa bonita.

—¡Ay, tienes que ponerte este para la cena de esta noche! —dijo Josie cuando Maud sacó un vestido amarillo de su baúl y le alisó las arrugas.

—¿Te gusta? —preguntó—. Es nuevo, acabo de recogerlo de la modista.

—Es precioso. Y debes dar una buena primera impresión. Los chicos vienen a cenar con nosotras. Ya sabes, la primera noche todos estarán observando a las nuevas féminas.

—¿Féminas?

—Ah, es como nos llaman —dijo Josie, como si aquello no le molestase en absoluto—. Te acostumbrarás a cómo hablan por aquí, ya verás.

* * *

Las dos descendieron por la ancha escalera de la facultad de Sage tomadas del brazo. En el comedor habían dispuesto unas largas mesas donde el cristal y la plata brillaban bajo la tenue luz de las lámparas de gas. Había grupos de jóvenes concentrados en los sofás y alrededor de las mesas bajas, y otro grupo apiñado alrededor del piano, donde alguien estaba tocando When 'Tis Moonlight. Maud no pudo evitar fijarse en un chico alto, con el pelo del color de la paja a finales de otoño, que estaba de pie junto al piano. El sólido tenor de su voz se elevaba por encima de las otras voces. Cuando Josie y Maud entraron, se volvió para mirarlas.

—Ese es Teddy Swain —dijo Josie—. Es un estudiante de último año.

La canción terminó y el pianista comenzó a tocar una alegre versión de *My Grandfather's Clock*, animando a todos a seguir el ritmo con los pies. Maud observó el gran y pulido espacio que había a modo de pista de baile, así que se lanzó hacia el centro, y giró sobre sí misma para hacer que su falda flotara a su alrededor. Siguió girando y girando hasta que se sintió tan mareada que tuvo que parar. Mientras volvía a enfocar la habitación a su alrededor, vio a Josie parada delante de ella. Maud tiró de la mano de su nueva amiga.

—Venga —le dijo Maud—. Baila conmigo.

Josie estaba blanca, y con una expresión en sus labios que pretendía parecer completamente neutral. Pero sus ojos la traicionaron: el brillo normalmente alegre en ellos había dado paso a uno de alarma. Solo entonces Maud se dio cuenta de que la música había parado y todos estaban mirándola. Avistó a Teddy Swain que aún estaba junto al piano, y se fijó en que estaba esbozando una pequeña sonrisa. Si algo había aprendido de los chicos de su vecindario era que no era el momento de mostrar vergüenza. Así que se rio y giró de nuevo sobre sí misma. Escuchó unos cuantos aplausos aislados, y vio que venían de Teddy Swain y otros chicos. Volviéndose hacia ellos, hizo una reverencia. Algunas de las chicas apartaron la mirada con una expresión casi afligida, y otras se taparon la boca y soltaron unas risitas.

—¡Qué vivaracha es esta! —comentó uno de los jóvenes.

Josie rescató a Maud, entrelazando sus brazos y guiándola fuera de la sala y a través del pulcro pasillo hasta llegar a la biblioteca, que estaba vacía.

—Señorita Gage, ¿en qué estabas pensando? ¿No sería algo más prudente comenzar tu introducción en sociedad de forma un poco más… serena?

A Maud le dolió que su nueva amiga estuviera criticándola, pero podía ver en la expresión de Josie que claramente lo hacía con buena intención.

—Aquí tenemos una manera de hacer las cosas —continuó diciendo Josie—. Las chicas ya destacamos lo suficiente, no te haces una idea. Quizás prefieras no llamar más la atención.

—Pero ¡no estaba tratando de llamar la atención! —dijo Maud, confusa—. Escuché la música, vi la pista de baile... Me iba a estallar el corazón de la emoción. —Miró con curiosidad a Josie—. ¿No estás emocionada de estar aquí? Quiero decir, sé que es tu segundo año, pero estamos lejos de casa, por nuestra cuenta...

Josie posó la mano en el antebrazo de Maud.

—Estás lejos de casa, y también lejos de la guía de aquellos que te aman. Pero señorita Gage, claramente no bailarías de esa manera en tu propio salón, frente a tu padre y madre, así que ¿por qué habrías de hacerlo aquí?

Maud se quedó mirando a Josie, aún confusa.

—¿Por qué no iba a bailar así frente a mi padre y mi madre? He bailado en mi propio salón más veces de las que podría contar. ¿Hay alguna regla en contra de girar y bailar...? —Maud observó a su amiga más de cerca—. No serás por casualidad una vieja metodista gruñona, ¿no?

La expresión de Josie se suavizó. Parecía estar tratando de no echarse a reír.

—Claro que *no* soy una vieja metodista gruñona —susurró Josie—. No soy vieja, no soy gruñona, y tampoco soy metodista. Adoro bailar, pero hay un lugar y un momento para todo... Y bailar está permitido cuando otros bailan y te lo han pedido.

—¿Hay que esperar a que alguien te *pida* bailar? —preguntó Maud.

—Sabes, eres una persona de lo más inusual.

Maud arrugó la cara.

—No intento ser inusual. No me siento inusual. Pero nadie me había dicho nunca que tal vez no sería una buena idea bailar cuando hay una pista de baile frente a ti y alguien tocando una canción al piano.

—Pues deja que te diga algo —susurró Josie—. En Sage quizás te vendría bien observar lo que hacen las otras chicas, y no
llamar demasiado la atención.

Maud frunció el ceño.

—Intentaré aprender. Es importante para mí encajar aquí.

Josie le dio unos golpecitos en el brazo.

—Entonces te sugiero que sigas algunas reglas. Cuando hay
caballeros delante, no saques ningún tema de conversación. Deja
que sean ellos los que lo hagan. Si hay una pausa y no queda más
remedio, habla sobre el tiempo.

—¿Por qué querría hacer eso? —preguntó Maud.

—¿De verdad no lo sabes? —dijo Josie.

Maud negó con la cabeza.

—Ya veo que tienes mucho que aprender.

—¿Me enseñarás? —preguntó Maud—. De verdad que no
pretendo ser inusual.

—¿Has visto las plantas aspidistras que hay en las esquinas de la sala común? —Maud asintió con la cabeza—. ¿Ves
cómo están ahí, en sus esquinas, y no les prestas demasiada
atención?

—Sí...

—Así es como tienes que actuar. Si alguien te mira, se fijará
en lo brillantes que son tus verdes hojas, o lo recta que te mantie-
nes, pero si alguien no te mira, puede que se olvide por completo
de que estás ahí.

—¿Así que quieres que imite el comportamiento de una planta de maceta?

—Creo que es un buen comienzo —dijo Josie.

—¿Y debería moverme dando saltitos? —preguntó Maud,
recogiendo su falda y saltando a la pata coja por el pasillo—.
Porque creo que será muy difícil andar de forma normal si mis
pies están metidos en una maceta.

Josie también recogió su falda, y las dos procedieron a dar
saltitos por el pasillo vacío en dirección al comedor, riéndose.

Cuando casi habían llegado al final, estuvieron a punto de dar un salto y chocar contra Teddy Swain. De alguna manera Josie se transformó de forma milagrosa, dejando caer su falda y adoptando una expresión de completa calma, pero Maud olvidó dejar caer su falda.

—¡Ah! —exclamó.

El caballero hizo una elegante reverencia, aunque Maud vio que lo hizo en parte para esconder la sonrisa que había en sus labios.

—¿Me concedería el honor de presentarme a su amiga, señorita Baum?

Maud, recuperando el juicio, dejó caer su falda y la alisó con las manos, las cuales de repente estaban sudándole. Después alzó la mirada hacia los ojos color avellana de Teddy Swain.

—Señorita Maud Gage, le presento al señor Theodore Swain.

—Mucho gusto —respondió Maud, molesta por el modo en que su voz salió demasiado aguda. Debía recuperar la compostura.

Teddy Swain asintió.

—Un placer conocerla, señorita Gage. ¿Es usted por casualidad de los Gage de Fayetteville? La familia de mi tío me ha hablado sobre una familia con ese nombre.

—Así es —dijo Maud, sonriendo—. Mi padre es Henry Gage. ¿Quién es su tío?

—Somos parientes de la familia Marvel por parte de mi madre. El párroco Marvel es el tío de mi madre.

Maud no podía creerlo. Tenía tanta mala suerte que se había ido hasta Ithaca y ya le estaban recordando a su antiguo torturador. Pero no quería que se notara cómo se sentía en realidad. Se acordó de las plantas de maceta, y trató de imitarlas lo mejor que pudo.

—Estoy encantada de conocerlo —respondió ella.

Teddy Swain inclinó la cabeza y sujetó la puerta para que Maud y Josie pasaran al comedor.

—Es muy apuesto —le susurró Maud a Josie una vez se hubieron sentado.

—Es un gran nombre aquí en la universidad —dijo Josie—. Es el presidente del cuerpo estudiantil. Y causa un gran impacto en todas las chicas.

* * *

Conforme pasaban las semanas, Maud comenzó a asentarse en su nueva vida. Cuando atravesaba el campus podía ver una gran extensión del mundo a la vista: los prestigiosos edificios de ladrillo y piedra que coronaban la alta colina. Desde la distancia podía ver los tejados de los edificios del pueblo de Ithaca esparcidos a sus pies, la multitud de tonalidades de los árboles otoñales y la amplitud del valle. La gran expansión de césped verde del campus estaba atravesada por senderos siempre llenos de alumnos. Pero mientras Maud se apresuraba a ir de edificio en edificio con sus libros bajo el brazo, no podía evitar darse cuenta de lo fáciles que eran las cosas para los chicos que estudiaban allí. Controlaban todas las instituciones de la escuela: el periódico, los clubes sociales, las actividades deportivas y los grupos académicos. Se reunían en ruidosos grupos fuera de los edificios, llamando a voces la atención de las chicas que pasaban. Y cuando anochecía, las chicas apenas se aventuraban al exterior, pero sí que escuchaban a los chicos moviéndose libremente por el oscuro campus.

Los días poco a poco se hicieron más cortos y fríos, el cielo se volvió de un azul brillante, y las hojas rojas, amarillas y doradas iluminaban el patio interior del campus. Maud no había progresado mucho en su empeño por aprender a comportarse como una aspidistra. Cada vez que hablaba con los chicos, sacaba temas de conversación y jamás mencionaba el tiempo. Además, no le importaba interrumpir a sus compañeros durante las discusiones de clase, lo cual hacía que las chicas, que siempre se sentaban en primera fila, se volvieran todas a la vez a mirarla como si fueran perros de caza y ella una indefensa ardilla. No había tenido oportunidad de hablar de nuevo con Teddy Swain, aunque a veces notaba como si él estuviera mirándola, y siempre sentía que el cuello se le ponía colorado antes de apartar la vista rápidamente. Se dio cuenta de que algunos grupos de chicos comenzaron a mirarla fijamente y a susurrar entre ellos cada vez que pasaba, pero Maud no dejó que eso la molestara en absoluto.

Pero un día, Maud se retrasó demasiado en la biblioteca y no se dio cuenta de que era la hora de su clase de Botánica. Cuando se percató, salió corriendo y cruzó el campus apresuradamente, empujó la puerta de su clase e hizo una mueca cuando esta se cerró de forma sonora tras ella. Maud notó que tenía el pelo algo alborotado, y cuando alzó una mano para arreglarlo un poco, se le escapó el libro de Latín y este aterrizó con un fuerte golpe, deslizándose por el pulido suelo frente a ella.

Para su horror, se percató de que Teddy Swain tenía una sonrisilla de medio lado en los labios. Y, como si el tiempo se hubiera ralentizado, vio cómo este comenzaba a aplaudir lentamente, hasta que muy pronto todos los chicos se le unieron, añadiendo silbidos y chillidos que pronto llenaron toda la habitación.

Maud vio a Josie agachándose disimuladamente para recoger el libro, y lo dejó en su regazo. Maud agachó la cabeza y se dirigió a su asiento tan rápido como un águila que desciende sobre su presa, murmurando para sí misma: «Planta de maceta, planta de maceta». Pero cuando vio que Teddy Swain tenía los dedos entre los labios para dejar escapar un silbido, sintió la rabia bullendo en su interior. ¿No llegaban todos los chicos tarde, en grupos de dos y de tres, hablando y riendo? ¿Alguna vez los habían aplaudido o abucheado por ello? Y, sin embargo, las alumnas siempre tenían que llegar temprano a clase para ocupar los asientos de las primeras filas y evitar tener que recorrer los pasillos con cientos de miradas de los chicos puestas en ellas.

Maud se frenó en seco frente a Teddy Swain. Cuadró los hombros y se irguió tanto como pudo.

—¿Tiene algo entre los dientes? —le preguntó—. Debe ser así, puesto que veo que se ha metido los dedos en la boca.

Teddy Swain parecía sobresaltado ante el inesperado enfrentamiento. Se sacó los dedos de la boca y puso las manos en su regazo.

—En cuanto al resto... —dijo Maud, su voz resonando por toda la habitación, que de pronto se había quedado en silencio.

Maud no tuvo tiempo de decidir con qué iba a amenazarlos, puesto que el profesor de Botánica, un señor bajito con unos mechones de pelo blanco que le sobresalían casi del cuello, tosió primero de forma leve, y después de forma más fuerte.

—Me parece que hoy tocaba estudiar el filo del helecho.

Maud aprovechó aquella oportunidad para finalmente deslizarse hasta el asiento que Josie le había guardado.

—Gracias —susurró—. Ha sido terrible. ¿Por qué no puedo llegar a tiempo a clase?

—Los chicos son horribles —dijo Josie—. O la mayoría, al menos. O cuando están en grupo...

Maud sacó su lápiz y cuaderno y trató de centrarse en la voz seca del profesor mientras hablaba sobre las diferentes especies de helecho nativas de la región de Cayuga, pero lo único que escuchaba en su cabeza eran las burlas, silbidos y aplausos que la habían recibido. No quería aprender nada sobre los helechos: quería *ser* un helecho y no tener otro propósito en la vida que no fuera el de ondear al viento. ¿Era esta realmente la igualdad que su madre había ansiado con tanto ahínco?

Desde aquel día, Teddy Swain se quedaba callado y apartaba la mirada cada vez que ella pasaba por su lado en el campus. Y cuando cenaba en la facultad de Sage, se aseguraba de tomar asiento al otro lado de la habitación. Una noche, no mucho después del incidente de la clase, lo vio a través de la atestada habitación, absorto en una conversación con Clara Richards, una chica de segundo año con el pelo negro, y tan guapa como reservada. Su cabeza estaba inclinada hacia arriba y parecía estar escuchando con total atención lo que fuera que Teddy estaba diciéndole, como si fuera lo más fascinante del mundo. Maud sintió una punzada de algo que no era arrepentimiento, pero casi. ¿Habrían sido las cosas diferentes si hubiera aprendido a comportarse como las otras chicas, algo que ellas hacían de forma tan natural? ¿Estaría ahora mismo sentada junto a Teddy Swain, mirando embelesada su apuesto rostro mientras él le daba una lección sobre cosas importantes? Maud se incorporó en su asiento y apartó la mirada de ellos de forma decidida. Si era sincera consigo misma, aunque quería encajar allí, se sentía más inclinada a ser ella misma. Si debía tener alguna esperanza en el amor, debía encontrar a un hombre que la quisiera tal y como era, aunque parecía no haber muchas probabilidades de que tal hombre existiera.

* * *

Un viernes por la noche antes del final de trimestre, el sueño de Maud se vio interrumpido por el sonido de unas piedrecitas chocando contra el cristal de su ventana del tercer piso. Josie no se movió, así que Maud salió de la cama y cruzó la habitación. Empujó la pesada ventana hasta que esta se abrió, y un puñado de piedrecitas se colaron dentro, estrellándose contra el suelo. Maud se asomó al exterior tratando de ver quién estaba abajo.

Confusa, vio que era un grupo de mujeres el que estaba bajo su ventana. ¿Quién era esta gente, y qué querían? Un segundo después escuchó el tenor de la voz de Teddy Swain, arrastrando las palabras debido a la bebida, y pronto se le unieron sus compañeros. Aquello no era un grupo de mujeres: eran ocho chicos vestidos con ropa de mujer, borrachos como una cuba y cantando a pleno pulmón.

En Sage hay una extraña señorita,
que se encoleriza de forma infinita,
si alguien en público decir osa,
en una voz nada silenciosa,
«Matilda, ¿su edad me dirá?».

—¡Ay! —exclamó Maud, lo suficientemente alto como para despertar a Josie, quien se unió a ella junto a la ventana.

—¡Cierra la ventana! —susurró Josie de forma urgente—. No deberías haberla abierto.

—Estaban lanzando piedras —explicó Maud.

—*Nunca* debes abrir la ventana cuando tiran piedras —respondió Josie, agarrando la ventana y cerrándola de golpe—. Eso solo los anima.

Pero Maud aún podía escuchar las voces, borrachas y ruidosas, a través de la ventana cerrada. Y sabía que las otras chicas probablemente estarían despiertas y escuchándolos también. No se le había escapado lo que habían pretendido: habían usado el nombre de pila de su madre en lugar del suyo. Maud había sido una tonta al pensar que estaba empezando a ser independiente allí. El coloso que era la figura de Matilda la había acompañado. Realmente nunca había tenido ninguna oportunidad.

Abrir las puertas de par en par al cambio no era suficiente: tenías que cambiar también la manera de pensar. ¿Cómo podrían las chicas dejar su marca si sus modelos de conducta eran plantas de maceta, o si las prendas que llevaban apenas les permitían respirar? ¿O si cada vez que expresaban una opinión sobre cualquier tema, era considerado una amenaza para los jóvenes? O incluso más, ¿cómo podrían escapar del hecho de que, sin importar lo horribles que fueran los chicos, las chicas aun así quisieran agradarles? Por que, ¿qué elección tenían, en realidad? ¿A dónde podían ir excepto de vuelta a sus propias casas, donde estarían bajo el yugo de sus madres, o al hogar de un hombre, con la sola esperanza de que ese hombre fuera tan benévolo como el padre de Maud, y no un cruel y opresivo hombre, como lo eran muchos?

Maud estaba empezando a comprender que nunca sería como las otras chicas. Siempre estaría luchando contra su propia naturaleza para encajar en Cornell, y jamás la verían como una persona en sí misma. Siempre la verían como la hija de su madre, Matilda Gage, la controvertida defensora de los derechos de la mujer. En muchos aspectos, vivir allí estaba siendo más restrictivo aún que cuando había vivido en casa donde, ahora se daba cuenta, se le habían consentido sus extravagancias. El excitante sentimiento de libertad que la había embargado cuando había llegado allí se había empezado a evaporar. El precioso campus de Cornell, que antes había sido tan espacioso, ahora parecía cerrarse sobre ella, y Maud comprendió que encontrar su propio camino allí iba a ser más escurridizo de lo que había pensado.

Capítulo 5

ITHACA, NUEVA YORK

1880

Cuando los árboles alrededor del campus se tornaron de un brillante escarlata y anaranjado a un apagado amarillento, el tiempo cambió con brusquedad. Las voces de los chicos se elevaron más y más mientras hablaban de las festividades. Sus hermandades secretas se estaban preparando para el día de la Víspera de Todos los Santos, noche de rituales ebrios que jamás discutían frente a las señoritas. Era sabido por todos que las mujeres de Cornell debían quedarse en el interior y simplemente observar las proezas de los hombres a través de las ventanas.

Por su parte, las chicas solo pensaban en las predicciones mágicas: piel de manzanas, yemas de huevos y velas encendidas frente a los espejos, puesto que el día de Todos los Santos era la noche en la que, de acuerdo con la superstición, les sería revelado el nombre de sus futuros maridos.

Una vez que las chicas estuvieron establecidas en sus rutinas y se sentían cómodas en compañía las unas de las otras, empezaron a ir por la facultad con batas del té mucho más cómodas y sin los corsés. Las mismas chicas que mantenían una rígida compostura mientras hacían su vida por el campus, podían ser alegres y animadas dentro del «gallinero», como llamaban a la facultad.

El día anterior a la Víspera de Todos los Santos, varias chicas se reunieron en la habitación de Josie y Maud, y enseguida empezaron a hablar de chicos. Todas hablaban de sus futuros maridos, pero ninguna quería ser la primera en sugerir que probaran hacer el ritual.

—Creo que me desmayaría si estuviera mirando un espejo con una vela y algo se apareciera sobre mi hombro. Me desplomaría tan rápido del susto que nunca recobraría la compostura suficiente como para saber lo que habría visto realmente —dijo Josie Baum. Todas sabían que tenía un pretendiente, Charlie Thorp.

—Sería de lo más perverso hacer tal cosa —comentó Jessie Mary, que era una estricta presbiteriana.

—Os prometo —dijo Maud— que, si me mirara en un espejo, sé exactamente lo que vería.

—¡Ay, Maud, dínoslo! —Sus amigas se inclinaron hacia ella, interesadas. Hasta ese momento Maud no había dicho ni una palabra sobre pretendientes. Josie sabía que Maud había estado interesada en Teddy Swain antes del incidente de la clase de Botánica, y Maud no había mencionado a nadie en particular desde aquel entonces.

—Encendería una vela, miraría en el espejo, y justo sobre mi hombro... —Maud extendió las manos y bajó la voz, abriendo mucho los ojos—. Aparecería una imagen...

—¿Cuál? ¡Dínoslo! —exclamó Josie—. ¿Quién aparecería en el espejo?

—Allí sobre mi hombro —continuó Maud— vería una figura fantasmal, al principio solo una imagen borrosa, y entonces se volvería más clara, y más, hasta que finalmente fuera nítida.

Hizo una pausa para darle efecto y mantener a sus dos amigas expectantes.

—¡Dilo! —gritó Josie.

—Sobre mi hombro aparecería... ¡mi madre! —gritó Maud—. Diciéndome: «Maud Gage, no te envié a conseguir un graduado en el santo matrimonio. Te envié a conseguir un diploma. Y de ninguna manera estarás casada para el próximo día de Todos los Santos. Ahora, ¡ponte a estudiar!».

Las chicas se desplomaron riéndose a carcajadas.

Maud se puso boca abajo y las observó a todas.

—Tengo una idea —dijo Maud—. Deberíamos formar nuestra propia sociedad secreta. Solo para mujeres. —De la esquina de su ropero sacó una escoba, blandiéndola sobre su cabeza—. *¡In hoc signo vinces!* —gritó—. ¡En este signo, venceremos, y en esta habitación, todas votaremos! ¿Quién vota a favor de revivir la Sociedad de la Escoba de Mujeres de Cornell, sociedad secreta y solo para mujeres?

Maud siguió sosteniendo la escoba sobre su cabeza mientras recorría la habitación con la mirada, mirándolas a los ojos. Todas conocían la historia de aquella sociedad secreta de mujeres. Se rumoreaba que, en 1872, cuando las primeras dieciséis mujeres se habían matriculado en Cornell, los hombres se negaron a involucrarse con sus compañeras en ningún tipo de trato social, ignorándolas cuando se cruzaban con ellas y prohibiéndoles entrar en las fraternidades que controlaban la vida social del campus. Para luchar contra aquel desprecio, ese intrépido grupo de mujeres formó su propia organización clandestina, nombrándola la «Sociedad de la Escoba» y adoptando el lema *In hoc signo vinces*, que significaba: «En este signo, venceremos». Por supuesto a los hombres no se les escapó el simbolismo detrás de su elección: la escoba, las brujas, las ciencias ocultas de las mujeres. Nadie hablaba de ello en público, pero en privado el campus había estado escandalizado por aquellas mujeres radicales.

Si el grupo realmente había existido tal y como se rumoreaba, se había disuelto tiempo atrás, pero la leyenda de la Sociedad de la Escoba aún permanecía.

Y la relación entre los chicos y las chicas, aunque no era exactamente acogedora, sí que había mejorado lo suficiente como para que la supuesta sociedad no fuera ya necesaria. Las chicas estaban más interesadas en unirse a las emergentes organizaciones que ya se estaban fundando en otras universidades, en particular en el este. Pero el significado de la sociedad secreta de sus predecesoras no se le escapaba a ninguna.

—¡Convoquemos de nuevo la Sociedad de la Escoba! —dijo Maud—. Podríamos hacer una sesión de espiritismo.

—¡Maud! —Jessie Mary ahogó un grito—. ¿Es que eres una espiritista?

—Claro que no —dijo Maud—. Pero mañana es el día de Todos los Santos, así que, ¿por qué no lo intentamos?

—No creo que sea buena idea —respondió Josie.

—No será real —insistió Maud—. Tan solo lo haremos para divertirnos. Los chicos se divierten en sus fraternidades secretas... Este será nuestro ritual secreto. No le diremos ni una palabra a nadie.

—Brujería... —murmuró Jessie Mary, como si el mero sonido de la palabra la hubiera hechizado.

—Todas sabemos que la brujería y hechicería no son más que supersticiones —dijo Maud, decidida, bajando por fin la escoba—. Pero yo digo que tenemos derecho a divertirnos mientras los chicos están por ahí fuera haciendo travesuras.

* * *

Al día siguiente, unos minutos antes de la medianoche, nueve valientes chicas estaban apiñadas en la habitación de Maud y Josie. Maud había puesto una pequeña mesa en el centro de la habitación y les dijo a las chicas, que se encontraban todas apretadas las unas contra las otras, que pusieran ambas manos sobre la mesa.

—Yo haré de espiritista —dijo ella—. Como no creo en lo sobrenatural, no le tengo miedo, así que, si ocurre algo, sabremos que es verdad.

Todas asintieron, estando de acuerdo. Ninguna de ellas aparte de Maud se atrevería a hacer de espiritista.

Aquella noche de Todos los Santos era glacial y reinaba una quietud total. Se veían las estrellas brillando a través de la ventana. Una vez se extinguieron las lámparas de gas, sus rostros se quedaron ensombrecidos, pero las batas blancas de las chicas casi brillaban en la oscuridad.

—Silencio —dijo Maud en un tono firme de voz—. Nada de risas ni hablar, debemos permanecer totalmente quietas.

Prendió una cerilla y encendió una vela para acto seguido colocarla en el centro de la mesa. Las chicas observaron la llama con seriedad.

Matilda siempre había estado interesada en lo místico y espiritual, pero la propia Maud no sabía mucho del tema, aparte de lo poco que había aprendido de su madre. Todo aquello no era más que una actuación para ella, pero por la actitud de las otras chicas, ellas sí estaban inclinadas a creer en ello.

—En esta víspera de Todos los Santos —recitó Maud, y Josie soltó una risita. Maud le dio un golpe bajo la mesa—, convocamos a los espíritus... Si podéis escucharnos, haced una señal.

La habitación estaba en silencio, a excepción del sonido de todas las chicas tratando de no moverse: un pie que se arrastraba, alguien aclarándose la garganta, una respiración demasiado fuerte. El silencio se extendió más y más, hasta que Maud notó que estaban perdiendo la concentración.

Sin dejar entrever nada, empujó ligeramente la mesa hasta que uno de los lados comenzó a levitar.

La habitación se electrificó enseguida. La mesa pareció levitar incluso más alta, como si varias de las chicas estuvieran alentándola a subir más. Maud decidió seguir con la actuación a pesar de que sus rostros estaban ensombrecidos y no podía ver sus expresiones.

—¡Hemos recibido una señal! —dijo Maud en su voz más teatral, canalizando a Susan B. Anthony cuando improvisaba ante una multitud.

Maud escuchó el grito ahogado de Jessie Mary, que se sobre-saltó, lo cual hizo que la mesa temblara aún más.

—¿Podéis responder algunas de nuestras preguntas? —pre-guntó Maud con la misma voz ostentosa.

En esa ocasión Jessie Mary no se movió, así que Maud tuvo que mover ella misma la mesa a escondidas.

Las chicas se quedaron completamente quietas, absortas. Maud estaba pasándoselo en grande.

—¿Quién tiene una pregunta para los espíritus? —entonó ella en voz alta.

La expectación se podía palpar en el ambiente. Josie tosió y dejó escapar una palabra medio estrangulada.

—¿Josie? ¿Tienes una pregunta? ¡Sé valiente y habla más alto!

—Es solo que… Yo…

—Espíritus, la señorita Josie Baum quiere hacer una pregun-ta. ¿Aceptáis su pregunta?

Maud esperó para ver si pasaba algo, pero no fue así.

—Dadnos una señal. —Pero de nuevo, hubo silencio.

Maud alzó la rodilla lentamente y le dio un golpe a la parte inferior de la mesa, con cuidado de no tirar la vela.

Observó complacida los gritos sobresaltados de las chicas en respuesta. La llenaba de satisfacción saber que ellas también po-dían hacer travesuras sin tener que salir fuera, como hacían los chicos.

—Señorita Josephine Baum, por favor expón tu pregunta.

—¿Cuál es el nombre del hombre con el que me casaré?

Las chicas soltaron risitas. La mesa dio un pequeño salto, y la luz de la vela parpadeó e iluminó la habitación.

Maud debía improvisar. Tenía una extraña sensación en la boca del estómago. ¿Sabían las chicas que estaba fingiendo? ¿O lo había hecho tan bien que las había engañado sin pensar en las consecuencias?

Miró a su alrededor a las chicas allí reunidas, preguntándose qué debía hacer a continuación, y al final sus ganas de divertirse ganaron la batalla. Con el dedo índice, comenzó a dar unos toquecitos bajo la mesa. Dio tres toques, y paró.

—Vaya, parece que los espíritus están deletreando algo —gritó Jessie Mary.

—Uno, dos y tres. ¡Debe ser la letra C! —susurró una de las otras chicas.

—¡Es la C! —dijo Josie tras contar con los dedos.

—¡Charlie Thorp! —gritaron las chicas al unísono. Por supuesto, todas sabían que era el pretendiente de Josie.

—¡Pregunta cuándo nos casaremos! —dijo Josie, emocionada.

Maud hizo rápidamente cuentas en su cabeza para calcular cuándo se graduaría Charlie, y después dio unos golpecitos para deletrear los números 1, 8, 8 y 3.

Después de eso la habitación se llenó de preguntas, y Maud dejó de preocuparse por si era demasiado evidente que ella era la que las estaba respondiendo.

* * *

Era pasada la una de la mañana cuando las chicas empezaron a cansarse. La vela casi se había consumido por completo, y el ambiente de emoción que las había embargado ya comenzaba a aplacarse con el cansancio y los bostezos. Incluso Maud estaba agotada. Según había avanzado la noche, las chicas habían escuchado más y más gritos provenientes de los chicos borrachos que se divertían en el exterior. En un momento concreto incluso habían escuchado las ventanas traqueteando como si alguien estuviera lanzando piedras, pero cuando miraron al exterior no vieron nada, tan solo escucharon el sonido de unas carcajadas en la distancia.

Maud se alegraba de que los chicos hubieran visto las luces parpadeantes y supieran que las chicas también estaban conspirando en secreto, actividad de la cual los hombres no podían formar parte. Y al mismo tiempo, deseaba con desesperación estar fuera, al aire libre en aquella fría noche, en lugar de atrapada en aquella habitación sofocante donde todas las chicas parecían haberla nombrado la proveedora oficial de toda información vital sobre sus futuras vidas.

—Amables espíritus, os damos las gracias por revelar los secretos del otro mundo —dijo Maud, queriendo dejarlo ya por esa noche.

—Pero ¡Maud! —gritó Josie—. ¡No hemos preguntado nada de ti!

Maud tenía la esperanza de que nadie notara aquella omisión. Odiaba pensar en la humillación de hacer una pregunta solo para que esta se quedara sin respuesta, puesto que ella no podía responderla por sí misma. No tenía ni idea de con quién iba a casarse.

—¡Sí, Maud! Debemos hacer una pregunta para ti —dijo un coro de voces.

—No —dijo Maud—. No quiero saberlo. No quiero preguntar a los espíritus nada de mí misma.

—Entonces lo haré yo —respondió Josie—. Oh, espíritus. Por favor, decidnos el nombre del hombre con el que la señorita Maud Gage se casará.

Maud se mordió la lengua. Quería parar todo aquello y confesar que el único espíritu que había en la habitación esa noche era el suyo, ese espíritu que nadie se cansaba de repetirle que era demasiado alegre. El silencio en la habitación se extendió tanto que Maud pensó que iba a morir de la vergüenza, pero entonces se escuchó un golpeteo amortiguado en la ventana: uno, dos, tres, cuatro, cinco… hubo un largo silencio, y entonces un nuevo golpe más. Seis.

—Es el viento —dijo ella—. Seguramente sea una rama de pino golpeando contra la ventana.

Maud abrió la ventana y el helado aire se coló dentro, haciéndola temblar con violencia. Fuera podía ver la silueta del pino, pero estaba totalmente quieto.

—¡Cierra la ventana, Maud! ¡Nos vamos a helar! —dijo Jessie Mary.

Las chicas habían perdido el interés por completo y no hacían más que bostezar. La vela se consumió entonces por completo, sumiéndolas en la oscuridad. Cansadas, pero con nuevos cotilleos y especulaciones sobre todo lo que había ocurrido, todas excepto Josie y Maud se marcharon a sus propias habitaciones.

Luego, ambas se instalaron bajo las mantas de la cama, pero Maud estaba totalmente despierta, pensando en su engaño. Se había involucrado tanto que no podía confesar lo que había hecho. Pero ¿qué pasaba con esos seis golpecitos? Había pensado que la culpable era la rama del pino, pero estaba totalmente quieto cuando había mirado. Se dijo a sí misma que debía de haber sido una ráfaga de aire la que había movido la rama y que después se había calmado. Eso era todo. Y, sin embargo, no dejaba de dar vueltas en la cama hasta que las sábanas estuvieron totalmente arrugadas.

Al final no pudo quedarse en silencio durante más tiempo.

—¿Crees en los espíritus? —susurró, pensando que, si Josie se había quedado dormida, no la escucharía.

Pero Josie también estaba despierta.

—Sí, claro que creo en ellos —respondió Josie—. Has escuchado los sonidos tan bien como yo.

—Quizás… —Maud pensó de nuevo en confesar en lo que realmente había hecho, pero no se atrevió—. Quizás alguna de las chicas ha golpeado la mesa.

—¿Y por qué harían eso? —Josie parecía totalmente desconcertada—. ¿De qué serviría inventar esas historias, cuando lo que queremos son respuestas de verdad?

La pregunta quedó en el aire. Maud no sabía qué responder a eso. Desde su punto de vista, la gente muchas veces prefería historias inventadas a las respuestas reales. ¿No se había pasado toda su vida alrededor de las amigas sufragistas de su madre, mujeres que siempre tenían la mirada puesta en el futuro, en el bienestar de las hijas de las hijas de sus hijas, pero que parecían demasiado ocupadas para prestarles atención a las chicas de carne y hueso que estaban frente a ellas? ¿Acaso era muy diferente creer que podías ver ese futuro, a haber fingido dar unos golpes bajo la mesa esa noche?

Maud se quedó en silencio un rato, pensando en los seis golpes amortiguados de la ventana. Seis golpes, letra *F*. De acuerdo con la superstición, se casaría con alguien cuyo nombre empezara por *F*. Pero ¿y si la *F* no era el nombre de la persona, si no una *F* de fracaso?

—¿Sabes qué? —dijo Josie, todavía despierta—. Me acabo de dar cuenta de que conozco al hombre perfecto para ti. ¿Quieres que te diga quién es?

Maud se dio la vuelta y apoyó la barbilla en la mano, mirando la silueta de su compañera en la otra cama.

—Para nada. No estoy interesada ni lo más mínimo.

—Ay, venga. Seguro que sí te interesa. —Josie dejó escapar un bostezo y se revolvió en su cama—. ¿Qué chica no querría saber con quién se casará en un año?

—Solo con eso ya puedes saber que no son más que sandeces —dijo Maud—. En un año estaré justo donde estoy ahora, estudiando en la facultad de Sage.

—No puedo aguantarme, tengo que decírtelo. No puedo creer que no se me haya ocurrido hasta ahora. ¡Conozco a alguien que es tan extraño como tú!

—¡«Extraño»! Vaya halago. ¿Has estado ocupada buscando a un chico tan extraño y rarito como Maud Gage?

—No —dijo Josie—. No es eso lo que quería decir. Es alguien maravilloso. Es apuesto y amable, y también gracioso, y siempre es muy interesante.

—Gracioso y amable —dijo Maud—. ¡Eso sí que es extraño!

—Pero hay una cosa sobre él que… ¡Ay, vas a tener que conocerlo! Ven a verme durante las Navidades, y me aseguraré de que venga de visita. Es mi primo, se llama Frank. Frank Baum.

Frank. Maud escuchó en su cabeza los amortiguados golpes de la rama del árbol, incluso aunque ahora todo estuviera en silencio. Seis golpes, letra… *F.*

Capítulo 6

HOLLYWOOD

1939

—¿Señora Baum?

El teléfono había sonado en Ozcot a las diez en punto de la mañana del jueves. La voz nasal de la operadora de la centralita dijo:

—El estudio de la Metro-Goldwyn-Mayer está al otro lado de la línea. Un momento, por favor.

Maud apretó el auricular y frunció el ceño, concentrándose. Era la primera vez que alguien del estudio se ponía en contacto con ella. ¿Habría cambiado de opinión Louis B. Mayer sobre aceptar su ayuda, después de todo?

—Señora Baum, soy Mary Smith. Soy la publicista de *El mago de Oz*, ¿podría venir al estudio esta mañana? Tenemos algo que enseñarle.

—¿Ir al estudio? —Maud trató de que su voz no reflejara el entusiasmo que sentía. Estaba encantada de que le pidieran ir, pero no quería ceder tan deprisa. No debería de tener que suplicar para estar involucrada.

—Le enviaremos un coche —dijo la mujer.

Una hora más tarde, el coche que llevaba a Maud entró por la puerta principal del estudio. En aquella ocasión el guardia tras el cristal no los paró, tan solo saludó alegremente. El coche se detuvo enfrente del estudio de sonido. El interior de este estaba sombrío, y parecía que estaban haciendo algo con los disfraces. Mientras se le acostumbraba la vista a la falta de luz, Maud vio a una joven mujer con una gran melena de rizos rubios corriendo hacia ella.

—¿Señora Baum? —dijo—. Soy Mary Smith, hablamos por teléfono. Es un gran placer conocerla. Debe estar preguntándose por qué la hemos traído aquí.

—En efecto —respondió Maud en un tono despreocupado mientras observaba a la joven publicista y su expresión demasiado radiante. Aún no había olvidado el desaire que había precedido a esa abrupta invitación.

—Ha ocurrido algo de lo más extraño... Bueno, déjeme que se lo enseñe —dijo Mary—. Hemos encontrado algo que creo que podría interesarle. Es una cosa de lo más extraña...

Mary Smith salió disparada, dejando a Maud en el estudio a solas, salvo por un puente y una carreta de madera. A un lado había unas letras doradas pintadas que decían «PROFESOR MARVEl». A Maud no le sonaba aquella escena del libro de Frank. Había esperado estar eufórica una vez entrara en el plató de El mago de Oz, pero en su lugar se sentía desorientada y confusa.

—Aquí está —anunció la publicista—. ¡Este es!

La mujer de pelo rizado volvió con una chaqueta desgastada sobre un brazo, y sujetando la percha con la otra mano. Obviamente era algún tipo de disfraz.

Maud rebuscó en su bolso hasta encontrar sus gafas, y se las colocó al final del puente de la nariz. Pero incluso viendo mucho mejor, no sabía qué tenía de especial aquella prenda. Era solamente una antigua chaqueta con unas grandes solapas.

—¿No es increíble? —chilló la publicista, dando palmadas de alegría.

Habló tan alto que hizo que un grupo se reuniera en torno a ellas, algunos vestidos con sus disfraces y maquillados, otros con monos salpicados de pintura, y otros con portapapeles en las manos. Varios de los cámaras incluso bajaron de sus altos taburetes. En la parte trasera del grupo que se había congregado, Maud vio a la joven actriz que interpretaba a Dorothy.

—El encargado de vestuario envió a una asistenta a buscar chaquetas en una tienda local de segunda mano. Compró un estante entero, ya que hemos estado probando disfraces para el señor Morgan.

Maud reconoció al actor que interpretaría al Mago, Frank Morgan. Se había estado informando de las decisiones del reparto por la revista *Variety*. Él abrió paso entre la multitud hacia ellas, acompañado de un olor a *whisky*.

—Había un agujero en el bolsillo delantero —dijo él—. Y cuando he sacado el forro... —El actor parecía perturbado, incluso pálido donde el maquillaje dejaba entrever su piel.

La publicista no dejaba de tocar el exterior de la chaqueta, la cual era una prenda grande hecha de una tela negra que estaba tan desgastada que casi había adquirido un tono verdoso.

—¡Mire! —dijo ella—. Esto es lo que hemos encontrado. O bueno, lo que el señor Morgan ha encontrado, para ser más precisos.

—Es lo que saqué del bolsillo —continuó Morgan, recuperando ligeramente la compostura. Lo siguiente lo dijo con su estruendosa voz teatral—. Al instante observé el nombre... Un nombre que jamás olvidaré, eso sí, ya que ocupaba la cubierta del regalo de Navidad más exquisito que recibí siendo un niño. Un regalo de mi padre: un ejemplar nuevo de *El maravilloso mago de Oz*. Cuando vi la etiqueta me di cuenta, para mi gran sorpresa, que esta chaqueta perteneció al mismísimo autor.

Señaló la borrosa etiqueta que estaba cosida en el bolsillo.

—¡Como puede observar, pone «L. Frank Baum»! —proclamó Morgan, triunfal.

—¿L. Frank Baum? —dijo Maud, perpleja. Se acercó más, lo suficiente para poder oler la chaqueta, esperando oler a Frank en ella. Pero lo único a lo que olía era a bolas de alcanfor.

—Lo dice ahí mismo —repitió Morgan, sujetando la prenda para que Maud pudiera mirarla.

Maud la tomó y frotó la etiqueta con un dedo, moviéndola para que le diera la luz directa de uno de los focos. Podía distinguir una *L*, una *F* y una *B*, pero no mucho más. Ahora que la observaba más de cerca, había algo familiar en aquella chaqueta. Era una levita de estilo de final de siglo. Ciertamente Frank había llevado chaquetas de ese estilo. La invadió una ola de confusión. Cerró los ojos y lo imaginó vívidamente de pie junto a ella. ¿Cómo podía competir aquella chaqueta con los maravillosos recuerdos nítidos que aún danzaban en su mente?

—Es sorprendente, ¿no es así? —dijo la publicista, mirando a Maud con sus redondos ojos azules.

Maud observó de nuevo la etiqueta desgastada. La mayoría de las letras se habían borrado, y ver allí el nombre de su marido requería mirarlo muy atentamente, además de un buen puñado de imaginación. Era mucho más clara la etiqueta en la que se leía BOSTWICK & SONS, el nombre de un gran sastre de Chicago.

—Sí que recuerdo Bostwick & Sons…

—¿Así que sí perteneció a su marido?

Maud volvió a alzar la mano y sintió el material bajo su mano. Muchos hombres habían llevado levitas de final de siglo. Bostwick & Sons había sido un sastre muy popular, y la mitad de los vendedores de Chicago probablemente habían tenido una chaqueta como esa en esos tiempos.

Miró a la publicista tratando de interpretar su expresión. ¿Qué es lo que quería de Maud?

—Esperábamos que pudiera autentificarla —insistió la publicista.

Los rostros de los allí presentes estaban mirándola expectantes. Maud trató de pensar.

En ese momento fue como si el mismísimo Frank estuviera de pie frente a ella, en su cocina de Chicago, con el rostro gris por el cansancio, pero con el semblante iluminado por una brillante sonrisa. Acababa de volver de un viaje de dos semanas para vender porcelana, y en su última parada en Galena, Illinois, había soltado un momento el pesado baúl en una esquina mientras esperaba su carruaje. En ese momento una mula le había dado una coz al baúl y lo había volcado, rompiendo toda la delicada porcelana de su interior. El coste para reemplazarlo era de veinte centavos más de lo que había ganado en todo el viaje.

Veía en su mente aquel momento, más de cuarenta años después, como si hubiera ocurrido ese mismo día. Veía la forma en la que la luz se había colado por la ventana que había tras él, sumiendo su rostro entre las sombras.

«Tengo un agujero en el bolsillo», había dicho él, dándole la vuelta a ambos bolsillos a la vez, como si estuviera haciendo un truco de magia. Varios trozos de papel se cayeron de los bolsillos, revoloteando hasta el suelo, como las notas secretas que los niños se pasaban en la escuela. Maud se agachó para recogerlos.

«¿Y esto qué es?», había preguntado ella, desdoblando uno. Lo alisó contra la mesa donde estaba el costurero.

«Nada», había dicho Frank. «Solo estoy apuntando algunas frases. Se me hace tan aburrido mientras espero el tren, que me invento historias mientras tanto».

«¡Historias inventadas y agujeros en los bolsillos! ¿Eso es todo lo que tienes, Frank Baum?», les había llegado la voz de su madre desde la otra habitación.

Un momento después, Matilda había entrado en la cocina como una exhalación envuelta en una falda y se había agachado para leer las palabras que Frank había garabateado.

«Eres listo, Frank. Deberías escribir algunas de estas historias».

En aquella cocina, en 1892, Maud tenía cosas más importantes de las que preocuparse que unas historias inventadas, como por ejemplo hacer la cena.

—¿Señora Baum? ¿Quiere sentarse?

Maud volvió al presente de pronto, y se percató de que todos la miraban.

Se dio cuenta también de que Judy se había colado entre la multitud hasta colocarse en primera fila. La anterior vez que Maud la había visto, no había llevado maquillaje. Pero ahora sí que llevaba colocada una base, líneas más oscuras que rodeaban su nariz, unas pestañas postizas y una línea de lápiz de ojo que hacía destacar sus ojos marrones. La espesa capa de maquillaje la hacía parecer mayor, pero la expresión esperanzada de su rostro hacía que pareciera incluso más joven de lo que era.

—¿La chaqueta perteneció al hombre que escribió el libro? —preguntó Judy, mirando perpleja la chaqueta—. ¿Cómo ha acabado aquí? ¿La ha traído usted?

—¿Traerla? —Maud observó por encima de sus gafas al pequeño grupo de gente allí congregada—. De ninguna manera he hecho tal cosa. Estoy viéndola por primera vez.

—¿Y qué hay de la etiqueta? —murmuró alguien—. ¿Realmente está su nombre ahí escrito?

Mary Smith miraba a Maud expectante.

—Sí que lo está, ¿no es así?

Maud cayó en la cuenta entonces de lo que estaba pasando en realidad. ¿Creían que solo porque era vieja eso la convertía en una necia?

—Sabe, llevo viviendo en Hollywood treinta años —dijo Maud—. Y llevo muchos más años conociendo el mundo del teatro... —Hizo una pausa para darle efecto—. Me llama al estudio para ver una vieja chaqueta, ¿y quiere que me crea que se la ha encontrado por casualidad y que perteneció a L. Frank Baum?

La joven publicista asintió con la cabeza.

—Bueno, pues reconozco un truco publicitario cuando lo veo —dijo Maud—. Le confesaré que ha sido ingenioso. El libro y su autor tienen millones de admiradores, así que si una chaqueta que perteneció al autor apareciera en el plató de rodaje, por supuesto eso tendría buena prensa. Bien hecho.

—No, señora Baum. —La mujer rubia negó con la cabeza, como si fuera un perro recién salido de la piscina—. Le aseguro que esto no es una treta. El asistente del encargado de vestuario realmente fue a una tienda de segunda mano y trajo una gran cantidad de chaquetas de hombre. —Hizo un gesto señalando un estante donde había chaquetas de todas las formas y colores—. Esta era la única que le quedaba bien al señor Morgan.

Maud trató de imaginar qué harían Frank y su madre en esta situación. Sus mundos estaban llenos de conexiones místicas y coincidencias extrañas, de maravillosos giros del destino que ocurrían para darle a la vida una forma tan elegante y bien construida como un libro impecablemente escrito.

Pero la bendición o maldición de Maud, ya que nunca había estado segura de qué era exactamente, era que siempre había podido ver los mundanos hechos detrás de las supuestas coincidencias, las poleas y cuerdas que construían el escenario, el maquillaje que cubría el cansancio y la edad de los actores, los sueños que había en las marquesinas iluminadas, que solo terminaban llenando a medias el teatro de una pequeña ciudad.

Recordaba sus días en la compañía de teatro Baum, donde su trabajo consistía en anunciar las noticias. A veces eran buenas, como el día de paga, aunque otras veces las noticias eran decepcionantes, como cuando les cancelaban un espectáculo. En aquel entonces había creído que era un defecto laboral entre los que se dedicaban al teatro, el ser tan propensos a creer en la magia. Pero quizás por la dura vida que llevaban, también eran muy propensos a volverse cínicos al encontrarse con la más mínima piedra en el camino. Y así era: el grupo allí congregado miraba a Maud con expresiones de un ansioso optimismo mezclado con desconfianza.

Pero no era así para Judy, a quien le brillaban los ojos.

—Debe ser una señal, ¿no cree?

La joven estrella llevaba una peluca de color marrón con bucles. Sus labios pintados de rojo estaban entreabiertos. Y su rostro reflejaba un asombro puro como solo lo es el de un niño. A Maud le recordó a la principal característica que había visto en el mismísimo Frank.

—Hay magia en la propia Oz —dijo Maud, haciéndole caso al instinto que le decía que tratara con delicadeza la esperanza de aquella chica.

Judy alzó una mano y tocó la manga de la chaqueta.

—Estoy segura de que esto nos dará buena suerte.

—¡Vale, atención todo el mundo! —los llamó un hombre con pantalones chinos y una camisa blanca—. Hay que ponerse a trabajar.

—Se quedará a verlo, ¿no? —Mary Smith tocó con delicadeza el brazo de Maud—. Deje que le diga dónde puede sentarse para no estorbar.

Guio a Maud a una plataforma de observación sobre un andamio a la que se accedía por unas escaleras de madera. Maud se sentó en una silla plegable para observar.

Cuando era joven, ella se había pasado incontables horas en la parte trasera de los teatros a oscuras, viendo los ensayos. Pero se dio cuenta enseguida de que aquello era bastante diferente. El plató no era un escenario, sino un gran espacio dividido en diferentes regiones: había un puente bajo el que pasaba agua de verdad a un lado, una caravana de madera junto a una pequeña fogata al otro. Había mucha gente paseando, varios grupos de operarios de cámara sentados en los altos taburetes, hombres trasteando los anchos cables de electricidad que había por todos lados, asistentes con portapapeles que iban de aquí para allá. Ethel Gumm, la madre de Judy, estaba apoyada contra una pared con los labios fruncidos, concentrada en algo.

En la escena que iban a rodar, la chica debía cruzar el puente de madera con una cesta vacía en una mano, una maleta en la otra y Totó pisándole los talones. El terrier de ojillos brillantes parecía haber salido directo de las páginas del libro. Cuando Judy cruzara el puente, el perro debía seguirla y, en el momento indicado, correr hacia su cuidador, el cual se encontraba fuera de cámara sosteniendo una bolsita con premios. Tanto la chica como el animal aguantaron pacientemente numerosas tomas de la misma escena. Cada vez que hacían la escena algo parecía ir mal: las luces necesitaban ser ajustadas, o las cámaras, o los cables. Cuando las cámaras rodaban, Judy era el foco de atención de todos, pero tan pronto como estas paraban, todo el mundo la ignoraba. Entre toma y toma, Judy se agachó para acariciar al perro, que parecía ser el único que le prestaba algo de atención.

Tras numerosas veces de repetir aquello, incluso eso cesó. Parecía que una de las cámaras no funcionaba, así que Judy esperó, sin hablar con nadie mientras el jefe de maquinistas consultaba al iluminador. Judy estaba allí sola de espaldas a Maud con Totó en sus brazos cuando un hombre de pelo oscuro se acercó a la chica por detrás y trató de pasar el brazo sobre sus hombros. Cuando lo hizo, el perro gruñó y dejó escapar unos ladridos, lo cual hizo que el hombre retirara rápidamente el brazo.

—¡Totó! —dijo Judy—. ¡No hagas eso, pórtate bien! —Se volvió con timidez hacia el hombre de pelo oscuro—. Lo siento, señor Freed.

El cuidador del perro chasqueó los dedos y Totó saltó de los brazos de Judy para dirigirse hacia él. Freed aprovechó aquello para volver a aproximarse, pero aquella vez le pasó el brazo por la cintura. Judy trató de alejarse un poco, pero el hombre se acercó aún más, susurrándole algo al oído. Maud no podía escuchar lo que el hombre decía, pero había algo en la manera en que tenía el brazo alrededor de la chica que le molestaba.

El terrier tan bien educado no se había movido de los brazos de su cuidador, pero Maud se dio cuenta de que aun así el perro vigilaba atentamente a Judy. Cuando el director anunció que iban a tomarse un descanso para comer, Maud trató de alcanzar a la chica para tener una charla en privado con ella, decirle algo sobre el personaje de Dorothy, algo que pudiera usar para su actuación, pero no hubo manera. Judy, que medía menos de un metro y medio, se perdió entre la multitud de hombres adultos que se apresuraron a echarla del plató.

Capítulo 7

FAYETTEVILLE, NUEVA YORK

1880

Maud dejó sus bolsas en la acera y subió los escalones corriendo para lanzarse a abrazar una de las columnas blancas del porche delantero. Qué extraño que solo unos meses atrás se había ido de aquella casa casi sin mirar atrás, y ahora su corazón saltaba de alegría solo con verla. Había algo tan reconfortante y sólido en ella, con su forma cuadrada, las cuatro columnas blancas en la fachada, el amplio porche y las ventanas biseladas. La casa parecía anclada al suelo, a la calle, al mismísimo vecindario. Era su hogar. Por fin, abrió la puerta principal.

Era Navidad, así que la casa estaba decorada. Había plantas de Navidad colgando de la repisa de la chimenea y alrededor de la barandilla. El olor del pollo cocinándose le llegó desde la cocina. La invadió tal alivio que sintió como si se hubiera quitado un gran peso de encima. Era un placer estar de vuelta en casa, lejos de todas las preocupaciones y el agotamiento del colegio.

Matilda apareció en el salón principal envuelta en un ajetreo de faldas y enaguas, como si hubiera sido transportada por una extraña fuerza. Era diminuta, pero tenía tal presencia que llenaba siempre todas las habitaciones con su aura. Maud se lanzó hacia ella, y Matilda la estrechó en un cariñoso abrazo.

—¡Mi alumna está en casa por fin! —exclamó Matilda—. No puedo esperar a que me cuentes todo lo que has aprendido.

Maud sopló entre sus labios fruncidos e hizo levitar su flequillo.

—He aprendido multitud de cosas sobre la humanidad —respondió Maud—. Y ninguna de ellas es buena.

—Tendrás que compartir todos los detalles —dijo Matilda felizmente, al parecer sin notar el tono desalentado de Maud.

—¿Por qué no dejamos que Maudie se asiente primero antes de atosigarla con preguntas? —sugirió Julia, y Maud le dirigió una mirada agradecida a su hermana.

—¿Dónde está mi padre? —preguntó Maud.

—Durmiendo —dijo Matilda.

Maud sintió una punzada de preocupación.

—¿Sufre de fiebre otra vez?

—Eso me temo. —Matilda asintió—. Pero lleva unos días algo mejor. Tenía muchas ganas de que llegaras. Pero bueno, vamos a cenar, ¿eh? ¡Debes estar cansada y hambrienta!

* * *

Julia estaba sentada a los pies de la cama de Maud mientras esta deshacía su bolsa de viaje. La hermana mayor de Maud tenía la cabeza pequeña y unas orejas demasiado grandes que le sobresalían a ambos lados. El pelo le llegaba por la cintura, aunque siempre lo tenía trenzado y enroscado para ocultar sus orejas. La combinación del pelo hacia arriba, las protuberantes orejas y su rostro redondo siempre le habían recordado a Maud a una alegre tetera a punto de hervir. En ese momento sus ojos de color avellana, que eran su mejor atributo, estaban iluminados y llenos de entusiasmo al tener a Maud de vuelta.

—¿Cómo ha sido? —preguntó Julia—. ¡Cuéntamelo todo!

—Supongo que depende de a qué te refieres.

Julia se inclinó hacia delante con una expresión llena de interés.

—¿Has conocido a algún joven especial?

—*Especial* no es la palabra que usaría... —Maud suspiró.

—Imagino que debe de haber multitud de actividades sociales allí. Fiestas y bailes sin parar, ¿no?

Maud no quería decepcionar a su hermana, cuyo rostro reflejaba su entusiasmo.

—Llaman a la facultad de Sage «el gallinero», y los jóvenes visitan el edificio bastante a menudo. Nos acompañan a cenar, y algunos no están del todo mal...

Maud se dejó caer en la cama y se quedó mirando el techo.

—Lo cierto es que la mayoría son horribles. Las clases son interesantes, disfrutaría mucho más de la escuela si solo estuviéramos las chicas. ¿Sabes lo difícil que es no destacar?

Julia sujetó un mechón de pelo de Maud y se lo puso tras la oreja.

—Supongo que te hemos consentido —dijo ella—. Tanto madre como padre... Siempre te dejaron ser un espíritu libre.

—¿Que soy un *espíritu libre*? ¿He sido consentida? ¿A qué te refieres con eso? —Maud se incorporó. Con los pies sobresaliendo delante de ella y encima del cubrecama parecía una niña a punto de tener una rabieta.

—Nada, querida mía. Eres perfecta tal y como eres. Eres la bella y divertida de la familia Gage.

Maud sintió cómo le temblaba el labio inferior, así que se pellizcó el brazo.

—¿Quieres decir que incluso en mi propia familia todos me consideran una caprichosa? ¿A nadie se le ocurrió informarme de ello antes de dejarme salir al mundo por mi cuenta?

Julia cerró los ojos y respiró hondo.

—Maud, no eres caprichosa, para nada. Eres como un precioso canario de plumaje brillante con el que alegras la vista de todos. Nuestra madre nunca te cortó las alas, creo que no podía soportar hacerlo... Yo no estaba tan segura de que fuera la decisión más inteligente.

—¿Plumaje brillante? ¿Alas cortadas? ¡Si estás intentando hacer que me sienta mejor, te aseguro que no está funcionando! «Maud Gage, el bicho raro».

—Cuando eres una chica, es bueno tener las expectativas claras. A pesar de lo que nuestra madre y sus amigas digan, nuestro destino en este mundo es limitado. A veces no está mal aceptarlo y aprender a vivir con ello.

Maud golpeó el cubrecama con los talones y frunció el ceño, frustrada.

—Eso es absurdo. Un pájaro con las alas cortadas no podría volar. Solo podría dar saltitos de forma patética, y cuando llegue un gato… —Maud hizo un sonido, como si fuera un gato tragándose su comida—. ¡No querrías ser ese pájaro, y yo tampoco quiero! ¿Quieres que te cuente una cosa increíble? Mi gran amiga Josie me aconsejó que intentara actuar como una aspidistra colocada en un rincón de la habitación.

Los ojos de Julia brillaron con su risa contenida, y le tembló la mano que tenía en el regazo. Su hermana estaba tratando por todos los medios de no reírse, así que Maud le dio un toquecito en el estómago.

—Ah, ¿así que crees que es divertido?

Julia soltó una carcajada.

—¡Una aspidistra! ¡Imagínatelo!

Maud se inclinó hacia ella y le susurró:

—No creo que cortarnos las alas o actuar como una maceta sean la respuesta. Si hacemos eso, ¿cómo vamos a ser mejores que los paganos de China que atan de los pies a sus mujeres?

—Pues no tienes nada de qué preocuparte. A ti no se te puede contener. Créeme, lo he intentado.

Maud estaba a punto de replicar de nuevo, pero se concentró en el rostro de su hermana y se mordió la lengua. ¿Siempre había tenido aquellas pequeñas arrugas alrededor de los ojos? ¿Y era aquello un mechón de pelo plateado entre su pelo beige? Maud apenas se sentía como una adulta a los diecinueve años, pero Julia ya tenía veintinueve. Y allí en casa el mundo era mucho más pequeño, con su padre enfermo y su madre demasiado ocupada con su trabajo como sufragista para ocuparse de los asuntos familiares. Así que, ¿no podía ella aguantar la reprimenda de su hermana en su primer día de vuelta?

—¿Sabes qué? —Maud cambió de tema—. Mi compañera Josie me ha invitado a ir a su casa a una fiesta de Navidad. Quiere que conozca a su primo hermano.

Aquello sí pareció interesar a Julia.

—¿Un joven? —preguntó.

—Sí, así es —dijo Maud, pero entonces su alegría fue sustituida enseguida por la preocupación—. ¡Seguro que me odia! ¡O se ríe de mí!

—¿Por qué crees eso?

—No tienes ni idea. Los chicos de Cornell me desprecian. Me odian por ser Maud, y doblemente por ser la hija de Matilda.

Julia quitó un trozo de hilo imaginario del cubrecama y se alisó el vestido. Maud notó que algo había ensombrecido el rostro de su hermana, pero desapareció tan rápido que nadie excepto ella lo habría visto. No se le había ocurrido pensar que Julia también podía tener problemas al encontrar un pretendiente por culpa de la reputación de Matilda.

Maud consideró la extraña expresión de su hermana, enmarcada por unos rizos rebeldes que no querían permanecer en su recogido. Mientras observaba sus inteligentes ojos y su pequeña pero ancha nariz, sintió una punzada de una sensación familiar. En su interior, sabía que su hermana quería a toda costa lo que toda señorita quería: una casa propia de la que encargarse. Y, sin embargo, aquel sueño tan común parecía eludir a Julia.

—¡Supongo que no somos idóneas para el matrimonio! —dijo Maud con convicción—. ¿Quién quiere dar de comer a un perro que muerde?

—¡Maud! —exclamó Julia, fingiendo estar horrorizada, pero no pudo evitar reírse.

—Ninguna de las dos está casada. Por lo que sé, no hay demasiadas mujeres en Dakota... —Maud empujó a su hermana en el brazo—. ¡Quizás deberías ir a visitar a T. C.! Puede que seas toda una sensación en la frontera. —Su hermano se había mudado al territorio de Dakota hacía ya varios años.

Julia se cubrió la boca con la mano, pero Maud vio que escondía una sonrisa.

—De hecho, sí que tengo un pretendiente. Se llama James Carpenter. Está intentando ganar dinero para pedir una concesión en Dakota.

—¡Julia! —Maud rodeó a su hermana con los brazos, emocionada—. ¡Qué maravillosa noticia! ¿Crees que te prometerás?

—No estoy segura. No quiero dejar a padre estando tan enfermo, y James no tiene mucho dinero. Es algo más joven que yo —susurró Julia—. No te escandalices.

—¿Cómo de joven?

—Tiene veinte años —dijo Julia.

Maud trató de reprimir la sorpresa.

—¿Casi eres una década mayor que él? Pero ¡si está más cerca en edad de mí que de ti! —Maud tocó el brazo de su hermana—. ¿Estás segura de que eso es sensato? Es mucho más habitual que la diferencia de edad sea al revés.

El rostro de Julia se transformó con una terca expresión.

—No parece que te preocupe mucho la tradición cuando se trata de tu propia vida. Mi preciosa hermana pequeña, ¿se te ha ocurrido pensar que mis opciones son limitadas, y que quizás debo aprovechar lo que se me ofrece? Quiero mucho a nuestra madre, pero es tan difícil.

—Ay, ¡qué importa su edad! —dijo Maud—. Por supuesto que quieres una casa propia. ¡No permitáis que la unión de unas almas fieles admita impedimentos! Por que es una unión de almas fieles, ¿no es así, mi dulce Julia?

Julia continuó mirando el cubrecama.

—No tiene mucho dinero, pero con lo que yo aporte será suficiente para abrir una pequeña granja en Dakota. No te interpondrás en mi felicidad, ¿no, querida Maudie? No tienes ni idea de lo que es estar aquí sola ahora que te has ido. ¡Ha llegado la hora de empezar a vivir mi propia vida!

Maud guardó silencio, contemplando la expresión seria de su hermana.

—Si lo amas, yo también lo querré. ¿Qué dicen madre y padre? Julia se llevó un dedo a los labios.

—Madre no lo sabe. No se lo diremos hasta que nuestro plan esté en marcha. En cuanto a padre... —Julia se volvió para mirar a través de la ventana.

—¿Está tan enfermo? —preguntó Maud—. ¿Por qué nadie me lo ha dicho?

—Nuestra madre no quería preocuparte y que te distrajeras de tus estudios.

Habían pasado tantas cosas desde que Maud se había ido; su padre había enfermado, Julia tenía un pretendiente... ¿Cómo podían haber cambiado tantas cosas en tan poco tiempo?

—Venga. ¿Qué me cuentas de ese joven que vas a conocer? —dijo Julia, que claramente no quería seguir hablando de la enfermedad de su padre, así que Maud trató de responder.

—No sé mucho sobre él. Pero escucha esto: trabaja en el teatro. Viaja por todas partes actuando en obras.

—¿El teatro? Eso no suena nada apropiado. Nuestra madre no querrá ni escuchar hablar de ello. Quiere que te centres en tus estudios.

Maud miró a través de la ventana.

—Intento ser agradecida. Sé lo mucho que ambos han sacrificado para poder enviarme a la universidad. Ojalá me gustara más, pero no es así.

—No irás a abandonarla, ¿no? ¡Eso destrozaría a nuestra madre!

Maud alzó una almohada y golpeó a su hermana, haciendo que salieran plumas de ella, que se quedaron flotando y reflejando la ambarina luz del sol de la tarde que entraba por la ventana.

—¡No le digas una palabra de esto! —Maud golpeó a su hermana con la almohada de nuevo—. ¡Estoy intentando que me guste, de verdad!

* * *

El día de Nochebuena hizo frío y nevó. La familia de Josie iba a mandar un trineo para recoger a Maud y recorrer los más de doce kilómetros que había hasta Siracusa. A las cuatro y media, el conductor de los Baum paró frente a la casa de Maud con los dos caballos que llevaba, la ayudó a subir en el asiento y le proporcionó varias capas para taparse y que estuviera calentita. Maud saludó a los otros pasajeros, que eran parientes de los Baum de la ciudad vecinal de Manlius. Los cascabeles sonaron mientras el trineo recorría el camino que iba desde Fayetteville a Siracusa. Caían grandes copos blancos de nieve que revoloteaban en el aire, y cada vez que respiraba, se formaba una gran nube de vaho frente a ella. Tenía las manos embutidas en un manguito de piel sobre las pesadas mantas de lana, y llevaba una gruesa chaqueta de lana y una bufanda, bajo las cuales tenía un lujoso vestido carmesí de terciopelo. Estaba suficientemente abrigada, pero aun así estaba temblando por la expectación que sentía ante la fiesta de aquella noche.

Maud se había convencido a sí misma de que no estaba para nada interesada en conocer a ningún hombre. Se había pasado más tiempo en Cornell evitando a los caballeros que conociéndolos. Así que conocer a aquel actor nómada, la cual era una profesión de lo más extraña, estaba destinado a ser un encuentro incómodo. No importaba lo mucho que Josie hubiera alardeado de lo encantador que era su primo: Maud estaba segura de que no le gustaría. No estaba buscando un pretendiente, ya que su trabajo eran los estudios.

La puerta de la residencia de los Baum estaba decorada con una gran corona de pino. Era una gran casa de estilo renacentista, establecida en una de las calles más bonitas de Siracusa. A través del cristal biselado de la puerta vio sombras que pasaban de un lado al otro, hasta que por fin esta se abrió con el tintineo de las campanas. Josie saludó a Maud y a sus compañeros de viaje, la ayudó a quitarse el abrigo y admiró su vestido de Navidad. Por encima del hombro de su amiga vio que la habitación estaba abarrotada de invitados.

—Está en el salón principal —susurró Josie, acercándose a ella con complicidad. Y en un tono de voz normal dijo—: ¡Pasa, pasa!

Josie guio a Maud a un espacioso salón. En una esquina había un grandísimo y fragante árbol adornado con caramelos, lazos, hojalata recortada y velas brillando. Un caballero estaba tocando un villancico al piano mientras otro grupo cantaba. Algunos estaban reunidos en grupos, charlando jovialmente. Josie se apartó un momento para saludar a un nuevo grupo de invitados que había llegado, y Maud se sintió intimidada de pronto. No conocía a la familia Baum, pero en ese momento una gran mujer con el rostro colorado y ataviada con un vestido esmeralda entrelazó su brazo con el de Maud. .

—Tú debes de ser Maud Gage. Eres tan bonita como mi hija me ha dicho. ¡Me ha contado tantas cosas sobre ti! —A Maud le gustó la madre de Josie enseguida, y la siguió cuando se adentró en el salón—. Hay alguien a quien Josie quiere que conozcas.

La habitación estaba tan abarrotada que ambas tuvieron que abrirse paso entre el grupo junto al piano y varios de los grupos que estaban inmersos en la conversación. Al fin llegaron a la pequeña congregación de gente que la anfitriona había estado buscando. Había un hombre alto de espaldas a ellas. Maud se arrepintió de pronto de haber accedido a aquella introducción. ¿En qué había estado pensando? Trató de liberarse del agarre de la madre de Josie, pero la señora Baum la tenía fuertemente atrapada. Con la otra mano, le dio unos golpecitos al caballero en el brazo, y este se volvió. Maud se encontró cara a cara con un delgado hombre de pelo marrón, brillantes ojos grises y un grueso y oscuro bigote. Sintió que una sensación caliente y extraña se deslizaba desde su garganta hasta su vientre.

La señora Baum empujó cuidadosamente a Maud en su dirección.

—Este es mi sobrino, Frank. Frank, quiero que conozcas a la señorita Maud Gage. Estoy segura de que vas a adorarla.

El joven inclinó la cabeza hacia Maud, y lentamente esbozó una sonrisa.

—Considérese usted adorada, señorita Gage.

Podía ver un brillo de alegría en los ojos del caballero. ¿Estaba mofándose de ella? Él parecía estar esperando una respuesta.

—Le tomo la palabra —respondió Maud con brusquedad—. Espero que esté usted a la altura de tal promesa.

Se dio la vuelta rápidamente para no darle la oportunidad de responder, y en ese momento vio a Josie acercándose a ella con los ojos brillantes.

—¿Y bien? ¿Qué te ha parecido? —susurró Josie—. Es apuesto, ¿verdad?

Maud entrelazó las manos a la altura de su vientre, tratando de recuperar la compostura.

—¿Y bien? —dijo Josie, mirando a su amiga, expectante.

Antes de que Maud hubiera decidido qué decir, las interrumpió la madre de Josie haciéndoles un gesto para que se unieran a los cantantes de villancicos junto al piano.

Maud entrelazó el brazo con Josie mientras cantaban. Por encima del hombro le llegó una de las voces, un tenor que se separó de los demás cantando con un melódico contrapunto, pero no se giró para buscar el origen de esa voz. El pianista tocó los villancicos más populares de un libreto, y Maud y Josie cantaron alegremente, pidiendo sus favoritos sin soltarse del brazo. Maud estaba tan concentrada en las canciones que no pensó en el primo de Josie en absoluto. Y para cuando terminó de cantar, el joven había desaparecido.

* * *

Estaba sentada mientras charlaba con un grupo de chicas, cuando vio a Frank Baum entrar en la habitación.

—¿Le importa? —preguntó él, señalando una silla cerca de ella.

—Por favor —dijo Maud.

—Me temo que la he ofendido.

—En absoluto —respondió Maud—. Si me ofende, lo sabrá enseguida.

—¿Y cómo lo sabré? —preguntó él, divertido.

—Porque se lo diré yo misma.

—Mi prima Josie la tiene en alta estima. Me ha contado muchas cosas de usted.

—¿Qué clase de cosas le ha contado? —Maud se sonrojó ante aquella insinuación. Claramente él no sabía que Maud había escuchado demasiadas veces a la gente hablando de ella.

—Déjeme ver si lo recuerdo… Ah, no necesito acordarme. ¡Lo tengo aquí mismo! —dijo él.

Se metió la mano en el bolsillo y sacó una carta, la cual comenzó a leer en voz alta.

—«Lo hemos pasado muy bien en el día de Todos los Santos» —leyó con una voz musical y acogedora—. «Las chicas decidimos hacer una sesión de espiritismo…».

—¡No le habrá contado eso! —exclamó Maud.

Frank sonrió, su expresión claramente amistosa pero no libre de un punto pícaro.

—«Todas obtuvimos una pista de nuestros futuros maridos…».

Maud se levantó y trató de quitarle la carta de las manos, y él sonrió y se la dio.

—«A excepción de Maud. Todos los golpes cesaron al completo cuando le preguntamos sobre su futuro marido» —dijo, recitando de memoria—. «¡Creo que los espíritus le tenían más miedo a ella que el que ella les tenía a los espíritus!».

Maud estaba a punto de estallar. ¿Cómo podía haberle contado Josie lo de la sesión de espiritismo? Aquello no estaba yendo como había esperado.

—«Y entonces» —continuó diciendo él, aún de memoria—, «la rama de un árbol comenzó a dar golpecitos en la ventana hasta llegar a la letra *F*».

Maud deseó poder retroceder al principio de aquel encuentro y comenzar de nuevo. Cada vez que él la miraba, escuchaba un zumbido, como si aquella conversación estuviera ocurriendo en el vagón de un ferrocarril.

—Así que, desde ese momento —concluyó Frank—, no podía esperar a conocerla. ¡Me moría de ganas por conocer a la jovencita que tiene aterrorizados a los mismísimos espíritus!

En ese momento Maud estaba segura de que estaba burlándose de ella, incluso aunque su expresión no diera a entenderlo.

—Los espíritus no me temen —dijo Maud—, ni yo les temo a ellos. No creo en los espíritus.

Aparentemente entretenido por aquello, el caballero tan solo se pasó la punta de su largo dedo índice por el bigote, sin decir nada.

Maud se sentía cada vez más frustrada, pero estaba decidida a ser amable, aunque solo fuera por Josie. Así que trató de entablar conversación de nuevo.

—Dígame, señor Baum. ¿En qué trabaja?

—Soy actor —dijo él—. También director, y director de escena. ¡Ah, y escritor! Quizás lo de escritor debería decirlo primero. Soy el principal miembro de la compañía de teatro Baum. Es una compañía pequeña, viajamos de ciudad en ciudad exhibiendo nuestras obras. Es una vida errante, pero no podría pedir nada más.

—Ah —dijo Maud—. No sé nada sobre el teatro. ¿Cómo se convierte uno en un hombre de teatro?

—Bueno, no se me daba bien nada más —respondió Frank, y al sonreír se le arrugaron los ojos—. Me temo que no tengo ni un ápice de aptitud para los negocios. A no ser que ese negocio sea la magia.

—¿Magia?

Se le iluminaron los ojos. Él abrió mucho los brazos como si allí mismo fuera a empezar a lanzar hechizos por sus alargados dedos.

—¿No es eso el teatro? Hacer magia como de la nada, construir un mundo entero desde cero, con solo la imaginación. No hay nada como eso. Y sobre cómo empecé en esto, mi padre construyó un teatro para mí, gracias al petróleo. No me avergüenza admitir que soy el beneficiario de su extraordinaria generosidad, pero todas las obras son mías. Lo hago todo por mi cuenta: actúo, escribo las canciones, hago la coreografía… Incluso uso todos los últimos trucos para construir el escenario. Todo al servicio de la fascinante, transformadora, elusiva y etérea búsqueda de la magia. Por eso estaba tan emocionado por conocerla, señorita Gage. —Él la miró a los ojos—. Muy pocas señoritas están interesadas en estas cosas. Y allí estaba la amiga de mi prima, organizando una sesión de espiritismo. ¡Debe ser usted una individua de lo más valiente!

Aquel discurso había sido tan extraño que Maud no sabía qué pensar de él. Pero, aun así, había algo en su comportamiento que la había cautivado.

—Siento decepcionarlo, pero me temo que no me asustan los espíritus porque no creo en ellos, no porque sea valiente. Aunque, si me permite decirlo, sí es cierto que no me asusto con facilidad.

Frank estaba mirándola fijamente con interés.

—¿No la asusta nada?

—Bueno, yo no he dicho que no me asustara *nada*. No me gustan demasiado los espantapájaros, y no tolero que se mofen de mí, ya que pierdo los nervios. Supongo que me asusta mi propio temperamento.

—¿Espantapájaros? —preguntó Frank como si aquella fuera la afirmación más fantástica que hubiera escuchado jamás—. ¿Y por qué no le gustan los espantapájaros? Apenas espantan a los pájaros, y mucho menos a una persona. He visto algunos que se llevaban tan bien con los pájaros que parecían invitarlos a entrar a los campos.

Maud trató de reprimir una sonrisa, pero estalló en una carcajada.

—Nuestros vecinos tenían un espantapájaros en su patio. Lo veía desde mi ventana, ¡y estaba segura de que en algún momento iba a descender del poste y perseguirme! —admitió ella.

—Ojalá la hubiera conocido de niña, debió ser usted una jovencita increíble —dijo Frank.

—Oh, me habría odiado —soltó Maud—. Era un marimacho, mi madre me dejaba ir por ahí con los pantalones usados de mi hermano. Escalaba árboles, jugaba a las canicas… ¡Tanto los chicos como las chicas se burlaban de mí!

Frank se rio y se acercó a ella.

—Ahora estoy seguro de que *jamás* la habría odiado —dijo él.

—Estoy tan feliz de que os estéis conociendo. —Maud se percató solo entonces de que la tía de Frank, Josephine Baum, había estado allí de pie, pendiente del emparejamiento.

—La señorita Gage me estaba contando que no le gustan mucho los espantapájaros —dijo Frank cordialmente—. A mí, sin embargo, me gustan bastante. He tenido algunas conversaciones muy interesantes con esos hombrecillos de paja.

Josephine le dedicó una radiante sonrisa a su sobrino.

—Frank dice unas cosas de lo más inusuales, ¿no es así? Podría escucharlo hablar todo el día. Una vez estábamos viajando a Onondaga y durante todo el trayecto me contó la historia del caballo que tiraba del carruaje. Era solamente un viejo caballo, pero Frank se inventó toda una historia sobre su vida. ¿Lo recuerdas, querido Frank? ¿No lo llamaste «Jim el Caballo de Carruaje»? Nos desternillamos contigo. Ojalá recordara esa historia para poder contársela a más gente…

Frank se rio.

—Creo que no me acuerdo de Jim el Caballo de Carruaje, tía, pero en mi opinión todos los caballos de carruajes tienen mucho que contar. Han tenido unas vidas de lo más interesantes, ¿no es así? Viajan por todos lados y ven toda clase de cosas.

—Ah, Frank. —Su tía sonrió con benevolencia—. Siempre tan imaginativo. Venid a la sala de estar —les dijo a ambos—, vamos a servir la cena.

La mesa estaba cubierta por un mantel damasco carmesí, y los cubiertos eran de plata. Un ganso con la piel dorada y crujiente ocupaba el centro de la mesa. Había una sopera plateada con sopa de ostras, y puré de patatas con una pinta apetitosa, dos tipos de pudín y una tartaleta de fruta preciosa. Pero Maud apenas podía comer. Estaba sentada al final de la mesa, y trató de no mirar en dirección al señor Baum. Esperaba poder hablar con él después de la cena, pero cuando aún estaban acabando, vio que se excusaba de la mesa.

—Siento irme tan temprano —dijo a los allí reunidos—, pero la nieve está cayendo con fuerza. Debo irme ya, antes de que nieve tanto que el carruaje no pueda pasar.

Salió de la sala con un afable gesto de adiós, pero no miró en su dirección. Maud lo siguió con la mirada, y sintió que se quedaba petrificada. El encuentro claramente había sido un fracaso.

Tras recoger los platos, el grupo se trasladó al piano, pero cuando Maud alzó la mirada vio a Frank en el umbral de la puerta, ahora vestido con un abrigo y un sombrero, y con algo de nieve en sus hombros. Le hizo un gesto para que se acercara. Maud miró a su alrededor, y vio que nadie estaba mirándola.

Se alejó del grupo y cruzó al recibidor.

—Pensaba que ya se había marchado —susurró ella.

—No podía irme sin hablar con usted de nuevo —le dijo.

Maud sintió que se le aceleraba el corazón.

—Me gustaría visitarla. ¿Mañana? ¿Pasado mañana? ¿La semana que viene?

—Mañana es Navidad, ¡no puede venir!

—Tengo que volver a Pensilvania con la compañía de teatro el día de Año Nuevo.

—Y yo vuelvo a la escuela. No volveré a casa hasta marzo —dijo, tratando de fingir que no le importaba.

—Querría visitarla —repitió él, y se volvió cuando escuchó las campanillas de los arneses en el exterior—. Por favor, debo irme… Mi caballo se impacienta. Siento tener que irme tan repentinamente. Por favor, me gustaría visitarla antes de que regrese a Ithaca. ¿Puedo?

Maud trató de decir que no, pero en su lugar, asintió con la cabeza. Él esbozó una deslumbrante sonrisa, inclinó su sombrero y acto seguido salió al exterior, donde desapareció entre la nieve.

* * *

Maud iba a regresar a Fayetteville por la mañana temprano para celebrar el día de Navidad. Pero esa noche iba a quedarse en casa de Josie. Una vez que los invitados se marcharon, las chicas fueron arriba y se ayudaron la una a la otra a quitarse los vestidos de Navidad, desatarse los corsés y quitarse los alfileres del pelo. Cuando por fin fueron libres, vestidas con sus camisones, se tumbaron juntas en la cama.

—Entonces, ¿qué te ha parecido? —preguntó Josie.

Maud estaba nerviosa y, por una vez, no sabía qué decir. Con aquella cháchara sobre caballos de carruajes, espantapájaros amistosos y magia, decididamente parecía ser alguien bastante extraño. Y, sin embargo, el recuerdo de su rostro, de su sonrisa y de aquellos ojos grises no se le iban de la cabeza.

—No lo sé. Sí. No. No estoy segura —respondió Maud—. No sé qué me ha pasado. No parecía ser capaz de entablar una conversación sensata con él.

—Frank siempre dice cosas de lo más extrañas, ¿verdad? Siempre me pareció que os llevaríais bien. ¡Ambos sois tan diferentes de los demás!

—De todas formas, no estoy buscando un pretendiente —dijo Maud—. Y estoy segura de que no le he gustado.

Las chicas se quedaron en silencio durante unos minutos.

—Aunque sí que tenía una sonrisa bonita —dijo Maud.

Josie dejó escapar un suspiro de felicidad.

—¡Lo sabía!

* * *

El jueves siguiente al día de Navidad, la familia Carpenter, que eran primos lejanos de la familia de Matilda, fue a hacerles una visita. Julia le confesó en voz baja a Maud que entre los visitantes estaría su pretendiente, el señor James Carpenter. Con las mejillas sonrojadas y los ojos brillantes, Julia se vistió con su falda a cuadros con ribetes de terciopelo azul oscuro. Maud la ayudó con el pelo, enroscándole la larga trenza y asegurándola con alfileres en lo alto de la cabeza para taparle las orejas. Después le alisó los rebeldes rizos, y dejó unos cuantos mechones sueltos para enmarcarle el rostro.

—Estás preciosa —susurró Maud.

Julia se tocó el pelo con nerviosismo y se sonrojó.

—Para nada, sé que no soy guapa. —Se miró angustiada en el espejo y se tiró de la cintura del vestido—. Habría sido una buena maestra si no fuera por mis nervios.

—No digas eso —protestó Maud. Aquella no era la primera vez que mencionaba eso, y estaba empezando a molestarle.

No pensaba que su hermana fuera fea. Era pequeña de estatura y tenía rasgos que no resaltaban, pero sus ojos color avellana y su pelo rubio oscuro eran bonitos. Su madre siempre había tenido un plan para Julia: quería que estudiara para convertirse en maestra. Pero a Julia no se le daba bien estudiar, a pesar de que era inteligente y le encantaba leer. Los estudios habían acabado siendo demasiado para ella. Julia estaba conforme en casa, pero Maud odiaba cómo su madre le daba órdenes.

Ese día Julia estaba preciosa, Maud lo pensaba de verdad. Y además esperaba la visita de su pretendiente. Pellizcó a su hermana en las mejillas para colorearlas y le pasó el brazo por la cintura para darle un apretón tranquilizador.

El señor James Carpenter era delgado y huesudo, con una cara de niño que lo hacía parecer incluso más joven de lo que era. Maud no pudo evitar comparar a aquel joven con el hombre que había conocido la semana anterior. Mientras que la mirada de Frank Baum había sido acogedora y llena de vida, Maud vio algo extrañamente perturbador en el semblante de James Carpenter. Al principio no supo qué era, pero después de verlo acercarse a servirse ponche de ron varias veces, se dio cuenta de que estaba ebrio.

Maud estaba sentada junto a Julia en uno de los sofás del salón cuando se acercó a ellas.

—¿Está estudiando en la universidad? —Su comportamiento no parecía ser totalmente amistoso.

—Así es —respondió Maud—. Estoy estudiando Literatura.

El joven no parecía tener ninguna respuesta para eso, y dejó que se estableciera un incómodo silencio entre ellos.

—¿Y usted? ¿En qué trabaja? —preguntó Maud, tratando de ser educada.

—Tengo intención de explorar el campo del cultivo agrícola —dijo grandiosamente—. En este momento estoy reuniendo los fondos necesarios —añadió—. Mi plan es irme al territorio de Dakota este año.

Sin ni siquiera inclinar la cabeza, se dio media vuelta y se alejó.

—¿Qué piensas de él? —susurró Julia.

—Bueno, no estoy segura... —dijo Maud—. Acabo de conocerlo, pero es un poco brusco. ¡Y es tan joven!

Julia frunció el ceño.

—No es brusco, ¡solo es ambicioso! Es tan apasionado. Estoy segura de que tendrá éxito en Dakota.

—Creo que sí hay algo que le apasiona, y ese algo es el ponche de ron —murmuró Maud, pero Julia no pareció escucharla, ya que estaba siguiéndolo con la mirada.

—Es muy apuesto, ¿no crees?

Maud no podía comprender cómo su hermana estaba embelesada por aquel chico tan joven y desagradable, pero no quería herir sus sentimientos, así que se limitó a murmurar que estaba de acuerdo con ella.

Maud se cansó pronto de los invitados y deseó poder subir a su cuarto, vestirse con un cómodo vestido de estar por casa, y ponerse a leer. Al menos en «el gallinero» podía retirarse cuando quisiera para estar a solas en la biblioteca. Pero en casa estaba siendo constantemente obligada a vestirse bien y hablar con gente que le parecía de lo más aburrida. De vez en cuando, se sorprendía a sí misma recordando al extraño joven de ojos grises.

Probablemente estaría esperando una invitación para visitar la casa de los Gage. Maud sabía que no podría venir de visita a no ser que fuera invitado, y si Matilda lo invitaba, Maud estaría dejando claro su interés en él. Pero Maud aún no había pensado en cómo hablarle a su madre de todo aquello. Si le decía que quería recibir la visita de Frank Baum, Matilda la sermonearía sobre que debía centrarse en sus estudios y no en los chicos. Estaba tan obsesionada con el diploma de Maud que a veces parecía que lo quisiera más para sí misma que para su hija.

Estaba tan sumida en sus pensamientos que casi no se dio cuenta de que su madre se había acercado a ella.

—¿Maud? —dijo ella—. ¿Podrías ayudarme un momento?

Tenía un cordel en la mano del cual colgaba una llave de hierro.

—Por supuesto, madre.

—¿Podrías traer una jarra de sidra de la despensa? La cocinera está ocupada removiendo las natillas y no puede separarse del fuego.

Maud asintió, agradecida por tener algo que hacer aparte de estar ahí sentada entre los invitados.

James Carpenter estaba apoyado contra la pared cerca de la ventana, conversando con Julia. Pero Maud tuvo la incómoda sensación de que sus ojos la seguían cuando pasó junto a ellos.

Maud entró en la cocina, donde la cocinera irlandesa, Mary O'Meara, estaba junto al fuego. Maud atravesó la cocina y salió al pasillo que conectaba con la despensa trasera. La llave de hierro era difícil de encajar en la cerradura, y estaba aún tratando de insertarla cuando sintió una presencia tras ella.

—¿Le echo una mano, señorita Gage?

Se le cayó la llave al suelo del susto, y esta repiqueteó sobre el piso de ladrillo. Se giró y encontró a James Carpenter justo a su espalda.

Él se agachó y recogió la llave, acercándose demasiado a ella para insertarla en la cerradura. La puerta por fin se abrió con un chasquido, dejando escapar una ráfaga de aire frío que olía a patatas, zanahorias y paja.

—Escuché decir a su madre que necesitaba algo, así que pensé que podría ayudarla a llevarlo.

Su tono era halagador, pero sus labios rosáceos no esbozaban una sonrisa, así que no se atrevió a mirarlo a los ojos. Donde se encontraba en el pasillo, estaba a solo unos pasos de su acogedora cocina, que estaba inundada del olor a la vainilla, el azúcar y la leche hirviendo, pero había cerrado la puerta tras de sí para evitar que el frío entrara en la cocina, y se percató de que él había hecho lo mismo al seguirla. ¿Acaso nadie lo había notado? Desde luego alguien debía pensar que era extraño y demasiado descarado que un invitado la siguiera hasta el pasillo. Pero cuando Maud había pasado por la cocina, ciertamente Mary había estado concentrada en remover las natillas.

—Muchísimas gracias, señor Carpenter, pero no preciso de su ayuda en absoluto —le dijo Maud con voz firme—. Le sugiero que vuelva a la fiesta, todos estarán preguntándose a dónde ha ido.

Aún negándose a mirarlo, dio media vuelta y entró en la despensa, y fue rápidamente al estante donde estaban las jarras de sidra. A su espalda, la puerta de la despensa se cerró y la habitación se sumió en la oscuridad. Dentro del reducido espacio Maud escuchó otra respiración, y se dio cuenta de que él había entrado detrás de ella. Se volvió para encararlo, echándose hacia atrás lentamente mientras se le acostumbraba la vista a la oscuridad.

—No necesito su ayuda —repitió Maud sin poder esconder el ligero temblor de su voz.

—Solo estoy aquí para ayudar a una jovencita muy bella —dijo, dando un paso hacia ella.

—¡Por favor, váyase!

Él soltó una carcajada.

—Suponía que estaría ya acostumbrada a estar a solas con hombres, siendo una alumna de universidad...

La vista se le acostumbró a la oscuridad con ayuda de la tenue luz que se colaba bajo la puerta. Tomó con una mano una jarra de barro pesada y calculó la distancia que tendría que recorrer hasta la salida. La habitación era estrecha y no estaba segura de poder pasar por su lado. Dio un paso hacia delante esperando que se apartara, pero en su lugar él avanzó hacia ella.

—Por favor, señor Carpenter, déjeme en paz y vuelva a la casa —le pidió Maud—. No necesito su ayuda.

Él volvió a reírse, y ella detectó el alcohol en él.

—Ah, la señorita Maud Gage, hija de la famosa sufragista. ¡Quizás me apetezca más quedarme y disfrutar de su compañía!

Y con eso, se lanzó hacia ella.

Sin pensárselo, Maud lanzó la pesada jarra con tanta fuerza como fue capaz. Le dio en la barbilla y lo hizo retroceder antes de estrellarse contra el suelo. Maud aprovechó la oportunidad y corrió hacia la salida, empujando con fuerza la pesada puerta.

Aliviada, salió al pasillo y enseguida estuvo en la cocina, donde Matilda la miró con desaprobación.

—¿Tardas una barbaridad y encima vuelves con las manos vacías?

Maud estaba conmocionada y tratando de pensar cómo decirle lo que había pasado.

—¡Y te has mojado el vestido! —dijo Matilda.

—Lo siento, madre… Se me ha caído la jarra y me ha salpicado la sidra.

En ese momento James Carpenter entró en la cocina con una jarra de sidra en cada mano.

—Aquí tiene, señora Gage —le dijo—. Estaba echándole una mano a la señorita Gage.

Matilda estaba perpleja.

—Pero bueno, señor Carpenter, ¿se ha hecho daño?

Él dejó las jarras en el mostrador y se pasó una mano por la barbilla. Pareció sorprendido de encontrar sangre en su mano.

—Debo de haberme cortado al agacharme para levantar las jarras.

Al decir aquello miró a Maud, como si estuviera retándola a contradecir sus palabras.

Maud estaba aún intentando recuperar la compostura cuando Matilda habló de nuevo.

—Querida Maudie, ¿por qué no vas arriba y te cambias?

Maud entrecerró los ojos y fulminó con la mirada a James, esperando que entendiera con aquello que el hecho de que no estuviera diciendo nada, no significaba que se fuera a ir de rositas. Pero James se deslizó fuera de la cocina sin mirarla.

Parpadeando para evitar llorar, Maud atravesó el atestado salón y se apresuró a subir las escaleras. Una vez en su habitación, se quitó el vestido lleno de sidra, se desató el corsé y se dejó caer en la cama. Había decidido que no iba a volver a la fiesta.

Tras un rato escuchó el sonido de una vajilla y unos pasos ligeros por el pasillo. Julia entró con una bandeja de natillas aún calientes y una manzanilla. Temiendo que su hermana le preguntara por lo que había pasado, Maud agarró uno de sus libros y se puso a leer. Esperaba que su hermana supiera que escondía algo, aunque aún tenía que pensar en cómo abordaría aquel incómodo tema con ella.

Julia se sentó al borde de su cama, y cuando Maud la miró, vio que el rostro de su hermana estaba iluminado por una sonrisa. Sacó la mano del pliegue de la falda y reveló un delgado anillo de oro en el dedo anular.

Maud miró horrorizada el anillo.

—Julia, ¿qué has hecho?

—¿Cómo que qué he hecho? —Julia palideció.

—¿Lo has pensado bien? No sé si es la mejor decisión.

A su hermana le destellaron los ojos con un desafío en ellos.

—Aceptaré tus mejores deseos, pero no me interesa tu opinión.

* * *

Al día siguiente, Maud trató de hablar con Julia de nuevo cuando la encontró en el salón, a solas.

—Hermana, ¿estás segura de verdad? ¿Conoces lo suficiente a este joven?

Julia suspiró y entrelazó las manos en su regazo, dándole vueltas al anillo de oro alrededor de su dedo en silencio.

—No podemos saber el futuro —dijo Julia—. Lo único que sé es cómo es mi vida ahora mismo, y quiero escapar de ello. —Miró a Maud a los ojos y agregó—: He tomado mi decisión, hermana. No quiero volver a hablar de esto.

Matilda estaba en su estudio de espaldas a Maud, con sus acuarelas dispuestas en una paleta frente a ella. Tenía delante una pintura a medio terminar de un jarrón lleno de nomeolvides.

—¿Podría hablarte de un asunto, madre? —preguntó Maud.

Matilda se volvió, saludándola de forma distraída.

—¿Qué ocurre, Maud?

—Es sobre el señor James Carpenter... ¿No tienes reservas sobre él?

—No estoy segura de saber a qué te refieres.

—Su edad está más cerca de la mía que la de Julia —empezó a decir Maud, tratando de decidir cuál era la mejor manera de expresar sus dudas—. Parece...

Matilda suspiró, y solo entonces Maud se fijó en los círculos oscuros bajo los ojos de su madre. Matilda era incansable, infatigable, la autora de libros y discursos, la matriarca de la casa, la persona sobre la que recaía toda responsabilidad, desde vigilar lo que se cocinaba o educar a sus hijas, hasta salvar el futuro de toda mujer. Maud siempre había pensado en su madre como en un ser invencible, pero en ese momento se dio cuenta de que ella también necesitaba descansar a veces.

—Es ambicioso, y parece que goza de buena salud. ¿De verdad dejarías que su edad se interpusiera en la búsqueda de la felicidad de tu hermana? La mayoría de las mujeres se casan con hombres tan mayores que podrían ser sus padres, y terminan teniendo que cuidar de un cascarrabias y un quejoso al avanzar su edad. Y después se encuentran viudas y obligadas a mudarse con sus hijos.

Maud sabía que aquello era cierto, incluso en su propia familia. Los episodios de fiebre de su padre lo tenían encamado a menudo, lo cual dejaba a su madre a cargo de todas las responsabilidades familiares. Y a pesar de que se desvivía escribiendo y hablaba mucho acerca del pago por los derechos de autor, casi nunca les llegaba ese dinero. Las aliadas de su madre del movimiento sufragista no parecían sufrir aquellas dificultades. Matilda, la tía Susan y la señora Stanton estaban escribiendo una serie de libros juntas, varios volúmenes sobre la historia del movimiento sufragista de la mujer. Llevaban años trabajando en ello, pero si tenía que ser sincera, su madre hacía casi todo el trabajo. Susan decía que se le ocurrían cosas, pero no sabía cómo plasmarlas, y la señora Stanton estaba demasiado ocupada para ayudar la mayor parte del tiempo. Maud no podía evitar fijarse en la diferencia de sus circunstancias. La tía Susan, que estaba soltera y sin hijos, ganaba grandes sumas de dinero dando discursos, y la señora Stanton era una mujer adinerada que viajaba fuera del continente sin preocupaciones. Su madre, sin embargo, tenía que gestionar casi sin ayuda la familia, las finanzas, su propio trabajo y el trabajo para el movimiento.

—Me hago mayor —dijo Matilda—. Sería de gran ayuda que Julia estuviera bien colocada. Estoy segura de que sabes que no ha tenido las mismas posibilidades que tienes tú.

—Sería mejor que se quedara en casa antes que casarse con el hombre incorrecto. ¿No has dicho tú misma eso incontables veces?

—¿Qué indicios tienes contra este joven? —preguntó Matilda—. Si tienes algo que decir, dilo ahora.

Maud abrió la boca con la intención de contarle a su madre el incidente en la despensa, pero se le vino a la cabeza el rostro de su hermana: su expresión desafiante, la certeza de que estaba tomando la decisión correcta. ¿Qué derecho tenía Maud de poner a su madre en contra de Julia? Desde el día en que Julia había abandonado sus estudios, su madre no la había tratado de la misma manera. La gran Matilda Joslyn Gage no tenía paciencia para la debilidad, y era intolerante con aquellos que carecían de la determinación suficiente para luchar. Maud estaba segura de que, de haber nacido siendo hombre, Matilda habría tomado las armas para luchar por la Unión, se habría enfrentado a la artillería y los cañones en el campo de batalla y habría alentado a sus camaradas a no temer al enfrentamiento. Pero su madre se había tenido que contentar con repartir banderas y dar discursos, tratando de persuadir a los jóvenes hombres de su generación a luchar contra el azote de la esclavitud. Su campo de batalla era su propio hogar, y sus hijas, sus soldados. Bajo su punto de vista, Julia era una desertora de la gran causa que era la emancipación de la mujer, y Maud sabía lo mucho que le pesaba aquello a su hermana. Maud apretó los puños bajo los pliegues de su falda, tragó saliva y decidió una vez más no decir nada.

—Habla, Maud. ¿Tienes algo que decir?

En lugar de hablar sobre la situación de su hermana, pensó que tal vez podría ser valiente por sí misma.

—¿Maudie?

—Sí que tengo algo que decir, madre. Pero es sobre otro tema.

—¿Tus estudios? —dijo Matilda, ansiosa por saberlo—. ¿Has escogido tu campo de estudio?

—No es sobre mis estudios, madre. Lo creas o no, de vez en cuando pienso en otras cosas.

Matilda frunció el ceño, pero suavizó la expresión enseguida.

—Por supuesto, querida. ¿De qué se trata?

—Me gustaría recibir una visita del primo de Josie, Frank Baum. ¿Podrías invitarlo?

La frente de Matilda se arrugó levemente.

—Frank Baum, el primo de Josie... ¿Es ese el hijo de Benjamin Baum, el dueño de la finca Rose Lawn en Mattydale?

Maud asintió enérgicamente.

—El mismo. Es el primo hermano de Josie Baum.

—Tengo entendido que los negocios de los Baum han disminuido considerablemente...

—No sé nada sobre eso —dijo Maud.

—¿Y en qué trabaja el joven?

—Es actor —dijo Maud—. Y escritor de obras.

Maud hizo una pausa deliberada.

—Vuelves a Cornell en dos días. Creo que es mejor que por ahora te centres en tus estudios sin la distracción de la visita de un joven... Especialmente uno con una profesión tan inestable e insegura. Primero, tu diploma, y después, un hombre ilustrado. No te mereces nada menos.

Matilda, convencida de que aquella reunión había terminado, le dio la espalda a Maud y mojó el pincel en un tarro de agua, dándole unos suaves toquecitos en el borde.

—Pero ¡madre! —dijo Maud.

—Hablaremos de esto más adelante —respondió Matilda—. Quizás cuando termine el año escolar.

—Pero ¡madre! —protestó Maud de nuevo—. Para eso quedan meses, me habrá olvidado para entonces.

—Y quizás tú te olvides de él para entonces. No veo razón para proseguir con esto, parece un emparejamiento totalmente inadecuado.

Maud vio por la postura de los hombros de su madre que no admitiría más discusión.

No pudo evitar volver a pensar una y otra vez en aquella conversación apresurada en el vestíbulo de la casa de Josie. Había rogado que lo invitara. ¿Cómo respondería ante su silencio? Probablemente seguiría adelante, y aquel breve encuentro sería olvidado.

Para cuando acabaron sus vacaciones, Maud no podía esperar a volver a Cornell. A pesar de las dificultades a las que se había enfrentado allí, su casa en comparación se había vuelto sofocante e inaguantable. Y quizás Josie tendría noticias sobre Frank Baum.

Capítulo 8

HOLLYWOOD

1939

Unos días después del incidente con la chaqueta de la tienda de segunda mano, Maud volvió a los estudios de la MGM, esperando poder hablar con la joven actriz a solas. Desde que había visto a Judy por última vez, no había podido dejar de pensar en la chica. En ocasiones, Maud se giraba de pronto porque pensaba que había escuchado un trozo de la canción sobre el arcoíris, pero no era más que el claxon de un coche que pasaba, o el viento acariciando los arbustos bajo su ventana.

Quizás podría tener unos minutos para hablar con Judy, conocerla un poco más y darle algunos consejos sobre Dorothy. Aunque la había visto muy poco, tenía la sospecha de que la joven sería más receptiva a sus sugerencias que el resto de los hombres que había allí.

En aquella ocasión, cuando Maud llegó a los estudios, la dejaron pasar a través de la multitud que había allí congregada en busca de un autógrafo. Su nombre había sido añadido a la lista de visitantes aprobados para la producción número 1060, así que el guardia la condujo al estudio número veintisiete.

En el exterior del estudio de sonido otro guardia señaló hacia una luz roja que giraba sobre la puerta, la cual marcaba que no se podía entrar, ya que las cámaras estaban rodando. Maud se apoyó sobre la pared de estuco y esperó. El brillante sol de

California se reflejaba contra las blancas paredes del callejón, y había un conjunto de palmeras visibles por encima de los tejados que parecían una hilera de caniches peludos sobre el azul cielo despejado. Maud no llevaba demasiado esperando cuando un gran grupo de unas veinte personas disfrazadas apareció por una de las esquinas, enfrascadas en una conversación. Todas eran diminutas, y la más alta le llegaba a Maud por la cintura. Tres hombres que llevaban pantalones de cuero, medias de rayas y zapatos de elfo enrollados por delante, se sacaron unos cigarrillos de los bolsillos y los encendieron. Una pequeña mujer que llevaba medias verdes con un macetero hecho de papel maché y pegado sobre la cabeza no dejaba de ponerse de puntillas, tratando de ver por encima de las cabezas de los demás. Y uno de los hombres mayores, ataviado con una túnica morada que llegaba hasta el suelo, no dejaba de golpear a los demás con su sombrero de ala ancha morado. Le llevó un momento a Maud percatarse de que la mayoría estaban hablando en alemán.

Maud estaba perpleja ante aquella improbable congregación, pero la expresión implacable del guardia no cambió ni un ápice. Señaló hacia la luz giratoria de nuevo, y el grupo se apiñó alrededor de Maud, decidido a esperar. Ella le dirigió una sonrisa a la gente que había alrededor, pero nadie estaba prestándole atención, distraídos por el espectáculo que había ante ellos: dos ponis de un pelaje negro y brillante con arneses blancos llegaron trotando por el callejón, tirando de un pequeño carruaje tras ellos.

¿Estaba soñando? Se fijó en la deslumbrante luz del callejón, convencida de que el mismísimo Frank iría a la retaguardia de aquel sorprendente desfile, con un brillo en la mirada y una pipa entre los labios, la saludaría con sus inconfundibles dedos y le aseguraría que había hecho aparecer todo aquello especialmente para su disfrute. Maud recordaba el día en Chicago en el que estaba esperándolo cerca de las puertas de la Exposición Colombina cuando lo vislumbró: estaba desfilando y saludando de forma majestuosa en medio de la comitiva de cortesanos que acompañaba al rey de España. Le dedicó una sonrisa y una inclinación de sombrero al pasar. Más tarde, le explicó que lo habían confundido con el grupo que acompañaba al rey, así que decidió seguirles la corriente. Así era Frank.

Ese día, tras los ponis negros, no había nada a excepción del callejón vacío e iluminado por el sol.

Tras un momento, la luz roja se apagó, y el guardia abrió la puerta. Maud esperó a que todos los hombrecillos disfrazados entraran antes de hacer lo propio. Cuando se le acostumbró la vista a la tenue luz, un mundo completamente nuevo comenzó a materializarse ante sus ojos. El interior del gigantesco almacén había sido transformado en un paraíso de tonos brillantes y plantas florecidas. Había una aldea en miniatura junto a un brillante lago de color azul, atravesado por un elegante puente.

Maud giró sobre sí misma, asimilándolo todo. Su primer pensamiento fue que era precioso, como California con sus flores y cielos azules, solo que aquí todo era más intenso, los colores aún más brillantes que en la vida real.

—¿Qué le parece? Es impresionante, ¿no es así? —Maud se volvió y se encontró con el productor, Mervyn LeRoy, que estaba junto a ella con una gran sonrisa en el rostro—. Pase y eche un vistazo —le dijo, haciendo un gesto grandilocuente—. Todo está construido a escala.

—Vaya, es… —Maud miró a su alrededor. No tenía palabras. Todo estaba representado delicadamente, incluso la casa de madera grisácea desplomada en el centro y ligeramente torcida. Parecía sorprendentemente real, y a la vez irreal. Una fantasía construida con cosas de este mundo.

La atención de Maud se vio atraída por algo inesperado. Bajo la casa gris torcida había un par de piernas que sobresalían, con zapatos rojos de lentejuelas en los pies.

—¡Ay, madre! —Maud se tapó la boca con la mano.

—No tiene de qué preocuparse —se rio LeRoy—. No hay nadie tras esas piernas. Es la Bruja Mala del Este, con sus chapines mágicos.

—¿Chapines mágicos? —dijo Maud, acercándose—. Pero son rojos. Se supone que tienen que ser plateados.

—Intentamos que fueran plateados, pero no resaltaban con el tecnicolor. No querría que unos zapatos mágicos parecieran viejas botas de agua grises, ¿no? Y no solamente son zapatos rojos, ¡son de rubíes!

—Chapines de rubíes —repitió Maud lentamente, procesando aquella nueva información.

Frank había estado fascinado con las fotografías a color, experimentando con una linterna mágica y diapositivas pintadas a mano mucho antes de que se inventara el tecnicolor. Frank ciertamente preferiría aquellos brillantes zapatos de rubíes a los desteñidos zapatos mágicos grises.

—Supongo que es una buena decisión. Mientras no cambie el color del camino de baldosas amarillas…

LeRoy echó la cabeza hacia atrás y se echó a reír.

—Estamos construyendo Oz desde cero —dijo él—. Nadie sabe cómo hacer nada, así que nos lo vamos inventando conforme avanzamos. Todos hablan de la película de animación de Disney, *Blancanieves*. Fue el mayor éxito del año pasado y era un cuento de hadas sobre un puñado de enanos. Pero ¿sabe lo que le digo? Que si Disney puede hacer que personajes imaginarios parezcan reales, entonces nosotros podemos hacer que personas reales parezcan imaginarias. ¿No cree, señora Baum?

Maud no respondió.

—¿Señora Baum?

Maud estaba absorta observando sus propios pies, que estaban al borde de un adorno pintado de amarillo. Describía un bucle y después se enderezaba durante unos treinta metros, para alzarse más adelante sobre una pared de escenario pintado. Por un segundo sintió como si Frank estuviera a su lado, pero cuando se volvió para mirarlo, solo vio a LeRoy observándola, expectante.

—No está mal, ¿no? Pintura mate. Queda incluso mejor en cámara.

Mientras estaban allí de pie, un gran grupo de los munchkins disfrazados se reunió a su alrededor, y por encima de ellos Maud distinguió a Judy, que daba saltitos tras ellos con su vestido azul a cuadros de Dorothy.

—¡Señora Baum! —la llamó con alegría—. ¿Ha venido a vernos bailar?

LeRoy se volvió hacia Judy.

—Nada de bailar ahora mismo, muñequita. —Le echó un vistazo a su reloj—. Puedes tomarte un descanso para comer, no te necesitaremos hasta dentro de una hora más o menos.

Maud vio su oportunidad.

—¿Judy? —Le hizo un gesto a la chica para que se acercara—. ¿Me dejarías que te llevara a comer?

—Ay, me encantaría… Pero tengo que comer en la cafetería.

—Puedo comer contigo en la cafetería —dijo Maud.

La chica sonrió.

—¡Eso sería estupendo!

Cuando salió del tenue estudio de sonido, el sol brillaba tanto que el mundo exterior parecía estar bañado en un mar de blanco. Maud siguió a Judy y su vestido azul a cuadros por varios callejones hasta que por fin llegaron a la cafetería.

En el interior había mesas tapadas por manteles blancos y llenas de gente. La habitación era ruidosa y todos parecían enfrascados en sus conversaciones mientras reían, comían y bebían. Algunos de los allí presentes parecían estar disfrazados: un variado grupo estaba compuesto por algunos que llevaban vestidos de noche, otros parecían vaqueros del oeste, y algunos otros llevaban uniformes militares. Otra gente vestía con elegantes chaquetas de lino con pañuelos de seda de colores en los bolsillos y mocasines abrillantados. El pelo negro peinado hacia atrás y los rostros envejecidos los destacaban como hombres de dinero.

—Ese es Clark Gable —susurró Judy.

Maud vio la familiar cara de Gable a través de la habitación. Era el centro de atención en una mesa en medio del atestado comedor, y estaba junto a una voluptuosa morena que llevaba un vestido rojo de seda. El resto de sus acompañantes, que eran hombres ataviados de oscuros trajes, estaban inclinados hacia delante y parecían estar ensimismados con cada una de sus palabras.

Acostumbrada a ver su rostro en una pantalla de más de dos metros, a Maud le sorprendió lo bajito que parecía en persona. Se fijó en que había algunas otras estrellas de cine: Carole Lombard bebía de un cáliz con su pelo rubio platino ondeado de forma impecable. Myrna Loy, en un vestido de tubo azul, tenía el bello rostro inclinado hacia un hombre vestido de esmoquin que estaba susurrándole algo al oído. A Maud le habría encantado seguir observando, pero Judy la guio hasta una mesa apartada cerca de las puertas de la cocina. Estaba parcialmente escondida del resto del comedor tras un par de grandes palmeras en macetas. Probablemente era el peor asiento del comedor para observar a las estrellas de cine, pero sí que les confería algo de privacidad.

Un camarero uniformado apareció junto a ellas y les sirvió agua helada de una jarra plateada, y después desapareció tal y como había llegado.

—¡Debes de estar hambrienta después de trabajar tanto! —dijo Maud, animada.

—¡Estoy famélica! —Entonces la sonrisa de Judy se desvaneció—. Pero se supone que no puedo comer, porque el vestido me queda muy apretado. Han tenido que atármelo hoy con un imperdible, así que estoy metida en un lío.

La chica sonrió de nuevo, y a Maud le fascinó que su rostro pudiera cambiar con tanta rapidez, como un día de primavera en Dakota: soleado, nubes oscuras y soleado de nuevo, todo en menos de un minuto.

—Cada dos días no me dejan comer nada —dijo—. Si no, el vestido no me quedará bien. Estoy tan hambrienta… Quieren que parezca una niña pequeña, no una jovencita. ¿Sabe que querían de manera desesperada a Shirley Temple en lugar de a mí? Ni siquiera ha cumplido los once años aún.

Maud frunció el ceño.

—Ah, no, querida. Shirley Temple no habría sido una buena elección para Dorothy.

Judy pareció aliviada.

Pero Maud pensó, aunque jamás lo diría en voz alta, que Judy Garland tampoco era la elección adecuada para Dorothy. Era demasiado mayor para el papel. En el libro, Dorothy era solo una niña de unos seis o siete años, aunque nunca se decía su edad exacta. Maud se compadecía de cómo Judy estaba tratando de domar su figura en desarrollo para caber en un vestido de niña para el que ya había crecido demasiado. Aún recordaba sus días de alumna, cuando había tratado de esconder el pecho. Era desalentador pensar que, con todo lo que había cambiado para las mujeres, incluyendo tener una educación y poder votar, algunas cosas aún no habían cambiado en absoluto, como el simple hecho de que el crecimiento del cuerpo de una misma pudiera verse como un acto de traición.

—¿No se te permite comer? —preguntó Maud—. Eso suena un poco drástico.

—Me dan unas pastillas —dijo ella—. Se supone que deberían hacer que esté menos hambrienta, pero no funcionan. Dos sándwiches de queso a la parrilla —le pidió Judy al camarero vestido de blanco y negro. Alzó una ceja ante la petición, pero no dijo nada.

Unos minutos después, apareció con una ensalada con solo una pizca de queso fresco para Judy, y un sándwich de queso a la parrilla para Maud.

Cuando Judy vio la ensalada, frunció la boca con rabia.

—Da igual lo que pida, si el señor Mayer me ve, les dice que me traigan estas horribles ensaladas con queso fresco, el cual odio.

Sin decir una palabra, Maud arrastró la ensalada frente a ella y empujó el sándwich de queso a la parilla hacia Judy.

—Espero que no te importe. Me encanta la ensalada —dijo Maud.

Judy le dedicó una mirada de agradecimiento, tomó el sándwich entre las manos y le dio un gran bocado.

—Entonces, ¿has leído el libro? —preguntó Maud.

—No, señora. No soy muy buena lectora. —Maud pensó que en el plató Judy parecía tan segura de sí misma, tan animada y tan mayor para hacer de Dorothy... Pero en una charla privada, parecía mucho más joven e impaciente por agradar a la gente.

—Bueno, no pasa nada. ¿Sabías que mi marido, Frank, siempre decía que cuando consiguieran perfeccionar las películas, la gente ya no leería demasiado?

Judy parecía más interesada en el sándwich que en lo que Maud le estaba diciendo. Así que intentó otra cosa.

—¿Sabías que se han vendido más de tres millones de ejemplares de *El maravilloso mago de Oz* hasta ahora?

—No me diga. —Judy miró por encima de Maud mientras jugueteaba con su pajita de papel.

—El señor Baum podía imaginar las películas desde que vio el quinetoscopio del señor Thomas Edison en la Exposición Colombina... quizás incluso desde antes de verlo. Le fascinaba la fotografía.

Judy se tapó la boca con la mano y se le ensancharon los agujeros de la nariz. Maud se dio cuenta de que estaba tratando de reprimir un bostezo. Aquello no estaba yendo bien. ¿Qué podía hacer Maud para conseguir la atención de la chica?

—Casi diría que cuando se sentó a escribir *El maravilloso mago de Oz*, estaba escribiéndolo para el año 1939 y para que alguien llamado Judy Garland interpretara a Dorothy. Puede que te parezca una locura…

—¿De verdad piensa eso? —Judy se inclinó hacia delante tras escuchar aquello. Posó la cara sobre sus manos entrelazadas y miró atentamente a Maud—. Apuesto a que todas las chicas del país desearían interpretar a Dorothy. Y apuesto a que unas cuantas podrían hacerlo mejor que yo.

—No es cierto. Te han escogido a ti por una razón. Estoy segura de que harás un gran trabajo. —La voz de Maud estaba cargada de convicción, incluso aunque en su interior aún creía que aquella chica no se parecía al personaje de trenzas y heridas en las rodillas que era Dorothy. Pero sí que parecía una chica que necesitaba ánimos, y eso era algo que Maud podía ofrecer.

—¿Cómo era? —preguntó Judy de repente—. El señor L. Frank Baum. ¿Era un buen hombre? ¿Qué significaba la L? ¿Era su nombre real?

—Su primer nombre era Lyman, pero siempre se hacía llamar Frank. Era un gran hombre. —Maud hizo una pausa para alisar la servilleta de algodón de su regazo mientras pensaba en cómo podía describirle a aquella chica la esencia de Frank—. Cuando lo conocí, era actor de una compañía teatral.

Maud vio el brillo de interés en la chica.

—El nombre real de mi padre era Francis, pero siempre se hacía llamar Frank —dijo Judy—. Hacía vodevil, fue él quien me enseñó a cantar. —Una expresión dolorida cruzó el rostro de la chica, pero desapareció tan pronto como apareció.

—Suena encantador.

—Sí que lo fue… cuando estaba aquí. —Judy dejó que su voz se apagara, y miró de forma inquisitiva a Maud—. Mi padre murió.

—Ah —respondió Maud, poniendo la mano sobre la de Judy—. Lo siento mucho.

La expresión de Judy se hundió, pero Maud sospechaba que quería hablar sobre él, así que insistió.

—Yo te he contado cosas sobre mi Frank, ¿puedes contarme algo sobre el tuyo? ¿Cómo era?

Durante un momento, Judy pareció reflexionar, pero entonces se le iluminó el rostro.

—Mi papá adoraba cantar, y tenía un gran sentido del humor. No era como esos adultos estirados. Podía hacer que cualquier cosa fuera divertida. Solía escribir la lista de la compra para que rimara e inventarse una canción para acompañarla. Cuando se olvidaba de lo que necesitaba, la cantaba allí mismo en la tienda. —Judy se rio y bajó la voz—. Una vez, una anciana cascarrabias con el pelo azul le dijo que dejara de cantar, ya que estaba en un lugar público. Yo estaba tan avergonzada que quería que la tierra me tragase, pero él sonrió y le dijo: «¿Me haría el honor?». Y entonces ambos se pusieron a bailar entre las latas de guisantes.

—Qué hombre tan encantador. Debes echarlo mucho de menos.

Judy tomó un sorbo de agua y apartó la mirada.

—Yo echo mucho de menos a mi Frank, y parece que era igual que tu padre. Siempre estaba inventando cosas y haciendo reír a la gente.

—¿Cuándo murió el señor Baum? ¿Fue hace mucho? —Judy volvió a mirar a Maud con los ojos húmedos.

—Uy, sí, querida. Frank se fue hace casi veinte años. Ciertamente no pensaba que yo viviría mucho más que él, pero en la vida las cosas nunca pasan como uno espera, ¿no es así?

—¿Cree que fue la magia lo que hizo aparecer de nuevo esa chaqueta?

La chica estaba mirando fijamente el mantel de la mesa con el ceño fruncido, concentrada, como si hubiera mucho en juego en la respuesta de Maud.

—No lo sé realmente. Aquello que atribuimos a la magia depende mucho del punto de vista.

Judy no dijo nada ni alzó la mirada, solo tocó con el dedo una pequeña mancha que había en el mantel.

—¿Cuándo perdiste a tu padre? —preguntó Maud.

—Cuando tenía trece años, pero sigo echándolo de menos todo el tiempo. Aún no me creo que se haya ido. A veces intento hablar con él. Supongo que eso me hace parecer una loca.

—Nada de eso, querida. Eso no te hace parecer una loca en absoluto. Para cuando llegas a mi edad, pierdes a toda clase de personas que son importantes para ti, y hablar con ellos una vez que se han ido es lo más normal del mundo. ¿Qué querrías decirle?

Judy jugueteó con su tenedor, poniéndolo boca abajo y arrastrando los dientes ligeramente sobre el mantel.

—Deseo... —Alzó la mirada—. No puedo decírselo. Es... Bueno, es un secreto.

—¿El tipo de secreto que no puedes compartir con nadie, o de esos que al compartirlos con alguien te sentirás mejor?

—No estoy segura. ¿Cómo puedo saber si es mejor guardármelo o compartirlo?

—Supongo que depende de cómo de pesado sea el secreto. Si se te hace muy pesado en tu interior, a veces es mejor compartirlo para sentirte más ligera después.

Judy se frotó el hombro derecho y frunció el ceño.

—Pues sí que parece pesado...

—¿Por qué no me lo cuentas, entonces?

—Porque temo parecer una tonta, o quizás... —Judy guardó silencio. Se frotó la palma de la mano contra el antebrazo, cabizbaja—. Quizás temo que, si lo digo en voz alta, es más probable que nunca se cumpla.

—Tu secreto está a salvo conmigo —dijo Maud con decisión—. He aceptado proteger muchos secretos a lo largo de mi vida, y soy una persona muy poco mágica. Puedo guardar un secreto sin que afecte al resultado en absoluto.

—Vale, de acuerdo —dijo Judy—. Lo que deseo es... —Entrelazó los dedos, volviendo las palmas de las manos hacia arriba—. Deseo que él me haga alguna... clase de señal. —Judy se quedó mirando las migajas de pan de su plato.

Maud escogió sus siguientes palabras con cuidado.

—Mi marido creía férreamente en las señales y mensajes de otros mundos, y en toda clase de cosas espirituales y místicas.

—Pero ¿era la chaqueta de su marido una... señal? —preguntó Judy.

—Creo que... —dijo Maud—, cuando la gente imagina algo, como Oz, esas cosas tienden a cobrar vida por sí mismas. Entonces ocurre algo, y esas cosas parecen tener un sentido... —Si Frank estuviese allí, él habría dicho: «¡Por supuesto que es una señal!». Para él, el destino se desarrollaba alrededor de todo el mundo, y nunca debía cuestionarse, tan solo había que creer en él. Pero por mucho que hubiera querido a Frank, Maud siempre había sido la hija de un vendedor, firmemente anclada en las cosas palpables del mundo, las cosas que podías tocar, ver, medir y pesar.

La voz de Judy tembló al hablar.

—Estaba en el estudio —dijo ella—. Estaba cantando en el programa de radio de la NBC; mi madre me dijo que era mi gran oportunidad y no podía desperdiciarla por nada del mundo. Encendieron la radio para él en su habitación de hospital, para que pudiera escucharme cantar. Y canté para él...

—Ay, mi niña...

—No sé si llegó a escucharme —dijo ella—. ¿Y si estaba dormido, o demasiado enfermo para hacerlo? Era lo único que podía darle, así que canté tan bien como pude. Creía que eso lo ayudaría a mejorarse, pero murió antes de que pudiera preguntarle. Al día siguiente se había ido. Esperé y recé para que me diera alguna clase de señal, solo para saber si me escuchó. Pero lo único que recibo es el silencio...

Maud no tenía ni idea de qué podría decir para consolar a la chica. La muerte era dura y a veces no había palabra alguna que pudiera ofrecer ninguna consolación. Así que, en lugar de eso, le estrechó la mano de nuevo.

—¿Y tu madre?

El labio inferior de la chica tembló.

—Mi madre dice que ser una estrella me hará feliz. Y tiene razón, por supuesto...

—Una estrella —repitió Maud.

—Aunque no soy nada sofisticada...

—Deja que te diga algo sobre las *estrellas*. Viví en Dakota una vez, donde las estrellas brillaban como diamantes, tan cerca que casi parecía que podías alzar la mano y arrancarlas del cielo. Algunas personas nacen así, brillando de forma radiante. Mi Frank era así. No creo que sea algo en lo que te puedes convertir. O naces así, o no. Sé tú misma, Judy. Te prometo que lo que ya eres, es suficiente.

Judy se limpió la boca con la servilleta, dejando un rastro rojo en ella. Sus ojos marrones brillaban como piedras en un manantial.

—¿Sabe qué? Eso es justo lo que me decía mi padre. Mi madre siempre dice: «Trabaja más duro, dales lo que quieren. Algún día serás una estrella». Pero mi padre siempre decía: «Judy no *va a ser* una estrella, ya lo *es*».

Maud vio al camarero acercándose en ese momento. En un rápido movimiento cambió los platos de nuevo para que el plato vacío de Judy estuviera delante de ella, y la ensalada a medio comer de Maud, quedara frente a la chica.

—¿Queréis postre? —preguntó él.

—Café solo —dijo Judy.

—Una tarta de chocolate y un vaso de leche para mí —pidió Maud. Cuando el camarero se alejó, se inclinó hacia Judy—. Espero que te guste la tarta de chocolate —susurró.

La llegada del grueso trozo de tarta y el gran vaso de leche a la mesa mejoró bastante los ánimos. Maud le dio a la chica un momento de ventaja sobre la tarta.

—¿Puedo preguntarle una cosa? —preguntó Judy con la boca llena.

—¡Por supuesto! Lo que quieras.

—¿Quién era Dorothy? ¿Era su hija?

La pregunta dejó atónita a Maud, pero trató de mantener la compostura. Vio el destello de unas trenzas descuidadas y un vestido de cuadros desgastado.

—No —dijo ella, con la voz tensa.

Maud se fijó en que el ruido de cubiertos y vasos parecía haberse detenido, y la conversación parecía haber disminuido. Alzó la mirada y vio a Clark Gable, elegante en una chaqueta pata de gallo y un pañuelo negro de seda alrededor del cuello. Atravesó la atestada cafetería, pasando por las mesas saludando o inclinando la cabeza.

Maud se echó hacia delante para susurrar con complicidad.

—¡Es igual de apuesto en persona! ¡Puede que incluso más!

Judy tomó un trago de leche para bajar la tarta y se limpió la cara con el dorso de la mano.

—¡Es muy atractivo! —dijo ella.

—Siempre me han gustado los hombres con bigote —comentó Maud—. Pero no te confundas, ¡es muy mayor para ti!

Clark Gable había recorrido media cafetería cuando llegó al escondite donde estaban ellas. Asomó la cabeza entre las macetas, le guiñó un ojo a Judy y le dedicó un vivaz saludo a Maud antes de continuar hacia la salida.

—Desearía que interpretara al Mago —dijo Maud.

Judy se rio.

—Yo también… Pero he oído que se lo han prestado a David O. Selznick para actuar en *Lo que el viento se llevó*. —Judy terminó la tarta, y Maud cambió los platos de nuevo.

Un instante después apareció la madre de Judy. Sin ni siquiera saludar, se dio unos golpecitos en el reloj.

—Judy, te necesitan en el plató, todos están esperándote. No habrás comido mucho, ¿no?

Judy tensó la mandíbula al mirar a su madre y se levantó de un salto, tirando la servilleta al suelo.

—¡Por supuesto que no! —dijo Maud, dedicándole una encantadora sonrisa a Ethel—. Comida de dieta para ambas. Necesito controlar mi figura.

Ethel no dio signos de haberse percatado de la presencia de Maud en absoluto. Tiró de la falda de Judy, como limpiando migas de pan que no estaban allí, y se la llevó deprisa.

Maud podía ver el problema que tenían realmente. No necesitaban que Judy Garland perdiera peso: necesitaban que dejara de crecer, y eso era algo que ni toda la lechuga y el queso fresco del mundo conseguirían.

Capítulo 9

ITHACA, NUEVA YORK

1881

Seis semanas después de que Maud volviera a Cornell, el invierno se había instalado sobre Ithaca como un bloque de hielo. La gente corría de aquí para allá envuelta en abrigos y bufandas, haciendo que fuera difícil diferenciar a la gente. Maud prefería aquello al tiempo cálido del otoño, cuando caminar por el campus había hecho que se sintiera tan expuesta.

Aquella tarde caía aguanieve mientras cruzaba el campus desde la facultad de Sage. Maud esperaba que el tiempo animara a los demás estudiantes a quedarse en el interior. Cuantos menos compañeros fueran a aquella clase, menos atención llamaría esos días. Josie, tan leal como siempre, había prometido acompañarla, pero había pillado un catarro y Maud había insistido en que se quedara. Sabía que las otras chicas no querían llamar la atención asistiendo a una clase sobre un tema tan radical como el sufragio de las mujeres. Mientras que algunas chicas participaban en los clubes del colegio, solo algunas de las más resueltas mostraban interés en el controvertido tema del voto de la mujer.

En el interior del auditorio había un pequeño grupo de gente. Los profesores, ataviados con oscuros trajes y chalecos, y algunos de ellos sentados junto a sus esposas, ocupaban las primeras filas, y murmuraban. Un grupo más o menos del mismo tamaño de estudiantes varones se había desperdigado en grupos de cuatro o cinco, como si fueran pequeñas islas en el mar de asientos vacíos. Maud estimaba que el número total de asistentes sería menos de treinta.

Se abrió paso hasta un asiento en las últimas filas, temblando de frío, y se ajustó el chal a su alrededor. Cada vez que las puertas se abrían, dejaban entrar una ráfaga de aire frío que le recorría la espalda.

El auditorio aún se encontraba vacío en su mayoría cuando todos los murmullos se apagaron al ver a un pequeño grupo de gente subir las escaleras hacia el escenario. Maud reconoció a Henry Sage, el benefactor de la facultad de Sage, dos miembros de la facultad y un pastor unitario.

El señor Henry Sage dio un largo discurso sobre el experimento de la educación mixta y la influencia de la educación en los modales de las mujeres. Y por fin, anunció:

—Por favor, dadle una calurosa bienvenida a nuestra distinguida oradora, la señora Matilda Joslyn Gage.

Su madre no era demasiado alta, así que solo le sobresalían la cabeza y los hombros por encima del gran podio de roble, con su elegante rostro enmarcado por las ondas de pelo plateado. Maud recordó la historia que tantas veces había contado de cuando su madre tenía solo veinte años y pidió permiso para dirigirse a la convención de mujeres de Seneca Falls. En un ataque de nervios al subir al escenario, habló en un tono de voz tan bajo que algunas de las mujeres le pidieron que abandonara el escenario. Pero eso no disuadió a su madre.

Maud no veía allí ni rastro de aquella chica tímida de veinte años. A los cincuenta y cuatro, su madre era formidable tanto en su manera de actuar como de hablar, su voz era clara y concisa, y su actitud, decidida. Era evidente que creía totalmente en la causa, y viniendo de una mujer bajita, femenina y calmada, aquella determinación impactaba aun más.

Incluso aunque el público parecía ser respetuoso en general, Maud no bajó la guardia. Su madre estaba acostumbrada a las protestas en aquellos actos, pero Maud nunca había conseguido acostumbrarse del todo. Estaba increíblemente orgullosa de su madre, que podía plantarse ante hombres y mujeres y hablar sin miedo. No tenía ninguna duda de que, de habérsele dado la oportunidad de estudiar en Cornell, se habría labrado una brillante carrera. Pero el amor de Maud por su madre se veía mitigado, como siempre, por el deseo de haber podido vivir su vida en el campus sin que su reputación la siguiera a todas partes.

Al poco tiempo empezó a perder el interés en el discurso de su madre, ya que por mucho que creyera en la causa, el discurso ya le era tan familiar como su propia cara al mirarse en el espejo. Se perdió en sus propios pensamientos: el baile de la marina, que era el evento social invernal más importante, tendría lugar en solo tres días, y todas las chicas estaban ocupadas probándose y alterando sus vestidos. Maud pensó en el suyo, que era blanco de punto suizo, con media cola y una faja rosa. Pero, aunque estaba emocionada por el baile, también estaba inquieta ante el prospecto. Todas sus amigas tenían un pretendiente excepto Catherine Reid, a la cual no le interesaba nada que no fuera estudiar Ciencias Naturales, y tenía un odio innato hacia todo tipo de eventos sociales. Maud había soñado ya dos veces que estaba en el baile; una de ellas se había despertado sobresaltada después de imaginarse bailando con Teddy Swain. Pero la segunda, había soñado que bailaba con un extraño muy alto y con brillantes ojos grises.

Maud no había recibido ni una palabra del señor Baum desde que lo había visto en el vestíbulo de la casa de Josie en Nochebuena. Al regresar a la escuela, Josie había estado emocionada por escuchar las novedades, y le había preguntado por qué no había solicitado una visita de Frank. Incluso le había leído en voz alta las partes de una carta de su primo en la que decía cuánto había disfrutado conociéndola. Por dentro, Maud estaba sufriendo. No estaba acostumbrada a guardarle secretos a Josie, que era ya su mejor amiga, pero no se le ocurría una manera adecuada de abordar el tema. Si Maud le explicaba que Matilda no quería ni considerar invitar a Frank por su empleo, sonaría como un insulto a toda la familia de Josie. Así que, en su lugar, Maud fingió que no estaba interesada en ningún pretendiente por el momento, y que estaba totalmente dedicada a una sola cosa: obtener su diploma. Josie había empezado a llamarla «institutriz», ya que ambas sabían que aquel sería su futuro si obtenía un diploma, pero no un marido.

Al inaugurar la facultad de Sage, el mismísimo Henry Sage había especificado que su objetivo al facilitar la educación de las mujeres era que tuvieran un plan alternativo en caso de que una mujer se encontrara en una situación en la que lo requiriera. Una viuda con un diploma podía enseñar en la escuela, pero nadie creía que ser maestra fuera mejor para una mujer que tener su propia familia.

Maud estaba tan ensimismada en sus pensamientos que casi no notó la nueva ráfaga de aire frío que le golpeó la espalda. Volvió a ajustarse el chal alrededor para taparse mejor, sin percatarse de que alguien debía de haber abierto las puertas para entrar. Cuando escuchó unos pasos en el pasillo justo detrás de ella se giró, preguntándose quién había llegado tan tarde.

Una figura vestida con un oscuro abrigo salpicado de aguanieve estaba introduciéndose en la hilera de asientos tras ella. Tenía el rostro ensombrecido por una gran bufanda de algodón, pero hubo algo de aquel caballero que le resultó familiar. No podía situarlo, y tampoco quería quedarse mirándolo, así que Maud apartó rápidamente la mirada. Sin embargo, tras unos minutos, sintió como si él estuviera mirándola a ella.

En el pasado, Maud se habría dado la vuelta y lo habría mirado de nuevo, pero los meses que llevaba en Cornell habían mejorado su autocontrol, así que se quedó sentada, con aquella hormigueante y extraña sensación, conteniéndose para no investigar más el asunto. Un momento después se escuchó un golpe proveniente de la parte trasera del auditorio, junto con otra ráfaga de viento frío cuando las puertas se abrieron de repente.

Entró un grupo de unos seis estudiantes de Cornell dando largas zancadas. Cada uno de ellos llevaba una falda de mujer de colores atada a la cintura, y todos llevaban la cara empolvada y los labios pintados. Y para empeorar las cosas, todos llevaban una escoba en la mano.

Matilda no se inmutó, simplemente hizo una pausa y continuó su discurso. Pero las palabras de su madre se vieron ahogadas por las voces de los hombres entonando un cántico a la vez que elevaban las escobas en el aire. «*In hoc signo vinces*», cantaron al unísono. «En este signo, venceremos». El grupo se paseó por la habitación por el pasillo izquierdo y frente a la tarima, para después volver al pasillo derecho. Maud sentía que le ardía la cara, y cuando se volvió para mirar, pudo echar un vistazo al hombre que había entrado tarde. Sin la bufanda alrededor de la cara y sin el sombrero, pudo ver claramente sus ojos grises. Estaba mirando directamente a la cara al señor Frank Baum, el cual parecía encontrar aquel bochornoso espectáculo divertido, ya que estaba sonriendo ampliamente.

Matilda miró al grupo de alborotadores que ya se marchaban, y no titubeó al decir:

—Supongo que pensáis que todas las brujas son malvadas y llevan siglos muertas, pero os informo de que eso no es cierto. Se ha acusado durante mucho tiempo a las mujeres sabias de brujería. Así que, que las llamen «brujas», es todo un halago. —Y entonces continuó con su discurso, como si los intrusos no fueran más que unos niños caprichosos que no habían tenido éxito al intentar provocar a su madre.

Maud estaba atónita y sin poder dar crédito. ¿Cómo podía ser que aquellos hombres hubieran imitado lo que ella había hecho y dicho con la escoba de forma tan precisa? ¿Podía ser que una de sus queridas amigas hubiera estado cotilleando a su espalda? Como insulto a su madre ya era malo, pero que lo

hubieran hecho de manera tan personalmente dirigido a las travesuras de Maud, era excesivo.

Y entre todo el desorden que plagaba sus pensamientos, lo
peor de todo era la aparición del señor Frank Baum en medio de
todo aquello. Sobresaltada de verlo allí y en aquella desastrosa
situación, Maud se había girado hacia delante sin dar ninguna
señal de haberlo reconocido, aunque sabía que él aún estaba sentado detrás de ella.

Así que Maud hizo lo único que haría que llamara aún más
la atención: se levantó de un salto y corrió por el pasillo hacia
las puertas traseras por las que habían salido los chicos con las
escobas.

Abrió una de las puertas de un empujón y salió al frío vestíbulo, teniendo cuidado de no dejar que la puerta hiciera ruido
al cerrarse. Miró a su alrededor, nerviosa. Los bufones disfrazados parecían haberse ido, e incluso una de las puertas que daban al exterior estaba medio abierta, como si la hubieran dejado
así con las prisas. Maud la cerró y trató de calmarse. Aún podía
escuchar la voz de su madre amortiguada tras las puertas del
auditorio.

Maud alisó su falda y se dio unos toquecitos en el pelo.
Pero sus pensamientos no dejaban de girar en círculos. En un
momento había visto a los chicos vestidos y sujetando la escoba, y al siguiente había imaginado los ojos grises de Frank
Baum y la sonrisa burlona de su cara. ¿Por qué demonios estaba allí, en Ithaca y no de viaje en Pensilvania con su compañía
de teatro? Maud no sabía qué hacer. Si entraba de nuevo en el
auditorio tendría que pasar junto a él. Si no entraba, tendría
que explicarle a su madre que había tenido que marcharse debido a sus nervios, y ella no sentiría mucha compasión por
aquella excusa.

Antes de que Maud pudiera dejar de darle vueltas a todo
aquello, sus conjeturas se vieron interrumpidas por la aparición
del señor Frank Baum a través del umbral de la puerta. Se

encontró cara a cara con el hombre que había invadido sus pensamientos durante las últimas semanas. En persona, era mucho más real que en su imaginación, y tuvo que contenerse para no alzar la mano y tocarle la mejilla.

—Venga conmigo —le susurró él, haciendo un gesto hacia el guardarropa.

Maud sabía que la respuesta correcta ante aquella sugerencia era decir que no, pero en su lugar le permitió tomarla del brazo y guiarla hasta el confinado espacio del guardarropa. En la penumbra del interior, el olor a lana mojada la embargó.

—¿Qué está haciendo aquí? —preguntó ella en voz baja.

—He venido a escuchar el discurso de la señora Gage —respondió. Su actitud era despreocupada y amistosa, como si no estuvieran en ese momento demasiado cerca el uno del otro en un guardarropa. Como si no fueran casi dos extraños—. Estoy de lo más interesado en el tema del sufragio femenino.

Maud se quedó extrañamente sin palabras, como si tuviera los labios sellados, y sintió el corazón martilleándole con tanta fuerza que estaba segura de que él podía escucharlo.

—¡Si está tan interesado en el sufragio femenino quizás debería estar dentro escuchando a mi madre, en lugar de aquí en un guardarropa conmigo! —le espetó Maud antes de poder contenerse.

Pero Frank tan solo sonrió, y la respiración de Maud se calmó. Había algo en la presencia de aquel hombre que era de lo más reconfortante, incluso en una situación tan desconcertante como aquella.

—Señorita Gage, ¿por qué no me invitó a hacerle una visita? Esperé y esperé… Ni siquiera a mi prima Josie podía sonsacarle nada. Si usted realmente me detesta dígamelo ahora mismo, y le prometo que no la volveré a molestar.

—¡Dígame por qué está aquí!

Frank miró a su alrededor, como si estuviera viendo el guardarropa por primera vez.

—Podía haberme subido al podio y exigido que me escuchara, pero temía que no causaría una muy buena primera impresión ante su madre —dijo aquello de forma tan seria que Maud no sabía si lo decía de verdad o en broma, y tuvo que taparse con una mano para contener una sonrisa.

—Quiero decir, ¿por qué está en Ithaca? Creía que estaba de gira con su obra. Estaba tan sorprendida de verlo que no podía ni pensar con claridad. Me ha asustado tanto que creía que iba a desmayarme... Aunque no soy de las que se desmayan con facilidad. Es una bendición o una maldición, tener una constitución tan fuerte. Mi madre dice que es una bendición, pero a veces la siento más como una maldición, ya que no es fácil escaquearse de nada si uno nunca se pone enfermo... —Maud se tapó la boca con la mano de nuevo—. Estoy hablando de más, ¿no es así? ¿Ve cómo de nerviosa me pone?

La sonrisa de Frank se ensanchó aún más.

—Creía que la pondría más nerviosa el espectáculo de esos hombres con pelucas, empolvados y con escobas en mano. ¡Vaya escena! ¿Es eso lo que los caballeros aprenden en la Universidad Cornell? Si es así me siento bastante aliviado de no haber emprendido los estudios superiores —dijo en un tono liviano, pero Maud entrecerró los ojos. ¿Estaba mofándose de ella? ¿Le había contado Josie la historia de su Sociedad de la Escoba? ¿Sabía que aquella protesta había estado dirigida sin duda a Maud?

Trató de centrarse en el momento presente. Desde donde estaban no podía escuchar a su madre hablando, así que no sabía cuánto tiempo más duraría su discurso. Y cuando este terminara y la gente saliera del auditorio, habría una horda de personas que querrían sus abrigos, entrarían allí y la encontrarían a solas con un caballero.

—Deje de una vez de andarse con rodeos y dígame por qué está aquí —dijo Maud, consciente de que su tono era serio.

—Señorita Gage —dijo él, inclinándose hacia ella y susurrando de forma urgente—. No podía mantenerme alejado de usted.

No he pensado en otra cosa que en usted desde nuestro encuentro en Nochebuena. Esperé en vano recibir un mensaje antes de marcharme con mi compañía. Josie me ha dicho que usted no me ha mencionado en absoluto, pero deseaba verla de forma desesperada. Cuando Josie me contó que su madre iba a hablar esta noche aquí, me aventuré a suponer que usted vendría. Esperaba poder verla, pero no me atrevía a acercarme hasta que su madre me hubiera dado permiso para visitarla.

—¡Mi madre dijo que no! —se le escapó la verdad a Maud en un susurro—. Dijo que su profesión era demasiado inestable, pero sé que la verdad es que no quiere que nada me distraiga de obtener mi diploma.

—*Diploma* —repitió Frank, desconcertado—. ¿Para qué necesita un diploma? ¿Acaso no es posible aprender en cualquier sitio? ¿Y acaso poseer ese testimonio firmado hace que un hombre, o mujer, debería decir, tenga más sentido común?

—Yo diría que no, pero eso es irrelevante —dijo Maud—. No puedo decepcionar a mi madre, ha sacrificado tanto para que yo esté aquí…

Frank se acercó incluso más a ella y volvió a susurrar de forma apremiante.

—Pero ¿es eso lo que su corazón anhela?

Maud lo miró a aquellos ojos grises, que brillaban incluso en la penumbra. ¿Le importaba realmente a aquel hombre, que era casi un extraño para ella, lo que su corazón deseaba?

—Lo que desea mi corazón no tiene demasiada importancia —dijo Maud—. Debo volver al vestíbulo antes de que todos salgan. No quiero que mi madre sepa que he salido, ni quiero que nos descubran aquí. Sería un desastre para mi reputación, como podrá imaginarse.

—¿No puede darme algo de esperanza? —preguntó Frank. Estaba tan cerca de ella que podía olerlo: una mezcla de la lana mojada del abrigo, jabón y algo bajo todo aquello que le hacía sentir como si estuviera flotando—. ¿No desea verme más? Solo diga usted la palabra, y me iré tan rápido como he venido.

Maud respiró hondo, tratando de memorizar su olor. Entonces, lo miró de nuevo a los ojos.

—Sí que deseo verlo —admitió—. Sí que quiero, más que nada. Trataré de convencer a mi madre.

Sus ojos parecieron resplandecer.

—Dígale que su hija me ha embrujado.

Maud abrió mucho la boca, y le ardieron las mejillas.

—¡Cómo se atreve!

Se enfadó durante un segundo, pero entonces se rio. Él le puso una mano sobre el antebrazo.

—¿De verdad piensa que hay un modo de convencerla?

—Lo intentaré. No puedo prometerle nada... Debo irme inmediatamente.

Frank alzó la mano, como si fuera a acariciarle la mejilla, pero Maud se agachó y se alejó. Sabía que el discurso de su madre debía estar acabando.

Se apresuró a salir del guardarropa y se sintió aliviada cuando vio que el vestíbulo aún estaba vacío. Frank salió tras ella. Se quedó muy quieto, observándola. Alargó el brazo como si quisiera retenerla y pronunció una sola palabra en un suspiro ronco: «¡Por favor!».

—Y no vuelva a aparecer así de improviso —susurró ella mientras él ya se dirigía al exterior, aunque sospechaba que no la había escuchado. Cuando desapareció en la oscuridad, dejó tras él una ráfaga de aire helado.

Maud se serenó y entró de nuevo en el auditorio, volviendo a sentarse en su asiento. Cuando el discurso acabó, Maud esperó a que la mayor parte de la gente hubiera salido antes de acercarse a su madre para despedirse. Pero ella, que siempre había sido muy perspicaz y notaba hasta el más mínimo cambio en el estado de ánimo de Maud, le preguntó insistentemente qué le ocurría. Como ella no quería decírselo, Matilda asumió que había sido la interrupción de los alborotadores.

—Las brujas no son más que mujeres sabias. No hay mayor halago que el que blandan una escoba ante ti. Sigue estudiando mucho, querida mía. Cada día te acerca más a tu diploma.

Maud abrazó a su madre y se quedó para ver cómo un grupo reunido a su alrededor hablaba con ella sobre la finura de su discurso y le deseaban lo mejor. Después, su madre le dio un beso en la mejilla y se despidieron.

En el exterior, Maud se dirigió por los caminos helados hacia Sage, donde unas acogedoras luces la llamaban desde la distancia. No podía dejar de pensar en lo que había pasado, ni en cómo iba a convencer a su madre de que cambiara de opinión.

Pero cuando llegó por fin a la facultad de Sage, otro problema la abordó. Alguien de entre su pequeño grupo de amigas debía de haber estado contando por ahí lo que habían hecho. Y habían nombrado bruja a Maud. Una *buena* bruja, como diría su madre, aunque la distinción ayudaría poco. Maud había visto a Matilda pasarse la vida tratando de asegurar el voto para las mujeres en vano. ¿Cómo de improbable era que Matilda Gage convenciera a la gente de que las brujas eran fuerzas del bien?

* * *

Tras la visita de su madre, Maud se sentía constantemente en guardia. Sabía que el campus entero estaría hablando sobre la aventura de los chicos en el discurso de Matilda. En Sage, trató de contener su sospecha de que cada vez que pasaba por delante de la gente, las conversaciones se acallaban a su alrededor. Josie permanecía siempre leal a ella, pero Maud ni siquiera le contó de la visita secreta de Frank, temiendo que lo soltara por ahí. Ningún sitio parecía ser seguro. Para refugiarse de los chismorreos pasaba casi todo su tiempo en la biblioteca de Sage, sentada en las largas mesas de caoba acompañada de libros de Gramática, Literatura y los poemas de Tennyson. En voz baja, memorizó el discurso de Titania a Oberón de *El sueño de una noche de verano*.

Maud siempre había adorado los libros. Había leído y releído sus ejemplares de *Mujercitas* y *Rosa en flor* tantas veces que el lomo se había roto y las páginas estaban desgastadas. Lo que más le había gustado de niña era hacerse un ovillo frente al fuego y escuchar a Matilda leer en voz alta *Rob Roy* o *La novia de Lammermoor*, de Sir Walter Scott.

Sin embargo, allí en la biblioteca, en silencio, resolviendo la escansión de *Oda a una urna griega* de Keats con una hilera de señales perfectamente hechas a lápiz, Maud se sintió sola. En el salón de casa leer siempre había provocado grandes discusiones, con Matilda a la cabeza, Maud argumentando e incluso Julia teniendo sorprendentemente clara su opinión cuando se trataba de libros de romance. Maud había imaginado su vida como alumna llena de luz, vida y discusiones como aquellas. En su lugar allí estaba, sola y distante, escondida entre las páginas de un libro y tratando de no prestar atención a las habladurías que parecían seguirla a todas partes, excepto a la biblioteca. Cuando no estaba centrada en su trabajo, sus pensamientos volvían al día de Nochebuena, al alegre destello en los ojos de Frank Baum y a su desenfadada y evidente indiferencia por la educación formal.

Un día, estaba mirando por la ventana los copos de nieve que caían, cuando recordó el extraño cuento de Frank sobre Jim el Caballo de Carruaje, y cómo había dicho que todos los caballos que llevaban carruajes tenían historias muy interesantes que contar, puesto que habían estado en multitud de sitios. ¿Dónde estaría Frank Baum en aquel invernal día? ¿Cómo sería ir por ahí, viajando con una compañía de teatro? ¿Era posible que se pudiera aprender más estando ahí fuera en el mundo y viendo nuevas cosas cada día que estando allí encerrada en una biblioteca? ¿Habían pasado solo seis meses desde que Maud había estado segura de que su vida en Cornell sería toda una aventura? ¿Y no podría estar leyendo esos poemas en cualquier sitio? Maud se imaginó a sí misma en un tren en algún lugar, con Frank a su lado, leyendo a Tennyson mientras unos paisajes fantásticos y extraños zumbaban por la ventana. Pero al mirar por la ventana de Sage, nada se movía excepto la nieve, y tan solo había un paisaje de oscuros árboles. Cuanto más pensaba Maud en Frank más deseaba verlo de nuevo, pero el invierno no hacía más que alargarse. Febrero dejó paso a marzo, y después a abril, y sin embargo las sombras de la biblioteca y el cielo grisáceo no parecían cambiar jamás.

Al fin, los primeros signos de la primavera aparecieron en el campus. Parches de hierba marrón aparecieron bajo la nieve, y también unas cuantas hierbas de azafrán que se atrevieron a aparecer en el suelo. Las chicas se deshicieron de las pesadas lanas y se pusieron sombreros de paja. Y por fin, era el momento de volver a casa por la Pascua.

Maud había tomado su decisión. Hablaría con su madre sobre Frank.

* * *

Matilda estaba escribiendo frenéticamente cuando Maud se asomó a la pequeña oficina de su madre. Había llegado a casa de Cornell hacía dos días para su descanso de primavera.

—¿Podríamos hablar?

Su madre alzó la vista, y no parecía irritada, sino desconcertada. Maud estaba familiarizada con aquella expresión, ya que era la que siempre la recibía cuando la interrumpía mientras escribía, como si alguien la hubiera llamado desde una gran distancia.

—Pasa —dijo Matilda.

Maud se sentó en la silla de madera que había en uno de los rincones de la habitación, que era el sitio habitual desde el que hablaba con su madre.

—Hay un asunto que me gustaría discutir contigo —dijo Maud.

—Desde luego. —Matilda asintió.

—Puede que recuerdes que en Navidad me presentaron al primo de Josie Baum, un caballero llamado Frank Baum.

Maud observó el rostro de su madre para tratar de adivinar su estado de ánimo, pero parecía calmada y atenta, sin revelar nada en absoluto.

—Sí que me acuerdo —dijo Matilda—. ¿El joven que viaja con una compañía de actores y no tiene un empleo estable?

—Madre, ¿qué importa si no apruebas su trabajo? —Maud suspiró—. Creía que tendrías mi opinión en más consideración…

Matilda se quitó las gafas y se masajeó el puente de la nariz. Después miró por la ventana, donde se veía un reluciente arbusto de campanas doradas al borde del jardín.

—Estás rodeada de jóvenes en la universidad, y sin embargo tu interés está puesto en alguien que ni siquiera es un estudiante. Bien podrías ir a la puerta de al lado y casarte con el espantapájaros del señor Crouse, que tiene la cabeza llena de paja.

—¡Madre! ¿Cómo se te ocurre? ¿No creerás realmente que, si un hombre no tiene un diploma, significa que no tiene cerebro alguno? Con esa lógica entonces toda mujer que ha sido privada de una educación por causas ajenas a su voluntad, no es mejor que un espantapájaros relleno de paja.

Matilda sonrió muy a su pesar, apreciando el ímpetu de Maud a la hora de contraatacar.

—Tomo nota —dijo Matilda, con la risa haciendo que le brillaran los ojos—. ¿Qué es lo que te gusta de él?

A Maud le sorprendió su pregunta. ¿Qué le gustaba de él? Solo lo había visto dos veces. La primera le había parecido fantasioso e inusual, y la segunda, la situación había sido espontánea y, sobre todo, inapropiada. Pero cuando pensaba en él, imaginaba sus ojos y su sonrisa.

—Me gustan sus ojos —dijo Maud al fin. Se dio cuenta de que aquello probablemente no era lo que debía decir, así que se echó hacia atrás y se preparó para la réplica de su madre.

Pero para su asombro, Matilda sonrió.

—Muy bien —dijo ella—. Es una razón legítima, así que sé que estás siendo sincera. Lo invitaré a venir. No veo qué de malo puede haber, mientras recuerdes que tu diploma es un recurso contra la pobre situación de las mujeres. Tu padre es un gran hombre, y también lo es tu hermano, pero no olvides que, sea un borracho o un idiota, un pobre o un bruto, un marido puede hacer lo que quiera con su esposa, como le venga en gana. Y a ti, Maud, no te gusta estar atada a nada.

Maud asintió a regañadientes, ya que su madre tenía razón en eso.

—¿Y sabes qué le da a una mujer la libertad? —preguntó Matilda.

—Un diploma —respondió Maud diligentemente.

—Así es. Pero al corazón no se le puede negar lo que quiere. Tendrás la visita de tu juglar de ojos bonitos. ¿Contenta?

Maud saltó y le dio a su madre un abrazo, pero Matilda ya se estaba poniendo las gafas y tomando la pluma, concentrada de nuevo en su escritura. Maud sabía que su madre estaría inmediatamente absorta y ni siquiera la escucharía marcharse de la habitación.

Capítulo 10

HOLLYWOOD

1939

Judy y Maud se despidieron tras comer juntas en la cafetería de la MGM. Judy se dirigió al nuevo camerino, que era un remolque sobre ruedas. Había sido todo un espectáculo cuando se lo enseñaron, colocado en el estudio de sonido con un lazo gigante atado alrededor. Había sido un regalo por su decimosexto cumpleaños, y un gesto que venía a significar que el estudio creía que su papel como Dorothy la convertiría en una estrella de verdad.

Fuera de la cafetería, Maud se dirigió en dirección opuesta de vuelta al estudio de sonido, dándole vueltas a lo que había aprendido sobre la joven actriz. Pensó en la Judy de trece años dejándose la piel cantando, mientras esperaba que su voz le llegara a su padre enfermo a través de las ondas de radio, para luego descubrir que había muerto. Se le partía el corazón. No sabía si hacía mal en dejar que la chica creyera que había algo de magia en todo el asunto de la chaqueta, y que Maud estaba conectada de alguna forma a algo más grande. Ciertamente no le vendría nada mal algo de esperanza de poder conectar con el espíritu de su padre. Y quizás la chica sí que le haría justicia a Dorothy, si es que el papel había sido bien escrito. Si Maud tuviera la oportunidad de leer el guion mientras todavía se podían sugerir cambios…

Sumida en aquellos pensamientos, giró por la esquina del callejón que la llevaría al estudio de sonido a paso ligero, y casi se le escapó el corazón del pecho.

Había un espantapájaros apoyado contra la pared junto a la puerta del estudio fumando un cigarrillo.

—¡Ay! —Retrocedió un par de pasos.

—Le ruego que me disculpe, señora —dijo el espantapájaros, inclinando la cabeza en su dirección—. No pretendía asustarla.

—Y yo no pretendía gritar. Es solo que me ha sorprendido.

El Espantapájaros la observó de forma deliberada mientras le daba una calada al cigarro. Llevaba una careta hecha de una gruesa goma con solo unos círculos alrededor de la boca y de los ojos. Había paja de verdad que sobresalía de su disfraz, e incluso algunos trozos se habían arremolinado alrededor de sus pies.

—Debo decir que su disfraz parece mucho más cómodo que el mío.

—No es un disfraz —dijo Maud con frialdad—. Soy Maud Baum, la señora de L. Frank Baum.

—Disculpe, creía que era una actriz. ¿L. Frank Baum? ¿No es ese el tipo que escribió el libro? —La punta del cigarrillo se rompió y flotó hasta el suelo, donde prendió uno de los trozos de paja. En un rápido y ágil movimiento, el hombre lo pisó con la suela de las botas.

—¿No le asusta un poco fumar un cigarrillo mientras lleva eso puesto? —preguntó Maud.

—Probablemente no lo haría si tuviese un cerebro —dijo, y se rio, haciéndole gracia su propio chiste.

—Es extraordinario... —Maud se inclinó hacia delante para observar la máscara de goma.

—¿Un espantapájaros que habla? Ya le digo.

—No, me refiero a su disfraz. Es igual que en las ilustraciones del libro.

—Me alegro que se haya dado cuenta —dijo una voz a su espalda. Maud se volvió y vio a un hombre pequeño vestido con un elegante traje gris. Sostenía una larga boquilla de cigarro entre los dedos manchados de nicotina—. Soy Adrian, diseñador de vestuario. —Le dio una calada, y cuando exhaló lo hizo formando unos aros de humo—. Creo que he desgastado el libro de tanto mirar las ilustraciones. Quería que fuera como si hubiera salido de las mismísimas páginas. Aunque aún no hemos acabado, le estamos dando los últimos retoques.

—Pues creo que ha hecho un gran trabajo —dijo Maud, volviéndose de nuevo hacia el Espantapájaros—. Buena suerte, señor... Bolger, ¿no es así?

—En persona —dijo el Espantapájaros—. Es un placer conocerla, señora Baum. Aún no me creo que haya sido tan afortunado como para conseguir este papel. He sido admirador del Espantapájaros desde que lo vi en el espectáculo de Broadway.

—Tiene una dura tarea por delante. Será complicado igualar la actuación del señor Fred Stone.

—Y que lo diga —respondió Bolger—. ¿Sabe que me ofrecieron hacer del Hombre de Hojalata? Les rogué y rogué que me dieran el papel del Espantapájaros. No he querido nunca nada como quería el papel de Fred Stone.

Bolger hizo con gestos como si estuviera colgado de un palo, después dio unos pasos y se enderezó. Los movimientos estaban perfectamente ejecutados, incluido el rastro de paja que dejó tras de sí. Maud se arrancó en un aplauso.

—Muchísimas gracias —dijo él, haciendo una reverencia.

—Había solo un problema con la actuación del señor Stone —le confesó ella—. Era un bailarín excelente, tanto que eclipsaba a Dorothy. Espero que tenga usted cuidado de no hacer eso.

—Ah, claro. —Él le guiñó un ojo—. Nunca trataría de eclipsar a una niña pequeña. No querría ni un solo aplauso más de lo que merezco.

Maud pensó que aquel hombre era encantador, quizás demasiado bromista, pero sentía que su bondad era genuina. Y esperó que fuera lo suficientemente bueno para cuidar de su joven coprotagonista. Maud recordó a la difícil madre de Judy, y al señor Freed acercándose demasiado a la chica.

—Dígame, señor Bolger, ¿ha leído usted el libro de *El maravilloso mago de Oz*?

—¿Discúlpeme, señora? —Se señaló con un guante lleno de paja a la oreja—. Hable más alto, es difícil oír nada con toda esta goma.

Maud se acercó a él. Captó el olor de la goma, la paja y un poco de sudor. El polvo de la paja hizo que le picara la nariz, y estuvo a punto de estornudar.

—Me preguntaba si ha leído usted el libro.

Una sonrisa le iluminó el rostro.

—Sí que lo he hecho. Me los he leído todos. Me encantaban esos libros de niño. El Espantapájaros, el Hombre de Hojalata, el León...

—Entonces si ha leído el libro sabrá que el Espantapájaros cuida de Dorothy. Espero que recuerde eso cuando esté metido en el papel.

Bolger soltó una carcajada.

—La vi con Judy en la cafetería. Es encantadora, ¿verdad?

—No es más que una niña. ¿Podrá cuidarla? —Maud trató de interpretar la expresión del Espantapájaros, y esperó que su reacción fuera buena—. Tómeselo como un favor personal que le pido.

—No se preocupe por la chica, es toda una profesional —dijo Bolger.

—Sí —añadió Adrian, sacudiendo de forma elegante la ceniza del cigarro—. Y yo no me metería en el camino de su madre.

Maud vio la ceniza volando hasta los pies del Espantapájaros.

—Sé que Judy es una profesional, pero sigue siendo solo una niña.

—Quédese tranquila, señora Baum. Todos quieren mucho a Judy —dijo Adrian.

El Espantapájaros se quedó en silencio, como abstraído en sus pensamientos con un dedo en el mentón.

—¿Le importa si le hago una pregunta, señora Baum?

—La que quiera.

—Yo creo que el Espantapájaros es un tipo bastante inteligente, aunque tenga la cabeza llena de paja. ¿Así que por qué en la última escena el Mago le da un diploma? Yo creo que a nadie le hace falta un diploma para ser inteligente. ¿Era su marido un hombre universitario?

—¿Un diploma? —preguntó Maud, estupefacta y sin entender de dónde salía todo eso del diploma—. No se habla nada de diplomas en el libro de Frank. A mi marido no le importaba demasiado la educación formal. Apenas fue a la escuela, de hecho. Mi madre era a la que le preocupaban los diplomas.

—Es bueno saberlo —dijo Bolger—. Yo tampoco terminé la escuela. La dejé para ganarme la vida cantando y bailando. Empecé cuando tenía diecisiete años. Pero sí que me considero algo intelectual. Tengo todos los volúmenes de la enciclopedia en mi camerino. Cada vez que tengo ocasión, saco uno de los volúmenes y lo leo. Esta misma mañana…

—¡Cuidado! —Maud se lanzó hacia delante para apagar un tallo de paja que se había incendiado en su zapato.

—¡Ay! —exclamó él, pero después le guiñó el ojo—. Solo bromeo.

—Por favor, no se prenda fuego, Bolger —le aconsejó Adrian en una voz calmada—. No me gustaría tener que volver a hacer todo el traje de nuevo.

Bolger lanzó el cigarro de su mano con un golpecito, saludó a Maud de forma vivaz, casi cayó al suelo y trastabilló hacia delante. Maud alzó las manos para ayudarlo, pero entonces se dio cuenta de que simplemente estaba actuando.

Él se rio.

—¡Y tengo muchos movimientos más así bajo la manga! —dijo él—. Pero me los voy a reservar para las cámaras. Encantado de conocerla, señora Baum.

Se dio la vuelta y, tras saludar una última vez esparciendo paja por todos lados, siguió a Adrian hacia la puerta marcada como vestuario.

Maud los vio marcharse algo irritada, preocupada de no haber podido hacerse entender. Bolger, con sus formas bufonesca y bobas parecía perfecto para el papel, pero desde la comida no había dejado de pensar en algo que escribió Frank en el libro: «Ni el Espantapájaros ni el leñador comían jamás, pero ella no estaba hecha de hojalata ni paja, y no podría sobrevivir a no ser que la alimentaran».

No había manera de ayudar a la chica en la que Frank había estado pensando en aquel entonces. Pero ¿y la chica que en ese momento estaba tratando de meterse en el vestido de Dorothy? Ella sabía que Frank no se refería solo a que los niños necesitaban comida, sino también amor y cariño.

De vuelta en el aparcamiento del estudio, la luz del sol se reflejaba en el cromado de los Bentleys y Duesenbergs, que resplandecían como los relámpagos del cielo de Dakota. Maud había leído en la revista *Variety* que se preveía que *El mago de Oz* fuera la película con mayor presupuesto de la MGM de ese año. Mientras se abría paso por la hilera de coches aparcados, que parecían elegantes caballeros ataviados de esmoquin, le sorprendió la increíble exhibición de riqueza que había en aquel aparcamiento. Recordó a los hombres de trajes oscuros apiñados alrededor de las estrellas en la cafetería, y aquello la llevó a pensar en las bandadas de pajarillos de los pantanos de Dakota. Rememoró cómo la gente solía apiñarse alrededor de Frank: los admiradores, editores, periodistas en busca de una historia...

Habían estado encantados de plasmar sus éxitos en los titulares. Todos y cada uno de los coches que había allí pertenecían a alguien que trataba de ganarse la vida a costa de los pocos que poseían el innato don de un artista. Había sido duro para Frank de sobrellevar, y él había sido un hombre adulto. ¿Cómo debía ser el peso de la expectación, de las ambiciones y de los deseos de los hombres, sobre los hombros de una adolescente solitaria?

Capítulo 11

SIRACUSA, NUEVA YORK

1881

La noche de la inauguración de *La doncella de Arran*, Maud se retocó el pelo frente al espejo. ¿Cómo sería ver a Frank Baum en el escenario, con todo el mundo pendiente de él? Se reprendió a sí misma por estar tan nerviosa, pero no era solo el hecho de verlo de nuevo, sino la preocupación que sentía por ver qué pensarían de él su madre y su padre. La obra de Frank se iba a representar en el gran teatro de ópera de Siracusa, y les había hecho llegar cuatro entradas para que pudiera ir toda la familia. Incluso su padre estaba lo suficientemente recuperado como para asistir.

El padre de Maud parecía ser neutro respecto a Frank Baum, pero su madre aún no se había dejado ganar por el carisma del joven. Le había hecho varios comentarios mordaces a Maud sobre su falta de educación superior, su ambigua carrera profesional y la esperanza que aún albergaba de que Maud escogiera a un graduado universitario. El mayor punto a su favor hasta ahora era que se había declarado totalmente a favor del sufragio femenino. Aquello habría sido más que suficiente para que cualquier hombre se ganara el respeto de Matilda, pero en el caso del pretendiente de su hija menor, incluso eso no era suficiente para convencerla de sus virtudes.

Partieron hacia el gran teatro de ópera de Siracusa en aquella tarde de primavera para ver la obra del señor Frank Baum. El sol brillaba, los árboles estaban florecientes y Maud estaba de muy buen humor.

Enseguida llegaron a las afueras de Siracusa, y pronto alcanzaron el elegante distrito de Clinton Square. Les llegó el fuerte olor del canal Erie desde la calle South Salina. Había barcazas a un lado de la calle, y los alcanzaban los gritos y ruidos de los muelles. Al otro lado de la plaza estaba la gran torreta del banco de Siracusa, en la que ondeaba una bandera, mecida por el ligero viento primaveral. Y justo al lado estaba el teatro, donde ya había grupos de patrones bien vestidos apeándose de los carruajes y charlando de manera entusiasmada.

El señor Baum le había dado una entrada gratis a cada miembro de la familia, y a su padre le sorprendió gratamente cuando vio que el precio de cada entrada era de cinco dólares y cincuenta centavos. Su mente de vendedor hizo que enseguida empezara a sumar el precio de las entradas por los más de trescientos asientos que había en el teatro, y su estima por el joven aumentó. Su padre aprobaba cualquier empleo que acarreara un beneficio, en especial aquellos en los que un hombre era su propio jefe.

El acomodador los guio por el pasillo hasta los mejores asientos del teatro, justo en el centro de la tercera fila, detrás del foso de orquesta.

El sonido de los violines siendo afinados llenó el gran espacio, y todo el mundo guardó silencio. El encargado de las luces apagó las lámparas de gas, sumiendo el teatro en la penumbra, y entonces la orquesta arrancó con una alegre melodía irlandesa. El pesado telón se abrió en dos. Allí en el escenario estaba Frank Baum, o *Louis Baum*, el cual era su nombre artístico. Estaba vestido con mallas de terciopelo y una chaqueta brocada ajustada que acentuaba su forma delgada y su gran altura. Bañado por la luz plateada del foco de arco de carbono, parecía un ser etéreo. Incluso en la distancia, su ligereza y su ingenio eran evidentes. A Maud se le hinchaba el pecho cada vez que el teatro estallaba en carcajadas o aplausos. Cuando cayó sobre una rodilla para cantar una desgarradora canción de amor, estaba segura de que él la miró directamente a los ojos.

Maud se quedó embelesada durante todo el espectáculo. Sabía que Frank había construido toda aquella maravilla desde cero. No era solo un actor dominando por completo el escenario. También había escrito la obra, compuesto la música y la letra, diseñado los disfraces y construido el elaborado y complejo decorado. Mientras lo observaba, se dio cuenta de que hasta entonces solo había visto una pequeña parte de aquella increíble persona, pero esa noche estaba viendo al hombre al completo, y estaba hechizada. Desde que había empezado en Cornell, no había sido capaz de escapar del mundo real ni de su lugar en él de forma tan completa ni una sola vez. Era como si los actores sobre el escenario hubieran abierto el telón y le hubieran revelado que sí que había un mundo distinto al otro lado, uno más brillante, más colorido, más vívido e intenso que aquel en el que pasaba su día a día. Era como si su aletargado corazón se hubiera despertado, se le hubiera salido de su pecho y estuviera flotando en algún lugar cerca de las vigas, tal y como la mesa se había negado a hacerlo cuando Maud actuó como espiritista en el pasado día de Todos los Santos. Durante unas horas, Maud probó lo sublime. Y le quedó solo una cosa clara: quería más.

* * *

El telón final cayó, y el público estalló en un aplauso. Cuando la cortina se abrió de nuevo, los actores saludaron. Maud miró a sus acompañantes y vio en ellos una expresión de absoluta satisfacción.

En el vestíbulo, a su padre se le acercó un botones e hizo una reverencia. Les dijo que la familia Gage estaba formalmente invitada entre bastidores tal y como había pedido Louis F. Baum. Así que los escoltaron lejos de la multitud, recorrieron un pasillo que atravesaba el foso de orquesta, subieron unas escaleras y por fin salieron al escenario, cuyo tamaño sorprendió a Maud. Desde allí pudo ver que el decorado, que era un barco gigante y que había parecido de lo más realista desde los asientos del público, ahora no era más que una estructura falsa de madera controlada por un complicado equipo de poleas y cables.

De entre bastidores salió el mismísimo Frank, que aún estaba disfrazado y con una capa de maquillaje tal que Maud se sobresaltó al verlo. Frank estaba tan extraño con aquel disfraz… No le quedaba mal, por supuesto, pero pensó, siendo tan alto y esbelto y el maquillaje tan estridente, que de cerca parecía una parodia de sí mismo. Y algo en él le hizo pensar en el espantapájaros de los vecinos que la había aterrorizado en su niñez.

Su madre y su padre empezaron a aplaudir, y Julia, que normalmente era más callada, exclamó: «¡Bravo!». Solo Maud se quedó enmudecida.

—Muchas gracias por venir. ¿Lo habéis disfrutado? —Frank, que le sacaba casi media cabeza en altura a su padre, se agachó y habló en un tono insistente, como si el disfrute de la familia Gage fuera algo de suma importancia.

—El mejor entretenimiento que hemos visto en Siracusa —dijo su padre enérgicamente.

—¡A todos nos ha parecido de lo más placentero! —añadió su madre con un entusiasmo que solía reservar solo para las leyes mejor redactadas.

—¡Y tanto que sí! —añadió Julia.

—Vaya, de cerca parece el capitán McNally Jackson Blair —exclamó Maud, e inmediatamente se tapó la boca con una mano enguantada, abochornada por habérsele escapado lo primero que le había venido a la cabeza.

Frank simplemente sonrió.

—¿Y quién es ese capitán?

Maud quería que se la tragase la tierra, y consideró inventarse una historia sobre la marcha, pero no tuvo ocasión, ya que Matilda habló primero.

—¡Sí que veo el parecido!

Y en ese momento, su padre dijo:

—¿Como el espantapájaros de Bob Crouse? De ninguna manera.

Julia le dedicó una mirada solidaria en su dirección.

—Solo me refería a que el maquillaje cambia el aspecto de su cara —añadió Maud, aún más avergonzada cuando sintió sus mejillas ruborizándose.

—Las canciones han sido exquisitas. —Julia cambió de tema hábilmente—. Debe requerir de tal valentía cantar delante de tanta gente…

—¡Nada de valentía! Solo hace falta ser un temerario —respondió Frank.

—No lo veo algo temerario —dijo su madre—. Tiene usted una voz muy agradable.

Durante la conversación, Maud se encontró de nuevo enmudecida después de su arrebato sobre el espantapájaros. ¿Desde cuándo actuaba de manera tan tonta? Siempre tenía algo que decir. Maud, que hablaba incluso cuando era más inteligente permanecer en silencio, se encontró tan callada como una aspidistra. Frank estaba lo suficientemente cerca como para poder captar su olor: sudor, maquillaje y lana. Pero aun así su lengua permaneció quieta en el interior de su boca.

—¡Señor Baum! —Un hombre bajito y calvo, que estaba embutido en un mugriento traje de tweed que lo hacía parecer una salchicha, le hizo un gesto a Frank tras los decorados—. Necesitamos su ayuda.

—Lo siento muchísimo —les dijo Frank a los Gage—. Si me disculpáis, por favor. Pero quiero que sepáis que os estoy eternamente agradecido por que hayáis venido.

Antes de irse, dijo: «Buenas noches», y le tendió la mano al padre, el cual la tomó y se dieron un apretón de manos durante unos segundos.

—El placer ha sido nuestro. Parece que tiene usted un buen negocio entre manos —dijo.

Maud observó a su madre atentamente. Ella fue agradable, como siempre. Tenía las mejillas ligeramente ruborizadas, lo cual la hacía parecer más joven, y fue amable y atenta como de costumbre. A Maud no le cabía duda de que había disfrutado de la obra, pero era imposible de saber si aquello había hecho que el joven se ganara su favor.

Él extendió una mano galantemente hacia Matilda y le dijo:

—Espero veros pronto de nuevo.

El tramoyista le hizo gestos de nuevo, y Frank lo miró y comenzó a alejarse. En un segundo iba a desaparecer por las cortinas negras que constituían el telón de fondo del escenario.

Pero justo antes de agacharse y desaparecer por las cortinas, Matilda dijo:

—Tiene que venir de visita algún día a nuestra casa, en Fayetteville.

—¡Nada en el mundo me lo impediría! —dijo Frank mientras se alejaba de ellos caminando hacia atrás y despidiéndose con la mano hasta que terminó tropezando con una de las cuerdas que había atadas al suelo. Aquello hizo que el decorado de madera que había encima de ellos temblara de forma peligrosa. Frank consiguió enderezarse en un movimiento tan cómico que Maud estalló en carcajadas.

La joven consiguió recuperar la compostura que le había faltado desde el momento en que había puesto la mirada en él.

—¡Adiós! —le dijo.

Cuando hubo desaparecido, Maud bajó a la tierra, donde Julia estaba observándola con una expresión alegre y una ceja alzada. Conocía a su hermana lo suficientemente bien como para saber que Julia había adivinado la verdad tras sus emociones.

En el camino de vuelta a Fayetteville, Maud guardó silencio, pero se sentía casi resplandeciente, como si uno de los brillantes focos los hubiera seguido y estuviera dejando un brillante rastro de chispas en la oscuridad.

En unos días Frank haría las maletas, recogería los trajes y adornos del escenario, y se marcharía. La gira llegaba a su fin, pero la obra había tenido tanto éxito que iba a pasar una semana en la ciudad de Nueva York, en el mismísimo Broadway. Era como si Frank Baum hubiera abierto una puerta y, al mirar por ella, Maud hubiera descubierto una tierra mágica al otro lado, de intensos colores y espejismos extraordinarios. Y Maud se percató de que aquel camino llevaba a algo que quería más que nada en el mundo: la libertad. Cayó de pronto en la cuenta de que Julia y ella compartían el mismo anhelo. Eran como presidiarias en celdas contiguas que hablaban a través de los barrotes de forma delirante sobre la inminente fuga, ya que ambas deseaban escapar.

* * *

A finales de mayo, Maud estaba haciendo sus maletas para dejar la facultad de Sage durante las vacaciones de verano. La ventana de su cuarto estaba abierta de par en par, y por ella entraba una suave brisa primaveral. En el exterior, el lago Cayuga resplandecía como una joya azul, rodeado por árboles sobre los que comenzaba a nacer una corona de nuevas hojas ondeantes.

Maud dobló el vestido amarillo que había llevado la primera noche, y la garganta se le cerró al recordarlo. Había tenido tantas esperanzas e ilusiones al bajar por la ancha escalera de Sage con aquel vestido y con su nueva amiga Josie a su lado... Pero aquel recuerdo estaba mancillado irremediablemente por lo que había pasado después: el baile lleno de vida que había sido el comienzo de sus problemas allí. Maud había llegado con una gran responsabilidad sobre sus hombros: la esperanza y los sueños de su madre y sus amigas, la lucha de toda una vida por conseguir la igualdad de la mujer, para la cual el diploma de Maud era como un símbolo.

Pero Maud tenía sus propios sueños en secreto. El deseo de escapar de las expectativas de la gente, de encontrar su propia fortaleza y ambición. Ser la hija de una de las mujeres que hablaba con mayor libertad en los Estados Unidos había hecho que fuera difícil para Maud encontrar su propia voz. Pero tenía que confesarse a sí misma que, en ese aspecto, su primer año fuera de casa había sido un fracaso. Sus notas académicas eran impecables y estaba progresando hacia el diploma que tanto ansiaba su madre. Pero de alguna manera la facultad de Sage había terminado siendo más asfixiante y opresiva que su vida en casa. Y lo peor era que Maud aún no había descubierto su pasión; no los sueños de segunda mano de la generación anterior, sino algo que la hiciera sentir viva. Si se preguntaba a sí misma para qué quería un diploma, no hallaba respuesta alguna.

Tras vaciar la habitación y despedirse de sus amigas, cargó su baúl en el tren. Maud observó de nuevo los campos y pueblos pasar por la ventana, y cuanto más se acercaba a Fayetteville, más y más pequeña se hacía, hasta sentirse tan diminuta que podría haber cabido en la palma de la mano de su madre.

* * *

Una semana después de su vuelta a casa, en efecto las paredes de la residencia de los Gage parecían estar cerniéndose sobre ella. Recibió cartas de sus compañeras de clase, en las que la informaban de unas vacaciones llenas de fiestas en barcos, comidas en el campo y viajes, pero Maud no tenía tiempo de divertirse. La salud de su padre había decaído a una velocidad alarmante en los últimos meses, y Julia, que sin duda estaba agotada de cuidarlo, enseguida cayó enferma por una migraña, lo cual dejó los cuidados de la casa en manos de Maud. Su madre estaba distraída y de malhumor, ya que sin su padre para llevar la tienda, trabajaba frenéticamente en sus escritos tratando de hacer llegar algo de dinero a la casa proveniente de los derechos de autor. Maud podía escuchar el sonido de la pluma de su madre rasgando en el papel hasta bien entrada la noche. No había demasiado dinero, y a Maud le dolió darse cuenta de cuánto había estado sacrificando su familia para que pudiera estudiar, y lo poco que era capaz de apreciarlo realmente.

A finales de junio, Maud recibió una carta de Josie con información interesante. La obra de Frank Baum en Broadway había cerrado después de unos días. Iba a volver a Siracusa, donde pretendía pasar el resto del verano antes de volver a irse de gira. Josie dio a entender que aquella decisión quizás había tenido algo que ver con su deseo de ver a Maud de nuevo. La esperanza de pasar algo de tiempo con Frank hizo que la monotonía del trabajo de casa se hiciera algo más tolerable. Por fin se fijó una fecha para que Frank fuera a hacer una visita a la residencia de los Gage: el segundo domingo de julio. Maud se esforzó para esconder su entusiasmo ante su madre, ya que temía que, si Matilda veía lo emocionada que estaba realmente, la disuadiría de aquellas visitas. Pero no había manera alguna de fingir ante Julia, que estaba observándola y soltando risitas mientras Maud se probaba un vestido tras otro, y se retocaba el pelo una y otra vez. Maud aún recordaba lo torpe que había estado cuando se habían visto en el teatro, y lo extraña que había sido la conversación que habían tenido en el guardarropa de Cornell. En aquella ocasión estaba decidida a parecer una persona serena y estoica.

Mientras esperaba a que Frank llegara, la distrajo una suave vibración como la de una cuerda, que parecía provenir del piso superior. En el cuarto que daba a la parte delantera de la casa el sonido se acrecentó, pero entonces se percató de que sonaba como un grito ahogado. Buscó por la habitación, incluso bajo la cama, pero no había nada. Entonces Maud se dio cuenta de que provenía del exterior. Se asomó por la ventana y vio una gatita tricolor en una fina rama del cornejo, balanceándose y maullando lastimosamente.

«Pobre gatita», murmuró Maud, sacando el brazo por la ventana.

Casi podía alcanzar a la gata, que solo parecía tener unos meses. Inclinándose tanto como se atrevió por estar en un segundo piso, llegaba a duras penas a tocar la rama donde la gatita estaba agarrada con todas sus fuerzas. Maud cambió el ángulo ligeramente y agarró el ramaje que estaba a su alcance, pero las ramitas se partieron y solo consiguió hacerse con un puñado de hojas verdes.

Maud se apresuró a correr escaleras abajo mientras se peinaba su alborotado pelo y se alisaba la blusa. Al salir por la puerta, la gatita la observó con los ojos muy abiertos. El tronco del árbol estaba lleno de puntos de apoyo de sus días de niña en los que había escalado árboles y llevado pantalones de chico. Pero ahora que necesitaba ser ágil, se encontraba embutida en una pesada falda, enaguas y un corsé. Pero Maud no podía ignorar los maullidos de la gata. Sin pensárselo demasiado, se recogió la falda y comenzó a escalar el árbol, subiéndose a una rama y tratando de acercarse lo suficiente al animalillo. Antes de poder agarrarlo, la rama se partió con un sonoro crujido, y la gata salió disparada en el aire. En ese justo momento Frank Baum apareció en la entrada de la casa. Maud observó horrorizada cómo la bola de pelo tricolor voló hacia abajo, chocó contra el sombrero de Frank, y de alguna manera consiguió sujetarse a su hombro, donde se agarró con todas sus fuerzas.

—¡Santo cielo! —exclamó Frank.

Con una mano recompuso su sombrero mientras con la otra sujetaba a la gatita en su hombro. Cuando se percató de que lo que había agarrado a su chaqué de lana era una gata, desenganchó de forma cuidadosa al aterrorizado animal, y después lo acunó contra su pecho, susurrándole algo.

Maud estaba aún agarrada a la rama del árbol que había sobre Frank. ¿Cómo había podido acabar subida a un árbol, despeinada y con la blanca blusa llena de savia en el momento exacto en que Frank había llegado? Desesperada por dar con una solución, decidió quedarse allí en silencio y esconderse hasta que él llamara a la puerta y entrara en la casa, momento en el que podría escapar del árbol y colarse en la casa por la puerta trasera. Y durante un momento funcionó: se quedó muy quieta mientras Frank acariciaba al animal y le murmuraba algo suavemente, pero sintió que se le empezaban a cansar las manos de estar sujeta. Soltó su agarre y trató de ajustar su posición lentamente, pero tan pronto como se movió, Frank escuchó el sonido de las hojas y miró hacia arriba, descubriéndola.

—¡Vaya! ¡Hola, señorita Gage! ¿Va a ser usted la próxima criatura en caerme del cielo? Ya he recibido esta preciosa gatita.

Como ya la había pillado, Maud descendió del árbol. Unos segundos después, se encontró cara a cara con Frank.

—La gatita se había quedado atrapada —explicó.

—¡Un rescate gatuno! —Frank sonrió ampliamente—. Muy bien hecho.

—Pero ¡ahora estoy hecha un desastre! —se le escapó a Maud.

Él simplemente sonrió y alzó la mano para quitarle unas cuantas hojas del pelo.

Maud se alisó la falda y se dio unos toquecitos en el pelo, y después guio a Frank por las escaleras y la puerta principal. La rebelde gatita se había quedado dormida en brazos de Frank. En el vestíbulo estaba su madre, que frunció el ceño cuando entraron y miró a Maud de arriba abajo, viendo el estado en el que estaba.

—Por Dios bendito —dijo Matilda—. ¿Qué te ha pasado?

—Señora Gage, es un placer verla de nuevo —las interrumpió Frank, extendiendo la mano derecha para saludarla mientras con la otra continuaba acunando al animalillo que ronroneaba—. ¿No tendrá usted por casualidad algo de leche para este pobre minino?

Matilda estaba tratando de mantenerse seria, pero las criaturas peludas eran su punto débil. Abrió la boca como para criticar algo, pero volvió a cerrarla y guio a Frank hasta la cocina. Allí abrió el refrigerador y llenó un platito de leche.

—Creo que le caes bien —le susurró Maud a Frank cuando se dirigían al salón, habiendo dejado a Matilda con su nueva mascota.

—¿A la gatita? —Sonrió Frank—. Creo que ha sido un poco atrevida, lanzándose a mis brazos de esa manera —dijo, guiñándole un ojo.

—¡No! —susurró Maud—. ¡A mi madre! Está intentando que no le gustes, pero creo que no puede evitarlo.

Tras aquella primera visita, Frank empezó a visitarla cada semana, viajando en su calesa desde su casa en Chittenango, a casi trece kilómetros de Fayetteville. Matilda no volvió a poner trabas, pero Maud temía que fuese solamente porque estaba demasiado ocupada con su trabajo, y no porque hubiera cambiado de opinión. La gatita dormía en una cesta a los pies de Matilda mientras trabajaba en su estudio. Ella le había tomado mucho cariño a la nueva mascota, y Maud solo podía esperar que en algún momento le tuviera el mismo afecto a Frank. Pero por más que siempre estaba deseando que llegase la hora de verlo, en ocasiones las conversaciones que tenían eran algo incómodas y forzadas. Frank era amable y cordial y siempre tenía una divertida historia que contar, pero ninguno de los dos podía relajarse por completo sabiendo que su madre estaba sentada a una distancia suficiente como para poder escuchar todo lo que decían. Maud sabía que Matilda se concentraba mucho mientras escribía, pero era difícil no pensar que, en ocasiones, sí que podía estar escuchando a escondidas.

Una tarde a principios de agosto, Frank y Maud estaban sentados en el salón principal mientras Matilda trabajaba en su estudio. Estaba tan cerca que podían escuchar a la perfección el incesante rasgar de la pluma sobre el papel, que se interrumpía solamente cuando su madre hacía una pausa para reflexionar. Cada vez que el sonido paraba, Frank también dejaba de hablar para aguzar el oído, y solo continuaba hablando cuando escuchaba que Matilda estaba de nuevo sumida en su escritura. Maud observó su sufrimiento con diversión hasta que no fue capaz de resistir el impulso.

—¡Vaya, creo que la casa está en llamas! —dijo, alzando la voz—. ¡Será mejor que salgamos al exterior!

Frank miró a su alrededor, a la chimenea del salón que estaba completamente vacía ya que era verano.

—Maud, ¿qué demonios...?

En lugar de responder se levantó de un salto, agarró a Frank de la mano y lo arrastró hasta la puerta principal, la cual cerró de un portazo.

Una vez estuvieron fuera, Maud vio la expresión perpleja de Frank y se echó a reír.

—Claramente no hay ningún fuego. ¿Quiere explicarme qué está tramando, señorita Gage?

Maud siguió riéndose y señaló a la ventana desde donde podía verse a su madre, encorvada sobre la mesa y escribiendo sin cesar.

—¡Como suponía! Mi madre ni se ha movido de su escritorio. ¿No lo ve? Ni siquiera los gritos de que la casa está ardiendo la distraen de su trabajo. ¡Podríamos hacer casi cualquier cosa y no se daría cuenta!

—Pues en ese caso, ¡vayamos a dar un paseo!

Maud lo miró con una sonrisa pícara en la cara.

—¡Venga! Traeré los caballos —dijo él, alentándola.

Maud dudó, pero tan solo un momento.

—¡Vamos! —susurró ella—. Pero no podemos tardar demasiado. Ella siempre hace un descanso para tomar el té alrededor de las cuatro.

Un momento después, Maud estaba sentada junto a Frank en una calesa en dirección al oeste, fuera de la ciudad. Al principio a Maud le preocupaba que la gente pudiese verlos: estaba sola en una calesa con un hombre, sin ningún acompañante.

Pero entonces pensó, ¿cuál era la diferencia? Ella ya era la alumna de Cornell, la hija de la sufragista. ¿No era ese exactamente el tipo de comportamiento que sus ignorantes vecinos esperarían de ella? Maud estaba segura de que, si a Matilda le llegaba algún tipo de habladuría, defendería tajantemente a Maud. Pero resultó que, en el letargo del mediodía, las casas estaban cerradas a cal y canto, y no encontraron ni un alma por las calles mientras atravesaban la ciudad a ritmo ligero.

Durante los primeros minutos Frank no le dijo a dónde se dirigían, pero enseguida llegaron a un camino de madera, con los tablones repiqueteando bajo las ruedas de la calesa hasta que llegaron a la ciudad de Mattydale. A las afueras de la ciudad, en la cima de una colina había una gran casa de ladrillo, rodeada de una ornamentada puerta de hierro forjado. Estaba situada en el centro de unos bonitos jardines florales. Frank aparcó frente a la casa y se bajó de la calesa para amarrar a los caballos. Después, ayudó a Maud a bajar.

—Esta es la casa donde crecí, Rose Lawn. Quería que la viera.

El jardín estaba atravesado por caminos, y estos estaban rodeados de una abundancia de colores: rosas rojas, amarillas y rosáceas que perfumaban el ambiente. Él abrió la puerta de hierro y Maud se fijó una vez dentro en que el jardín estaba descuidado, la casa estaba completamente cerrada, y la pintura estaba descascarillándose en las contraventanas y la puerta.

Maud lo observó con curiosidad.

—Cuando mi padre y mi hermano mayor murieron, mi madre no pudo cuidarla, así que decidió venderla. Era una de las fincas más grandes de estas tierras, pero para cuando consiguió venderla, ya no valía demasiado. El hombre que la compró vive en Nueva York y, que yo sepa, jamás ha puesto un pie aquí.

Maud captó la melancolía en su voz, lo cual no era habitual en él.

—Debe de ser duro —dijo ella.

Frank frunció el ceño durante un segundo, pero enseguida se recompuso.

—Pero hoy, ¡todo esto es nuestro! —dijo él.

Ella entrelazó el brazo con el de él mientras paseaban por un camino lleno de hojas hasta la cima de la colina. Las hojas secas habían invadido el porche delantero. Frank la guio hasta la parte trasera del caserón, desde donde se podía ver un valle salpicado de robles y arces, un huerto de manzanos y un pequeño riachuelo que serpenteaba por una tierra de pastoreo. Frank se dio la vuelta y señaló una habitación al sur, en el segundo piso.

—Esa era mi habitación —dijo él.

—Menudas vistas tan bonitas debía de tener.

—Solía imaginar que era un príncipe y que este era mi reino —dijo Frank—. Cada parte de este sitio tenía un nombre, y todo me pertenecía. Lo llamé «Roselandia».

—Un reino —respondió Maud, bromeando un poco—. Una imaginación muy grande para un niño pequeño.

—Demasiado grande —dijo Frank—. Me distraía bastante.

Continuaron su paseo por los descuidados terrenos de la finca. Unas cuantas nubes negras aparecieron en el horizonte, y a Maud le pareció que el aire se electrificaba, aunque no estaba segura de si se trataba del resultado de una inminente tormenta, o simplemente que estaba empezando a ser consciente de la gravedad de lo que estaba haciendo. Estaba a solas con un hombre, sin nadie alrededor hasta donde podía alcanzar la vista. Maud empezó a sudar bajo el sofocante calor, sintiendo la nuca y el rostro acalorados.

Frank la llevó por otro camino que serpenteaba a través de una pradera y llegaron a un banco de mármol bajo la sombra de las ramas de una arboleda de pinos. Desde allí se podía ver las tierras y el riachuelo a lo lejos. Frank hizo una reverencia ante Maud.

—Mi princesa cautiva, siéntese por favor.

—Ah, ¿así que estoy cautiva? —dijo Maud, alzando las cejas para demostrarle que no creía tal cosa. Y, sin embargo, sí que estaba cautiva en cierta manera. Si hubiera querido huir, no había ningún sitio al que pudiera ir. Pero no deseaba hacerlo en absoluto. Al contrario, en aquel sitio y con Frank a su lado se sentía más segura que en toda su vida. Se sentó en el banco y Frank tomó asiento a su lado.

—Cuando era niño solía estar a solas —dijo Frank—, así que me divertía inventándome historias. Los terrenos de nuestra casa parecían todo un mundo aparte.

Señaló algunos de los sitios que recordaba de su mundo imaginario: el huerto de manzanos, donde los árboles podían agarrarte con sus ramas, el desgastado edificio junto a la casa donde vivía un leñador mágico. Maud escuchó todo aquello maravillada ante su vívida imaginación.

Le contó que su padre lo había mandado a la escuela cuando tenía doce años, pero apenas había durado un año antes de rogarle que lo dejara volver a casa; echaba de menos su mundo imaginario y a la gente que en él vivía.

Maud se vio reflejada en sus palabras. Al ser mucho más joven que su hermana, su niñez también había sido algo solitaria.

—Así que ya sabe lo que me atrajo del teatro —dijo Frank—. Es lo más cerca que puedo estar de crear mi propio universo.

—Para mí, los libros son así —respondió Maud—. Nunca he estado en un páramo escocés, pero estoy segura de que, si pusiera un pie en uno, me sentiría como en casa.

Frank sonrió ampliamente a Maud.

—¿Le gustaría escribir un libro algún día?

—No —dijo Maud, decidida—. Eso no es lo mío. Crecí viendo a madre con la cabeza metida entre los papeles, escribiendo, completamente absorta. Me gusta disfrutar de lo que pasa aquí y ahora… Como este momento —añadió, mirando a Frank a sus ojos grises durante un momento, y apartando la mirada rápidamente. Él la estaba mirando fijamente, y sintió que el corazón le daba un vuelco. De repente fue muy consciente, de nuevo, de que estaban a solas—. Pero por supuesto agradezco a aquellos a los que les gusta escribir historias.

Frank sonrió, y Maud se fijó en cómo se le arrugaba la piel alrededor de los ojos y cómo despegaba sus labios rosáceos para revelar unos dientes blancos y rectos.

—Entonces, ¿no cree usted que soy extraño y raro, con todas las cosas imaginarias que invaden mi mente?

—Ah, pues claro que creo que es extraño y raro... —Maud dejó de hablar abruptamente, avergonzada de haber dicho tal cosa en voz alta—. Quiero decir, que es usted raro en el buen sentido... Es tan diferente a los otros hombres... ¡Lo cual no es malo, ya que los otros hombres no me han dado muchas razones para admirarlos!

—Y usted es muy diferente a las otras mujeres —dijo Frank, mirándola con sinceridad y acercándose a ella tanto que pudo sentir el calor de su respiración haciéndole cosquillas en el rostro. Ella alzó la mirada, y entonces sus suaves labios se encontraron con los de ella. Durante un segundo fue como si estuviera flotando en el aire, y el mundo que ella conocía se torció y desapareció por completo, reemplazado por una brillante luz cegadora.

Cuando se separaron, Maud tardó un rato en volver a poner los pies en la tierra. Mientras volvía en sí, se dio cuenta de algo y sintió las mejillas ardiéndole. Aquel hombre le gustaba, le gustaba de verdad. Pero ¿qué había hecho?

Se levantó del banco de un salto y se alejó unos pasos de él sin mirarlo a la cara y preguntándose cómo había dejado que pasara aquello, y temiendo lo que pasaría a continuación.

Todos los jóvenes que le habían gustado habían acabado siendo una decepción. Quizás decían que querían a una jovencita moderna, educada, con carácter. Pero al final todos parecían aceptar un mundo en el que tenían toda la libertad de viajar adonde quisieran y relacionarse con quien quisieran, mientras no alzaban la voz en absoluto contra las restricciones que toda joven mujer tenía en su vida. Puede que fingieran aceptar los principios de la igualdad, pero en cuanto se les pedía que los pusieran en práctica, los abandonaban enseguida.

Y ella no solo se había subido a una calesa a solas con Frank, sino que también había consentido aquel beso, ¡y vaya beso que había sido! No le habría importado en absoluto repetirlo. Y, sin embargo, estaba convencida de que podía pasarse la vida buscando a un hombre que la aceptara tal y como era, y que no estuviese buscando una maceta por mujer, sino una persona con una voz y una opinión propias.

Había osado soñar con que ese hombre pudiera ser Frank, pero ahora de repente temía que había llegado la hora de descubrir que se había equivocado. Una cosa era ir a dar un paseo sin acompañante, pero Maud sabía las graves consecuencias que tendría que la percibieran como a una promiscua. Una de sus amigas en Cornell había sido descubierta hablando con un estudiante en un salón apartado de Sage, a solas y sin acompañante, y se había enfrentado a tal censura que se había visto obligada a dejar la escuela. Ninguna de las chicas se había atrevido a alzar la voz para apoyarla, y más tarde Maud había escuchado al joven hablando de ella de una manera denigrante y cruel. Él no había tenido que irse de la escuela, solo la chica. ¡Era tan injusto! Pero, sin embargo, toda joven mujer conocía las reglas, y Maud había sido una descuidada. Y temía estar a punto de descubrir que Frank no era muy diferente a los demás.

Maud no dijo en voz alta ninguno de estos pensamientos, pero tras unos minutos de silencio, se volvió para mirar a Frank, esperando ver algún cambio en su conducta. Sus ojos permanecían puestos en los de ella en una mirada firme pero amable.

—Deberíamos volver —dijo Maud rápidamente—. Antes de que alguien se dé cuenta de que no estoy. Sabe que no debería haber venido aquí con usted, ¿no?

La expresión de Frank era seria, y cuando no dijo nada Maud no supo cómo interpretarlo.

—Pero he venido porque quería hacerlo. Soy capaz de tomar mis propias decisiones.

Ella lo miró inquisitivamente, tratando de no bajar la mirada hasta sus labios, los cuales monopolizaban toda su atención.

—Mi madre siempre me ha dicho que sea yo misma —dijo, alzando la barbilla y con un brillo en los ojos, como retándolo a contradecirla—. Y así es como soy.

En ese momento, un rayo iluminó el cielo, seguido de un trueno que retumbó a su alrededor. Enseguida comenzó a llover a cántaros. Sin responder a su verborrea, Frank agarró a Maud de la mano y corrieron colina abajo, empujando la chirriante puerta de hierro y trepando a la calesa. Frank se apresuró a poner la cubierta para la lluvia, y volvieron a Fayetteville al trote.

El chaparrón hacía tanto ruido sobre la lona que apenas intercambiaron una palabra. Cuando llegaron a la puerta de casa, Maud pudo ver que su madre aún estaba inmersa en su escritura. No se había movido en absoluto desde que se habían ido.

Frank ayudó a Maud a descender de la calesa, hizo una breve inclinación y la tomó de la mano durante un largo rato, como si se negara a dejarla ir. Le dio una excusa sobre que debía irse antes de que las calles se inundaran, y acto seguido subió a la calesa y desapareció. Ni siquiera la acompañó a la puerta.

Cuando Maud entró al salón, Matilda asomó la cabeza por la puerta.

—Habéis estado tan callados que se me había olvidado que estabais aquí. ¿Se ha marchado ya el señor Baum?

Maud podía ver en el reflejo del espejo que tenía gotas de lluvia en el pelo y la ropa empapada, pero su madre no pareció notarlo.

—Sí —dijo Maud en tono triste—. Se ha ido.

* * *

Los días siguientes fueron una agonía, aunque la aflicción se mezclaba con la alegría. Evocaba embelesada una y otra vez el beso, aquella sensación que era tan dulce que jamás había sido capaz de imaginarla por su cuenta. Pero cada vez que lo recordaba, enseguida sentía remordimiento por lo descuidada que había sido, al aceptar ir de paseo a solas con él y permitir sus caricias. Se preguntó qué pensaría él de ella ahora. La manera tan apresurada en que se había marchado la hacía pensar que probablemente ahora la rechazaría. Pero entonces recordaba el modo en que se había quedado allí parado, con sus manos entrelazadas, como si no quisiera marcharse.

Al final de la semana, Maud se había convencido de que seguramente acabaría siendo como todos los hombres. Interesados en ella hasta que revelaba su espíritu libre, y desinteresados una vez que comprendían cómo era en realidad. Y, sin embargo, no se arrepentía de nada.

Pero el domingo siguiente, a la hora habitual escuchó el modo alegre de llamar a la puerta que era muy propio de Frank. Y en aquella ocasión, invitó a Maud y a Julia a salir de paseo. El siguiente domingo, llegó con una tarta de cereza casera y convenció a Matilda de que se uniera a ellos en el salón, donde la hizo reír con sus historias. Tras el paseo en secreto y el beso, no parecía que su actitud hacia Maud hubiera cambiado. Y por su parte, Maud se dio cuenta de que el deseo de verlo no hacía más que aumentar, y los días que pasaban entre una visita y otra se le hacían interminables.

Había comenzado a calcular con pavor los domingos que quedaban hasta que tuviera que volver a Cornell. Frank no sacó el tema sobre su inminente partida, y ella tampoco lo hizo, negándose a hablar sobre la dolorosa perspectiva de su separación.

Un domingo de agosto, dos semanas antes de que el semestre de otoño comenzara, Frank empezó a contarle a Maud una enrevesada historia sobre uno de los actores, el cual se había metido en un lío y había tenido que huir de la pensión donde se hospedaba con nada, excepto la ropa interior que llevaba puesta. La historia rozaba lo inapropiado, pero Maud estaba escuchando atentamente y sin sonrojarse cuando, de repente, él se inclinó hacia ella hasta estar muy cerca. Hizo una pausa para comprobar que el rasgar de la pluma de su madre estaba en marcha, y susurró:

—Nos vamos a casar. Si me dice que no, protestaré hasta que acepte.

—Haré lo que me venga en gana —le espetó Maud instintivamente.

Frank se acarició el bigote con los dedos, con un brillo en los ojos.

—De eso no tengo ni la menor duda.

—No dejaré que usted o nadie más me diga qué hacer o me ordene nada —continuó con valentía. Lo observó indecisa, sin saber cómo reaccionaría a sus palabras. ¿Retiraría su propuesta de inmediato? En ese momento se dio cuenta de cuánto deseaba que no lo hiciera. Pero para su consuelo, él simplemente se rio y entonces puso una mano sobre la suya, dándole un pequeño apretón.

—Jamás me atrevería a darle órdenes —dijo Frank—. Y no quiero que deje Cornell. Esperaremos hasta que se haya graduado, seré muy afortunado de tener una mujer con educación académica.

—Eso es lo que todos quieren —comentó Maud, haciendo una mueca—. Que tenga una educación.

Frank la observó con inquietud, acercándose incluso más.

—Si debo hacerlo, dejaré el teatro —dijo Frank—. Me asentaré y encontraré un trabajo más respetable.

—¡Frank, no! No puede dejar el teatro —respondió Maud rápidamente—. ¡Es el amor de su vida!

—¡Es cierto que amo el teatro! Pero el amor de mi vida es usted. No quiero tener que elegir, pero si debo hacerlo, la elijo a usted. Y lo sé, no tiene que decirme que su madre no desea verla casada con un hombre con la cabeza llena de serrín, alfileres y agujas…

—¿Alfileres y agujas?

Él se acercó a ella de nuevo.

—Solo para poder decir que tengo una mente afilada.

Maud se rio.

—Conozco a muchos jóvenes de Cornell. Puede que consigan un diploma, pero muchos de ellos son unos necios. No son lo suficientemente inteligentes como para inventar mundos enteros, como usted. No abandone el teatro, sería como cortarse una mano. ¿Por qué no voy yo con usted?

—Mi vida no es más que una serie de idas y venidas —dijo él—. Cada unos pocos días hacemos las maletas y nos vamos a una ciudad nueva. Es una rutina maravillosa, pero no sé si es para una mujer normal. Nadie la conocería, viviría entre extraños.

—¿De verdad piensa que soy una mujer normal? —le preguntó Maud seriamente—. Tengo fama de ser tan terca como una mula.

Frank se rio en voz alta.

—No me importa el cuándo, pero en lo que no aceptaré discusión es en la respuesta —dijo él.

—¿Y cómo pretende convencerme exactamente? —preguntó Maud de forma pícara.

—No por la fuerza —respondió Frank—, sino con el poder de la persuasión.

A Maud se le ocurrieron mil cosas que podía decir en forma de protesta, pero en lugar de eso, no pudo seguir fingiendo.

—Ya estoy persuadida, Frank Baum. A pesar de mis mejores intenciones, estoy persuadida.

* * *

Matilda estaba tan concentrada en escribir, como era habitual, que ni siquiera alzó la mirada cuando Maud entró a su estudio. Cuando por fin lo hizo, por un segundo tenía la mirada perdida.

—¿Qué pasa, querida? —dijo Matilda de forma distraída, volviéndose hacia su cuaderno y apuntando algunas palabras más.

Maud esperó a que su madre acabara para tener toda su atención.

—¿Necesitas algo? —preguntó Matilda tras un buen rato cuando alzó la mirada de nuevo. A través de la ventana, Maud podía ver los lirios de su madre floreciendo en el jardín.

—Hay algo que debo decirte. Frank se ha declarado en matrimonio, y he aceptado. Probablemente nos casaremos tan pronto como sea posible.

Matilda se levantó de la silla tan deprisa que esta se volcó y cayó al suelo. Tratando de mantener la calma, Maud se agachó y la recogió.

—¿Qué significa eso? No puedes abandonar tu educación... ¡No dejaré que mi hija sea una necia y se case con un actor!

Maud había sabido que probablemente algún día tendría que tener aquella conversación con su madre. Se había imaginado las protestas de su madre de muchas maneras distintas; a su madre regañándola o tratando de persuadirla para que terminara de graduarse. Y lo peor, se había imaginado su cara de decepción. Pero jamás había imaginado el tono agresivo con el que su madre le habló, ni que recurriría a atacar a Frank, que era el amor de su vida.

—Está bien, madre, ¡en ese caso supongo que no nos veremos más!

Matilda se quedó mirándola muy seriamente.

—¿Qué estás diciendo, Maud?

—Pretendo casarme con Frank, y estoy segura de que no querrías a una necia por compañía, así que supongo que no nos veremos.

Maud le aguantó la mirada. Matilda también lo hizo, con el ceño muy fruncido, hasta que de pronto Maud vio que el rostro de su madre cambiaba como si estuviera a punto de echarse a reír.

—Vaya, ¡sí que te enseñé a ser independiente! —dijo ella.

Maud se lanzó a abrazarla con tanta fuerza que Matilda perdió el equilibrio y cayó de nuevo en la silla de escritorio, y Maud casi cayó encima de ella.

—¿Así que nada del diploma?

Maud negó con la cabeza.

—Lo siento, madre. No es lo que quiero hacer.

En el ceño de Matilda apareció una sola arruga y se le nublaron un poco los ojos, pero a su favor, enseguida sonrió y se levantó, tomando las manos de Maud entre las suyas.

—Bueno, ya que no me obedeces a mí, espero que no le obedezcas a él tampoco...

Le puso una mano a Maud bajo la barbilla.

—El matrimonio es algo muy serio. Las mujeres se ven expuestas a incontables humillaciones cuando se casan, y la única protección que tienen es la propia bondad de los hombres. Tenemos muy poca protección a ojos de la ley.

—Madre, Frank es un buen hombre, y yo no soy ninguna necia. No te preocupes por nosotros. Tan solo danos tu bendición, si estás dispuesta.

—No estoy dispuesta —dijo Matilda—. Pero veo que estás decidida, así que considérate bendecida.

* * *

Unos días antes de la boda, la madre de Maud entró en su habitación con un paquete envuelto en papel marrón, y cerró la puerta tras de sí.

—Es hora de que tengamos una pequeña charla —dijo Matilda, sentándose al borde de la cama.

Maud desenvolvió el paquete y dentro había un pequeño libro llamado *El compañero de una mujer*. Miró a su madre.

—¿Qué es esto?

—No me sorprende que no lo hayas visto antes. El señor Anthony Comstock, el director del servicio postal de los Estados

Unidos y, debería añadir, un intenso antisufragista, ha prohibido este libro tan útil, y algunos otros como este. Ha hecho que enviar esta clase de información por correo sea un crimen. Pero en estas páginas encontrarás el secreto para limitar el tamaño de una familia.

Del bolsillo de su falda sacó una pequeña caja laqueada. Dentro había una esponja redonda de unos cinco centímetros de diámetro. Y atada a ella había un trozo de hilo de seda.

—Mójala en ácido carboxílico —dijo Matilda—. Tienes que introducirlo en tu femineidad y empujarlo hasta la boca del útero. Cuando termines, puedes extraerlo con el hilo.

Maud se quedó mirando la esponja sintiendo una mezcla de náuseas y fascinación.

—¿Funciona?

—Aplicado de forma rápida puede retrasarlo —dijo Matilda—. Pero nada lo previene excepto abstenerse de las caricias de un hombre.

—Pero ¡madre!

Matilda se llevó un dedo a los labios.

—Nada de peros. Los hijos son una bendición, pero Dios nos ha dado un cerebro, y nada puede evitar que lo usemos para ayudarnos a organizar mejor nuestras vidas.

* * *

La tarde del 9 de noviembre de 1881, Maud se encontraba en lo alto de las escaleras mirando los radiantes rostros de los invitados allí reunidos. Todas las amigas de Matilda de la sociedad sufragista habían ido. La señora Stanton estaba envuelta en un vestido a capas de seda, que hacía que pareciese la tarta nupcial. La delgaducha tía Susan llevaba un simple vestido negro y el pelo recogido de forma tan tirante que parecía tirarle de las cejas hacia atrás. La banda de cuerda que había en uno de los cuartos del piso superior comenzó a tocar la marcha nupcial y todos los ojos se volvieron a mirar a Maud mientras descendía las escaleras lentamente. Cuando llegó abajo, su padre, que estaba delgado y pálido pero había salido de la cama para la ocasión, la tomó del brazo. Maud se sujetó a él y avanzó hasta llegar al salón.

Allí estaba Frank, altísimo y majestuoso con su traje de chaqué.

Ella se puso frente a él con el corazón palpitándole con fuerza.

—¿Recibe usted a este hombre para amarlo, honrarlo y cuidarlo...?

Maud y Frank pronunciaron sus votos, que eran idénticos, y de entre los cuales habían omitido la palabra «obedecer», tal y como habían acordado. Después, Frank deslizó el anillo en su dedo.

Con aquel simple gesto, Maud se dio cuenta de que estaba dejando atrás la persona que había sido, y convirtiéndose en una persona completamente nueva.

Capítulo 12

DE GIRA

1881-1882

Tras una breve luna de miel en Saratoga Springs, dos semanas después Maud ya estaba acostumbrándose al ritmo de vida con la compañía de *La doncella de Arran*. Cada día era un tren distinto, el bullicio de los martillos golpeando los clavos, el jaleo que los actores formaban mientras se maquillaban, los músicos afinaban sus instrumentos y el resto del equipo montaba el escenario. Cada noche sentía la emoción de estar entre bastidores, viendo el telón abrirse. Cada noche todo el equipo se reunía para beber un café o un *whisky* y comentar las mejores partes de la actuación de esa noche. Y cada noche, a solas en su habitación de hotel, Frank y Maud se desnudaban sin pudor y se encontraban el uno al otro.

Una noche, ya de madrugada, estaban tumbados sobre una incómoda cama de hotel. La respiración pausada de Frank reconfortaba a Maud, y la luz de la luna hacía casi brillar su pecho, desnudo entre su camisa sin abotonar. Maud podía ver las estrellas brillando en el cielo a través de las ventanas. Le fascinaba pensar que aquellas eran las mismas estrellas que había visto a través de su ventana en Cornell, y sin embargo ahora las veía desde una perspectiva muy distinta. Rodó en la cama hasta su querido Frank y enterró la cara en su cuello al tiempo que él pasaba los brazos a su alrededor. Si las ataduras del matrimonio eran esto, entonces ella estaba felizmente atada, y sin pretensión alguna de querer liberarse.

En Tuscaloosa, Frank y Maud se despertaron antes de que amaneciera, y se percataron de que estaban cubiertos de puntitos rojos. Habían estado tan ansiosos por perderse el uno en el otro la noche anterior que a Maud se le había olvidado comprobar si el colchón tenía chinches, así que ahora cada centímetro de su piel estaba cubierto de ronchas. Por suerte, Matilda le había dado a Maud algunos de sus remedios naturales antes de embarcarse en su viaje, entre ellos un ungüento de vaselina y salvia para aliviar los picores. Maud la aplicó con cariño sobre el cuerpo desnudo de Frank, y después él hizo lo mismo con ella. Los siguientes tres días los pasaron con unos picores tan fuertes que apenas podían dormir. Cuando llegaron a Saint Paul, en Minnesota, ambos tenían ojeras y se quedaban dormidos cada vez que se sentaban en algún sitio.

El director de obra, Carson McCall, un escocés pelirrojo, se burló de ellos cuando se quedaron dormidos en una cafetería cerca del teatro de Saint Cloud.

—No estáis durmiendo mucho, ¿eh, tortolitos?

Maud se puso roja, pero Frank sonrió suavemente y puso una mano sobre la de Maud.

—¡Yo diría que desde luego que no!

* * *

Cuando ya llevaban unos meses de viaje, Maud se había acostumbrado a ese estilo de vida y apenas podía recordar cómo era quedarse parada en un solo sitio. Un día por la mañana temprano estaban en el comedor de un hotel barato en Peoria, Illinois, donde la compañía de teatro Baum estaría asentada allí unos días. Estaban sentados en una pequeña mesa cubierta con un raído mantel, tan cerca que las rodillas de ambos se tocaban bajo la mesa. La ventana estaba abierta, y por ella entraba una agradable luz de principios de primavera que mejoraba considerablemente el deprimente ambiente. Maud apenas había tocado su café y el bollito de su plato. Solo con verlo allí le daban náuseas.

Maud había recibido una carta de Julia, quien escribía desde su nueva propiedad en Dakota. Lo que contaba parecía casi irreal: describía unas nubes de mosquitos tan densas como la niebla, un paisaje yermo azotado por fuertes vientos, bolas de granizo tan grandes como huevos de ganso y una cabaña de una sola habitación tan vacía que ni siquiera tenía ventanas ni tejado cuando llegaron. Cuando Maud trataba de imaginar a su hermana en aquellas circunstancias, lo único que conseguía evocar era una imagen de su hermana en la cama, con un fuerte dolor de cabeza y mareada, y un sinapismo sobre la frente.

Las alargadas piernas de Frank apenas cabían bajo la mesa, y cada vez que se movía la golpeaba y hacía que el café se derramara sobre los platos. Maud estaba leyendo la carta de Julia en voz alta, y al parecer Frank encontraba el contenido de lo más divertido.

—«Todo el dolor que he sufrido no es comparable a la agonía que sufrí esa noche. Mi querido James, que no es muy paciente, estaba como loco, y rezó en voz alta: "¡Señor, tráenos granizo, lluvia o nieve, lo que sea, pero llévate a estos mosquitos!"». —Maud se sentía más irritada cada vez que miraba a Frank, hasta que finalmente estrelló la carta contra la mesa—. ¿Qué te hace tanta gracia? —exigió saber.

—Pues solamente pensar en tu hermana vestida con sus mejores ropajes de ciudad, moviéndose a una velocidad de tortuga por la llanura salvaje y con una nube de mosquitos negra siguiéndola… Es una imagen de lo más extravagante, si se me permite decirlo.

—¡Frank Baum! ¿Cómo se te ocurre decir tal cosa? Está describiendo la peor noche de toda su vida, ¿y eso te divierte?

—¡Es la forma de describirlo tan vívidamente! Hace que todo cobre vida.

—¡Está destrozada! —dijo Maud.

—Solo está viviendo una aventura. A ti te *gustan* las aventuras, Maud. —Hizo un gesto al vulgar comedor a su alrededor. En una esquina había un borracho roncando ligeramente.

—¿Es que para ti todo es un chiste? Es mi hermana, me preocupa. Su situación me parece espantosa.

—Si fueras a escribirle a Julia una carta ahora mismo —dijo Frank en un tono de voz aún calmado—, empezaría con algo como… «Querida Julia: Estoy ahora mismo sentada en una mesa del tamaño de un cromo, bebiéndome un café que lleva hecho al menos tres días en presencia de un actor, un gato atigrado, un bollito rancio y un borracho con flatulencia…».

A Maud se le escapó una carcajada, y se tapó enseguida la boca con la mano.

—¿Ves? —dijo Frank—. Todo depende de cómo lo cuentes.

—No todo depende de cómo se cuente —protestó Maud, dando un golpe con el pie bajo la mesa—. Estoy preocupada por ella, ¡tú no lo entiendes! —Sintió cómo se le llenaban los ojos de lágrimas—. ¡Deja de burlarte de mí!

Se levantó de un salto, golpeando la mesa y haciendo que el café se derramara incluso fuera de los platos, formando una gran mancha en el ya sucio mantel.

Frank alzó la mano para tomarla del brazo, pero ella se apartó y salió corriendo de la habitación. Casi se chocó contra Carson McCall al atravesar las puertas, quien tenía los ojos rojos y el pelo revuelto, como si se hubiera pasado la noche despierto.

—¿A dónde vas con tanta prisa, muchacha?

Y ciertamente, ¿a dónde iba con tanta prisa? Se dio cuenta de que Frank y ella acababan de tener su primera discusión.

—¡Al teatro! —dijo Maud, y rodeó al director para salir corriendo a la calle, sin parar hasta que llegó a la puerta trasera del teatro.

Allí, tomó su costurero y comenzó a trabajar en un puño deshilachado, cosiendo hasta que el ritmo de la aguja la calmó.

Un momento después la puerta se abrió, dejando entrar a la luz del sol, y Frank asomó la cabeza con indecisión, claramente avergonzado.

Maud alzó la mirada.

—¡Ay! —Se había pinchado con la aguja en el dedo—. ¡Ah, maldita sea! —dijo ella—. Qué torpe soy.

Frank le agarró la mano y sujetó su dedo con firmeza hasta que el dolor del pinchazo desapareció.

—Lo siento, Maud. No pretendía ofenderte.

—Lo sé.

—Tienes que tener algo de fe en Julia. Está viviendo una aventura. ¿No crees que eso es lo que quería cuando se casó con un caballero diez años más joven que ella y se mudó a Dakota?

—Supongo —dijo Maud—. ¡Al menos ya no está bajo el yugo de nuestra madre!

—Julia estará bien. De hecho, me encantaría ver Dakota. Espero que podamos visitarla algún día.

—¿No sería increíble? —dijo Maud—. Hemos viajado por todos lados así que, ¿por qué no Dakota?

—Exacto, ¿por qué no?

Pero mientras observaba la expresión alegre en la cara de Frank, Maud se acordó de lo que la preocupaba en secreto. Tenía el presentimiento de que sus días de aventuras estaban contados.

* * *

A mediados de mayo, el aire era húmedo y sofocante. En el interior de un teatro en decadencia de una ciudad cerca de Akron, el fresco aire de la mañana había dado paso a la modorra asfixiante del mediodía. Estaban preparándolo todo para representar una nueva obra: *Partidos*. Frank estaba convencido de que sería un éxito mayor que *La doncella de Arran*. Maud lo observó mientras ensayaba las escenas. Frank nunca se daba por vencido: le pidió al pianista que empezara una y otra, y otra vez. Estaba igual de entusiasmado por probar una línea de diálogo a la décimo cuarta vez como lo había estado la primera.

Maud empezó a sentirse algo mareada en el interior del pequeño teatro, así que decidió salir fuera a tomar el aire. En el exterior había un par de yeguas atadas a una calesa con pinta de estar agotadas.

Miró a los pobres animales con lástima, ya que no había ni una sombra en la calle. En ese momento una de las yeguas alzó la cola, y le llegó el fuerte olor a estiércol. De repente solo podía ver blanco, después borroso, y por último todo se tornó gris.

Abrió los ojos cuando sintió un paño frío en la frente, y vio a Frank cerniéndose sobre ella y mirándola angustiado.

—¿Qué ha pasado?

—¿No te acuerdas?

—He venido fuera a tomar el aire, y…

—Se ha caído usted como si fuera un tronco recién cortado —le dijo un tipo polvoriento con un uniforme de caballerizo—. Estaba junto a los caballos cuando la he visto salir. Se ha puesto blanca como la leche y al suelo que se ha ido.

—¿Me he desmayado?

—Hacía mucho calor en el teatro… —dijo Frank.

Maud se incorporó.

—¡Gracias a Dios que mi madre no estaba aquí para verlo! No tiene paciencia alguna con la gente que se desmaya.

—Cariño, toma. Bebe un poco de agua fría.

Maud tomó un sorbito primero, y después una larga bocanada.

—Supongo que ha sido el calor.

Esa noche era el estreno de *Partidos*. Tras anochecer el calor apenas amainó, y el interior del teatro parecía un horno. Solo se había llenado a medias, y las risas entre el público fueron escasas. Algunos se fueron en mitad del primer acto, pero Maud le aseguró a Frank que era debido al calor.

Ya de vuelta en su habitación de hotel, Frank no dejaba de darle vueltas a la recepción tan mala que había tenido la obra.

—¿Crees que a la gente le ha gustado?

—Seguro que sí —dijo Maud—. Ha sido maravillosa, ¡a todos les ha encantado!

—Vamos a llevarla de gira, ¡quizás incluso hasta llegar a Broadway!

Maud sabía que había llegado la hora de decirle la verdad. A pesar de haber seguido las instrucciones de Matilda al pie de la letra, llevaba un mes despertándose todos los días con náuseas, y apenas podía comer bocado. Ella tomó las manos de Frank entre las suyas, acariciándole los nudillos con los pulgares, pero sin mirarlo a los ojos. Frank soltó una de sus manos para ponerla bajo su mentón y alzar su rostro ligeramente hacia arriba.

—Querida, ¿qué ocurre?

—Vamos a tener un bebé.

Ella vio cómo se quedaba completamente pálido, y después se ponía muy colorado. Se lanzó hacia ella para abrazarla, casi tirándola al suelo.

—¿Estás segura? ¿De verdad que estás segura? —Frank se levantó de la silla de un salto.

—Estoy segura.

—¡Este es el día más feliz de mi vida!

—Tendremos otra boca que alimentar.

—¡Y vaya si la alimentaremos! —dijo Frank—. Naranjas frescas, trozos de carne veteada, tartas de siete capas y pudín de calabaza...

Maud se llevó la mano a la boca, sintiendo una oleada de náuseas.

—No digas más, por favor —susurró ella.

—Ah, claro —dijo Frank, rodeándola con un brazo y guiándola hasta el filo de la cama para que se sentara—. Le daremos a nuestro hijo manzanilla y tostada con leche. ¿Mejor? —le preguntó, visiblemente preocupado.

—Una taza de té suena muy bien. —Maud sonrió débilmente.

* * *

Las nubes estaban bajas, y una fuerte lluvia caía fuera de la estación de Dayton, Ohio. El tren los había escupido hacia una calle vacía donde no había ni una sola calesa que alquilar.

Maud había agrandado su vestido de viaje ya tres veces, pero aun así le quedaba ceñido alrededor del abdomen. Estaba temblando de frío y mareada por el hambre, ya que no había comido nada excepto una taza de té y un trozo de tarta rancio en la estación de Columbus. Su viaje en tren se había visto pospuesto varias horas por un problema en las vías. Deberían haber llegado antes del atardecer, y sin embargo allí estaban, casi a medianoche, con las calles vacías y más oscuras que la boca de un lobo. El resto de la compañía se había quedado atrás para terminar de recoger los decorados, y se unirían a ellos al día siguiente. Frank sostuvo un periódico doblado sobre sus cabezas para tratar de protegerlos de la lluvia, pero el papel ya estaba calado y la lluvia estaba empapándole el abrigo y colándosele por la nuca.

—Vuelve dentro de la estación y espera ahí —dijo Frank—. Yo veré si puedo encontrar un sitio donde quedarnos.

—No, cariño, voy contigo. —Maud se había percatado de que había algunos borrachos y granujas en los bancos del interior de la estación, así que prefería que permanecieran juntos.

Las luces de la calle ya se habían apagado, y no tenían ni la menor idea de hacia dónde debían ir. Frank miró a un lado y el otro de la calle y escogió una dirección aparentemente al azar. Comenzó a andar a paso ligero llevando las maletas de ambos. Maud se remangó la falda, pero enseguida la tenía también calada. Le dolía la espalda de estar tanto tiempo sentada en el tren, e iba a estallarle la vejiga si no encontraba un retrete, y pronto.

—¡Anda, ahí está! —dijo Frank, en un tono de absoluta felicidad. Maud vio la marquesina que estaba señalando, donde ponía TEATRO MAJESTIC.

A pesar de que estaba oscuro, Maud podía leer el resto de texto. Era el nombre de una compañía teatral, pero no era la de ellos.

—Vamos a entrar —dijo Frank—. Alguien podrá decirnos dónde encontrar alojamiento.

La puerta principal estaba cerrada a cal y canto, así que fueron hasta el callejón trasero. Un gato negro saltó desde detrás de unas cajas de madera, asustando a Maud. El estrecho callejón olía a basura podrida y aguas residuales, y no tenían forma de evitar los charcos que se habían formado allí. Sintió las náuseas golpeándola con fuerza.

Completamente calada y pegándose a Frank, sintió la vida que crecía en su interior pataleando como si se tratara de un berrinche y estuviera diciéndole: «¡Sácame de la lluvia helada!».

Frank probó abrir la puerta para artistas, pero estaba cerrada también. Primero llamó suavemente, y después golpeó con los nudillos más fuerte. Finalmente, localizó la cuerda y llamó a la campanilla.

Tras un largo rato, se escucharon los cerrojos deslizándose y la puerta se abrió lo que le permitió la cadena. Por el hueco apareció el rostro de un hombre mayor muy arrugado y pálido, con el rostro iluminado solo por una vela.

—¿Qué queréis?

—Por favor, mi buen señor —dijo Frank en un tono amable—, ¿podría abrir para que podamos tener esta conversación cobijados de la lluvia?

—Diga lo que quiere —dijo él—. No les voy a abrir a unos vagabundos, me da igual que caigan chuzos de punta. Esta zona es cruel, preferiría que no me cortasen la garganta.

—No, mi querido señor, nosotros no somos mala gente, ¡somos actores! Soy Frank Baum y esta es mi esposa, Maud.

Estamos aquí para interpretar *Partidos*, pero el tren se retrasó y hemos llegado tan tarde que no había ni un cochero. Si nos deja entrar un momento, podremos explicárselo mejor.

—*Partidos...* —dijo el hombre, en un tono receloso—. Esa era la obra que no estaba vendiendo entradas. Ha sido cancelada, ¿es que no ha recibido la carta? Será mejor que volváis a subiros al tren, no hay nada aquí para vosotros.

—Abra la puerta y déjenos entrar —dijo Maud—. Soy la gerente y exijo hablar con el director del teatro. Nos quedaremos aquí hasta que amanezca si es necesario —añadió Maud con firmeza, tratando de esconder el temblor de su voz.

—¡Salid pitando de aquí! —exclamó el hombre—. ¡No sois bien recibidos!

Y tras aquello, les cerró la puerta en las narices, dejando a Frank y a Maud de nuevo a solas en el oscuro callejón.

—¡Ay! —gritó Maud. Sintió algo enrollándosele en una pierna bajo la falda. Dio un salto, sacudiendo la falda una y otra vez, hasta que el gato negro salió desde debajo de su enagua y corrió por el callejón hasta desaparecer.

Frank la rodeó con sus brazos durante un segundo antes de recoger sus maletas y volver a la calle, alejándose de aquel fétido callejón.

Los siguientes tres días los pasaron en una cochambrosa pensión a unas calles del teatro, y Maud estuvo encamada, temblando por la fiebre y revolviéndose entre las sábanas. Frank solo se alejó de ella dos veces: una para confirmar que efectivamente habían cancelado su obra, y la siguiente, para traer a un médico. El médico le ofreció una medicina hedionda y morada sin receta que no fue capaz de tragarse. Le recomendó que descansara hasta que se sintiera mejor, y entonces se marchó.

Frank le traía té y sopa, y aunque no tenía ningún apetito, trató de comer algo por el bien del bebé. Se pasaba todo el tiempo adormilada, olvidando dónde estaba, y cada vez que se despertaba veía la ventana llena de hollín y el papel de pared descascarillado

y cubierto de manchas de humedad. Se ponía un pañuelo bordado limpio en la boca para intentar mantener a raya el hedor a cigarro que aún permanecía allí, y trató de imaginarse que estaba en
su casa de Fayetteville, en una cama limpia y sábanas recién planchadas, y que su madre venía a verla cada poco a la habitación
para cambiarle el paño frío de la frente.

Pero cada vez que se quedaba dormida, tenía terribles pesadillas en las que iba a la deriva en un mar azotado por la tormenta, con un bebé sin vida en los brazos. Algunas veces podía ver
su propio cuerpo sin vida, azul y pálido sobre un charco de sangre, y se despertaba sobresaltada con el corazón en la garganta y
la boca completamente seca. Cada vez que esto ocurría, Frank
estaba a su lado, ofreciéndole con cuidado un trago de agua fría.

Al cuarto día, se despertó y la fiebre se había ido. Recogieron
todas sus cosas de aquella horrible pensión y fueron a un salón
de té, donde Maud comió por tres hombres ahora que por fin
tenía apetito.

—¿Quieres más azúcar en el té? Deja que te unte el pan de
mantequilla. Prueba este huevo, y la mermelada... —Frank tenía
el ceño fruncido, sin dejar de preocuparse por ella.

—¡Frank, ya basta! —le soltó Maud—. Soy perfectamente capaz de alimentarme yo sola, ya estoy mejor.

Los hombros de Frank se deshincharon un poco al relajarse.

—Es que estaba tan preocupado —dijo él—. Siento tantísimo
haberte metido en esa lluvia.

—No es culpa tuya, Frank. Esas cosas pasan.

Pero él tomó ambas manos en las suyas, que eran más grandes, y describió círculos con el dedo de forma distraída sobre los
callos y heridas de su dedo índice, ocasionados por los arreglos de
los disfraces.

—No tienes que preocuparte —dijo Maud, deslizando sus
manos fuera de las de él y dándole un apretón—. He avisado con
antelación a nuestro próximo destino, para confirmar que la obra
se va a estrenar. Ya no nos pasará más esto.

—Maud —dijo Frank, poniéndole un dedo bajo el mentón y alzando su rostro un poco—. Mírame, por favor. No podemos seguir viajando. No soy ningún experto, así que estaré de los nervios cada vez que tomes frío.

—No seas ridículo. Estoy embarazada, no enferma. Estoy fuerte como un roble.

—Fuerte como un roble —repitió Frank—. Sí, normalmente así es, pero estos últimos días... —Extendió las manos delante de ella con impotencia.

—Además —continuó Maud, ignorando lo que había dicho—, tenemos contratos para un mes entero. Sabes tan bien como yo que no podemos faltar a nuestros compromisos. En el mejor de los casos, tendremos que pagarles, y en el peor, no nos contratarán nunca más. La reputación de la compañía teatral Baum se verá arruinada.

—No he dicho nada de faltar a nuestros compromisos —dijo Frank. Se acarició el bigote y tragó con fuerza—. La compañía puede seguir la gira sin nosotros.

—Pero tú eres el actor principal —dijo Maud.

—Sí que lo era. Pero ahora tengo otras responsabilidades. —Maud vio cómo algo oscurecía las facciones de su querido Frank, como una fina capa de niebla—. La compañía no se irá a ninguna parte. Podemos volver a unirnos a ellos después.

Maud sacó de su bolso una libretita y consultó lo que había allí escrito.

—Sabes que ya estamos contratados en Vermilion, Parma, Mentor, Ashtabula y Erie —dijo Maud—. Nos hacen falta las ventas de esas entradas para pagar nuestras deudas.

Frank alzó la mano y le acarició la mejilla suavemente.

—Estás hecha toda una jefa, querida mía. Pero insisto en que, después de acabar en Erie, debemos irnos al norte para estar cerca de casa. Estoy seguro de que podemos alquilar algo decente en Siracusa.

—Ya veremos —dijo Maud, sintiendo que estaba perdiendo aquella batalla—. Veamos cómo va la cosa.

Para cuando llegaron a Erie, ni siquiera la habilidad de Maud con la aguja podía agrandarle la ropa. Cada día al quitarse las botas veía las marcas en la piel, ocasionadas por la hinchazón de sus tobillos. Frank había empezado a hablar muy animado sobre volver a Siracusa para el invierno. Quería que la compañía continuara sin ellos, prometiéndole a Maud que podrían quedarse sin hacer nada excepto recortar cupones y vivir una vida de lujo gracias a las ganancias. Pero al final no fueron sus palabras las que convencieron a Maud. Hizo cuentas y se dio cuenta de que la compañía no estaba ganando suficiente como para mantenerlos en Siracusa, pero tampoco como para mantenerlos si seguían viajando. Así que Maud aceptó la propuesta de Frank. La compañía seguiría hacia el sur, hacia Clarion y Brookville y terminarían los dos últimos compromisos que tenían para después volver a Richburg, Nueva York, al teatro Baum. Allí, guardarían sus disfraces y cada uno se iría por su lado. Maud y Frank se despidieron y después se montaron en el Lackawanna en dirección a Siracusa.

Maud se sentó junto a la ventanilla, y mientras el tren se dirigía hacia el este, el bamboleo del compartimento ayudó a aliviar ligeramente la tristeza que sentía. Miró hacia los campos y bosques, que ahora vestían los tonos marrones y amarillentos de finales de noviembre. El vagón estaba vacío, excepto por un hombre que se había quedado dormido tras cubrirse la cara con su abrigo. La tenue luz del otoño era melancólica, y sintió como si el mundo se hubiera deshabitado y quedado inmóvil, dejando un vacío entre el final de una cosa y el principio de algo distinto. Se acurrucó contra Frank y apoyó la cabeza en su hombro.

—No dejaremos que este sea el fin, ¿no, Frank? ¿No nos convertiremos en una de esas parejas aburridas que intercambian historias de las pocas aventuras que tuvieron en su juventud mientras observamos atolondrados la chimenea con una manta sobre las rodillas y la boca llena de viejas historias?

—Querida Maudie —dijo Frank—. ¿Por qué pensarías algo así?

—Sabes que he acabado amando esto tanto como tú... Es solo que los números no cuadran. Llevamos seis meses sin cubrir las pérdidas, y no sé cómo hacer que eso cambie.

Frank no respondió a aquella observación. Maud sabía que los números no eran su fuerte. Era optimista, y eso incluía una fuerte creencia de que el dinero llovería del cielo justo a tiempo para salvarlo todo.

—¿Frank?

—Volveremos al teatro en cuanto nuestra niñita nazca. La tendremos interpretando a Shakespeare antes incluso de que aprenda a andar. Ya la imagino vestida de Ariel, con flores en el pelo.

—¿Nuestra *niñita*? —dijo Maud con una sonrisa pícara—. ¿Por qué estás tan seguro de que es una niña?

Frank sonrió.

—Estoy convencido de que el poderoso espíritu de las mujeres Gage prevalecerá sin duda.

Ya sea niña o niño, en ese momento dio una patada en el interior de Maud. Siseó de dolor y se dobló sobre el banco. La tristeza por las despedidas se había evaporado ya. No estaba segura de lo que el futuro les traería, pero se enfrentarían a él como una familia.

* * *

Maud sintió contracciones un día a finales de diciembre, y miró a su alrededor, a su ordenado y limpio hogar. Las sábanas estaban almidonadas y planchadas, la ropa del bebé estaba bien doblada y con olor a lavanda. Había un guiso de pollo en el fogón, un gran suministro de leña junto a la hoguera, y un fuego encendido en esta. Por la ventana podía ver los copos de nieve cayendo lentamente del cielo blanco. Dándose la vuelta, observó la armonía y el orden que había creado en aquella pequeña casa alquilada de Siracusa. Supo que era la hora cuando sintió una gran tensión en el vientre que le cortó la respiración. Se recuperó y se preparó para hacerle frente.

Ocho horas más tarde nació un niño saludable: Frank Joslyn Baum.

* * *

El día de Nochebuena, Frank, Maud y el pequeño Frank, al que había apodado cariñosamente como Bunting, estaban reunidos en torno a un gran árbol decorado con velas y lazos rojos en el salón de su madre, en Fayetteville. Maud estaba encantada mientras compartía besos y abrazos con sus amigos y familiares, que habían venido de diversos sitios. Pero también había un matiz de tristeza que bañaba la gran y vieja casa: aquella sería la primera Navidad sin su padre, el cual había sucumbido a la fiebre a principios de año.

T. C. había llegado de Aberdeen, Dakota, trayendo consigo historias de grandes oportunidades empresariales con la fundación de la nueva vía férrea occidental. Sin embargo, Julia y su marido no pudieron permitirse visitarlos aquel año.

Cuando Maud se percató de que Frank y su madre estaban enfrascados en una conversación, atravesó el atestado salón para ver de qué hablaban.

—¿Y qué tipo de trabajo tienes planeado hacer ahora? —preguntó Matilda.

—No lo he decidido aún —dijo Frank—. Tengo interés en muchas cosas, tantas que es difícil escoger una sola. Siempre me ha gustado la industria editorial, la cría de aves domésticas, y por supuesto el teatro, y.... —Frank estaba divagando de una forma que Maud encontraba encantadora, pero podía ver a su madre apretando cada vez más los labios.

Frank y Maud aún estaban planteándose la idea de volver al teatro, pero sin el dinero suficiente para organizar toda una producción, tendrían que dejar la fecha exacta en el aire. Todo el material de la compañía estaba almacenado en el teatro Baum:

los decorados, los guiones, los disfraces… Pero el propio teatro estaba cerrado por el momento, y sin prospecto de abrir de nuevo. El padre de Frank lo había construido durante el auge petrolífero, cuando Richburg, Nueva York, había estado atestada de hombres con los bolsillos llenos de dinero. Cuando aquellos emocionantes días pasaron, la ciudad se quedó sin suficiente gente como para mantener un teatro abierto. Hoy en día servía como almacén de unos sueños que habían sido aplazados.

Estaba claro que, al menos por el momento, Frank debía encontrar otro tipo de trabajo para mantenerlos. La parte leal de Maud creía firmemente que triunfaría en cualquier cosa que hiciera, pero también hacía todo lo posible por encauzarlo hacia una dirección más práctica.

Le puso a Frank una mano sobre el brazo, le dedicó una sonrisa alentadora y lo interrumpió.

—Frank va a retomar el negocio familiar. La empresa petrolífera Baum. Está trabajando con su hermano mayor Benjamin.

Maud sonrió con aprobación.

—¡Qué maravilla! Esperaba que te cansaras pronto de ese asunto de actuar. Esto tiene una pinta excelente.

—Castorine de Baum —dijo Frank cordialmente—. El lubricante perfecto para calesas, vagones, carruajes…

—Suena de lo más sensato —respondió Matilda—. Todos necesitan lubricante para los ejes. Mi marido siempre decía que lo más inteligente es hacer de tu trabajo algo que la gente no pueda vivir sin ello.

—Por supuesto, no es un adiós para siempre al teatro —dijo Frank—. En cuanto podamos formar una nueva compañía, volveremos a ir de gira.

* * *

Maud estaba en la cocina cortando unas zanahorias cuando escuchó a Frank al piano, entonando una alegre melodía. Lo había enviado a poner a Bunting a dormir la siesta unos minutos atrás. ¿Lo había dormido solo para despertarlo enseguida?

—*Pequeño Bunting, bollito de pan, alto en el cielo volarás...* —le llegó el ligero tenor de Frank a través de la puerta de la cocina.

Maud se asomó al salón y vio que Frank tenía al bebé sujeto en un brazo, y estaba usando el pie de Bunting para tocar el piano con la otra mano.

—¡Frank! —Se rio Maud ante aquella cómica escena.

—Le estoy enseñando a tocar el piano... ¡Y a cantar! —dijo Frank—. ¡Escucha esto!

Maud le echó un vistazo al reloj.

—¡Se supone que debería estar durmiendo! No lo estimules demasiado o no se dormirá.

—Le he preguntado si quería dormir y me ha dicho que no. ¿No es así, Bunting? —Frank le hizo cosquillas al chiquillo, provocándole la risa—. Dijo que quería bailar. Me está ayudando a componer una canción.

Frank volvió a tocar la melodía con el pie de Bunting, y el bebé, que estaba claramente encantado, hizo unos soniditos ante la música, la cual Frank claramente estaba improvisando.

—*Hermoso chiquillo, soldado, payaso. Pon al bebé... ¡BOCA ABAJO!*

Frank hizo exactamente eso, lo cual hizo que Bunting se riera incluso más.

—¡Frank!

—¡Le gusta!

Maud extendió los brazos.

—Tú sigue escribiendo tu canción, yo iré a acostar a Bunting.

—No te has enfadado, ¿no? Es que me ha venido la inspiración, y quiero aprovecharla antes de que se pierda. A veces se me mete una melodía por un oído y se me sale por el otro...

—No estoy enfadada. Es solo que quiero que el bebé descanse un rato —dijo Maud, pero frunció el ceño sin poder evitarlo.

—Lo siento, cariño. Es que siento que apenas tengo tiempo ahora. Estoy intentando escribir una nueva obra, y es difícil hacerlo cuando viajo todo el tiempo. Intento que me vengan las palabras, pero todo lo que se me ocurre es «Castorine de Baum, el mejor lubricante para calesas que hayas visto jamás».

Frank parecía alicaído. Maud estaba dándole unos golpecitos a Bunting en la espalda a la vez que lo balanceaba, y los ojos comenzaron a cerrársele.

Frank tocó unas notas más y el bebé abrió los ojos de par en par, frunció los labios y abrió la boca, llorando a gritos.

—¿Puedes dejar de tocar un rato, Frank? Quizás podrías seguir después de su siesta.

Frank parecía a punto de protestar, pero entonces pareció desinflarse.

—Por supuesto, querida.

Mientras llevaba al bebé arriba, se dio cuenta de que estaban teniendo ese tipo de discusiones más y más a menudo. Sabía perfectamente que Frank aún extrañaba el teatro. Escribía trozos de obras, dibujaba posibles decorados e improvisaba canciones al piano cada vez que tenía un momento. Las alegres notas musicales iluminaban la casa, y Frank, con un lápiz en mano, se paseaba por las habitaciones murmurando para sí mismo.

Pero la mayor parte del tiempo lo pasaba ocupado con el trabajo. Durante el invierno, Frank viajaba a través del estado de Nueva York. Cada mañana mientras se ponía su levita y se enceraba el bigote, ella veía su mirada y parecía un perro encadenado que gimoteaba cuando pasabas cerca. Y tras cada largo viaje, siempre tardaba uno o dos días en volver a ser él mismo. Pero siempre, antes o después, la casa se llenaba con su alegría: comenzaba a silbar una melodía, o alzaba la mirada desde un cuaderno con una expresión divertida en el rostro.

Al final de cada semana, Maud hacía las cuentas de la casa y trataba de apartar un poco para los proyectos del teatro de Frank. Pero al ritmo en que estaban ahorrando sabía que tardaría años, y no meses, en ahorrar lo suficiente para poder organizar una nueva producción. ¿Y de qué vivirían si Frank conseguía estrenar una nueva obra? Las ganancias de Frank eran las que pagaban las facturas. La compañía teatral Baum jamás había ganado más que para cubrir los gastos, y había comenzado como una inversión de capital de su anteriormente adinerado padre.

Por su parte, Maud estaba totalmente absorta en su nueva vida, ocupada con el cuidado del bebé, las visitas a la familia y su rato de lectura por las tardes. Durante los intervalos de tiempo de soledad en los que Frank estaba viajando, había vuelto a retomar aficiones de su niñez, como bordar o hacer encaje, cosas que había aprendido de su abuela paterna. Estaba orgullosa de los regalos tan bonitos que hacía.

Conforme pasaban los meses, Maud empezó a ver que Frank también estaba menos obcecado con el teatro. El piano del salón se quedó en silencio. Por las tardes, leía el periódico o le contaba cosas sobre sus viajes. Maud empezó a desear que se reconciliara con la idea de aquella nueva vida, como ella había hecho. Habían vivido sus aventuras, ¿no era así? Era más de lo que la mayoría de la gente hacía, y Maud había aprendido sentada en la rodilla de su padre que, cuando los números no cuadraban, los deseos y esperanzas no cambiarían nada, y tenías que contentarte con lo que tenías. ¿Y quién sabía si les aguardaban más aventuras en el futuro? Después de todo, aún eran jóvenes.

—¿Por qué no tocas una de tus canciones? —dijo Maud una tarde de sábado en la que Frank y ella estaban en el salón con Bunting tumbado sobre la alfombra junto a la chimenea jugando con unos bloques—. Ya no te escucho cantar nunca.

Normalmente a Frank le faltaba tiempo para correr al piano, pero en ese momento la miró con una expresión sombría.

—Hoy no, querida Maudie.

—¿Por qué no? —dijo Maud—. Echo de menos escucharte tocar, la casa está muy callada. ¿No tienes que seguir trabajando en tu obra?

En los ojos grises de Frank pareció formarse una tormenta. Se levantó tan rápido que las patas de la silla rasparon el suelo del salón, y cruzó la habitación hasta la ventana, donde comenzó a andar de un extremo a otro mientras se frotaba las manos.

Maud miró sorprendida a su marido. ¿Por qué su petición de que tocara algo lo había enfadado tanto? A veces el matrimonio aún la confundía. Jamás había reaccionado antes de esa manera.

Frank se volvió entonces hacia Maud.

—No lo entiendes, ¿no? —Maud lo observó desconcertada—. Para ti es solo música...

—Frank, querido, ¿de qué estás hablando? Te he molestado, lo siento. Creía que estaría bien escucharte tocar algo.

—Es que... —dijo Frank, volviendo a caminar de un sitio a otro del salón—. Las cosas no son así. No toco el piano por diversión. Cuando compongo canciones y letras, quiero que tengan un propósito, que formen parte de mi obra. Quiero que esa obra sea real, no solo algo que tengo encerrado en la cabeza, sino algo que he creado, que sea representado frente a un público. ¡Luces, aplausos!

—Pero cariño, ya lo sé —dijo Maud.

—¡No, no lo sabes! —Frank alzó la voz—. ¡No sabes cómo me siento!

—Frank...

Maud se levantó y se acercó a él, pero cuando intentó tocarle el brazo, él se apartó.

—Sabes, Maud, lo estoy intentando —dijo Frank.

—Ya sé que lo haces. Trabajas muy duro...

—¡Escúchame! Intento no dejarme llevar por mis fantasías. Observo a otros hombres e intento hacer lo que ellos hacen. Veo lo mucho que les preocupan las cosas mundanas de este mundo. Les preocupan los horarios de los trenes, el menú de las cafeterías, las cuentas del banco, el calendario... Y parecen estar totalmente en paz con todas estas cosas, como has hecho tú, Maud... Pero yo no lo consigo. Se me ocurren todas estas ideas, se me acumulan en el cerebro y luchan por escapar, ¡por ser liberadas!

—Por supuesto, cariño —dijo Maud—. *Claro* que lo entiendo, te conozco. —Sintió las lágrimas agolpándose en sus ojos. ¿De verdad creía Frank que ella quería que fuese tan aburrido como los demás hombres?—. Por eso me enamoré de ti —continuó diciendo—. Iluminas el mundo, le das color. Tú nos haces volar al resto de nosotros, cuyas vidas son un millón de veces más oscuras sin ti.

Frank se volvió hacia ella. Apoyó ambas manos en sus caderas y la acercó, mirándola fijamente a los ojos.

—Dime algo, y sé sincera, Maud. ¿Crees que conseguiré estrenar otra obra?

Maud asintió, pero desvió la mirada un segundo de sus ojos.

Él la soltó y volvió junto a la ventana, donde observó la calle vacía y gris, puesto que había estado cayendo una fina lluvia durante todo el día. Sus hombros se desplomaron, derrotado.

—Es por el dinero —dijo Maud—. Intento ahorrar algunos centavos cada semana, pero para organizar una obra... No se me ocurre cómo podríamos reunir esa cantidad. Necesitarías encontrar un patrocinador.

—Ah, qué más da —dijo Frank. Sin dirigirle la mirada, tomó su abrigo y un paraguas—. Voy a dar una vuelta.

Maud vio desde la ventana cómo recorría la calle con la lluvia cayendo sobre su negro paraguas.

* * *

Aquella noche fue incapaz de dormir, así que observó la luna ascendiendo en el cielo nublado. Sintió que Frank estaba también despierto, así que rodó en la cama hacia él.

—Puedes ir —dijo ella.

Lo sintió tensándose junto a ella, en alerta.

—¿A qué te refieres?

—Vuelve a Richburg. Sé que no estarás tranquilo hasta que consigas representar *Partidos* sobre el escenario.

—Maudie, querida, sabes que no puedo hacer eso. Tengo mi horario de ventas programado, y no tenemos dinero para hacer una obra. Ni siquiera sé si tendría público.

—Nos las apañaremos de alguna forma —dijo Maud—. Pero necesitas hacerlo, o no serás tú mismo.

—¡Maudie! —dijo Frank con la voz rota—. ¡No te arrepentirás! Encontraremos la forma de que la gira no sea muy dura para ti y para el niño.

—No, Frank, Bunting y yo no podemos ir. Solo estorbaríamos, y sería demasiado caro. Nos mudaremos con mi madre para ahorrar algo de dinero. Sé que se siente sola en esa casa tan grande.

Frank se giró hacia ella y observó el rostro de Maud. Podía ver sus facciones oscurecidas bajo la luz de la luna.

—¿De verdad harías eso?

En lugar de responder, atrapó los labios de Frank con los suyos en un beso.

A la mañana siguiente, Frank estaba levantado incluso antes de que Maud se despertara. Desde el rellano de las escaleras lo vio en el salón, bailando al ritmo de una melodía que solo él podía escuchar, con los ojos cerrados, como si estuviera moviéndose en sueños.

Maud no dijo nada. Bajó las escaleras y le ofreció la mano. Sin pararse ni un segundo, él sintió su presencia y rodeó su cintura con un brazo, acercándola a él sin dejar de bailar. Mientras giraban en el estrecho salón, la habitación que estaba en silencio excepto por el ruido que hacían sus pies sobre la alfombra, se llenó enteramente de música.

* * *

Durante las siguientes semanas, cada vez que Frank estaba en casa, se encontraba inmerso en el frenesí de la creación: tocaba canciones, anotaba cosas en su cuaderno, diseñaba decorados y disfraces... Pero la tarde anterior a su partida, lo vio entrar en casa y enseguida supo que algo andaba muy mal por la expresión de su rostro. Se dejó caer en uno de los sillones del salón y la miró fijamente, con los ojos tan rojos que pensó que debía de haber estado llorando.

—¡Frank, dímelo de una vez! ¿Qué pasa? ¿Alguien ha enfermado? ¿O ha muerto alguien?

—Así es —dijo con aflicción—. Alguien ha muerto. El actor Louis Baum ha muerto hoy.

—¡Frank! —dijo, entrecerrando los ojos—. ¿Has estado bebiendo?

Olfateó el aire a su alrededor, pero no detectó ningún olor a *whisky*, tan solo su familiar fragancia.

—Es el teatro Baum en Richburg. Ha ardido hasta los cimientos.

—¡No! —exclamó Maud.

—No han podido salvar nada. Se ha perdido todo.

—¿El teatro entero?

—¡Todo!

—Pero los disfraces, o los guiones... ¿El decorado? ¿No han salvado nada?

Frank negó con la cabeza. Entonces rompió a llorar y enterró la cara en el pecho de Maud.

Una semana después, Frank volvió de un corto viaje a Richburg para confirmar sus peores temores. Cada trozo que pertenecía a la compañía teatral Baum había desaparecido en las llamas. Cada copia de los guiones de *Partidos* había ardido. Todos los disfraces y los elaborados decorados de *La doncella de Arran* no eran más que cenizas.

Un ambiente melancólico invadió el hogar, y su marido dejó de tocar melodías al piano. Semana tras semana, Frank se lanzaba a la carretera con su caballo, con la calesa cargada de latas de muestra. Trató de forma desesperada de convertir el monótono negocio que era el lubricante para pistones en algo más divertido, componiendo cancioncillas y cantinelas sobre ello, y acordándose de compartir con Maud alguna divertida historia de cada viaje que hacía.

Cuatro meses más tarde, Maud se dio cuenta de que estaba embarazada de nuevo, así que Frank alquiló una casa más grande en Siracusa para la creciente familia. Estaban asentándose: los días de gira eran claramente cosa del pasado, y Maud estaba empezando a convencerse a sí misma de que Frank también se había ajustado a aquella nueva vida.

Un día, algunos de los parientes de Matilda les hicieron una visita, trayendo consigo a varios niños. Maud escuchó risas provenientes del salón, así que se asomó silenciosamente por la puerta, y vio que Frank había montado un telón improvisado, y estaba representando una obra él solo. Se había inventado un personaje que era un hombre hecho de hojalata, abandonado en el bosque y que no podía moverse hasta que todas sus articulaciones recibieran lubricante de la compañía Castorine de Baum.

—¿Por qué está hecho de hojalata? —preguntó uno de los niños, atónito.

Frank se volvió hacia el niño con total seriedad.

—Ah, es que no siempre fue de hojalata —dijo—. Una vez fue un hombre de carne y hueso, como tú y yo.

—¿Y qué pasó? —preguntó otro niño a gritos.

—Pues veréis, su profesión era la de leñador, pero desafortunadamente era algo torpe. No hacía más que cortarse partes del cuerpo sin querer. —Frank hizo un gesto como si se estuviera cortando una pierna, y después un brazo—. Y cada vez que se cortaba una extremidad, iba al hojalatero y le pedía que le hiciera una nueva pierna o un nuevo brazo. Hasta que, un día, no le quedó nada. Estaba enteramente hecho de metal.

—¿Y su cabeza? —preguntó uno de los niños.

—¡También la cabeza! —dijo Frank—. Cabeza, cuerpo, brazos, piernas... Totalmente hecho de metal, como una lata. Era todo un fastidio cuando llovía, ya que comenzaba a oxidarse. Y lo único que podía salvarlo era...

—¡El lubricante de la compañía Castorine de Baum! —gritaron todos al unísono cuando Frank alzó una lata en el aire.

Sin embargo, la niña más grande parecía escéptica.

—Pero si estaba todo hecho de metal como una lata, entonces estaba vacío por dentro.

—Así es —dijo Frank—. Tan hueco como un árbol golpeado por un rayo.

—Pero eso es imposible —insistió ella.

Frank se agachó sobre una rodilla frente a la niña.

—¿Imposible? —Fingió estar totalmente sorprendido.

—¡Si estuviera hueco, no tendría corazón!

—Y así era —dijo Frank—. No tenía corazón. Y un hombre sin corazón no es mucho mejor que una lata de hojalata... Y ni todo el lubricante de la compañía Castorine de Baum podría ayudarlo. Por eso estaba decidido a encontrar un corazón. A veces, cuando el leñador de hojalata se iba de casa y se embarcaba en un viaje dejando atrás a su familia para vender madera, se sentía tan vacío por dentro que se daba un golpe en el pecho solo para poder escuchar el eco en su interior. Así es la vida de un hombre de hojalata, es una vida solitaria.

En ese momento Frank vio a Maud, y se sonrojó con violencia. Se puso en pie rápidamente, echándose hacia atrás un mechón de pelo que se le había soltado del resto.

—Ah, ¡ahí estás, Maud! Estábamos divirtiéndonos un poco.

Maud sonrió, pero en ese momento supo que ella sí que tenía un corazón, porque sintió que se le rompía en mil pedazos. Recordó el momento en que había visto a Frank en aquel escenario en Siracusa, bañado por la luz, y cómo había parecido medir más de tres metros de alto. El trabajo como comerciante era honesto y les permitía tener un tejado sobre sus cabezas, pero sabía que aquello no era lo que su corazón anhelaba.

Capítulo 13

HOLLYWOOD

1939

Habían pasado dos semanas desde la aparición de la misteriosa chaqueta, y Maud podía decir a ciencia cierta que, al menos para ella, no había traído consigo magia de ningún tipo. El largo proceso de grabación estaba ya en marcha, y aún tenía que conseguir acceso al guion, o al menos echarle un vistazo a uno de ellos. Así que no estaba más cerca de saber si había tenido éxito a la hora de proteger a la Dorothy de Frank.

Siguió yendo a la MGM cada día con la esperanza de que ocurriera algo, de que pudiera recibir alguna señal que la guiara en la dirección correcta.

Una semana después de comer con Judy, Maud estaba esperando fuera del estudio número veintisiete a que se apagara la luz roja cuando una figura desgarbada apareció al doblar la esquina. ¡Era Langley! Estaba a punto de desaparecer por otro de los laberínticos callejones del estudio cuando ella dijo su nombre en voz alta.

Él se volvió sorprendido, y se dirigió a ella.

—Vaya, hola… Señora Baum, ¿no?

—Un gusto verlo de nuevo. —Tal y como había esperado, bajo el brazo llevaba una copia del guion—. ¿Cómo va el guion? ¿Está ya terminado?

—Ni por asomo —dijo él—. Es un trabajo en marcha.

Él lo abrió, y le enseñó una página con diversos tachones hechos a lápiz azul.

—¿Le importaría si le echo un vistazo? Podría tener algunas ideas... Del libro, ya sabe.

Maud extendió la mano hacia el guion, pero en ese momento la luz roja se apagó, y la puerta se abrió de golpe. De ella salió Jack Haley, que interpretaba al Hombre de Hojalata, ataviado de pies a cabeza con el disfraz, y el maquillaje plateado haciendo que le deslumbrara la cara en el soleado callejón.

Maud desvió la mirada un segundo del guion, y cuando volvió a mirar, Langley estaba metiéndolo en su maletín.

—Me temo que no puedo, señora Baum. Está prohibido enseñarlo. Solo una pequeña lista de personas fuera del reparto pueden verlo, y la lista nos la dan los jefazos. Pero hágame saber si se le ocurre algo importante y lo tendré en cuenta.

Langley saludó con la cabeza al Hombre de Hojalata, se dio media vuelta y desapareció. Maud se quedó allí plantada con los brazos en jarra, deseando con todas sus fuerzas no ser tan mayor y estar vestida con unos pantalones que le permitieran salir corriendo tras él y robarle el guion. Así lo habría hecho cuando era una niña. Sin embargo, allí estaba, ataviada con un vestido acampanado de flores, medias y zapatos de tacón, y Langley ya le llevaba una considerable ventaja. Perseguirlo no habría servido de nada.

Le llevó un momento darse cuenta de que el Hombre de Hojalata la estaba mirando con interés.

—Hola —dijo el hombre plateado de manera cordial. Hizo un gesto en la dirección por donde Langley había desaparecido y se puso un cigarrillo en los labios—. Guionistas. Son todos unos malnacidos cortos de miras... Disculpe el lenguaje, señora. —Le tendió una mano cubierta con guante plateado—. Jack Haley.

—Señor Haley. ¿Usted debe ser el hombre que reemplazó a Buddy Ebsen? ¿Cómo está, por cierto?

—Pobre hombre. Le dio una reacción alérgica al maquillaje y terminó metido en un pulmón artificial. Eso sí que es ser un hombre de metal.

—Cielo santo. Espero que no tenga usted el mismo problema.

—El maquillaje es una mezcla de aluminio con lubricante para no respirarlo. Quizás también acabe en el hospital, ¿quién sabe? No me importaría demasiado —dijo, dándole una larga calada al cigarrillo—. Hace tanto calor con este disfraz, que algunos días a uno no le importaría acabar en el hospital.

—Bueno, encantada de conocerlo, señor Haley. Soy Maud Baum, mi difunto marido...

—¿Escribió el libro? —terminó de decir—. Sí, lo sé, la he visto por aquí.

—¿Su disfraz está hecho de hojalata de verdad?

—Compruébelo por usted misma. Deme un golpe en el pecho si quiere.

Maud alzó una mano con indecisión y le dio un golpecito con el dedo. No era metal.

—Es cuero —dijo el Hombre de Hojalata—. Es bucarán cubierto de cuero y pintado con aerosol. Pero parece real, ¿verdad?

La puerta del estudio volvió a abrirse, y salió un joven con un portapapeles.

—Vuelta al trabajo, Haley.

—Vaya, se me parte el corazón. Excepto que no tengo, por supuesto —dijo, y se rio. Tiró el cigarrillo manchado de negro al suelo y lo pisó con un pie gigante, cubierto de un remache plateado. Después abrió la puerta y la sujetó de forma galante hasta que Maud pasó.

Ella se abrió paso hasta la parte trasera del estudio tenuemente iluminado, y se sentó en la plataforma de observación. Desde su anterior visita el escenario se había transformado de nuevo, y ahora estaba atestado de árboles realistas salpicados de manzanas rojas falsas. Un segmento del camino amarillo pasaba junto a una valla de madera. Tras esta había una agreste fachada marrón que Maud reconoció enseguida como la casa del leñador.

Consternada, se dio cuenta de que aquella escena correspondía al capítulo seis del libro. ¡Capítulo seis! Con cada paso de baile que daban los personajes por el camino en dirección a Oz, más rollo de película se añadía a la lata. Todas aquellas visitas al plató de rodaje, y ¿qué había conseguido Maud?

El Hombre de Hojalata se puso en posición mientras los decoradores del plató lo cubrían de hiedra y modificaban ligeramente su postura. Tras un rato, Judy emergió de entre las sombras seguida de dos mujeres con un blusón rosa, una de ellas con un peine en la mano y la otra con una esponja de maquillaje. Por fin, el director dio la señal y la cámara comenzó a rodar. Maud vio cómo Judy se agachaba para buscar las dos manzanas rojas a los pies del Hombre de Hojalata, y después le daba un golpecito en el pie antes de alzar la mirada y darse cuenta de que estaba en presencia de un hombre hecho de metal.

—Tienes que expresar más asombro —la regañó el director—. No todos los días te encuentras a un hombre hecho de metal. Los personajes son imaginarios, pero tú eres una chica real. ¡Finge que estás atónita, Judy!

Aquellas pautas de dirección continuaron durante las siguientes tomas. Por lo que podía comprobar, aquella parte del guion se adhería bastante a la escena original del libro. Observó con inquietud cómo Judy trataba de hacerlo correctamente una y otra, y otra vez. Nadie se lo ponía más fácil por ser joven. Los directores y productores le daban órdenes, los actores constantemente trataban de eclipsarla, y su madre a veces saltaba al escenario para darle un tirón del vestido o criticarla sobre algo en susurros. Pero durante todo aquello Judy permaneció profesional, imperturbable y calmada.

Tras un rato, los hombres pararon para arreglar un problema con la cámara, y todo se detuvo. Los actores holgazanearon mientras los maquilladores le retocaban la cara al Hombre de

Hojalata. Había guiones azules desperdigados por todas partes, algunos abiertos de par en par. Maud deseaba tener uno entre las manos y hojearlo con tanta intensidad que apenas podía concentrarse en el director mientras este ajustaba algunas cosas de la iluminación en el ángulo de la cámara. Maud había tratado de captar la atención de Judy, pero la chica no estaba mirando en su dirección.

Un joven entró por la puerta trasera y fue derecho hacia el director.

Fleming se volvió hacia los actores y les dijo:

—Tengo que atender esta llamada. Descanso de diez minutos.

Judy parecía haberse evaporado del escenario. El resto de los actores estaban desfilando hacia el exterior para, sin duda alguna, fumarse un cigarrillo. La puerta se abrió y cerró varias veces, y entonces permaneció cerrada, dejando a Maud a solas en la plataforma. El estudio que había estado atestado solo un momento atrás, ahora estaba completamente vacío y en silencio.

Maud miró el escenario vacío. El camino de baldosas amarillas, los árboles hechos de malla de alambre y gomaespuma, la fachada de la casa del leñador… Metió la mano en su bolso y sacó el libro de bolsillo que estaba leyendo, pero entonces se lo pensó mejor. Volvió a meterlo al percatarse de que no había nadie que pudiera verla, y allí desperdigados sobre los troncos de árboles falsos y las sillas del director había varias copias del guion. Maud respiró hondo y se levantó lentamente.

¿Iba realmente a hacerlo?

Se imaginó a su propia madre, Matilda Gage, en 1876, cuando ella, la tía Susan y el resto de directivas de la Asociación Nacional pro Sufragio de la Mujer habían invadido el estrado en la celebración del centenario de la nación para entregarle en mano al mismísimo vicepresidente de los Estados Unidos una declaración de los derechos de la mujer. Su madre ciertamente no la había criado para huir de un reto como aquel.

Maud se deslizó el bolso sobre el antebrazo.

Los tacones de sus zapatos sonaron como un cañón en medio de un tiroteo en el silencio de la habitación mientras se apresuraba a recorrer el suelo de madera con la mirada puesta en la silla del director. De un movimiento, agarró la copia más cercana del guion y la sujetó bajo el brazo. En ese momento, la puerta se abrió, dejando entrar un rayo de luz. Sin pensárselo, corrió en dirección opuesta, esperando encontrar una puerta trasera por donde pudiera colarse sin ser vista.

La primera ruta de escape que encontró estaba marcada por la palabra VESTUARIO. Giró el manillar de la puerta y se encontró con que estaba abierta, así que la abrió lentamente.

—¡Ah! —dijo Maud.

—¡Ah! —respondió Judy.

La joven actriz estaba allí dentro, con una gigante prenda de vestir negra que la envolvía por completo: el abrigo del Mago.

—¿Qué hace aquí? —preguntó la chica, asustada.

—¿Qué haces tú aquí? —dijo Maud. Aún tenía el guion bajo el brazo, pero Judy no estaba prestando atención, sino que estaba roja como un tomate y avergonzada.

—¡Debe pensar que soy una niña estúpida! —dijo Judy.

—De ninguna manera pienso que eres estúpida. Y mucho menos niña —respondió Maud, volviéndose ligeramente hacia un lado para ocultar el guion robado—. Pero ¿qué estás haciendo? ¿No es esa la chaqueta del Mago?

Judy ya estaba quitándosela, con la cara aún muy roja.

—¡No se atreva a decírselo a nadie!

—No diré ni una palabra. Pero tengo la extraña sensación de que sé qué te traes entre manos.

Judy alzó una ceja.

—Creo que estabas buscando algo de magia, ¿no es así? —le preguntó Maud cuidadosamente—. ¿Una señal de tu padre?

Judy negó con la cabeza y se limpió una de las lágrimas que comenzaban a caer por su rostro.

—Es solo que... lo echo de menos. Solía defenderme, y ahora nadie lo hace.

—No tienes que explicármelo. Todos necesitamos algo de magia en nuestras vidas de vez en cuando.

Maud se acercó para abrazar a la chica, olvidándose de que estaba tratando de ocultar el guion. En ese momento alguien la llamó desde el exterior.

—¡Judy! ¡Te necesitamos en escena!

Judy recogió el pesado abrigo, miró a su alrededor sin saber qué hacer hasta que localizó la percha y lo puso en ella apresuradamente. Mientras tanto, Maud deslizó el guion sobre la mesa con la idea de recuperarlo en cuanto Judy saliera de allí.

—¡Judy! —gritó de nuevo aquella voz, esta vez más cerca.

—¡Ni una palabra! —le dijo Judy—. ¿Lo promete?

Judy recogió su cesta, el guion, que probablemente pensó que era suyo, y salió a toda prisa del estrecho vestuario. Cuando la puerta se cerró tras ella, Maud se quedó allí, atónita y en silencio. ¡Al final había perdido el guion! Todo lo que había hecho había sido para nada, y además tendría que encontrar la manera de salir de allí sin que nadie se diera cuenta.

Esperó un rato antes de salir. Miró a un lado y a otro, y se dio cuenta de que estaba oculta tras unas grandes cajas apiladas justo en el exterior. Buscó a su alrededor alguna ruta de escape, hasta que su mirada se encontró con la puerta de los baños.

Una vez en el interior de estos, Maud vio su propio reflejo en el espejo. Su rostro estaba arrugado y surcado por años de preocupaciones, los labios apretados por su autodeterminación, su mirada afilada por la desconfianza ante los sueños e ilusiones. ¿Y si Frank estuviera en ese momento junto a ella? Se imaginó a su marido tal y como lo había conocido por primera vez: unos labios de sonrisa fácil, un brillo en sus ojos que reflejaban una capacidad innata de encontrar el humor en cualquier situación. Él había ablandado su dureza, contenido sus peores instintos, le había sonsacado la bondad que había heredado de su padre, y suavizado el coraje que su madre le había enseñado. ¿Qué pensaría de ella en ese momento?

En el fondo, Maud lo sabía. Frank no habría estado empeñado en robar el guion cuando allí había algo mucho más importante en juego: el bienestar de una niña.

Su desgastado rostro le estaba diciendo algo en el espejo. Le estaba recordando todos los papeles que había interpretado a lo largo de su vida: chica con prendas de chico, estudiante, esposa, madre, viuda, encargada del legado de Frank... Y que, de todos ellos, el más importante había sido el de madre. ¿De verdad estaba tan mayor que estaba cegada ante la verdad que tenía delante? Sin duda, el extraordinario talento que tenía Judy hacía que pareciera mayor y más sabia de lo que le correspondía a su edad. Pero no cabía duda de que seguía siendo una chica solitaria, quien echaba de menos a su padre y quería a alguien que cuidara de ella. Ahora que Maud lo pensaba, era casi inquietante lo terriblemente apropiado que era que Judy estuviera interpretando el papel de Dorothy. Tal y como una joven chica mucho tiempo atrás, Judy necesitaba que alguien la ayudase.

Tras unos minutos, Maud se decidió a salir del baño y cruzó el plató. Afortunadamente, los actores estaban allí de pie mientras el director estaba concentrado con alguna minucia del hacha del Hombre de Hojalata, así que nadie le prestó atención cuando atravesó el espacio, esquivó los cables de las cámaras que había en el suelo y se deslizó hacia la salida del estudio.

Mientras conducía de vuelta a casa, Maud ordenó sus pensamientos sobre aquel confuso día. Judy y Dorothy. Dorothy y Judy. Ahora comprendía que eran la misma. No podías amar el personaje e ignorar a la chica embutida en el traje de cuadros. El instinto le decía a Maud que tomara a la chica de la mano y se la llevara lejos, que le encontrara otra vida donde los depredadores de los agentes y los hombrecillos rechonchos con cigarros no pudieran aprovecharse de su talento.

Pero Maud había aprendido muchas lecciones duras en su vida, y quizás la más dura de ellas era que no se podía rescatar a todo el mundo, sin importar cuánto quisiera hacerlo.

Capítulo 14

SIRACUSA, NUEVA YORK

1886

Maud se tambaleó por un largo pasillo flanqueado por puertas a ambos lados. Las abrió todas de golpe, pero tras cada una de ellas solo había habitaciones vacías. En la distancia se escuchaba a un bebé llorando, tenue como el canto de un pajarillo. El pasillo se alargó frente a ella.

¡Frank!, gritó Maud, pero en lugar de decirlo en voz alta, su voz salió como una nube de vaho. *¡FRANK!* Las palabras parecían flotar sobre ella como nubes de vapor. En ese momento la invadió por completo el pánico. No se podía mover, estaba completamente paralizada. Trató de girarse, de revolverse, pero estaba atrapada por algo que se le enroscó alrededor del cuerpo con tanta fuerza que gritó de dolor.

—Ya está, ya pasó, Maud.

Maud abrió los ojos y vio a Julia sobre ella, limpiándole la frente con un paño frío.

—Has tenido una fiebre muy fuerte —dijo Julia—. Pero creo que está bajando.

Maud cerró los ojos y vio de nuevo aquel largo pasillo y las habitaciones vacías. Los abrió de nuevo, y en aquella ocasión se fijó en que además de su hermana, Frank estaba allí, observándola preocupado.

—Maud —dijo él en un tono de voz increíblemente suave—. ¿Has vuelto con nosotros?

—¿A dónde me he ido? —preguntó Maud. ¿Por qué estaba en la habitación, arriba…? Estaba…

Maud se llevó las manos al vientre, pero las apartó enseguida: tenía la piel ardiendo y le dolía.

Cerró de nuevo los ojos, tratando de concentrarse, pero tenía la mente nublada y espesa, no podía pensar con claridad. Empezó a recordar fragmentos. Recordó estar sentada junto a la ventana mirando al jardín, y las oleadas de dolor.

Frank estaba tan cerca que podría haber alzado la mano y tocarlo, pero el brazo le pesaba tanto que no podía ni levantarlo. Sintió que las lágrimas le acudían a los ojos.

—No nos dejes de nuevo, cariño mío. No puedo perderte.

Entonces, a través de la niebla que era su mente, y de la confusión de aquella visión del pasillo, recordó que había dado a luz. Podía recordar el llanto fuerte, el cuerpo enrojecido y lleno de la grasa del nacimiento.

¿Dónde está el bebé?

Vio la cara de Julia sobre ella.

—¿Maud? ¿Maudie, querida? No intentes hablar, descansa…

¿Dónde está el bebé?

Un hombre con barba también apareció sobre ella. Reconoció al doctor Winchell.

—Necesita descansar —murmuró.

Entonces sintió el pinchazo de una inyección, y todo se desvaneció a su alrededor.

* * *

Maud se despertó con la brillante luz del sol entrando por la ventana. Parpadeó varias veces y trató de rodar hacia un lado, pero sintió un fuerte dolor en el vientre. Una mano la frenó suavemente.

—Maud, ¿estás despierta? ¿Cómo te sientes?

Frank le puso una mano sobre la frente.

—Parece que estás menos caliente.

—Frank... —Maud trató de hablar con claridad, pero solo consiguió susurrar.

—¿Qué pasa, cariño?

—El bebé. ¿Dónde está el bebé?

—Maudie, cariño, no te preocupes por el bebé. Es precioso y estoy cuidando bien de él. Tú tienes que preocuparte por ti misma.

—Entonces el bebé... ¿está bien? —Maud trató de sonreír, pero sintió que se desvanecía de nuevo.

* * *

Matilda puso un apósito de alcanfor sobre el abdomen hinchado y sensible de Maud. A Maud le castañeaban los dientes y le temblaba el cuerpo tan fuerte que el marco de la cama estaba sacudiéndose contra la pared.

—Te he hecho un té de corteza de sauce para bajar la fiebre.

Matilda ayudó a Maud a subir la cabeza y le dio unas cucharadas de té a su hija.

Maud escuchó el llanto de unos bebés. El sonido parecía hacer eco, multiplicándose. ¿Cuántos bebés había? ¿Por qué lloraban? ¿Era uno de esos llantos el de su propio hijo?

Su madre desapareció de su vista, y Julia la sustituyó. Después esta se marchó y entró el doctor. El doctor se fue un poco más tarde, y llegó Frank para descansar a su lado. Y, aun así, los bebés seguían llorando.

—Me gustaría que Bunting viniera a verte, solo un momento. Eso lo animará —dijo Frank en algún momento.

Cuando escuchó el nombre de su hijo, Maud sintió las lágrimas deslizándose por su rostro, aunque no estaba segura de por qué lloraba.

Bunting se quedó en el umbral de la puerta, con un pie cruzado ante el otro, con su camisón de dormir y el pelo alborotado.

Parecía un angelito. Maud trató de incorporarse, pero se desplomó cuando sintió una fuerte punzada en el costado.

—Hola, cariño —susurró, en voz tan baja que estaba segura de que él no la escuchaba. Trató de reunir todas sus fuerzas—. Entra, Bunting, cielo mío, no tengas miedo. Soy yo, tu madre.

Trató de sonreír, y el chico salió corriendo por el pasillo. Frank fue tras él.

Maud cerró los ojos y se dejó llevar por una oscura nube de dolor.

En ocasiones abría los ojos y veía el árbol fuera de la ventana. Estaba desnudo, sin hojas, como una mano gigante que trataba de alcanzar el cielo. Maud vio cuervos negros posados en las ramas y los contó, cantando en su cabeza: *uno por la melancolía, dos por la alegría, tres por una niña, cuatro por un niño.* Pero entonces desaparecían, y se preguntó si habían estado ahí siquiera.

* * *

Julia le dio un beso en la mejilla, le acarició la frente y le dijo que tenía que marcharse de vuelta a Dakota.

—¡No puedes irte! —Maud trató de incorporarse, pero no fue capaz. Julia desapareció en un instante.

Los pájaros cantaban en el exterior, y el árbol de pronto estaba ya echando pequeñas hojas, cada vez más verde. El cielo estaba de un color azul intenso, y había algunas nubes esparcidas en él como bolas de algodón.

—Es una prueba de su juventud y fortaleza, así como del devoto cuidado de su familia, que siga aún con vida —dijo el doctor Winchell—. He visto a pocas mujeres recuperarse de una fiebre puerperal tan severa. Pero no se confunda, aún no está del todo recuperada. Algún esfuerzo o un simple resfriado podría matarla.

Solo en ese momento Maud comenzó a entender lo que había pasado. Al tercer día tras su parto, había caído en la temida fiebre. Era prácticamente un milagro que siguiera viva, pero en ese momento no podía entender para qué había sido perdonada. Una enfermera le ponía cinco veces al día un trapo de algodón doblado entre las piernas, y todas las veces, se empapaba del líquido del demonio, verdoso y amarillento, y de un olor espantoso. Tenía las mejillas hundidas y grises, los huesos de las caderas le sobresalían, y sus brazos no eran más que dos palillos inservibles. Bajo su ombligo, donde anteriormente había sido fuerte, su vientre ahora permanecía hinchado e irritado. Sin embargo, Maud había empezado a rechazar las inyecciones de morfina, ya que estaba decidida a permanecer lúcida.

Podía ver perfectamente en el rostro de su familia lo que había pasado, en la expresión asustada del pequeño Bunting, el cual se asomaba a la habitación a veces, pero se negaba a entrar, en los rostros agotados del cansancio de sus cuidadores, en el rosario que susurraba su enfermera irlandesa, en la seria forma de hablarle del doctor… Y entonces comprendió que ella ya no era Maud, sino que se había convertido en la más indeseable figura de la casa: la mujer inválida.

—Hemos hecho todo lo que podíamos hacer por usted —dijo el doctor—. La única esperanza que queda es internarla en un sanatorio.

Maud se quedó tumbada en la cama, demasiado cansada para hablar. Quizás Frank esperaba que protestara, pero… en su lugar, no sintió nada. Tan solo la invadió un oscuro alivio por dejar de ser una carga.

* * *

El sanatorio del doctor Vander Wenk era un sitio pulcro, brillante y silencioso. A Maud le alivió que su familia no tuviera que ver el horrendo tubo que le sobresalía del vientre y que drenaba el hediondo pus, el cual aún seguía saliendo de entre sus piernas. Pero allí no tenía nada que hacer, nada que decir, ningún ser querido del que preocuparse, ningún niño al que escuchar llorar, ningún esposo de rostro demacrado, ninguna bondad ni la compasión de una madre, ninguna enfermera privada y diligente.

Al fin, le quitaron el tubo y la herida curó muy lentamente, dejando tras de sí solamente un surco rosado y casi brillante. Desde ese momento, Maud pasó sus días sentada en una mecedora junto a los grandes ventanales, con el sol bañándole la cara. El personal le llevaba sopas revitalizantes y más adelante, comida sólida. Al principio podía andar solo por los pasillos, pero después una enfermera la llevó en silla de ruedas hasta el jardín. Se sentaba bajo la luz del sol, anhelando volver a casa y ver a Frank, Bunting y al bebé, Robert, al que llamarían Robin. Cómo los echaba de menos... Pero estaba decidida a aparcar su impaciencia y concentrarse en recuperar del todo su fortaleza. Cuando fue capaz de recorrer el jardín al completo a pie, estuvo lista para volver a casa.

La primera vez que Frank le llevó el bebé y lo puso en sus brazos, Maud lo observó, confusa. Aquel sano, rosado y robusto bebé de seis meses le era totalmente extraño, y en cuanto estuvo en sus brazos, comenzó a llorar. Maud miró a Frank con lágrimas en los ojos. Frank, sin embargo, manejaba al bebé con destreza, poniéndoselo contra la cadera para dormirlo o recreando caras para hacerlo reír. Maud apenas reconocía al niño. Casi no podía creer que fuera suyo: nunca lo había amamantado de su pecho, o se había quedado dormido en sus brazos. Bien podía haber sido un bebé abandonado que habían recogido en la puerta.

¿Y desde cuándo Bunting estaba tan alto, y hablaba muchísimo? Cuando Maud extendió los brazos ante su primogénito, no corrió hacia ella. Se quedó entre las piernas de su padre, mirándola avergonzado. Su hijo se había convertido en un extraño para ella. Se le partió el corazón.

* * *

Le llevó más de un año a Maud recuperarse por completo. Pero por fin, fue capaz de cuidar de su casa y de los niños de nuevo, y comenzó a sentirse ella misma. El recuerdo del primer día de vuelta en casa, cuando los niños habían sido como extraños para ella, se había desvanecido con el tiempo. Ellos ya no recordaban el tiempo en el que se había ausentado. Pero algo sí que había cambiado permanentemente entre Frank y ella. Cada noche Maud yacía sola, hecha un ovillo en el extremo del colchón cuando Frank se acostaba. Deseaba más que nada en el mundo girarse hacia él, enterrar la cara en su pecho y dejar que él la envolviera por completo. Pero el doctor le había dado unas instrucciones muy claras: no debía concebir otro niño. La esponja de la caja laqueada no era protección suficiente, y otro parto pondría su vida en riesgo.

Frank había aceptado la restricción. La trataba con tantísima bondad y preocupación, que Maud casi no se sentía como ella misma. De repente era como una tacita delicada de porcelana con una boquilla enmendada. No dudaba del amor de Frank por ella, pero anhelaba constantemente su pasión, así que lo trataba con frialdad por miedo a sucumbir ante la debilidad.

Una noche, Frank rodó en el colchón hacia ella en la oscuridad, y posó la barbilla en su hombro. Podía sentir el bigote a través del camisón.

—¿Querida Maudie?

—¿Sí, cariño?

—Tengo la sensación de que me asfixio aquí en Nueva York. Hay tanta competencia, tantas personas luchando por ganarse el mismo penique… Se dice que en Dakota un hombre puede realmente llegar a ser alguien. ¿Y si probáramos suerte y nos fuéramos allí, a intentar hacer una fortuna?

Maud sintió algo despertándose en su interior, como si se tratara de un pajarillo estirando las alas entre sus manos.

—Además, sé que echas de menos a Julia y a T. C. —continuó diciendo Frank—. ¿Qué me dices, querida?

Maud podía haber enumerado un millar de razones por las que aquello era una mala idea y un riesgo poco seguro siendo los

niños tan pequeños. Pero habían abandonado la compañía teatral para que a Maud no le pasara nada, y, sin embargo, al final
había terminado enfermando. ¿Quién tenía garantía de seguridad y certeza en toda elección vital?

—Bueno, no pasa nada —dijo Frank, entendiendo su silencio
como una negativa.

Maud puso la cabeza en su pecho y sintió su corazón latien-
do contra ella. Frank, que era tan bueno, tan generoso, tan bondadoso y con un corazón tan grande... Había sido un hombre
vacío en los últimos años, y Maud se encontraba mucho mejor
ahora. ¿Por qué no podían tener una nueva aventura?

Capítulo 15

HOLLYWOOD

1939

Maud estaba sentada sobre la plataforma elevada del estudio viendo a Judy representar una escena con Bert Lahr, que interpretaba al León Cobarde. Maud había escuchado que Lahr llegaba al estudio a las seis y media de la mañana, ya que les llevaba dos horas aplicarle la máscara de goma que debía lucir. El pobre hombre debía estar asfixiándose bajo los abrasadores focos del estudio con un disfraz tan grueso. Sin embargo, nada de eso parecía afectar al actor. Seguía adelante con una buena dosis de dramatismo que no parecía decaer nunca, sin importar las veces que tuvieran que repetir la escena. Tenía una gracia innata. Rodar requería un silencio absoluto en el plató, pero cuando Bert Lahr interpretaba sus frases, a veces Maud tenía que taparse la boca con la mano o pellizcarse el brazo para no soltar una carcajada.

Y, claramente, Judy tenía el mismo problema. En la escena que estaban grabando, mientras sujetaba a Totó, tenía que decirle al león que no era más que un grandísimo cobarde. Pero cada vez que lo intentaba, estallaba en risas. La pobre chica no podía parar de reír. Viendo cómo trataba de parar, Maud recordó cómo Bunting solía torturar a su hermano pequeño Robin poniendo caras divertidas durante la cena de los domingos. Robin se retorcía en su silla y se mordía los nudillos para intentar no reírse, pero Bunting lo conseguía siempre. Eso era lo que le estaba pasando a

Judy en ese momento. Rodaron la escena cuatro o cinco veces, y cada una de ellas los labios de la chica comenzaban a temblar, y antes de que la escena hubiera acabado, estaba doblada por la cintura, riéndose.

Al principio a todos les parecía divertido, pero enseguida el director comenzó a impacientarse.

—No tenemos todo el día para rodar esto —dijo Fleming—. Tienes que mantener la compostura.

Ethel Gumm, que había estado sentada en silencio junto a Maud, se levantó de un salto y se abrió paso hasta el plató con los tacones resonando contra el suelo de madera. Se acercó a Judy, se inclinó y le susurró algo al oído. La expresión de la actriz se ensombreció momentáneamente, pero enseguida se volvió hacia el director con una expresión seria en la cara. Sin embargo, a mitad de la siguiente toma, Judy volvió a estallar a carcajadas, tan fuertes que tenía lágrimas en los ojos. Lahr parecía encantado con su poder para hacer reír a la chica, pero Fleming estaba nervioso.

Ethel Gumm se acercó al director y le susurró algo a él.

—Desde el principio —dijo el director—. Toma trece. Judy, mantén la compostura.

En aquella ocasión Judy casi lo consiguió. Pero al final empezaron a temblarle los labios, se le entrecerraron los ojos y abrió mucho los agujeros de la nariz al tratar de contener la risa. Maud cruzó los dedos en su regazo, ya que la chica lo estaba intentando de verdad. Pero no sirvió de nada. Se echó a reír en cuanto dijo su línea de diálogo: «Bueno, ¡no eres más que un grandísimo cobarde!».

Con la mandíbula apretada, Fleming cruzó el plató hacia ella y le asestó una sonora bofetada en la cara. Judy se tambaleó hacia atrás, sorprendida, y entonces se echó a llorar y salió corriendo del plató.

Maud ahogó un grito. Miró a la madre de Judy, quien seguía cerca del director, y esperó que le dijera algo o fuera tras su hija. Pero Ethel no hizo ninguna de esas cosas. En su lugar, estaba sonriendo.

Maud se levantó y se encaminó escaleras abajo. Se abrió paso entre los cámaras hasta estar frente a Victor Fleming.

—¡Debería darle vergüenza! ¿Cómo se atreve a pegarle? Es usted un hombre adulto y ella es solo una niña pequeña.

Fleming se dio la vuelta, fulminándola con la mirada.

—¿Disculpe? Señora Baum, abandone el plató de inmediato, estamos intentando trabajar.

—No es una niña pequeña —los interrumpió la madre de Judy—. Es una actriz profesional, y se espera de ella que actúe como tal. Le he dado permiso para que le diera una bofetada, si eso es lo que hace falta para enderezarla.

Maud sintió la rabia bullendo en su interior. Apuntó a Fleming con un dedo, y susurró en voz muy baja:

—No se le ocurra tocar a esa chica de nuevo, o le prometo que haré que se arrepienta.

—¿Y qué es lo que piensa hacerme, exactamente? —le preguntó de forma socarrona, lo cual solo añadió más leña al fuego. Después, se volvió y le dio la espalda—. ¿Quién la ha dejado entrar en plató?

—Bueno, bueno. —Mervyn LeRoy apareció como de la nada—. Señora Baum, ¿cuál es el problema? —dijo, haciéndole un gesto con la cabeza en su dirección.

—Ha golpeado a la pobre chica. ¿Desde cuándo un hombre adulto golpea a los niños?

—Vaya, Victor —dijo LeRoy, pasándole el brazo por los hombros a Fleming—. No puedes golpear a la chica.

—No pretendía hacerle daño —respondió Fleming—. Solo intentaba captar su atención. Fue idea de su madre.

Maud buscó a Ethel a su alrededor, pero la madre de Judy ya no estaba allí, ya que parecía haber ido en busca de su hija.

—Si vuelve a ponerle la mano encima a la chica —dijo Maud—, contactaré con todos los medios del país y les diré que ha arruinado usted *El mago de Oz*.

—Bueno, señora Baum, no creo que usted vaya a hacer algo así —dijo LeRoy, tratando de calmarla—. Sería como tirar piedras a su propio tejado, ¿no es así? Si esta película recauda la mitad de lo que creemos que conseguirá, se venderán un millón más de copias del libro.

—¿Cree que lo que busco es dinero? Un hombre no le pone la mano encima a una mujer en mi presencia —dijo Maud—. No le hablo como mujer de negocios ahora mismo, sino como madre y ser humano.

Tras un momento, Judy regresó secándose los ojos con un pañuelo y acompañada del asistente del productor, Arthur Freed, quien tenía una mano puesta en el brazo de la chica mientras le decía algo en voz baja.

—Vale, de acuerdo —dijo Fleming—. No debería haber pegado a la chica. Judy, ven aquí y dame un buen puñetazo. Así aprenderé la lección.

—No le pegaré —dijo Judy, sorbiendo por la nariz—. Pero sí que le daré un beso.

Con eso, se puso de puntillas, se inclinó hacia él y le dio un beso en la punta de la nariz.

—¿Tregua? —dijo Fleming, alargando la mano. Judy la estrechó con la suya, pero Maud se fijó en que la chica no lo miraba a los ojos.

Los maquilladores corrieron entonces a retocar el maquillaje de Judy, cubriendo con polvos la rojez de sus mejillas.

—Bueno, vamos a seguir.

Maud observó con recelo cómo la película comenzaba a rodarse de nuevo. En aquella ocasión, Judy consiguió hacer toda la escena sin sonreír ni siquiera una vez.

* * *

—¡Señora Baum!

Maud estaba de camino a su coche para volver a casa cuando se volvió y vio a Arthur Freed corriendo para alcanzarla.

—Solo quiero agradecerle lo que ha hecho antes. A veces los ánimos se caldean, y olvidamos que nuestra protagonista es solo una niña. Me aseguraré personalmente de que nadie le ponga la mano encima de nuevo. No creo que Fleming quisiera hacerle nada...

—Alguien debería cuidarla, es solo una niña.

—Estoy totalmente de acuerdo —dijo cortésmente—. La he visto por el plató, señora Baum. Soy un gran fan de Oz, ¿sabe? Crecí leyendo los libros. Soy yo el que quiso traer el libro al estudio.

—Me alegra oír eso. Pero el éxito de esta película reside en el papel de Dorothy, así que le sugiero que la trate bien.

—Tiene mi palabra, señora Baum. —Se metió la mano en el bolsillo de la chaqueta y sacó una tarjeta—. Queremos que esto salga bien —dijo, entregándosela—. Si se le ocurre algo, dígamelo.

Maud observó al hombre, tratando de discernir cómo de honesto estaba siendo.

—Si de verdad quiere hacerlo bien, sí que hay algo que puede hacer. —Hizo una pausa para que entendiera lo realmente importante que era lo que iba a pedirle a continuación—. Le hice una promesa a mi marido, señor Freed. Mucho antes de que esta película comenzara, juré proteger la historia de Frank y asegurar que Oz seguiría siendo fiel a sí mismo. Usted mismo ha dicho lo mucho que le gustaban los libros de niño, así que deberá comprender esto mejor que nadie. Sin embargo, no he tenido oportunidad de leer el guion.

Freed miró a Maud con curiosidad.

—¿Leer el guion? Ni siquiera está terminado aún, es un trabajo en marcha. No creo que alguien que no sea un experto entienda mucho de ese guion.

—Conozco el libro de principio a fin, solo quiero asegurarme de que se adhiere a los hechos.

Freed se rio.

—¿Hechos? Pero si ¡Oz es fantasía!

Maud lo miró con los ojos entrecerrados, como si fuera un niño pequeño que no estaba entendiendo lo que decía.

—Ya sé que Oz es fantasía. Pero es fiel a sí mismo. —Respiró hondo antes de continuar—. Solo recuerde que hay millones de niños ahí fuera que creen que Oz es un sitio real. Que, de hecho, *necesitan* creer que es un sitio real. Porque Oz representa la esperanza, y los niños pueden encontrarse en situaciones muy duras.

Freed se acarició el mentón.

—Cuando era un crío, tenía todos los libros de Oz alineados en la estantería de mi cuarto. El primero siempre fue mi favorito.

Maud asintió.

—Escuche —dijo él—. Esto es Hollywood, y Hollywood tiene una sola regla. ¿Sabe cuál es?

Maud negó con la cabeza.

—¡Nunca prometa nada! —Se rio, y acto seguido fingió darle un puñetazo en el brazo sin llegar a darle en realidad—. Esto sí que es una tierra de fantasía.

—Entonces, ¿me conseguirá una copia del guion? —preguntó Maud, sin reírse.

—No le prometo nada —dijo, y le guiñó un ojo—. Pero veré qué puedo hacer.

* * *

Al día siguiente, Maud se presentó ante la secretaria del señor Freed.

—El señor Freed me ha prometido una copia del guion de *El mago de Oz*.

La secretaria la observó con escepticismo.

—Hablé con él ayer —dijo Maud, sacando la tarjeta que le había dado como prueba de sus palabras.

La secretaria de pelo rojizo y rizado se tomó su tiempo, observando la tarjeta con parsimonia.

—El señor Freed no está aquí —dijo ella—. Tendrá que volver en otro momento.

—Esperaré hasta que vuelva —respondió Maud.

La secretaria lanzó una mirada nerviosa a la puerta del despacho donde había una placa con el nombre de Freed en ella.

Maud escuchó ruidos al otro lado de la puerta.

—Quizás debería llamarlo, en caso de que haya vuelto y no se haya dado cuenta.

En ese momento se escuchó tras la puerta como si alguien arrastrara un mueble, seguido de un golpe.

Los ojos de la secretaria fueron desde la puerta de Freed, a Maud y finalmente al teléfono. Por fin, presionó el botón del interfono, rindiéndose.

Maud escuchó una voz metálica a través del altavoz.

—¡Le he dicho que no acepto llamadas!

—Lo siento señor, es solo que la señora…

—Baum —le ofreció Maud.

—La señora Baum está aquí. Dice que le *prometió* una copia del guion de *El mago de Oz*.

La voz metálica habló de nuevo a través del interfono.

—Dígale a la señora Baum que vuelva en un par de semanas. Están trabajando aún en el guion.

—Vuelva en un par de semanas —repitió ella como si fuese un loro.

Maud no se dignó a responderle. Rodeó el escritorio, giró el manillar y se coló por la puerta del santuario de Freed. El hombre estaba sentado tras su escritorio, con una joven morena y voluptuosa que no parecía tener más de diecisiete años sentada en su regazo.

Freed se levantó tan rápido que casi tiró a la chica al suelo. Tenía la cara morada y una mirada peligrosa en los ojos. Bajo la chaqueta, tenía la camisa fuera del pantalón.

—Señora Baum, estoy en mitad de una reunión —dijo con la voz tensa—. Si pudiera excusarnos. ¿Hazel? —dijo, llamando a su secretaria.

Ella asomó la cabeza por la puerta.

—¿Señora Baum?

—Una reunión... —murmuró Maud mientras salía por la puerta.

Aquel era el hombre al que le había pedido que defendiera a una adolescente.

* * *

Unos días más tarde, Maud se encontró a Judy fuera del estudio de sonido, donde estaba encendiéndose un cigarro con la colilla de otro.

Echándose contra la puerta, Judy le dio una calada con una tranquilidad pasmosa.

—Buenos días, señora Baum —dijo, exhalando el humo.

—No deberías fumar.

—Los médicos del estudio quieren que fume ochenta cigarrillos al día.

—¿*Ochenta?* —preguntó Maud, incapaz de creer que había escuchado aquello correctamente.

Judy asintió, dándole otra calada.

—Me ayuda a perder peso. Pero es difícil hacerlo cuando estamos rodando todo el día.

Judy le dio una última calada y abrió la puerta, sujetándola para que Maud pasara mientras dejaba escapar el humo por los agujeros de su respingada nariz.

En el estudio Maud vio que las escenas de ese día estarían ubicadas en el interior del castillo de la Bruja. Margaret Hamilton, la actriz que interpretaba a la Bruja Mala del Este, estaba totalmente ataviada con el disfraz. El espeso maquillaje verde que le cubría la piel hacía que los dientes y el blanco de sus ojos se vieran amarillentos.

Cuando se trataba de las Brujas, Maud creía que se alejaban demasiado de la creación de Frank. Él nunca había querido que la historia diera miedo. El decorado del plató era aterrador, todo hecho con grises oscuros, hierros espeluznantes, una bola de cristal, un gran reloj de arena lleno de arena roja...

Había un piano en el lateral del plató, y Maud reconoció al tipo con el lápiz tras la oreja: el letrista, Yip Harburg, a quien había visto varias veces. Junto a él estaba el pianista gruñón, Harold Arlen. También vio a Arthur Freed, quien le dirigió una mirada recelosa. Maud había abandonado toda esperanza de que él le consiguiera el guion. Al menos ahora sabía que no era de fiar.

Judy estaba enfrascada en una amigable conversación con la Bruja, con quien parecía tener una buena relación, pero en cuanto Fleming entró en el plató se puso en tensión, y su sonrisa se transformó en una mirada atenta.

La escena que iban a grabar ese día involucraba a Dorothy y a la Bruja Mala, ninguno de los demás actores estaba allí. En la escena, Judy estaba encerrada en la torre de la Bruja. Maud observó cómo el personaje pintado de verde le daba la vuelta al reloj de arena roja y amenazaba a la chica con su voz chillona y sus uñas alargadas. Maud se removió en su asiento mientras la Bruja dejaba a Judy llorando. Por supuesto, sabía que estaba actuando, pero había algo en su angustia que parecía muy real, como si el corazón de la chica estuviera constantemente a punto de resquebrajarse, y a la más mínima provocación todo ese dolor volviera a la superficie.

Desde su primer día en el plató, Maud no había vuelto a escuchar la canción del arcoíris. Así que cuando Arlen comenzó a tocar unos acordes que le resultaron familiares, aguzó el oído. Esperaba escuchar a la chica lanzarse a cantar aquella preciosa canción, pero enseguida se dio cuenta de que no era la misma. Solo era un pequeño fragmento de ella, la cual Maud suponía que sería tocada en algún otro momento de la película. En esa escena, el fragmento de la canción comenzaba a sonar cuando Judy estaba alcanzando un estado de desesperación total. La Bruja giró el reloj de arena roja como la sangre y le dijo a Dorothy que ese era el tiempo que le quedaba de vida. En ese momento el pianista comenzó a tocar los acordes. Una toma tras otra, cada vez que llegaban a ese punto, la actriz, que siempre solía estar en calma, parecía visiblemente perturbada. Desaparecía su gran voz, la seguridad en sí misma, la alegría por cantar. En su lugar había una chica de voz temblorosa, sola y asustada, atrapada en un lugar donde la mujer que la cuidaba no era su adorada tía, sino una terrorífica Bruja Mala de rostro verde. Mientras cantaba, el pianista, quien había estado improvisando un acompañamiento para el tempo inseguro de la chica, de pronto dejó de tocar y se escuchó solamente el sonido de la voz temblorosa de Judy, que se quebró y finalmente se quedó también en silencio.

—«¡Tengo miedo, tía Emma! ¡Tengo miedo!».

El plató, el escenario y la habitación de pronto desaparecieron alrededor de Maud, y se vio a sí misma arrodillada en un terreno yermo junto a una chica de ojos violetas con unas trenzas despeinadas. Maud le limpió las lágrimas de sus sucias mejillas con un pañuelo blanco.

¡Tengo miedo, tía Em! ¡Tengo miedo!

—¿Judy?

Arthur Freed corrió hasta la joven actriz, que estaba llorando en silencio.

—Lo siento —dijo, limpiándose la nariz con el puño—. Lo siento muchísimo, hagámoslo de nuevo. Lo haré mejor.

Maud se puso tensa, temiendo que volviera a ocurrir la escena de la desalmada bofetada del director del día anterior. Pero el director no dijo nada, y Freed estaba siendo muy cuidadoso.

—Vamos a tomarnos un descanso, cielo. Hoy has trabajado muy duro.

Entrelazó su brazo con el de Judy, y Maud observó con desconfianza cómo la guiaba fuera del escenario.

Fleming alzó una mano.

—Vale, vamos a dejarlo por ahora.

Mientras los demás comenzaban a salir del estudio, Harburg, que había estado escribiendo algunas notas en un cuaderno, alzó la mirada y le dedicó a Maud una amistosa sonrisa.

—Hola —le dijo, acercándose a ella—. Es usted la señora Baum, ¿no? Me preguntaba si le importaría que le hiciera algunas preguntas.

Harburg estaba sujetando una copia cerrada del guion.

—Por supuesto, estaré encantada. —Entrecerró los ojos—. ¿Es esa la última copia del guion?

—Por ahora —dijo Harburg—. Es...

—Un proceso en marcha, cambia cada día. Sí, ya lo sé. Me encantaría echarle un vistazo —dijo Maud.

El tipo ladeó la cabeza, y las luces del estudio se le reflejaron en las gafas, escondiendo la expresión de sus ojos.

—Supongo que es lo justo —respondió él—. ¿Qué le parece si tomamos algo? ¿Ha estado usted en Musso & Frank?

—Por supuesto —dijo Maud, ya que era uno de los sitios más populares que solían frecuentar los escritores de Hollywood—. Vivo muy cerca de ahí.

—¿Qué le parece a las cinco? —preguntó él.

—Allí estaré.

Mientras se marchaba, Maud buscó a Judy, queriendo comprobar si la chica se había recuperado de la dolorosa actuación del día, pero el callejón estaba vacío.

* * *

Maud estaba caminando en dirección al aparcamiento recortando tras el edificio Thalberg cuando una puerta trasera se abrió de golpe, y Judy salió tambaleándose delante de Maud. Tenía el pelo revuelto y estaba tratando de atarse los botones de la blusa de forma agitada. Estaba llorando, pero cuando vio a Maud, su cara cambió a una expresión de alivio.

—¿Señora Baum?

—¿Judy? —soltó Maud—. ¿Qué te ha pasado? ¿Puedo ayudarte en algo?

Judy rebuscó en su bolso y sacó un bote de pastillas, se metió una en la boca y se la tragó sin agua. Soltó un sollozo y se apretó los puños contra los ojos, como si estuviera tratando de forzar las lágrimas a volver dentro de sus ojos.

—Me dijo que me estaba llevando a ver al señor Mayer —dijo Judy—. Pero cuando llegamos el señor Mayer no estaba...

—¿Quién? —preguntó Maud.

—Freed. El señor Freed.

Las lágrimas desaparecieron, y Judy se quedó impasible.

—Sigue.

—No se lo puedo decir.

—¿Ves lo mayor que soy? No hay absolutamente *nada* que no haya escuchado ya antes, o experimentado por mí misma.

Judy se alisó la falda y la blusa.

—Mayer tiene su propio ascensor que da a la parte de atrás —dijo Judy—. Freed dijo que tomaríamos ese camino, pero en cuanto nos montamos y se cerró la puerta... —No terminó la frase, pero no hacía falta que lo hiciera.

—Escúchame —dijo Maud, furiosa, poniendo una mano sobre el brazo de la chica—. No te quedes jamás a solas con él otra vez.

—Yo creía que solo estaba siendo amable. —Judy miró a Maud—. Probablemente piensa que yo lo incité.

—¡De ninguna manera! No es fácil ser una mujer joven. No lo era cuando yo era joven, y no lo es ahora. Pero tengo una solución para ti.

Rebuscó en su bolso hasta que encontró lo que andaba buscando: un pequeño costurero que llevaba con ella a todas partes. Sacó una larga aguja con una perla en uno de los extremos.

—Si un hombre se acerca demasiado y te sientes incómoda, pínchale con esto. Eso le enseñará lo que es bueno.

—Mi madre me dijo que tenía que ser simpática con los hombres del estudio para caerles bien.

—Escúchame, Judy Garland. Ser simpática es dar los buenos días o preguntar qué tal le va el día a alguien. Pero si un hombre intenta tocarte sin tu consentimiento, le dices que no y eso no lo aparta, písale el pie tan fuerte como puedas. Y si eso tampoco funciona, lo pinchas con esto. Lo hará gritar, y eso revelará sus malas intenciones.

En ese momento, Ida Koverman, la secretaria de Louis B. Mayer, apareció por la esquina del edificio sin aliento. Sus gafas, las cuales llevaba atadas con una cadena de cuentas, rebotaban contra su amplio pecho.

—¡Ah! —dijo ella, frenando cuando las vio—. Ahí estás…

—¡Ida! —dijo Judy, corriendo hacia la seria matrona y dándole un gran abrazo.

—No sabía que estabas con la señora Baum —dijo ella, aún recuperando el aliento—. Te vi entrar con el señor Freed, y cuando no saliste, pensé…

—¿Que había usado el ascensor trasero? —dijo Maud.

—No sería la primera vez —comentó Ida—. A ese lo tengo vigilado. No estoy ciega, sé lo que pasa aquí.

—¡No te vuelvas a subir a un ascensor a solas con un hombre! —dijeron Ida y Maud al unísono, y se miraron la una a la otra, sorprendidas.

—No es fácil para estas chicas —dijo Ida.

—No es fácil para *ninguna* chica —respondió Maud.

Judy alzó el alfiler que Maud le había dado.

—¡Muy bien! —dijo Ida—. Que no te dé miedo usarlo.

* * *

Cinco minutos antes de las cinco en punto, Maud se deslizó en el banco de madera del elitista interior de Musso & Frank. Un momento después, vio a Harburg entrar por la puerta. Se sentó frente a ella y puso el guion en la mesa, entre los dos.

—No sé cuánto la ayudará esto… De verdad que es un proceso en marcha. Langley lo escribió de una manera, después Ryerson y Woolf hicieron multitud de cambios. Langley volvió y trató de arreglarlo, y ahora es mi trabajo tratar de unir todas esas partes para hacer algo cohesivo.

—Pero ¿no es usted el letrista?

—Letrista, escritor, manitas... Demasiados guionistas peleándose entre ellos, pero las canciones serán lo que lo una todo. —Un camarero con chaqueta roja se materializó junto a ellos en ese momento—. Pastrami en pan de centeno —dijo Harburg.

—¿Y para la señora?

—Una sopa de tomate —pidió ella.

—Entonces, señora Baum, ¿no le importa que le haga una pregunta?

—No, por supuesto que no —respondió Maud.

—Es sobre el día que la conocí —dijo Harburg—. Sobre la canción del arcoíris.

Maud prestó más atención ante la mención de la canción.

—Dijo que no había suficiente anhelo en ella... He pasado mucho tiempo pensando en eso. Quiero que sea perfecta.

—Es realmente extraordinario —dijo Maud—, el hecho de que de todas las ideas que podría tener, escogiera esa. El arcoíris, me refiero. Después de todo, no hay mención alguna a un arcoíris en el libro.

—¿Por qué es extraordinario?

Maud guardó silencio. Jamás le había contado a nadie la historia del arcoíris. La lúgubre llanura, la carreta rebotando en la carretera, bañada por el implacable sol... El peor día de su vida, a pesar de que Frank había estado a su lado.

—Es solamente una coincidencia extraordinaria. Y Frank creía con firmeza en los signos.

—Creo que la canción es lo que lo unirá todo —dijo Harburg—. Si conseguimos hacerla realmente bien.

—¿Puedo? —preguntó ella, haciendo un gesto al guion que había entre ellos. Se le aceleró el corazón, y escuchaba un ensordecedor pitido en los oídos, pero trató de aparentar que estaba calmada.

—No veo por qué no —asintió Harburg.

—¿No ve por qué no? Deje que le diga algo, es usted la primera persona que no me pone objeciones. Todos los demás lo tienen guardado bajo llave, como si fuese un secreto de estado.

Harburg inclinó la cabeza y se rio, lo cual le permitió ver que tenía varias coronas de oro en los dientes.

—Capitalistas.

—¿Capitalistas?

—Les preocupa que no sea lo suficientemente bueno. Si corre la voz de que la gran nueva fantasía de la MGM tiene un guion malo, sería un duro golpe para el estudio. ¿Sabe cuánto dinero han puesto en este proyecto? Mucho más del que deberían. L. B. siente debilidad por esta película, cree que es *mágica*. Si fracasa, tendrán problemas.

—¿L. B.?

—Louis B. Mayer. Todo el mundo lo llama así.

—Bueno, pues L. B. tiene razón. Oz *es* mágico. Y de ninguna manera será un fracaso —dijo Maud—. No si hacen su trabajo adecuadamente.

—El guion está bien, mucho mejor que la mayoría. Pero les preocupa que se filtren rumores. Siempre están preocupados por el dinero.

Maud sintió un escalofrío cuando abrió la primera página y comenzó a leer. Entonces miró a Harburg, alarmada.

—¿Quiénes son estos personajes? ¿Achicoria? ¿Hunk? ¿Leoncio?

—Ah, son Haley, Bolger y Lahr.

—¿Cómo dice?

—Ya sabe, el Hombre de Hojalata, el Espantapájaros y el León.

—¿Y por qué tienen nombres diferentes?

—Porque eso ocurre en Kansas —dijo él—. La idea es que Dorothy ya conoce a esos tipos cuando se le aparecen como personajes de la Tierra de Oz. Es como un reflejo de Kansas. Es inteligente, ¿no?

—¡Eso no puede ser! —dijo Maud, en un tono más alto del que pretendía. Sentía los latidos del corazón martilleándole en los oídos—. ¡De ninguna manera! La historia no funciona así. En Kansas no puede haber nadie, excepto el tío Henry y la tía Emma —dijo, y le tembló la voz a Maud—. Oz no es solo un reflejo, es un sitio de verdad. Mi marido fue muy claro en ese aspecto. Era un lugar que podías visitar y volver de él. Y Frank diría que está aquí ahora mismo, pero que no podemos descorrer la cortina para verlo.

—Como yo lo veo, sí que está claro que es un sitio real —dijo Harburg—. Ese sitio me es familiar. Un sitio donde los peces gordos no se llevan todo el dinero, sino que lo comparten con los pobres, un sitio donde las mujeres son tratadas con la igualdad de derechos que merecen...

—¿Le interesan los derechos de la mujer? —preguntó Maud.

Harburg le dedicó una sonrisa torcida que revelaba solo algunos de sus dientes. Tenía un brillo en la mirada.

—Debería de decir que así es —dijo Harburg—. Y también los derechos de los trabajadores, que apoyo los sindicatos y... Sé que su madre también fue una gran partidaria de todas esas cosas.

Maud se sonrojó, complacida.

—¿Conoce usted a Matilda Joslyn Gage?

—Por supuesto que sí —dijo Harburg—. He estado trabajando en un espectáculo llamado *Bloomer Girl*, sobre una abolicionista que se viste con los atrevidos pantalones bombachos de Amelia Bloomer. Queremos llevarla a Broadway un día de estos.

—Bueno, pues en ese caso lo considero un aliado —afirmó Maud.

—No hay bandos —respondió Harburg—, estamos todos en el mismo equipo. Queremos hacer una gran película, algo inolvidable.

—Sabe, mi marido nunca quiso que sus historias diesen miedo. Decía que escribía cuentos de hadas, pero quitando las partes tristes. Ha sido duro ver la escena de hoy. Judy me preocupa...

Harburg se quitó las gafas y se masajeó el puente de la nariz.

—Un estudio no es un lugar fácil en el que crecer —dijo él—. Pero esa chica ha nacido para estar en el escenario, y lo sabe. Le irá bien.

—Debería irle mucho mejor que «bien» —murmuró Maud, pero volvió a centrarse en el guion. Las páginas estaban llenas de apuntes a lápiz.

Harburg le dio un golpecito a la página que estaba leyendo.

—Tenga en cuenta que todo esto podría cambiar de aquí al final. A veces hay que darle una vuelta de tuerca a las cosas. Lo que tiene sentido en un libro puede que no tenga sentido en una película. Pero se trata de captar la esencia. Piense en ello como una melodía, si quiere.

Harburg se concentró en su bocadillo, dejando que Maud se centrase en el guion. Había tantas correcciones y notas escritas a mano que le era difícil saber qué estaba leyendo, y no parecía estar mucho más cerca de comprender cómo terminaría siendo la película que el primer día que había llegado al plató.

Cuando llegó a la última página, echó un vistazo al texto hasta llegar a la última línea. Sin darse cuenta de lo que hacía, negó con la cabeza y murmuró: «No».

Harburg la miró confuso.

—¿Qué ocurre? ¿No le gusta el final? Es tal y como ocurre en el libro.

Giró el guion para que estuviera de cara a él.

—«Da tres golpes con los talones y dice: "Llévame a casa con la tía Emma"» —leyó en voz alta—. ¿Qué pasa con esto? Es igual que el libro.

—Ah, no —dijo Maud—. Debe cambiarlo.

—¿Cambiarlo? ¿Por qué?

—No deje que Dorothy diga que quiere volver con la tía Emma. ¡Por favor! ¿No puede hacer que diga simplemente que quiere volver a casa?

—Supongo que eso funcionaría igual de bien... pero ¿por qué?

Maud casi podía ver el vestido a cuadros desgastado, la cara quemada por el sol, los ojos con largas pestañas cerrados con fuerza, y la chica que murmuraba en voz baja.

—Por nada —dijo Maud.

—¿Por nada? —repitió Harburg—. ¿Está segura de eso?

Maud se planteó contárselo todo, sincerarse allí mismo en aquella mesa con ese amable hombre. Pero no podía. Apretó los labios con fuerza. No iba a contarle más de lo que había pretendido. Se había guardado el secreto de aquella historia todos esos años, y no pensaba cambiar eso ahora.

—¿Tengo su palabra, señor Harburg? ¿Cambiará esa frase?

Harburg se pasó la mano por el pelo, se inclinó hacia ella y parecía que iba a insistir, pero la expresión fiera de Maud lo disuadió.

—De acuerdo, señora Baum. No veo la diferencia. Deje que le haga otra pregunta, si no le importa.

—Adelante.

—No he llegado a hacerle mi pregunta, en realidad. Estoy trabajando aún en la canción del arcoíris, tratando de perfeccionarla. ¿Alguna vez ha estado en Kansas? —preguntó Harburg—. Me preguntaba si hay alguna razón por la que la historia comienza allí.

Maud pasó el dedo por una rugosidad de la mesa de madera. Lo cierto era que la compañía teatral Baum había pasado brevemente por Kansas en una ocasión, solo unos meses después de su boda. No recordaba mucho de ello, excepto que había recibido un gran sobre negro que contenía una nota de su madre, en la que le informaba de que su padre estaba finalmente en paz. Cuando se imaginaba Kansas, solo podía ver aquella carta, sus lágrimas y la manera en que Frank la había reconfortado. No había nada más.

Se dio cuenta de que Harburg estaba esperando una respuesta.

—Frank y yo pasamos una vez por Kansas, poco después de casarnos. Fue hace mucho tiempo.

—Debió haberle causado un gran impacto al señor Baum.

—Kansas no es realmente el estado de Kansas —dijo Maud—. Kansas es solamente el lugar en el que estás atrapado... Dondequiera que sea eso.

Capítulo 16

ABERDEEN, TERRITORIO DE DAKOTA

1888

En septiembre de 1888, Frank, Maud y los dos chicos llegaron a Aberdeen, en el territorio de Dakota, a bordo del tren de Chicago, Milwaukee y Saint Paul. Las vías se habían instalado en Aberdeen hacía solamente cinco años, haciendo que la cuidad tuviera un repentino crecimiento. En aquel territorio plano instalado en lo que una vez había sido un lago prehistórico, el horizonte era una línea distante, y el cielo parecía devorar la tierra.

Cuando habían instalado las vías del tren, la ciudad de Aberdeen tenía menos de cien residentes. Pero ahora Maud miraba por la ventana y veía una ciudad que había crecido hasta alcanzar los tres mil habitantes, y una economía que había florecido gracias a todos los negocios que trajeron consigo las vías de tren, y a varios años de extraordinarias cosechas de trigo.

Era un día soleado, con el cielo salpicado de escasas nubes blancas, cuando se subieron al carruaje de T. C. Aseguró sus maletas en la parte trasera, y enseguida estaban recorriendo una concurrida calle.

—Ese es el banco nacional Northwestern —dijo T. C. señalando una gran estructura de ladrillo aún en construcción—. Cuando esté acabado, será el edificio más alto al oeste de Saint Paul.

Frank asintió con la cabeza, impresionado.

—Y como podéis ver, hay varios escaparates vacíos en la calle principal, todos para alquilar —siguió T. C.—. Estoy seguro de que encontrarás un buen sitio para tu tienda.

—Bazar —dijo Frank.

—¿Cómo dices? —T. C. parecía estar completamente perdido.

—El Bazar de Baum —dijo Frank—. Así pretendo llamarlo. Y no será una simple tienda, quiero que sea más como un emporio.

Maud sonrió ante lo animado que estaba su marido. Había pedido algo de dinero prestado a algunos amigos, reunido unos cuantos ahorros, y con ello iba a meterse en el negocio del comercio. Pero, como ya era habitual, Frank siempre tenía un talento natural para hacer que lo mundano sonara espectacular.

La calle principal de Aberdeen sorprendió a Maud. Estaba flanqueada por una extraña mezcla de establecimientos de ladrillo de aspecto compacto, y otros escaparates cuya endeble estructura parecía a punto de desmoronarse. La estación de tren estaba firmemente anclada a uno de los extremos de la calle, y el núcleo comercial de la ciudad estaba abarrotado de gente y carros de caballo. Al final de aquella abarrotada carretera había una expansión de hierba intacta, que se extendía hasta donde le alcanzaba la vista. El cielo, más prominente que cualquiera de los edificios, parecía tener personalidad propia: primero estaba azul, después cambiaba a gris, y de repente a un deslumbrante rosado y anaranjado. Desde la distancia, la pradera parecía ser un estudio monocromático de verdes apagados, pero de cerca, los colores parecían explotar con las yucas, la salvia azul y las mariposas. Había algo en aquella yuxtaposición, en aquel espectáculo que era tan insignificante ante el gran esplendor de Dios, que hizo que Maud sonriera. Su primera impresión de Aberdeen y del territorio de Dakota había sido que la ciudad no era más que una broma pesada, un intento del hombre de marcar algo tan vasto y tan intocable, que sus esfuerzos estaban destinados a fracasar.

Frank les había conseguido una modesta casa alquilada cerca del centro, y Maud se dispuso a hacer de ella un sitio más hogareño. Comenzó vaciando las cajas, planchando los antimacasares bordados de encaje, desenvolvió la cerámica y colocó sus ejemplares de Tennyson y Sir Walter Scott en una estantería.

Cada atardecer de septiembre convertía el horizonte en una vasta extensión pintada de rojo fuego y amarillo. Por las mañanas escuchaba en el exterior cantar y gorjear a los gorriones, y a veces casi podía imaginar que estaba aún en casa, en Nueva York. Pero tan pronto como ponía un pie en el exterior, la recibía todo un mundo desconocido. Cuando los chicos y ella se aventuraron dos manzanas hacia el sur, el pequeño vecindario de casas dio paso a una extensión sin límites de pasto, grama y hierba de hilo y aguja, donde mirlos de alas rojizas cantaban y donde, a pesar de los pájaros que trinaban y del ligero susurro de la hierba al mecerse, la quietud era tan profunda que el silencio casi parecía una canción por sí misma.

* * *

Maud había llegado a Dakota impaciente por ver a su hermana, pero no había sido del todo consciente de lo grandísimo que era el territorio de Dakota, y lo difícil que era llegar a cualquier lado que no estuviese conectado por las vías del ferrocarril. El pueblo más cercano a la hacienda de Julia estaba a casi ciento treinta kilómetros al norte de Aberdeen, y a dieciséis kilómetros de la estación de tren más cercana. Para su frustración, Maud se dio cuenta de que ver a su hermana ahora no sería más fácil que cuando había estado en Siracusa. Había recibido varias cartas bastante preocupantes sobre el nuevo bebé de su hermana, James, quien no parecía estar alimentándose bien. Maud respondió a las cartas animándola a ir a Aberdeen, donde le sería más fácil conseguir atención médica, pero Julia siempre le contestaba con evasivas.

Cuando ya llevaban allí una semana, la casa de Maud estaba lista. Estaba barriendo el suelo de la cocina cuando el sonido de unas risas la llevó al exterior, a su trozo de pradera. Allí vio a ambos chicos y a Frank tumbados boca arriba con la mirada puesta en el cielo, que estaba salpicado de unas cuantas nubes blancas y grises que se movían con rapidez por la gran extensión de cielo azul, como ramitas en un río celestial.

—¡*Chú-chú*! ¡Un tren! —gritó Bunting, señalando una de las nubes que se deslizaron con rapidez.

—¡Elefante! —chilló Robin.

—¡León! —rugió Frank—. Y ahí tenemos ni más ni menos que un oso... —En ese momento la vio e interrumpió lo que iba a decir—. ¡Ven aquí, Maud! —la llamó, y tiró de su mano.

—Eso no son criaturas míticas, Frank Baum, ¡son nubes de tormenta! Levántate del suelo húmedo y trae a los niños adentro antes de que pilléis un resfriado los tres.

—¡Tonterías! —dijo Frank—. No estamos tumbados en el suelo húmedo, estamos viendo un desfile, ¿no es así, chicos?

—¡Un desfile del circo! —dijo Robin.

—Con elefantes y leones —añadió Bunting.

—¡Y no te olvides de los osos!

Frank tiró de la mano de Maud con más fuerza. Se le pasaron un millón de cosas por la cabeza: que tenía un montón de patatas a medio pelar, el fuego aún sin encender en la cocina, la cena sin cocinar, los platos sin lavar y los remiendos que no podría hacer hasta que los niños se fueran a la cama.

—¡Rápido! Maud, cariño, está a punto de pasar una banda de viento metal de setenta y seis componentes que va a tocar la marcha de *Los Hijos de la Templanza*. ¡No puedes perdértelo!

—¡Sí, mamá, venga!

En la distancia se escuchó la campanilla del arnés de un caballo de tiro que pasaba.

—¡Ahí están! —dijo Frank—. Ya puedo escucharlos.

A su pesar, Maud se dejó caer en el suelo, colocó la falda a su alrededor y se tumbó en la puntiaguda hierba al lado de los tres chicos para mirar al cielo. Como si el cielo estuviera dándole la razón a su instinto, en cuanto lo hizo sintió una gran gota de lluvia caerle en la frente.

Pero no había nada que pudiera parar a Frank. Empezó a tararear, después a silbar y a darse palmadas en los muslos para imitar ligeramente a una banda de marcha. Los cuatro Baum se quedaron en la hierba, gritándose los unos a los otros: «¡Veo los flautines!», «¡Ahí está el trombón!», «¡Mirad ahí, catorce cornetas!». Entonces un trueno hizo retumbar el suelo, y los niños y ella se levantaron de un salto, dejando a Frank aún en el suelo con una gran sonrisa.

—¿Por qué tanta prisa? ¡Es solo el bombo!

En ese momento el cielo pareció abrirse y una lluvia torrencial comenzó a caer. Maud agarró a los niños de la mano y corrió hacia el interior. Les quitó las camisetas mojadas y se apresuró a encender el fogón. Hizo que los niños se sentaran junto al fuego y se bebieran una taza de leche caliente mientras fuera la tormenta se enfurecía, golpeando las ventanas y haciendo temblar los cristales.

—No deberíamos haber dejado que salieran al frío —dijo Maud, envolviendo a cada uno de los niños con un mantón.

Frank se acercó a Maud por la espalda y la estrechó contra él, apoyando la cabeza encima de la suya.

—No te preocupes tanto, Maudie. Los chicos están sanos. Un poco de frío no les hará daño, están prosperando en el aire de campo.

Maud se dio la vuelta y miró a aquellos grandes ojos grises. Un sentimiento se apoderó de ella, un calor como si tuviera lava fundida en su interior, que le bajó desde el rostro hasta los brazos y el vientre.

La familia se asentó con rapidez, y Maud sabía que Frank y los niños estaban prosperando en su nuevo hogar. Pero la preocupación que sentía por Julia persistía. Desde que le había escrito para decirle que el bebé estaba enfermo, Julia no había mandado más cartas y Maud temía que fuera una mala señal, ya que, si el bebé estaba peor, no tendría mucho tiempo para escribir.

Entonces, unas semanas después de asentarse en Aberdeen, Frank llegó a casa con un telegrama:

«LLEGO SÁBADO. BEBÉ ENFERMO».

—Me pregunto cómo ha conseguido el dinero para los billetes —dijo Maud—. Me ha dicho varias veces que no tenía suficiente.

—Vaya, yo también me lo pregunto —dijo Frank, y silbó una alegre cancioncilla.

—¿Le has comprado tú los billetes?

Frank sonrió, y Maud se lanzó para abrazar a su marido.

—¡Gracias, gracias! —le dijo.

* * *

Maud esperó impacientemente en la estación, ya que el tren de Julia iba con retraso. Cuando por fin el guardavía encendió la linterna verde, escaneó el horizonte buscando el tren que se acercaba. La última vez que había visto a su hermana, Maud había estado tan débil que ni siquiera había podido incorporarse para despedirse de ella. Qué vueltas daba el destino: mientras esperaba a su hermana en aquella plataforma de esa lejana ciudad, ahora era ella la que estaba sana y robusta, y su hermana la que traía a un niño enfermo.

Por fin, Maud vislumbró en la distancia el humo negro que contrastaba contra el cielo azul. Unos minutos más tarde el tren finalmente llegó a la estación, y enseguida Maud vio a una mujer que se asemejaba a su hermana, pero que sin embargo casi no reconoció. ¿Era esa mujer demacrada realmente Julia? Y en efecto, ella alzó la mano para saludarla.

Julia nunca había sido muy alta, pero en ese momento estaba encorvada, tenía la cara quemada por el sol y con arrugas, y la ropa desgastada. En un brazo tenía a un bebé envuelto en un trapo grisáceo, mientras que con la otra mano sujetaba a una débil niña de unos siete años. La chica tenía la cara muy delgada, enmarcada por unos mechones de pelo rubios que se le habían escapado de las trenzas. Sus ojos, que parecían un reflejo del cielo tormentoso de Dakota, eran de color violeta oscuro y los tenía hundidos en las cuencas. Su barbilla era pequeña y afilada, y en los brazos tenía una barata muñeca desnuda de cerámica de bizcocho, una Frozen Charlotte cuyos ojos pintados miraban hacia delante sin parpadear.

—Soy Magdalena —dijo la chica muy seriamente. Hizo una tensa inclinación y tosió, el pecho sonándole como un sonajero mientras se llevaba un mugriento trapo a los labios—. ¿Cómo está usted, tía Maud?

Maud se agachó y le dedicó una gran sonrisa a la incómoda chiquilla, tratando de tranquilizarla. Entonces se volvió hacia su hermana, que estaba ocupada con el bebé, con los labios muy apretados.

Maud abrió los brazos y, sin decirle una palabra, Julia le pasó al bebé. Maud sintió el corazón encogiéndosele ante el familiar peso de un bebé entre sus brazos. Este parecía un pequeño ancianito, con un pálido rostro enfatizado por dos legañosos ojos azules. Se quedó totalmente quieto en sus brazos.

Maud miró a su hermana a los ojos.

—Mi querida Maudie. Pareces tan... tú misma. La última vez que te vi... —Maud alzó una mano, pero Julia siguió hablando—. No estaba segura de si te vería de nuevo.

—Este pobrecillo... —dijo Maud.

—No retiene nada por sí mismo —explicó Julia.

—Lo cuidaremos hasta que se recupere —respondió Maud—. Tal y como tú hiciste conmigo. Te lo prometo.

—Ay, Maudie... —dijo Julia—. ¡Qué alegría verte!

* * *

Unas horas más tarde llegó el médico a casa. Para ese entonces, Maud ya había avivado el fuego de la estufa de chapa de hierro tanto que la habitación estaba asfixiantemente caliente. Julia le quitó al bebé Jamie todas las capas de ropa que llevaba: el vestido blanco, la franela, las pinzas y dos pañales. Maud sujetó un mantón suave encima de la cesta de pesaje de mimbre y Julia sujetó al bebé, cubierto por una manta de franela, mientras el médico ajustaba la balanza hasta llegar al cero. Solamente cuando todo estuvo listo, Julia le quitó a regañadientes la manta al bebé y lo dejó sobre la cesta. Allí puesto, desnudo en la balanza del doctor Coyine y sin ninguna capa alrededor, Maud fue realmente consciente de la condición del bebé por primera vez: tenía el cuerpo hundido, la barriga hinchada, las piernas y brazos parecían ramitas delgadas, y su piel tenía un tono grisáceo. El médico ajustó los pesos de latón y anotó algunas cosas en su cuaderno con el lápiz. Entonces se puso el estetoscopio en los oídos y apoyó la campana contra el hinchado vientre y escuchó con atención. Para acabar, palpó con cuidado cada parte del abdomen y después puso dos dedos sobre la barriga mientras daba unos toquecitos con los otros dos, provocando un sonido de percusión hueco y torciendo la cabeza para escucharlo mejor.

Durante todo aquello, Jamie se quedó extrañamente quieto. Maud sabía que cualquier bebé estaría llorando para aquel entonces, pero él parecía estar dormido, y cuando sus casi traslúcidos párpados se abrían, simplemente se cerraban de nuevo. Por fin, el médico le indicó a Julia con la cabeza que había acabado, y ella rápidamente envolvió al bebé con una manta, lo recogió y se lo apretó contra el pecho.

—Empecemos por el peso. Apenas algo más de cinco kilogramos —dijo el doctor. Tenía la voz áspera y ronca, pero no dejaba entrever ninguna emoción—. Debería pesar al menos siete ya. Sufre un catarro intestinal. Deberá seguir al pie de la letra mis instrucciones para alimentarlo.

Mientras escuchaba las instrucciones del médico, vio lágrimas en los ojos de Julia. Maud comenzó a envolver al bebé de nuevo: un pañal, después otro, después la faja, una malla, hasta que finalmente el diminuto bebé estaba completamente envuelto. Por fin parecía estar totalmente despierto, y comenzó a llorar casi sin fuerza. Julia lo tomó en brazos y lo meció con cuidado, canturreando en voz baja mientras le envolvía la manta por sus delgadas piernas. Al final, dejó de llorar y se calmó.

* * *

Cuando el médico se marchó, Maud fue hasta la cocina. En un frasco limpio de litro, vació el contenido de un tubo de peptona Fairchild, unos polvos amarillos que prometían digerir en parte la leche del bebé. El olor de los polvos le recordó a Maud al sanatorio. Después le echó una buena cantidad de agua, lo removió durante un minuto y añadió medio litro de leche fresca. Cerró la tapa y puso el frasco a calentar a baño maría. Se fijó en la hora que marcaba el reloj, ya que el médico había ordenado que la leche del bebé estuviera allí durante quinte minutos enteros.

Cuando pasaron, Maud llenó la botella de cristal con el líquido, y le puso una tetina de goma. Tomó al bebé de la cuna en brazos y se lo llevó a Julia, quien estaba desplomada en una silla con los ojos cerrados. En los últimos tres años, Julia parecía haber envejecido una década. Tenía la cara arrugada por el sol, el pelo había perdido su brillo lustroso y tenía un color pajizo y desgastado salpicado de gris, y su cuerpo, que una vez había sido curvilíneo, ahora parecía fibroso y duro. Pero lo que más había cambiado eran sus manos: sus dedos estaban más gruesos, tenía callos en las palmas y los brazos cruzados de cicatrices y moratones de trabajar en el campo. En la mesita que había junto a ella, iluminada por una lámpara de cristal ámbar, había una botella del Cordial de Godfrey, una medicina sin receta.

Maud no tenía valor de despertar a su hermana, así que se instaló en la mecedora para alimentar al bebé. Se echó un poco de leche en la muñeca y la probó. La peptona le daba a la leche un sabor amargo, y casi le provocó una arcada a Maud, ya que le recordó vívidamente a su enfermedad y el largo tiempo de convalecencia. Dudaba de que un bebé aceptara un sabor tan fuerte, pero era lo que el médico había ordenado.

Sin embargo, el bebé Jamie no aceptaba la leche de la botella. Su cuerpecito estaba muy quieto en sus brazos, y seguía quedándose dormido cada poco tiempo. Le hizo cosquillas en la mejilla, pero solo consiguió que chupara un poco de leche antes de volver la cara, dejando escurrir el líquido por su mejilla.

Maud estaba tan concentrada en el bebé que apenas se fijó en la hija de Julia, Magdalena, la cual estaba jugando con su muñeca cerca de la chimenea. Parecía estar acostumbrada a que la ignorasen, así que jugaba en silencio, con cuidado de no despertar a su madre, pero de vez en cuando alzaba aquella mirada tan profunda con una expresión atenta.

Maud trató de convencer al bebé de que tragara algo de la leche. Le puso la tetilla en uno de los laterales de la boca para animarlo a que mamara, pero aquello solo parecía irritarlo, y tras unos intentos empezó a llorar. Julia abrió los ojos enseguida.

—Debo haberme quedado dormida. Ay, mi pequeñín.

—¡Mamá! —dijo Magdalena, pero Julia solo tenía ojos para el bebé. Tenía el ceño fruncido de preocupación, así que Magdalena volvió a centrarse en su muñeca.

Julia se acercó y tomó la botella de medicina de la mesa.

—Dale unas gotas de esto —dijo Julia—. Lo llaman «el amigo de una madre». Siempre parece calmarlo.

Maud miró con escepticismo la medicina. Matilda siempre había sido recelosa de las medicinas sin receta.

—Quizás deberíamos consultar con el doctor primero.   ·

Julia se encogió de hombros, descorchó la botella y se tomó ella misma una dosis. Maud la observó, preocupada.

—Es para mis dolores de cabeza —dijo Julia.

—Ven conmigo, Magdalena —pidió Maud—. Vamos a la cocina. Voy a hacer una tarta, puedes ayudarme con los bordes.

La niña abrió mucho los ojos y el rostro se le iluminó con una leve sonrisa. Recogió su muñeca rápidamente y salió corriendo tras su tía.

—Enséñame las manos, querida —dijo Maud mientras llenaba una palangana con agua caliente.

Con la mirada puesta en el suelo, la chica se metió las manos en los bolsillos.

Maud se agachó frente a ella para poder mirarla a los ojos.

—¿No me quieres enseñar las manos?

Magdalena negó con la cabeza aún con la mirada puesta en el suelo, y con un puchero que le arrugaba la barbilla.

—No podrás ayudarme con la tarta si no te lavas las manos. ¿No quieres ayudarme a hacerla?

La chica tenía un círculo alrededor de la piel pálida de la cara que confirmaba que se la había lavado antes de salir de viaje, pero cerca del pelo podía verse la suciedad. Maud le enseñó sus propias manos.

—Enséñame las tuyas, cielo.

Con timidez, Magdalena se sacó las manos de los bolsillos de su falda. Maud se fijó en que bajo las uñas tenía una gran suciedad. La chica parpadeó y frunció los labios.

—Intenté limpiarlas —dijo ella—. Pero no teníamos más jabón. Mamá dijo que iba a hacer más, pero entonces el bebé se puso peor.

Dejando a un lado la idea de hacer la tarta, Maud le lavó las manos a la niña. Entrelazó sus manos entre las de Magdalena y frotó bien con la espuma del jabón de soda cáustica. Entonces le hizo una rebanada de pan con mantequilla y mermelada de aronia, y puso una tetera a hervir en el fogón. Cuando la chica terminó de comer, Maud se puso manos a la obra empezando con las trenzas enmarañadas. Magdalena lo soportó con estoicismo, haciendo gestos solo cuando Maud tenía que tirar de los nudos. Cuando la tetera comenzó a silbar, Maud agarró las tijeras.

Pensó en pedirle permiso a Julia, pero no quería molestarla, y realmente no quedaba otra opción. Maud suponía que hacía meses que no peinaba bien a la niña.

Magdalena observó las tijeras con los ojos muy abiertos, como un potrillo asustado.

—Lo siento, cielo. Tienes el pelo demasiado enredado para peinarlo. Te voy a cortar las trenzas. Si no te gusta, no pasa nada, crecerá enseguida.

Cinco minutos después, el pelo le llegaba por la barbilla, y el peine pasó sin resistencia alguna por él.

Maud echó más agua caliente en la palangana grande, lo que hizo que la habitación se llenara de vaho, y desvistió a la niña junto al calor de la estufa. Su cuerpecito era menudo y todo hueso. Tenía marcas oscuras del sol en los brazos, y espinillas en el cuello. Maud probó el agua, añadió algo de fría y la mezcló. Entonces, agarró a su enclenque sobrina y la metió en el agua templada. Magdalena se quedó en silencio mientras la bañaba, dejando que Maud la restregara hasta que tuvo la piel rosa y el pelo totalmente limpio.

Durante todo el proceso, Magdalena se mantuvo agarrada a su muñeca, de la cual estaba destiñéndose el gris por el agua del baño.

—¿Puedo lavar tu muñeca? —preguntó Maud. No le gustaban aquellas muñecas. Se vendían en cajas que parecían ataúdes y desnudas, blancas como la leche, con la cara pintada y brazos que no se podían mover—. Creo que a ella también le gustaría darse un baño.

A regañadientes, Magdalena le ofreció la muñeca y dejó que la tomara. Maud lavó la figura de porcelana con cuidado, y la secó en un paño de cocina limpio.

—¿Cómo se llama tu muñeca? —preguntó Maud—. ¿Quieres que le haga un vestido?

—Se llama Dorothy —dijo Magdalena en voz baja—. Le encantaría tener algo de ropa. Pasa mucho frío cuando sopla el viento.

Maud envolvió a su sobrina en una toalla que había dejado cerca del fogón para que se calentara. Después le trenzó de nuevo el pelo, unas trenzas tan cortas que le sobresalían a ambos lados de la cara. Cuando la niña por fin estuvo completamente limpia y vestida, con la cara rosa y el pelo suave, las dos volvieron al salón, donde Maud encontró a Julia dormida de nuevo, en aquella ocasión con el bebé en brazos. La botella de leche con peptona seguía casi llena. Julia abrió los ojos y miró a Magdalena, que ahora estaba limpia y bien peinada, pero apenas reaccionó. Tenía una expresión nublada en la cara, y una palidez casi amarillenta que se dejaba adivinar entre las mejillas quemadas por el sol.

—Julia, yo me encargo del bebé. Ve arriba y descansa un poco.

Al cruzar la habitación, Julia se llevó la botella de medicina y después se encaminó escaleras arriba. Las horas pasaron y Julia no apareció de nuevo. Maud quería dejarla descansar, así que se sentó con el bebé en brazos tratando de que tomara algo de leche mientras Magdalena se quedaba cerca de ella. Robin y Bunting estaban entreteniéndose solos y entraban y salían de la habitación de vez en cuando, riendo o con juguetes y pelotas en la mano, e incluso una vez con un gato callejero. Enseguida corrieron afuera de nuevo.

—Ve y juega con los chicos, Magdalena —dijo Maud, pero la niña negó con la cabeza y se quedó junto a ella, susurrando conversaciones imaginarias con la muñeca.

Maud deseaba seguir a los chicos y salir al fresco aire de la pradera, pero se quedó allí, dejando la botella y usando una cucharilla para meter algo de leche en la boca del bebé. La mayoría del líquido simplemente se resbalaba por sus mejillas sin que se lo tragase. A pesar de que llevaban ya cuatro horas tratando de alimentarlo, apenas había tomado unos mililitros. Maud deseó tener allí a su madre, que siempre había sido muy competente a la hora de cuidar a un enfermo. Ella sabría qué hacer.

Como si le hubiera leído la mente, al día siguiente el cartero llegó con una carta de su madre, la cual había escuchado la noticia de que el bebé Jamie estaba enfermo. Matilda era una gran creyente en los remedios saludables, y era escéptica al igual que Maud con los fármacos populares. Decía que eran brebajes sospechosos y que ella creía que hacían que la gente se pusiera aún más enferma. Su madre trataba a la gente con tinturas naturales y ungüentos reconfortantes, usando los antiguos tratamientos que había aprendido gracias a su padre, que había sido médico. En su carta, el consejo que les daba era claro:

Debéis encontrar una nodriza para el bebé. Ningún brebaje médico lo curará como lo hará la leche de una madre.

Julia parecía triste mientras leía la carta su madre. Dijo que la enfermera que la había atendido en su casa la había animado a cortar la producción de leche, ya que la vida tan dura que llevaba arruinaría la leche, así que ella se había vendado los pechos haciendo caso de eso. Pero el bebé no aceptaba los sustitutos, ni los polvos lactantes, ni la amarga leche con peptona, ni las cucharaditas de *brandy* que el médico le había prescrito para estimular el apetito. Maud no le dio al bebé nada del Cordial de Godfrey, convencida de que lo adormecía demasiado para comer, pero Jamie continuó igual de inmóvil y débil a pesar de los cuidados constantes de Maud.

Al día siguiente de recibir la carta de Matilda, Maud encontró a una robusta mujer bohemia, que se sentó en un rincón con Jamie todo el día, tratando de que mamara del pecho. Y si no lo hacía, dejaba que la leche le cayera sobre la boca desde su hinchado y marrón pezón. Tras unos días, comenzó a reanimarse. De noche, la nodriza se marchaba a casa, y Maud se hacía un catre para poder dormir junto al bebé en el calor de la cocina, donde le daba leche condensada de la botella, insistiéndole a su hermana que ella debía descansar. Pero Julia parecía constantemente agotada, y se quedaba dormida durante el día. Maud notó preocupada que su hermana llevaba siempre con ella la botella de Cordial de Godfrey fuera donde fuera.

Las hermanas estaban totalmente absortas en el cuidado de los niños y el bebé enfermo, y apenas salían de casa. Maud anhelaba más que nunca el buen humor de Frank, que las iluminaba como los rayos del sol cada vez que llegaba a casa. Por las mañanas se despertaba pronto, se vestía y se dirigía al centro, donde estaba trabajando en su nueva tienda de variedades. Su actitud animada, su voz divertida e incluso su vivaz manera de andar siempre hacían que a Maud se le desbocara el corazón. Los niños corrían a recibirlo, y Frank los entretenía con historias sobre su nueva tienda, el Bazar de Baum, y de todos los esplendores que venderían en ella. La mayoría de los días, Frank volvía a casa con algo en el bolsillo: una lata de ostras, un peluche de payaso, una caja de bombones. Incluso Julia parecía animarse un poco cuando Frank estaba en casa, escuchando sus aventuras con la mirada nebulosa.

La única que no se unía a la hora de la historia era Magdalena. Desde el día en que la había bañado, no se despegaba de su tía Maud. Jugaba a las casitas mientras Maud barría, cocinaba, hacía las camas, ponía o quitaba la mesa, y planchaba. Había llegado a Aberdeen pareciendo una mendiga, pero bajo el cuidado de Maud, estaba limpia y pulcra, con el rostro anguloso y sus grandes ojos curiosos. La niña había tomado por costumbre traerle regalos a su tía, ofreciéndoselos en la palma de su mano: la pluma azul de un pajarillo, bergamota o una piedra lisa. Contemplaba con calma a Maud con aquellos ojos intensos rodeados de oscuras pestañas, y rara vez sonreía o hablaba por encima de un susurro. A Maud la maravillaba una y otra vez lo diferente que era su sobrina en comparación con sus dos chicos, que eran un tornado brusco de pantalones rotos, rodillas con heridas, y ambos hablando por los codos y llenos de historias increíbles, claramente cortados por la misma tijera que su padre. Maud adoraba a sus descuidados hijos, pero sin embargo nunca se había imaginado a sí misma siendo madre solo de chicos. Quería una niña que completara la familia y continuara la tradición de las Gage. Aun así, Maud ya había aceptado que no tendría otro hijo. El médico lo había dejado muy claro: otro embarazo pondría en peligro su vida.

Una tarde, Maud estaba sentada enmendando y cosiendo uno de los vestidos desgastados de Magdalena y le preguntó a Frank si tenía algo de tela en la tienda que pudiera usar para hacerle uno nuevo a la niña. Al día siguiente, Frank apareció con un rollo de tela de algodón.

Maud se puso de puntillas y le dio un beso en los labios, sintiendo el cosquilleo de su bigote.

—¡Cuadros azules! —exclamó Maud—. Es perfecto, resaltará el color de sus ojos.

Una noche después de cenar, Frank estaba sentado en su sitio habitual a la mesa con una pluma y tinta, escribiendo posibles anuncios para la gran apertura de su tienda. Maud estaba frente a él con su costurero, haciendo el nuevo vestido de Magdalena. Todos los niños estaban ya dormidos, incluso el bebé Jamie y Julia, que se había retirado pronto. Las hábiles manos de Maud se movían con decisión mientras disfrutaba de la paz que había en la casa: tan solo se escuchaba el sonido de la madera crujiendo en el fogón y el rasgar de la pluma de Frank sobre el papel. Él a veces articulaba las palabras mientras escribía con una expresión divertida. Parecía disfrutar mientras lo hacía. Era tan distinto a cuando había visto a su madre escribir, siempre feroz sobre su escritorio, y pobre del que la interrumpiera. Frank era lo opuesto, como si estuviera leyendo un libro que daba la casualidad de que también estaba escribiendo. Sabía que en ese momento no estaba generando nuevas obras, solo canciones y anuncios para la tienda, pero aun así parecía divertirse.

—Estás trabajando duro —dijo Maud.

Frank la miró con una sonrisa.

—¿Trabajando? Nada de eso… He inventado una picadora de poesía. Giras la manivela y salen ingeniosas rimas publicitarias.

Maud sonrió.

—¡No me digas! Quizás también podrías inventar una picadora de prosa para mi madre. ¡Giras la manivela y salen importantes panfletos del sufragio femenino!

—¡Pues yo creo que podría! Pruébalo.

Maud se rio y dejó a un lado la manga de cuadros azul y blanca. Alargó la mano y fingió girar una manivela en la oreja de Frank.

Él se puso muy recto y se aclaró la garganta.

—Los derechos de la mujer son inalienables y naturales… —Maud intentó no reírse, pero su marido imitaba demasiado bien a Matilda. Giró la manivela de nuevo—. ¡Votos para las mujeres de Dakota!

—Vale, vale —dijo Maud, volviendo al vestido de nuevo—. Dejemos a mi madre en paz. Enséñame qué se te ha ocurrido para la tienda.

Empezó a leer mientras giraba el brazo junto a su oreja:

En el Bazar de Baum con creces encontrará
los mejores artículos de la ciudad.
Y los más baratos también, verá que es verdad,
si tan solo nos viene a visitar.

—Mucho más fácil que tener que inventármelas yo mismo, ¿no crees, cariño? —preguntó Frank, y siguió leyendo mientras giraba la falsa manivela, como si la necesitara de verdad para hacer funcionar los engranajes de su cerebro.

Los mejores juguetes para niños y niñas
y de verdad…

Paró de leer y fingió que la manivela se había atascado. Movió la cabeza hacia delante y hacia atrás, arriba y abajo de la forma más dramática como si fuera una marioneta de cuyos hilos alguien estaba tirando.

—¡Ay, no! —Se rio Maud—. ¿Qué ha pasado?

—¡La máquina se ha roto!

—¿Roto?

—Demasiada diversión la ha atascado.

—¡Sí que te gustan los juguetes, Frank Baum! Eres peor que los niños.

—¿Sabes que en el día de la apertura tendremos ciento noventa y seis juguetes diferentes? ¿Por qué no deberían los niños de Aberdeen ser visitados por el mismo Papá Noel que visita Siracusa?

—Pues es verdad, ¿por qué no?

No había nada, ni la enfermedad, ni el mal tiempo, ni las trabas que ponía la vida, que pudiera apagar el amor de Frank por los niños. Y en ese momento, más que nunca, sintió el anhelo que la quemaba por dentro de tener otro hijo. Durante el día, era perfectamente consciente de los hechos. Si moría dando a luz, sus niños se quedarían sin una madre, y para Maud aquello era un riesgo inaceptable. Pero durante las últimas semanas, poco a poco había visto a Magdalena florecer, y sabía que sería muy duro dejarla marchar cuando llegara el momento.

* * *

Julia tenía una carta en una mano y al bebé Jamie en la otra, dormido sobre su hombro. Tenía el ceño fruncido.

—¿Qué ocurre? —preguntó Maud.

—Es James, quiere saber cuándo vuelvo a casa. Dice que no ha tomado una comida decente o tenido tiempo de lavar la ropa desde que me fui.

—Pero ¡no puedes irte ahora! —dijo Maud—. El bebé está recuperándose y el invierno está llegando. ¿Y si el bebé se pone enfermo de nuevo…? ¿Y si hay una ventisca? Estarás atrapada sin poder conseguir ayuda.

—Dice que vuelva antes de que el tiempo empeore y nos quedemos atrapados aquí.

—Julia, sé sensata. ¡Es mejor que te quedes atrapada aquí que allí!

Pero ella negó con la cabeza.

—Tiene razón. Tenemos que volver al norte antes de que la nieve nos deje incomunicados. El tiempo no ha sido muy malo estos días, pero sabes que eso no durará. —Le dirigió una mirada al bebé en sus brazos—. Ya está mucho mejor, lo dijo el doctor Coyine. Voy a destetarlo de la nodriza y darle leche concentrada día y noche.

Maud trató de esconder su frustración. Sabía que, si Frank estuviera en la misma situación, antepondría la seguridad de los niños antes que la colada y la comida.

Solamente cuidar del bebé tenía agotada a Julia, ¿cómo iba a lidiar con el bebé, el trabajo en la granja y cuidar de Magdalena?

—¡Dile que no! Explícaselo, ciertamente lo entenderá.

El rostro de Julia se ensombreció mientras Maud le decía aquello.

—Esto no funciona así —dijo Julia—. James no es Frank. Tú no lo entenderías.

—¿Qué es lo que no entendería? —preguntó Maud, dejando lo que había estado cosiendo y mirando a su hermana a los ojos—. Sería una locura dejar Aberdeen ahora mismo, ¿qué hay que entender?

—A James no le gusta que lo cuestione.

—¿Cuestionarlo? No lo estás cuestionando, estás cuidando de tu familia, como haría cualquier mujer.

—Para ti es distinto —dijo Julia, y sonó molesta—. Frank tiene buen corazón. A James no le gusta cuando soy demasiado independiente. Cree que madre me enseñó a decir lo que pienso demasiado.

Maud se quedó boquiabierta.

—¿Quería una planta de maceta y en su lugar le tocó un ser humano con conciencia? ¡Julia, eso es una estupidez!

Julia se quedó blanca como la leche.

—¡No me digas que es una estupidez! —dijo, alzando la voz—. ¡No me digas nada a no ser que te hayas puesto en mi pellejo durante un solo día! ¿Qué sabrás tú de nada, Maud Gage? Todo el mundo te ha consentido siempre. ¡La bella Maud! ¿Crees que mi vida ha sido así de fácil?

—Querida hermana, no te enfades conmigo, por favor —dijo, tratando de calmarla—. Perdóname si te he ofendido. Pero sin duda James entendería que el bebé está enfermo y que necesitas pensar en los niños primero.

La tez de Julia ahora reflejaba un tono amarillento, como el del cielo de Dakota cuando se avecinaba una tormenta.

—James espera que le obedezca. Yo no quité eso de mis votos nupciales, como tú.

Maud entrelazó las manos en su regazo y observó a su hermana, consternada. ¿Cuántas veces había escuchado a su madre repetir que una mujer casada estaba a merced de su marido, ya fuera un borracho o no, un necio o un hombre sabio? Y a pesar de todas las protestas y discursos de su madre, allí estaba su propia hija, sometida a un hombre que no parecía pensar en nada que no fuera él mismo y sus propios intereses egoístas. Y Julia, que no tenía las agallas para no dejarse pisotear. Estaba ciega ante su propia situación, tan ciega como el día en que James había perseguido a Maud en la despensa, ¡y justo después había tenido la osadía de pedir su mano en matrimonio!

Maud abandonó toda esperanza de poder convencer a Julia. En su lugar, comenzó a trazar un plan. Magdalena necesitaba una madre, y fuera cual fuera el instinto materno de Julia, parecía estar dirigido solo a cuidar al bebé. Cuando llegara la hora de marcharse, Maud insistiría en que dejara a la niña a su cuidado.

* * *

Por fin llegó el día de la apertura del Bazar de Baum. Maud no había visto a Frank tan animado desde sus días en el teatro. Julia insistió en quedarse en casa con Jamie, así que Maud se llevó a Magdalena. Ya había acabado de hacerle el vestido azul de cuadros, le abrillantó los zapatos y le había envuelto el pelo con trozos de tela la noche anterior, así que ese día tenía la cara enmarcada por unos rizos. Incluso la muñeca de Magdalena, Dorothy, tenía un nuevo vestido que Maud había hecho con las sobras de la tela de cuadros. Maud alineó a todos los niños para asegurarse de que estuvieran impecables, y para terminar, comprobó su propio pelo en el espejo.

Era mediados de octubre y el cielo estaba brillante, pero un frío viento azotaba la pradera, trayéndoles el olor a aire limpio y a hierba. Maud y los niños se instalaron en la parte de atrás del carro de T. C. y recorrieron la corta distancia que los separaba hasta el centro. Mientras se acercaban, Maud vio una extraña multitud de mujeres y hombres bien vestidos, tan abundante que se salía de la puerta principal de la tienda de Frank. Los hombres llevaban bastones de punta plateada y bombines. Las mujeres, vestidos hechos a la última moda del este. Frank estaba constantemente contándoles cosas sobre los habitantes de la próspera ciudad de Aberdeen. La joven ciudad contaba ya con siete periódicos, trescientos pianos y órganos, setenta abogados y diecisiete médicos. Y aquel día, toda la prosperidad de la creciente ciudad parecía estar a la vista de todos.

Maud sintió el pulso acelerándosele cuando vio a Frank. Estaba tan alto y elegante mientras saludaba a sus clientes en la entrada, estrechándoles la mano a los caballeros y dándoles una cajita de regalo con golosinas a las señoras. Pero cuando entraba un niño, Frank se agachaba y se enzarzaba en una breve conversación, y después les ponía un caramelo en cada mano.

El interior de la tienda parecía una lámina coloreada sacada del cuento infantil *Aladino y la lámpara maravillosa*. Todos estaban comentando la manera tan ingeniosa en la que la mercancía estaba expuesta. A Maud le recordó al teatro. La tienda era un escenario, la mercancía era el decorado, y Frank era la estrella del espectáculo, vestido con su inmaculada chaqueta de cola larga, el cuello blanco recién almidonado y la pajarita. Maud recordó a su propio padre con el delantal, la visera y su manera tan pulcra de escribir los números en un cuaderno. El Bazar de Baum no era ni un primo lejano de aquella empresa. En las vigas había lámparas de papel japonesas que brillaban en tonos rosas, azules, amarillos y naranjas. Pilas y pilas de vajillas y jarrones de cristal tallado destellaban. Juegos de té de plata y tenacillas para el té que brillaban como diamantes.

Maud apenas podía contener el entusiasmo de los niños cuando vieron el amplio despliegue de juguetes. Había monos, caballos, conejos, gatos y perros carlinos hechos con pelo de verdad. Había una cocina en miniatura con un juego completo de ollas y sartenes. Había soldaditos de plomo y ciudades enteras de juguete para el deleite de los chicos, toda clase de armas de juguete: rifles, carabinas y espadas, además de máquinas a vapor y linternas mágicas. Magdalena estaba fuertemente agarrada a la mano de Maud mientras observaba maravillada las muñecas. Había muñecas vestidas, enceradas, de charol y de cerámica de bizcocho. Muñecas que lloraban cuando las alzabas, muñecas que decían «mamá». Había carruajes y cunas, sillitas de bebé y columpios para las muñecas. También había caballitos de juguete con largas crines y colas hechas de pelo de caballo de verdad, en posturas listos para galopar a tierras imaginarias. Trineos con brillantes patines rojos que les habrían encantado a los niños de casa, pero hizo que se preguntara dónde se tirarían en trineo los niños allí, en una tierra tan plana como aquella. Maud perdió a los chicos de vista enseguida cuando se reunieron en torno a una bicicleta nueva.

Magdalena seguía mirando el escaparate de muñecas con Dorothy fuertemente agarrada contra su pecho. Cuando Frank se unió a ellas, metió la mano en el escaparate y escogió la muñeca más grande y elaborada. Tenía extremidades articuladas, pelo de verdad, ojos azules que se abrían y cerraban, y un baúl lleno de elegante ropa.

Frank se arrodilló junto a Magdalena.

—¿Qué piensas de esta? —le preguntó—. Es realmente bonita, ¿no te parece?

Magdalena se quedó callada, agarrando su muñeca de porcelana.

—¿Te gustaría tener una nueva Dorothy? —preguntó Frank. Le tocó el pelo a la muñeca, acariciando la mata de pelo con la punta de un dedo, y le señaló la elegante ropa. Pero Magdalena negó con la cabeza y miró al suelo.

Frank le dio una palmadita en el hombro.

—No te preocupes, pequeña. Creo que sé cómo te sientes. Quieres mucho a tu Dorothy, más que a cualquiera de estas muñecas. Y vaya, ahora que la miro bien, puedo entender por qué. Mira qué pelo negro tan bonito —dijo Frank, fingiendo que la muñeca tenía pelo real en lugar de uno pintado que ya se estaba desgastando—. ¿Y su sonrisa? Vaya, ¿sabes qué?

Magdalena por fin alzó la mirada.

—¡Creo que ya sé lo que quiere Dorothy! ¡Una trona! —dijo él, señalando todos los muebles para las muñecas.

Magdalena negó con la cabeza, y sus ojos se movieron furtivamente hacia un juego de té de porcelana dentro de una maleta de mimbre. Frank siguió la dirección de su mirada.

—Te gusta eso, ¿no? —dijo, y le dio un toquecito en la punta de la nariz. Magdalena asintió con los ojos muy abiertos.

—A Dorothy le gusta —susurró ella.

—¿Y lo preciosas que estáis ambas con vuestro nuevo vestido azul? —dijo él.

Magdalena esbozó una sonrisa que iluminó su habitual rostro serio, y para sorpresa de Maud, hizo una elegante inclinación y entonces, sujetando la muñeca lejos de su cuerpo, dio una vuelta para que la falda y los rizos flotaran alrededor de ella, con una beatífica sonrisa aún en los labios.

Tan repentinamente como había llegado, su rostro cambió de nuevo a su habitual atenta y tensa expresión. Maud mantuvo la compostura, pero por dentro quería gritar de felicidad. Como una florecilla abriéndose paso entre la nieve, Magdalena estaba empezando a cobrar vida.

A la mañana siguiente, cuando Maud bajó las escaleras, vio el juego de té para la muñeca encima de la mesa. Un momento después escuchó los pasos animados de Frank bajando las escaleras.

—¡Frank! —dijo Maud, abrazándolo—. ¡Te has acordado! ¡Le va a encantar!

* * *

—¡Julia! —Maud intentó de nuevo que su hermana entrara en razón—. ¡No puedes marcharte! ¿No puedes quedarte al menos hasta que pase el invierno? ¿Por qué tanta prisa?

Julia estaba haciendo las maletas arriba.

—Por favor, Maud, no me pidas eso. Ya sabes mi opinión.

—Entonces deja que te pida otra cosa. Sabes que no puedo tener más niños, o quizás sí que puedo, pero no debo. Frank y yo hemos llegado a querer mucho a Magdalena. ¿Por qué no la dejas quedarse con nosotros? Así tendrás más tiempo para cuidar al bebé, y una boca menos que alimentar.

Julia se puso pálida y desvió la mirada.

Maud tomó la mano de su hermana entre las suyas.

—Julia, no hay nada de qué avergonzarse, todos hemos pasado malas rachas.

—Maud. Mi querida Maudie. No sabes ni la mitad. Una granizada de verano ha arruinado casi todo nuestro trigo —dijo, y bajó aún más la voz—. James ha tenido que hipotecar la concesión para compensar la diferencia. Si lo perdemos, perderemos todo. Y James, él… —Julia se tapó la boca con una mano, como si se hubiera dado cuenta de que había estado a punto de decir algo de lo que se arrepentiría—. Hermana, no te imaginas lo sola que me siento allí. A veces James se va durante días y días. El paisaje de mi ventana es tan yermo que parece extenderse a los confines del universo... Y por las noches la única compañía que tengo es el aullar de los lobos. Eso afecta a cualquiera. Puede hacer que tus pensamientos se vuelvan oscuros y extraños. No puedo dejar aquí a Magdalena, esa niña es mi única compañía. Sin mi niña, ¡me temo que perdería la cabeza!

—Pero Julia... —Frank entró en la habitación, y parecía haber escuchado el final de la conversación—. ¿Ciertamente podrías anteponer el bienestar de esa niña ante tu propia soledad? —le preguntó—. Aquí la trataríamos como a nuestra propia hija. Le daremos lo mejor de lo mejor.

Los ojos de Julia destellaron.

—¡Ya veo lo que intentáis hacer! ¡Vestidos nuevos, juguetes...! ¿Cómo puedo competir por el afecto de mi propia hija cuando no tengo nada de eso que ofrecerle?

—Julia, por favor —dijo Maud, pasmada ante el tono resentido de su hermana—. No estamos compitiendo por el afecto de Magdalena, solo intentamos ayudaros.

—He aceptado vuestra caridad, y ahora Jamie está recuperándose. De ahora en adelante cuidaremos de nosotros mismos. Supongo que es egoísta —dijo Julia—. Pero no puedo soportar la idea de estar sola.

Maud sintió su temperamento empeorando. Abrió la boca lista para defender su plan, pero Frank vio el torrente de emociones que se cocía en su interior, así que le puso una mano en el brazo y alzó una sola ceja, como diciendo «ahora no».

—Tú eres su madre —le dijo Frank a Julia—. Debes hacer lo que te parezca correcto. Pero, por favor, ten en cuenta que nuestra puerta permanecerá siempre abierta para Magdalena, el bebé Jamie y para ti. Si cambias de opinión, solo dilo e iremos a recogerla.

Aquella noche, Frank acarició la espalda de Maud y le secó las lágrimas.

—Deberíamos haber insistido más —dijo Maud—. Si le pasa algo a Magdalena, no me lo perdonaré nunca.

—No, Maud. Me temo que, si hubieras insistido, solo habría puesto a Julia más en nuestra contra. Deja que vuelva a casa, y quizás lo reconsidere allí.

Maud se giró en la cama y enterró el rostro en su pecho.

—Espero que tengas razón.

En la estación, Maud temblaba mientras el tren con destino a Ellendale comenzaba a moverse, con el rostro pálido y delgado de Magdalena presionado contra el cristal de la ventanilla. Maud no dejó de decirle adiós con la mano hasta que el tren desapareció, y tan solo se veía el ligero humo gris del vapor en el horizonte.

* * *

Una semana después de la marcha de Julia, Maud estaba removiendo un estofado cuando escuchó llegar a Frank. Le sorprendió lo desanimado que parecía al entrar en la cocina.

—¿Qué pasa, cariño? —preguntó Maud.

—Me temo que hay malas noticias. Nada que deba preocuparte mucho, es solo un problema de negocios.

Maud se giró y observó el ceño fruncido y los labios apretados.

—Cuéntamelo, Frank. Quizás pueda ayudarte.

—Es solo que ha habido una fuerte tormenta en el lago Hurón, y se ha hundido el *Susquehanna*.

—¿El barco? —Maud preguntó confusa—. Ay, vaya. ¿Se ha ahogado alguien?

—Gracias al cielo no, toda la tripulación fue rescatada. Pero nosotros no hemos tenido tanta suerte —dijo Frank—. En ese barco iba toda mi mercancía de Navidad. Todo lo que debía tener en la tienda… Tendré que pedirlo todo de nuevo, y no llegará nada antes del día veinticinco.

Maud sabía que estaba empezando a fruncir su propio ceño, así que se pasó un dedo por la frente, decidida a mantener la calma.

—¿No pediste esas existencias a crédito? —preguntó Maud.

—Eso me temo. —Frank se hundió en una silla, totalmente abatido—. Tendré que devolvérselo al banco. No estaba asegurado.

Maud le puso una mano en el hombro, asimilando la gravedad de la noticia.

—No pasa nada, Frank. Estoy segura de que nos recuperaremos.

Frank se volvió para mirar a Maud con sus grandes ojos grises que reflejaban una gran tristeza.

—No es por el dinero —dijo él.

—Claro que es por el dinero —dijo Maud—. ¿Qué va a ser si no?

—Maud, querida, ¿de verdad no lo entiendes? Hice la solemne promesa de que el Bazar de Baum traería la Navidad a todos y cada uno de los niños del territorio de Dakota. No tenemos suficiente mercancía a mano para cumplir esa promesa.

Incluso entonces, siete años después de haberse casado con él, Frank seguía sorprendiéndola. Maud rápidamente había evaluado la situación del desastre: Frank se había extralimitado y se había endeudado para tener suficiente mercancía para la temporada de Navidad. La cosecha de trigo de 1888 había sido muy abundante por tercer año consecutivo en Dakota. Mientras que algunos agricultores como el marido de Julia estaban pasando dificultades, los habitantes de Aberdeen se sentían prósperos, y tenían dinero extra para darse un gusto con los lujosos artículos de Frank. Pero la gente de Dakota era práctica: puede que decidiera despilfarrar durante la Navidad, pero no lo haría el resto del año. Frank había contado con la gran festividad para afianzar su empresa y poner el saldo a su favor. En su lugar, iban a perder las ventas de Navidad y se endeudarían todavía más. Aun así, las ventas no habían sido malas desde que había abierto la tienda. Frank tendría que ser cuidadoso, pero con una buena gestión, les iría bien.

Pero para Frank, el bueno y compasivo Frank, nada de eso importaba. Él estaba preocupado por los niños que no recibirían sus juguetes favoritos esas Navidades.

—No es más que un pequeño contratiempo —dijo Frank, aunque su tono revelaba unos ánimos forzados—. Aún me quedan unos cuantos juguetes en la tienda, y aunque no tengamos las ventas que esperábamos, se igualarán con el tiempo.

* * *

En Nochebuena no había ni un abeto disponible en cien kilómetros a la redonda de Aberdeen, pero Frank llegó a casa desde el centro arrastrando un precioso abeto balsámico que había sido enviado desde Saint Paul y ciertamente habría costado más de lo que a Maud le hubiera gustado. Lo colocó en el salón, llenando la habitación entera del olor que a Maud le recordaba a su infancia. Lo decoraron con velas y palomitas que ella cocinó en el fogón, espumillón plateado y bolas rojas de cristal que Frank trajo a casa de la tienda.

Por la mañana, Maud bajó las escaleras y se encontró a Frank junto al árbol con un aspecto de felicidad absoluta.

—Pero ¡Frank! —empezó a decir Maud, lista para protestar, pero en ese momento Bunting y Robin aparecieron por las escaleras vestidos con sus calzones de algodón rojos y una cara de asombro total.

Frank había construido bajo el árbol una ciudad hecha de bloques como Maud jamás había visto. Tenía edificios altos y torres, carreteras y ríos delineados con papel azul brillante, e incluso unas pequeñas banderas ondeaban en las murallas. Había árboles en miniatura, gente diminuta y un tren mecánico que lo rodeaba todo. Maud sabía que aquellos juguetes debían provenir de la tienda, pero solo Frank podría haberlo construido todo tan ingeniosamente.

—Con todos esos «uh» y «ah», creo que deberíamos llamarla *La tierra de los Ahs* —dijo Frank, claramente satisfecho de la reacción de los chicos. Se acercaron con los ojos brillantes y se arrodillaron para observar más de cerca aquella ciudad mágica. Entonces miraron a su padre, asombrados.

—¡Cuéntanos más sobre ella, padre! —dijeron Bunting y Robin a la vez—. ¡Cuéntanos la historia!

—Pues veréis, es un país de hadas —dijo Frank—. Por supuesto eso quiere decir que está habitado por hadas... —Los chicos estaban embelesados, cada uno sentado en una de sus rodillas mientras Frank les contaba un cuento sobre aquel reino imaginario que había creado casi de la nada.

Para Maud había un delicado abanico japonés, y se sorprendió al encontrar en una pequeña caja cuadrada un anillo con una brillante esmeralda.

—¿Frank? —Maud lo miró, confusa. Una cosa era comprarles juguetes a los niños, pero otra muy distinta era comprar joyas.

Frank se agachó junto a ella.

—Lo siento, mi amor, pero es de imitación. Hecho para parecer una esmeralda, para una reina.

Maud relajó la expresión.

—Ah, ¡gracias al cielo!

El día de Navidad de 1888 estuvo lleno de felicidad y alegría, de niños contentos y de risas, de villancicos y tarta y, por supuesto, el reino de hadas que Frank había creado para los chicos, el cual los mantuvo ocupados el resto del día, hipnotizados por aquel mundo de fantasía. Pero a pesar de que la felicidad de los chicos la hacía feliz a ella, Maud sentía también una exasperante preocupación de fondo, y es que no podía evitar calcular en su cabeza cuánto había costado todo aquello. Igual que la joya de imitación que Frank le había dado, sentía que un solo rasguño revelaría lo falso que era todo bajo aquel manto reluciente y nuevo.

Dos días antes de Año Nuevo, Maud estaba fregando los platos cuando se dio cuenta de que se le había olvidado quitarse el anillo. Sacó la mano del agua hirviendo y, en efecto, la joya de imitación se había desteñido a un sucio color gris, y el acabado de oro se había descascarillado, revelando la hojalata que había debajo.

Maud le enseñó el anillo a Frank.

—¡Lo siento! Debí habérmelo quitado, mira lo que he hecho.

Frank la hizo girar y le plantó un beso en la frente.

—No, cariño, ¡soy yo el que lo siente! Te mereces una esmeralda de verdad. Te prometo que algún día la tendrás.

Maud quería decirle a Frank que no era una esmeralda lo que quería, sino estabilidad, un hogar, su familia y algún dinero ahorrado para un contratiempo. Pero ¿cómo iba a culpar a Frank? Recordaba la primera vez que lo había visto subido a un escenario en el teatro, y cómo se había enamorado de su mágico mundo. Había visto esa misma expresión en los chicos cuando se habían asomado por el pasamanos y habían visto el maravilloso mundo que Frank había creado. ¿No era ese talento el que había hecho que se casara con él?

* * *

Tras su marcha de Aberdeen, Jamie solo vivió unos meses más. El 15 de marzo de 1889, Maud recibió un telegrama. El bebé había fallecido aquella mañana, y el entierro tendría lugar esa tarde. El tren con destino al norte iba con retraso, así que para cuando Maud llegó a la pequeña ciudad de Edgeley era ya bien entrada la tarde, y aún debían hacer el viaje en carreta hasta la hacienda de Julia, a unos doce kilómetros al oeste. El reverendo Langue, un pastor presbiteriano, la acompañó en su viaje. Había una caja de madera cubierta por una tela negra a sus pies.

El bebé Jamie estaba en la mesa de la habitación principal de la choza de Julia. Su consumido cuerpo olía ligeramente al *brandy* del baño que Julia le había dado para intentar revivirlo cuando lo encontró sin respiración. Maud ayudó a su hermana a vestirlo, metiendo sus piernecitas rígidas en unos calzones de lana, y después las manos por las mangas de un elegante vestido blanco que Maud había bordado a mano.

Julia depositó a su hijo en un pequeño ataúd de pino decorado con tela blanca. La caja tenía una placa de plata fijada, con un grabado que decía: «Dejad a los niños venir a mí». Maud había llevado cimbalaria, hojas de los geranios rosas y zarzaparrillas de Aberdeen, y las pusieron todas sobre la áspera caja de madera.

En el exterior, el suelo estaba cubierto por una fina capa de nieve helada, y los hombres incluso estaban sudando por cavar la pequeña tumba de Jamie al norte de la casa. A las cinco y media de la tarde, el sol de marzo estaba bajo. El alargado y recto horizonte estaba coloreado de un leve tono anaranjado y cubierto por una neblina mientras el pequeño grupo de gente se reunía junto a la tumba abierta, que también estaba rodeada de tela blanca. James Carpenter tenía los hombros hundidos y miraba la tumba sin expresión alguna en el rostro.

Magdalena tenía los ojos secos y una postura muy rígida. Tenía un vestido negro descolorido y un chal de lana sobre sus delgados hombros. De vez en cuando la veía temblar, pero aparte de eso estaba totalmente quieta. Maud le sujetó con fuerza una de sus manos, que estaba helada como un témpano de hielo. Con la otra, la niña tenía bien sujeta su muñeca. Cuando el primer montón de tierra golpeó el ataúd, Magdalena se encogió. De repente se zafó de un tirón de la mano de Maud y se acercó al borde de la tumba. Con violencia, tiró la muñeca al foso. La muñeca de porcelana golpeó el borde de la caja de pino y estalló en mil pedazos. La cabeza decapitada se quedó sobre el montón de tierra que acababan de echar, con sus ojos azules pintados mirando sin parpadear hacia el cielo.

—¡Magdalena! —chilló Julia—. ¿Qué has hecho? —Tiró con fuerza del delgado brazo de su hija, apartándola de la tumba—. ¿Por qué has hecho eso? —le gritó.

Magdalena miró a su madre en silencio, con los ojos brillando ante la atenuada luz morada.

—Dorothy quería irse con Jamie —contestó en voz muy baja.

En el silencio, el reverendo comenzó a entonar un padrenuestro, y uno a uno todos los allí reunidos se unieron, sus voces tan frágiles comparadas con el vasto paisaje que apenas parecía que hicieran más ruido que el eterno susurrar del viento entre las hojas de la pradera. Magdalena no parpadeó ni hizo un sonido más mientras observaba los restos de su muñeca y su hermano pequeño desaparecer bajo aquella despiadada tierra.

El sol ya se había ocultado por el horizonte, y la temperatura se desplomó. Cuando entraron al interior de la pequeña choza de Julia, todos temblaban. Magdalena tenía las manos vacías enroscadas a su alrededor.

Los vecinos de las fincas más cercanas habían traído comida, así que el pequeño grupo repartió el pan y comieron sopa, calentándose junto al fuego mientras un feroz viento azotaba el exterior.

Maud mandó a Julia a la cama, y se fijó en que su hermana se tomó una buena dosis del Cordial de Godfrey antes de retirarse, insistiendo en que la ayudaría a dormir. Después, puso a Magdalena a dormir en su estrecho catre junto a la cama de sus padres. Mientras tanto, James Carpenter, que apenas había dicho ni una palabra en todo el día, se quedó junto al fuego con una jarra de alcohol, con la taciturna mirada perdida en la ventana.

Para cuando Maud hubo terminado de arreglar la cocina, quería desmayarse del cansancio. Había planeado hacerse un catre para sí misma junto al fuego, pero no quería quedarse a solas con el marido de Julia, quien no se había movido de al lado de la ventana. Al final, abrió la puerta de la habitación trasera y se metió en la cama junto a Julia. La medicina de su hermana claramente no había funcionado, ya que la encontró con los ojos abiertos de par en par. Tan pronto como Maud se unió a ella, los lobos comenzaron a aullar en el exterior. Estaba claro que los desolados chillidos provenían del norte de la casa, donde el bebé acababa de ser enterrado. Maud le acarició la frente a su hermana y no dijo nada. Durante un buen rato, Julia se quedó muy quieta en la cama. Los lobos por fin cesaron sus aullidos y Maud aguzó el oído para escuchar la respiración de su hermana, esperando que por fin se quedara dormida. Pero tras unos momentos de maravilloso silencio, los lobos comenzaron a aullar de nuevo. Julia se incorporó de un movimiento, apartó las sábanas y se levantó de la cama tan rápido que su camisón blanco flotó a su alrededor, confiriéndole un aspecto fantasmal. Comenzó a golpear la pared de la casa con ambos puños.

—¡Callaos! —gritó—. ¡Callaos ya!

Maud se levantó tras ella, temblando cuando sintió el aire frío a través de su camisón.

—Venga, Julia —susurró Maud—. Vas a despertar a Magdalena, vuelve a la cama.

—¡No me importa! —dijo Julia—. ¡No me importa a quién despierte! ¿No sabes cuál es ese sonido? ¡Es el sonido de mi bebé muerto, llorando bajo la helada tierra!

Los lobos siguieron aullando. Maud atrajo a Julia hacia sí misma, tratando de acallar sus gritos. Escuchó a alguien moverse en la otra habitación, y después el sonido del pestillo y la puerta cerrándose de un golpe.

Por la ventana se veía el patio iluminado por la luna llena, que hacía brillar la nieve. El montículo de tierra fresca de la tumba de Jamie era el único punto donde el suelo estaba oscuro, y parecía un charco de sangre en mitad de la frágil capa de nieve. James estaba tambaleándose por el helado suelo con el rifle en la mano. Se tropezó con la tierra fresca, y después continuó, tratando de avanzar. De repente se paró, bamboleándose a un lado y a otro, se apoyó el rifle en el hombro y disparó. El sonido fue tan fuerte que por un momento tanto Julia como los lobos se quedaron en silencio. James se movió un poco, mirando a la oscuridad, pero tras un momento, los lobos reanudaron sus aullidos, chillando como los pacientes de un hospital psiquiátrico. James disparó el arma de nuevo, pero estaba demasiado inestable para apuntar bien. Con el rifle aún alzado, retrocedió unos pasos hacia la casa. Julia salió del dormitorio y se lanzó hacia la puerta principal, con el camisón flotando tras ella. La puerta, que estaba abierta de par en par, estaba golpeando el marco por el helado viento que soplaba.

—¡Julia, no! —Maud trató de agarrar a su hermana e impedir que saliera afuera. James tenía el rifle apuntado a la habitación donde Magdalena dormía. James alzó el arma para apoyarla contra su hombro, preparándose para disparar de nuevo.

—¡James!

En cuanto salió al exterior, Julia se resbaló con el hielo, dejando escapar un grito, y él se volvió para mirarla. Maud salió corriendo al exterior tratando de no resbalarse, y ayudó a Julia a ponerse en pie.

Maud empujó a su hermana al interior de la casa. Se puso un par de botas que Julia había dejado junto a la puerta, agarró una manta del sofá y salió de nuevo a la glacial noche, dirigiéndose al hombre que sujetaba el arma, apuntándola ahora directamente a su pecho.

—¡Suelte ese rifle ahora mismo, James Carpenter, antes de que se haga daño a sí mismo o a alguien más! —Maud sonaba firme y decidida, pero le temblaban tanto las piernas que pensó que iba a desplomarse.

El aire parecía estar en silencio de nuevo. Los lobos sin duda debían haberse asustado por todo el alboroto y habían dejado de aullar.

—¡No voy a parar! —dijo James, arrastrando las palabras—. ¡Tengo que alejar a esos lobos de mi hijo!

Maud trató de pensar en algo deprisa.

—Pero escuche, James —dijo, adoptando un tono mucho más suave de voz—. Es un buen tirador, ¡los ha matado! ¿No lo ve? Todo está en silencio.

James mantuvo el rifle listo para disparar, la boca del arma balanceándose sin estabilidad.

—Venga, vuelva a la casa —dijo Maud—. Hace frío aquí, necesita entrar en calor.

James se tambaleó con el arma aún preparada. A Maud le temblaban los dientes de forma tan violenta que parecían escucharse disparos en su interior. Podía ver el mango negro del rifle mientras se balanceaba de un lado a otro, apuntando desde el lugar donde dormía Magdalena y de vuelta a Maud.

—¿James? Venga.

Muy lentamente, Maud alargó la mano, con la palma boca arriba como si estuviera acercándose a un perro asustado.

La nieve hacía que el blanco de los ojos de James pareciera brillar.

Durante un momento, ninguno se movió. Maud paseó la mirada de los ojos salvajes de James a la boca del arma, temiendo incluso respirar. Por fin, James bajó el arma y se arrastró hasta la casa. Maud lo siguió, temblando como si hubiera contraído una fiebre mortal. En el interior, James dejó el rifle en una esquina y se dejó caer sobre el sofá, aún con las botas puestas. Maud se quitó la manta que llevaba alrededor de los hombros y se la puso por encima a él.

—Duérmase —dijo ella—. Ha sido un día muy largo.

Cuando Maud alzó la mirada, vio que Magdalena estaba de pie en el umbral de la puerta del dormitorio con la mano en el marco de la puerta. Estaba temblando con solo su camisón, con los ojos abiertos de par en par y muy oscuros.

—¿Qué ha pasado, tía Maud?

—Nada, cielo. Vamos a volver a la cama.

Cuando Maud al fin volvió a meterse en la cama junto a su hermana, Julia seguía despierta.

—Julia, ¡podría habernos matado a todas con ese rifle!

—Es por la bebida —le susurró Julia—. Es un buen hombre, pero el diablo lo visita cuando bebe.

Maud tiró de su hermana para que la mirara a la cara.

—¡Julia! Un buen hombre no recibe la visita del diablo cuando bebe. ¡Un hombre al que le pasa eso no es un buen hombre!

—No hay nada que se pueda hacer —dijo Julia—. Cuando le digo que pare, dice que me dejará aquí y no volverá. ¿Qué haría yo aquí sola con los niños?

—¡No tienes que quedarte aquí sola! Ven a Aberdeen y deja que él haga lo que quiera. Puedes quedarte con nosotros, te cuidaremos. ¿No recuerdas lo que te dijo Frank? Nuestra puerta siempre estará abierta.

Hubo un silencio tan largo que Maud pensó que su hermana se había quedado dormida.

—Maudie, tú… tú no lo entiendes —dijo ella.

—Un marido borracho disparando un rifle. Has perdido a un hijo hoy, ¿es que quieres perder a la otra? ¿Acaso no te enseñó nuestra madre nada sobre defenderte a ti misma?

Julia no respondió, pero vio que el cuerpo le temblaba, y tenía lágrimas en las mejillas.

—Tú no lo entiendes —repitió en un susurro.

—Ha sido un día muy largo —dijo Maud—. Vamos a descansar. Pensaremos en esto mañana. Ten…

Maud se sacó un pañuelo del bolsillo de su camisón y le limpió las lágrimas a su hermana.

Maud se quedó quieta como un palo mientras el llanto de Julia se apagaba. Por fin, todo se quedó en silencio, y solo se escuchó la respiración de Julia y Magdalena.

Y entonces, los lobos comenzaron a aullar de nuevo.

* * *

A la mañana siguiente James aún roncaba en el sofá, profundamente dormido. Maud imploró a su hermana que recogiera sus cosas y se marcharan. Pero Julia actuó como si la noche anterior no hubiera pasado nada, e insistió en que debía quedarse cerca de su hijo recién enterrado.

Maud preparó un café fuerte y le dio a James varias tazas, hasta que estuvo listo para llevarla a la estación de Edgeley y desde allí poder tomar el tren de vuelta a Aberdeen.

Mientras se preparaba para marcharse, Magdalena tiró de la mano de Maud y la miró apenada. El pelo le había crecido y las trenzas ahora le llegaban por debajo de los hombros de nuevo. Inclinó la cabeza hacia arriba para mirarla, y su barbilla parecía la proa de un barco navegando por aguas tormentosas.

—¿Tienes que irte, tía Maud?

—Me temo que sí, cielo. Pero no dejaré de acordarme de ti cuando me vaya.

—¿Puedo irme contigo?

Maud sintió como si una serpiente venenosa se le hubiera enroscado en las entrañas, apretando lentamente hasta que le faltó el aire. Pero por fuera mantuvo una expresión serena, ya que sabía que cualquier signo de tristeza haría que la pobre niña se sintiera peor.

—Esta vez no —dijo Maud.

Magdalena, tan seria como ella era y tan tensa como un alambre, no dijo ni una palabra en protesta. Asintió solemnemente y le apretó la mano a su tía Maud hasta que la soltó. Después entrelazó las manos a su espalda, con un aspecto de lo más solitaria sin Dorothy en sus brazos.

Mientras iba en la carreta de camino a la estación, Maud lo observó todo: la deprimente y aislada choza, la tumba recién cavada, a su pálida y demacrada hermana, y a la valiente niñita. Las miró haciéndose más y más pequeñas mientras se alejaba, hasta que no fueron más que un punto en el horizonte, y finalmente desaparecieron.

Aquella noche, tras volver a Aberdeen, Frank no le preguntó por los detalles del viaje, del funeral o de su hermana, y tampoco le preguntó por qué estaba tan abatida. Cuando estuvieron en la cama, tan solo la envolvió en un dulce abrazo y le acarició el pelo. Parecía como si se estuviera encogiendo sobre sí misma, hasta que su fiero corazón, su alma, y toda la pena que sentía se hubieran unido para formar una brillante bola de fuego ardiente. Alzó la vista y miró a Frank a los ojos durante un largo rato. Y entonces, estuvo segura. El bebé Jamie no estaba destinado a vivir, pero Maud aún era joven y fuerte... lo suficientemente fuerte.

Maud estiró la mano y guio a su marido hacia su afectuoso y sagrado deber. Pero él la paró y la miró inquisitivamente.

—Pero Maudie, ¿estás segura? —le preguntó suavemente.

Maud apartó la mirada y asintió. Él le puso una mano en el mentón y le acarició el pelo para apartárselo de la frente hasta que lo miró de nuevo a los ojos.

—No lo haré hasta que me lo digas. Jamás te haría daño.

Maud mantuvo la mirada fija en su marido.

—Frank, estoy segura.

Capítulo 17

HOLLYWOOD

1939

Maud sintió la oleada de aire frío y escuchó el sonido como de un anciano respirando con dificultad al entrar al edificio Thalberg. Había pasado un día desde que había encontrado a Judy llorando en el callejón, pero no podía apartar aquella imagen de su cabeza. Estaba decidida a encontrar la manera de ayudarla.

En el vestíbulo, Maud vio que había una nueva chica en la silla de la recepción. La joven pelirroja frunció ligeramente el ceño al verla.

—¿Señora Baum?

Maud entrecerró los ojos, confusa. ¿Cómo sabía aquella extraña quién era? Pero ahora que se fijaba, se dio cuenta de que la joven era la misma que había conocido cuando había visitado el estudio la primera vez, solo que ahora su pelo de color platino estaba teñido de un rojo pasión.

Maud sonrió.

—Perdone, no la había reconocido. Es por el pelo.

La chica se tocó el peinado y se sonrojó un poco.

—Están buscando pelirrojas para el reparto —dijo ella—. Soy actriz… Bueno, aspirante a actriz. Es solo que aún no me han dado ningún papel.

—Sea paciente —dijo Maud—. Estoy segura de que su turno llegará pronto. Ahora, si me lo permite…

—Lo siento, señora Baum, el señor Mayer no está aquí hoy. Ni tampoco el señor Freed —dijo la chica, quizás demasiado deprisa, como si quisiera prevenir cualquier intento de indagación.

—No hay problema, estoy buscando a la señora Koverman.

—Lo siento —dijo, mordiéndose el labio—. No está en la lista.

Maud se fijó en que ni siquiera le había echado un vistazo a la agenda que estaba abierta sobre el escritorio.

—Me dijeron… —empezó a decir, pero se calló. Alzó las cejas como si fueran las alas de una gaviota echando a volar—. No pasa nada. —Maud sonrió con amabilidad—. No se preocupe, querida, no voy a montar una escena.

La chica parecía aliviada cuando Maud se dio la vuelta, pero en vez de ir hacia la salida, Maud cambió de dirección y recorrió el vestíbulo hacia el ascensor, dándole al botón. Las puertas se abrieron inmediatamente, y entró, aliviada.

—Dígale que voy hacia arriba —le dijo Maud a la recepcionista mientras se cerraban las puertas.

En cuanto Maud salió del ascensor, la señora Koverman se levantó, agarró su bolsa y le hizo un gesto para que la siguiera por el pasillo, alejándose del despacho de Mayer. Solo paró cuando estuvieron frente a la puerta del lavabo de mujeres.

—Bienvenida a mi oficina —dijo ella, con una sonrisa sarcástica. Ida llevó a Maud hasta un baño de mujeres bien equipado que consistía en una antesala amueblada con sillones florales y grandes espejos. Una puerta abierta conducía hasta una hilera de inodoros cerrados.

Maud miró a su alrededor, sorprendida.

—Vaya sitio —dijo ella.

—No está mal, ¿verdad? Aquí es donde tengo las reuniones más importantes —respondió la señora Koverman, riéndose—. No hay nunca nadie aquí, excepto yo. Es el sitio más tranquilo que conozco. Por favor. —Le hizo un gesto a Maud para que se sentara después de hacer lo propio.

Maud se sentó algo tensa al filo de un diván tapizado de un estampado floral, con el bolso en las rodillas y tratando de parecer una mujer de negocios.

—Señora Koverman.

—Por favor, no me hables de usted. Llámame Ida.

Maud ordenó sus pensamientos.

—Después del desagradable espectáculo que presenciamos ayer... —Ida asintió—. Creo que es de mi incumbencia hablar en nombre de Judy. Frank, mi marido, era un gran defensor de los derechos de la mujer. Habría pensado que era intolerable que la chica elegida para hacer de Dorothy fuera tratada de una manera tan desalmada.

Ida hizo un ruido con la lengua, comprensiva. Ajustó su voluminosa figura sobre el diván tapizado.

—Freed es un cerdo —dijo Ida—. Pero si esto sale de esta habitación, perderé mi trabajo. Y lo necesito, tengo una familia que mantener.

—¿Y qué podríamos hacer? —preguntó Maud—. He venido a hablar contigo primero porque creía que podría recurrir a tu compasión, pero no me da miedo hablar con nadie, ya sea Louis B. Mayer o cualquiera. Pensé que podrías darme algún consejo sobre cómo abordar esto.

Ida suspiró. Metió la mano en su bolsa y sacó un neceser de maquillaje, con el que se aplicó una capa de pintalabios rojo.

—Quiero que sepas algo. Quiero a esa chica como si fuese mi propia hija. Esa voz que tiene... —Ida suspiró de nuevo, se besó la punta de los dedos y miró hacia el techo—. Es divina. Podría derretir un iceberg con esa voz.

—Ciertamente es algo increíble. —Estuvo de acuerdo Maud—. Desde el momento en que la escuché me sorprendió.

Maud vio cómo Ida presionaba los labios, expandiendo la capa de pintalabios. Entonces volvió a meter el neceser y el tubo metálico del pintalabios en su bolsa. Acto seguido, y como si Maud no estuviera delante, se metió una mano bajo el vestido para recolocarse la liga y tirar de las medias de seda hacia arriba. Maud trató de esconder su sorpresa mientras la señora Koverman seguía colocándose la ropa interior de forma tan calmada, pero su expresión debió traicionarla al mostrar un rubor. Poniéndose bien la falda, Ida se rio.

—Lo siento, señora Baum. No me engalano cuando los caballeros están delante, pero pensé que en el baño de señoritas todo vale.

—En cuanto a Judy... —Maud hizo una pausa, deseando que su voz no sonara tan tensa. Se consideraba a sí misma una mujer moderna, pero quizás no era tan moderna como Ida Koverman.

—Deja que te diga algo, señora Baum. La mayoría de la gente no sabe esto, pero yo fui quien la descubrió. La escuché cantando en un club nocturno en la ciudad cuando era solo una chiquilla, no tendría ni trece años, y enseguida supe que sería especial. Pero no conseguía que nadie me escuchara. Ya sabes cómo son los hombres, persiguen joyas de imitación, pero están ciegos ante un diamante real si tiene una mínima mota de suciedad.

Volvió a meterse la mano bajo la falda y tiró de la otra liga. Después se quitó un zapato y comenzó a masajearse el dedo gordo.

—Entonces, ¿cómo lo conseguiste? —preguntó Maud.

—Hice que le cantara a Mayer *Eli, Eli*. Es una canción ídish, muy bonita. Le recordó a su infancia. Para cuando terminó de cantar, estaba llorando a mares. —Ida dejó de masajearse el pie—. Y entonces la contrató, así de fácil. Pero Mayer, ah, que Dios lo bendiga, es un buen hombre en el fondo... No sabía ver lo que se ocultaba tras el extraño envoltorio que viene con esa increíble voz. No tienes ni idea de lo que le han hecho a esa pobre chica desde entonces. Le han alineado los dientes, arreglado la nariz, le dan de comer queso fresco y pastillas de dieta, le ponen corsés y, mientras tanto, tú y yo sabemos, como mujeres que somos, que la luz que brilla en su interior no tiene nada que ver con la forma de su nariz o lo rectos que tenga los dientes. Tiene una belleza interna especial. —Ida volvió a meter el pie en su zapato y dejó escapar un quejido—. Estos malditos zapatos hacen que se me irriten los juanetes. En cuanto llego a mi casa me pongo unas zapatillas.

—¿Y qué hay de su madre? —preguntó Maud—. ¿No la protege de... de toda esta gente que no quiere lo mejor para ella?

—¿Ethel? —dijo Ida con un bufido—. Cuando mira a su hija solo ve el banco nacional de Hollywood. Es la peor clase de madre de artista. Su padre, sin embargo, estaba cortado por otra tijera.

Ida se echó hacia atrás para estar más cómoda sobre el diván, pero Maud se mantuvo tensa y con los tobillos cruzados.

—Judy parece tenerle mucho cariño.

—Frank Gumm era un hombre extraordinario. Era guapo, y dulce como ninguno. Por supuesto, la manera en la que era no lo hizo fácil para ninguno de ellos —dijo, bajando la voz y echándose hacia delante a pesar de estar solas en la habitación.

—¿La manera en la que era?

Ella recurrió a un dramático susurro.

—Según he escuchado, echaron a la familia de más de una ciudad. Frank Gumm tenía varios cines, y parecía llevarse demasiado bien con los jóvenes acomodadores.

Maud lo entendió entonces.

—Vaya, no me malinterpretes, en mi opinión no hay nada de malo en ello. Entre tú y yo, muchos de nuestros admiradores estarían muy decepcionados si se enteraran de que muchos de nuestros actores principales prefieren a los caballeros en lugar de a las señoritas. Es el secreto mejor guardado de Hollywood. Pero en el caso de Judy, creo que esa familia ha pasado momentos muy difíciles. Y ella quería tanto a su padre... Lo echa de menos y eso la hace ser demasiado amistosa con otros hombres mayores. Judy quiere otra figura paterna que le compre juguetes, pero ellos preferirían comprarle otras cosas, si sabes a lo que me refiero.

—Me temo que sí. —Maud asintió.

Ida giró su reloj de muñeca.

—Será mejor que no me quede mucho tiempo aquí, o alguien vendrá a buscarme. Bueno, ¿cómo puedo ayudarte, Maud?

—¿Qué podemos hacer para proteger a esa niña? ¿Con quién debería hablar? ¿Qué puedo hacer?

—Puedo ver que eres una buena mujer, pero las cosas no funcionan así por aquí. Hay cientos de chicas que se cambiarían por Judy en un abrir y cerrar de ojos, a pesar de todo lo que tiene que aguantar. Y hay un millar de madres ahí fuera que matarían para que sus hijas tuvieran esa oportunidad, a pesar de saber el precio que pagarán por ello. ¿Sabes lo que quiero decir?

—Ciertamente.

—No me gusta mucho Ethel Gumm, pero de alguna manera hay que reconocerle el mérito, y también a Judy. Supongo que no estarían mejor arrastrándose de un club nocturno hortera a otro, tratando de mantener el cuerpo y el alma intactos.

—Mi marido y yo empezamos en el teatro. Tengo una ligera idea de cómo es esa vida. Es bastante diferente cuando estás intentando ganarte el pan de cada día que cuando lo haces por entretenimiento.

—Precisamente a lo que me refiero. Si Judy Garland se convierte en una estrella, tendrá dinero, y con ese dinero podrá tomar sus propias decisiones. No necesitará a su madre ni a Louis B. Mayer. Si eres una estrella, tú tomas las decisiones. Nadie las obligó a firmar el contrato con el estudio. Ellas lo *querían*, incluso a pesar de no estar ciegas ante el precio que debían pagar para mantenerlo.

A Maud estaba empezando a caerle bien Ida Koverman, y estaba entendiendo por qué le habían dado a ella el trabajo de cuidar al objeto más sagrado del estudio como si fuera Cerbero, el perro de tres cabezas. Maud podía imaginarse a Ida en otro tiempo, encajando a la perfección junto a Matilda y Susan B. Anthony, luchando por el día en que las mujeres pudieran votar. Un día que había estado tan distante que ellas ni siquiera lo habían visto durante sus vidas. Maud podía incluso imaginar el día en el que las mujeres como Ida estuvieran sentadas en el escritorio principal del estudio, y Mayer estuviera recibiendo llamadas por ella. Realmente el trato que Judy estaba recibiendo no continuaría si una mujer estaba al cargo, ¿no?

—Si esos hombres consiguen plasmar una décima parte del poder de la magia de Oz, Judy será una estrella incluso más grande de lo que nadie se imagina —dijo Maud—. Solo tienen que hacerle justicia a la historia.

Ida se levantó y se alisó la falda. Se retocó de nuevo la liga y se miró al espejo.

—Estoy segura de que tienes razón. Ahora, si me disculpas, tengo que visitar el orinal antes de volver a mi escritorio. Te prometo solemnemente que, mientras yo esté aquí, trataré de cuidarla lo mejor que pueda. Y quiero que sepas que es muy amable por tu parte interesarte así por el bienestar de la niña. Y espero que la película termine siendo todo lo que deseas que sea, porque tengo la sensación de que realmente amabas a tu marido, o no estarías aquí luchando por él con tanta intensidad.

Ida le echó un vistazo a la hilera de inodoros. Deslizándose la bolsa por el brazo, Maud se levantó.

—Muchas gracias, Ida. Sí que me hace sentir mejor saber que ambas estamos cuidándola. Si se me ocurre algo más, ¿podría venir a verte?

—Disculpa —dijo Ida, metiéndose dentro de uno de los cubículos—. Y sí, ven cuando quieras —dijo a través de la puerta cerrada—. Mi oficina siempre está abierta.

Maud bajó en el ascensor de vuelta al vestíbulo. Le dedicó una sonrisa a la recepcionista pelirroja, que la observó nerviosa. En el exterior, el día era soleado y la pasarela estaba atestada de aves del paraíso naranjas. Pero incluso más que las flores, lo que más brillaba eran las mujeres, cada una que pasaba era más bella que la anterior. Caminaron deprisa, vestidas de tafetán y encaje y cubiertas de joyas, con los elaborados bucles de pelo dispuestos en la cabeza como si fuesen coronas. Por su ágil figura y sus elegantes movimientos, Maud supuso que eran bailarinas, muy probablemente encaminadas a representar uno de los grandes espectáculos de danza de la MGM. Judy Garland no era elegante como aquellas mujeres y, sin embargo, Maud estaba segura de que, si conseguía capturar la esencia de Dorothy, su estrellato sería muchísimo más brillante que cualquiera de ellas.

Capítulo 18

ABERDEEN, TERRITORIO DE DAKOTA

1889

Cuando llegó mayo de 1889, Maud estaba segura de que esperaba otro hijo. Y como si el mundo entero quisiera seguirle la corriente, la nieve se derritió dejando atrás un rastro de zapatos embarrados, narcisos junto a su puerta y una pradera llena por completo de flores que nacían en la hierba. La venta de Navidad del Bazar de Baum había sido decepcionante, pero no fatídica. La tienda aún generaba lo suficiente como para mantenerlos a flote.

Tras estar todo el invierno encerrada en casa con los niños, Maud estaba encantada de pasar tiempo fuera de nuevo. Cuando acababa sus tareas por las tardes, daba un paseo por la calle hasta que esta se terminaba, recogía jacintos silvestres, delicada milenrama blanca y erigeron violetas. Desmontó la casa entera, sacando todas las alfombras, los colchones y las almohadas, fregando cada lintel y rodapié hasta que la casa estaba brillante y olía a cera de suelo y a quita polvo.

Cuando Frank volvía a casa por la noche, observaba confundido la destellante casa, y le preguntaba si no podía pasar las tardes con los pies en alto. Pero Maud estaba convencida de que, dijeran lo que dijeran los médicos, era mejor si se mantenía fuerte, así que daba largos paseos y respiraba el aire puro. Solo su fortaleza la salvaría cuando se enfrentara al peligro de dar a luz.

Si se quedaba quieta mucho tiempo sin tener nada que hacer, el miedo se aferraba de ella. ¿Qué pasaría con sus niños si no sobrevivía al parto?

Una noche, mientras estaban en la cama, Frank tenía las manos alrededor de su vientre.

—Si no sobrevivo, quiero que te busques a otra mujer, Frank —le susurró ella—. Y asegúrate de que sea buena.

—No digas esas cosas —contestó él—. No te va a pasar nada, eres fuerte.

Maud le agarró ambas manos con fuerza y susurró con intensidad.

—Prométemelo ahora mismo, Frank Baum. No puedo soportar pensar en mis hijos creciendo sin una madre.

—¡No, Maud!

—¡Dilo! ¡Dilo ahora mismo! ¡Y no escojas a alguien por su belleza, escoge por su bondad!

Maud se quedó quieta, escuchando la respiración pausada de Frank.

—No puedo, Maud. Temo que eso nos traería mala suerte. No es natural.

Maud se incorporó y apartó las sábanas, y fue hasta la ventana.

—O me lo prometes, o no dormiré en esa cama hasta que lo hagas.

Frank suspiró y se incorporó también. Sus piernas largas y delgadas, cubiertas por la ropa interior de lana, brillaban bajo la luz de la luna que entraba por la ventana.

—Vuelve a la cama, cariño, por favor. Honraré tus deseos, pero no me hagas repetirlo en voz alta.

—Frank, eres supersticioso, ¿no es así? —preguntó Maud—. Dame la mano y prométemelo. Me hará sentir mucho más tranquila.

Maud volvió y se sentó junto a él en la cama. Frank alargó la mano y se la estrechó.

—Juro solemnemente que cumpliré tus deseos.

Maud lo abrazó, y ambos se quedaron quietos mientras se abrazaban, hasta que Maud se dio cuenta de que Frank estaba llorando en silencio cuando sus lágrimas le empaparon el hombro.

Con suavidad, le limpió las lágrimas de las mejillas.

—Sé fuerte, querido.

—Te amo, cariño —dijo Frank, con la voz tensa por la emoción.

Ella le apretó la mano y lo miró a aquellos dulces ojos.

—Merecerá la pena —dijo ella.

—Tengo fe en ti —respondió Frank.

* * *

La sequía primaveral había empezado a causar revuelo entre los habitantes de Dakota, por la fatídica posibilidad de que las cosechas de trigo se estropearan. Cuando mayo terminó sin apenas lluvia, Frank permaneció optimista sobre los prospectos del Bazar de Baum. Maud no podía evitar darse cuenta de la diferencia entre la manera de Frank de concebir su negocio y cómo lo había hecho su padre en la tienda general de los Gage. El lema de su padre había sido que siempre debías asegurarte de que tuvieras lo que la gente estaba buscando, y no mucho más, ya que era importante vigilar de cerca los números, y cada centavo podía significar la diferencia entre el fracaso y el éxito. La idea de Frank era distinta, insistía en que era más moderna. Mezclaba el excentricismo de sus días del teatro con lo extraordinario de un hombre que había escrito anuncios para animar a la gente a comprar su lubricante para ejes.

—Sabes, Maud, querida —dijo Frank una noche tras la cena, con los pies en el reposapiés y un puro en la boca—. La gente no sabe lo que quiere, así que tienes que mostrárselo. No esperes que la gente entre a tu tienda y sepa exactamente lo que quiere,

¡no, señor! Tienes que arrancar las máquinas, crearles el deseo, y una vez que la gente quiere algo, harán lo que sea para conseguirlo.

Maud estaba haciendo un pañuelo de encaje. Debía mantener la cuenta en su cabeza mientras escuchaba, así que dejó que Frank siguiera hablando sin prestarle mucha atención. A Maud le gustaba cuando Frank estaba contento. Su entusiasmo era pegadizo, y hacía que se olvidara de sus preocupaciones. Él siempre tenía un pie puesto en algún brillante e imaginario futuro. Y el futuro particular que lo tenía embelesado en ese momento era el juego favorito de los Estados Unidos: el béisbol.

—Bates, pelotas, uniformes —dijo Frank—. Venta de entradas. Tendrán que tomarles medidas al Hub City Nine. ¿Puedes imaginarte cuántos niños de todas partes de la ciudad arrastrarán a sus padres a la tienda para que les compren las pelotas oficiales? A eso me refiero, Maud. Ni siquiera se dan cuenta de cuánto han echado de menos el juego de los Estados Unidos, pero pronto lo sabrán. Nosotros vamos a encargarnos de recordárselo.

Maud siguió contando en voz baja mientras tejía. Se limitó a sonreír y asentir.

—Pero Hub City Nine es mucho más que béisbol. Es orgullo cívico, algo que nos coloca en el mapa. Cuando se vote para la categoría de Estado y tengamos que escoger la capital, ¿crees que Huron y Pierre podrán competir con Aberdeen? No lo creo. Para cuando nuestro equipo gane el campeonato del territorio de Dakota, será la elección lógica que la capital del nuevo estado de Dakota sea este, el hogar de Hub City Nine. Y cuando Aberdeen sea tan grande como Chicago, podremos triplicar o cuadriplicar el tamaño de la tienda. No tendremos ni que volver a preocuparnos, tendremos empleados que se ocupen de ella. ¿No sería eso increíble? Dejaremos que sean los niños… Ah, y nuestra niñita, por supuesto —añadió Frank mirando con una sonrisa el vientre de Maud.

Maud se puso una mano en el estómago y frunció ligeramente el ceño.

—No nos adelantemos a los acontecimientos, Frank, querido.

* * *

El campo de béisbol de Aberdeen se encontraba entre las vías de tren y el límite de la ciudad. Desde las gradas se podía observar la gran extensión de pradera por encima de las vallas. En el tejado del hotel Ives House, a media manzana por detrás de la cerca, se había reunido una gran multitud: chicos jóvenes sentados en el tejado y con las piernas colgando y hombres mayores que habían llevado sus propias sillas de madera. Frank frunció el ceño mientras miraba al grupo del tejado.

—Es difícil ganarse el pan si la mitad de los tipos de Aberdeen no compran la entrada de diez centavos —dijo él, aunque no había ninguna malicia en su voz.

Cuando los nueve hombres del equipo salieron al campo, se escuchó un grito de alegría entre la gente reunida, tanto de la que estaba dentro del campo de béisbol como de quienes estaban en el tejado.

—¡Los uniformes son increíbles! —dijo Bunting, echándose hacia delante en su asiento y haciéndose sombra en los ojos con la mano. Maud tenía que admitir que los uniformes eran un regalo para la vista. Eran de color gris y bermellón, con el nombre y número de cada jugador bordado, así como HUB CITY NINE. Frank no solo había organizado el equipo, sino que había adelantado el dinero para los uniformes y el equipamiento, y esperaba recuperarlo con la venta de las entradas. Maud sintió ya la familiar punzada de preocupación al ver las gradas medio llenas y la multitud reunida fuera de la cerca. Pero era el día de apertura, y todo Aberdeen parecía haberse presentado allí, con entrada o sin ella. Quizás Frank tenía razón sobre el béisbol.

Maud había llevado una cesta con pollo frito, huevos cocidos y tarta de limón. Las náuseas matutinas que había estado sintiendo por fin se habían calmado, y la tarde parecía encantadora. Frank tomó a Maud de la mano y le habló con entusiasmo de cómo Hub City Nine iba a jugar para ganar el título del territorio y en la feria estatal. El tiempo soleado aguantó casi toda la tarde, aunque durante la novena entrada se levantó viento y unas nubes oscuras que anteriormente parecían distantes en el horizonte, se acercaron con rapidez, ensombreciendo el campo de béisbol.

—Vaya, creo que va a llover —dijo Maud, guardándolo todo en la cesta y poniéndoles el jersey de lana a los chicos. Y en efecto, comenzaron a caer unas gruesas gotas, pero un momento después las oscuras nubes siguieron su camino y el cielo volvió a quedarse sereno y azul—. ¡Qué alivio! —dijo Maud—. Creía que iba a diluviar.

—¡Supongo que no es usted agricultora, señora! —Un tipo sentado en la grada delante de ellos se volvió y miró a Maud con el ceño fruncido—. Ya ha pasado el Día de la Independencia y la lluvia de primavera viene con un buen retraso. Tengo una cosecha de trigo, y necesitamos la lluvia.

Maud estaba tratando de pensar en una respuesta, y claramente no habría sido muy amable, cuando Frank saltó en su defensa.

—No hay necesidad de hablarle así a la señora. Todos queremos que llueva tanto como usted.

Frank se metió la mano en el bolsillo delantero y sacó una tarjeta en la que se leía L. FRANK BAUM, PROPIETARIO DEL BAZAR DE BAUM.

—Frank Baum —dijo, extendiendo la mano amistosamente. Le tomó la mano callosa al agricultor mientras sujetaba el brazo del hombre con la mano izquierda—. Tiene usted toda la razón. Más razón que un santo, diría yo —afirmó Frank con una amplia sonrisa—. Y estoy seguro de que esas nubes de lluvia que acaban de pasar volverán para quedarse.

—Agradezco que diga eso —respondió el hombre, más amigablemente que cuando le había hablado a Maud—. Pero la lluvia viene con mucho retraso. Si seguimos así una semana más, se estropeará la primera cosecha.

Maud siguió escuchando solo a medias las predicciones optimistas de Frank en cuanto al tiempo. Consideraba todo un fracaso personal lo poco interesada que estaba en la agricultura. Era un tema tan caprichoso que estaba totalmente en contra de todo lo que Maud apreciaba: el orden, lo predecible, lo calmado. Pero allí, en Dakota, parecía como si el mismísimo Dios hubiera tramado un plan para torturar a la gente. Granizaba tan repentinamente y tan fuerte que una persona se podía perder en su propiedad con granizos del tamaño de huevos de gallina. Otras veces hacía un sol implacable sin una sombra bajo la que cobijarse; y por momentos llovía tan intensamente que se formaban riadas que podían arrastrarte. Y la peor de las posibilidades: los tornados y sus intempestivas y negras nubes embudo.

Personalmente, había estado disfrutando de aquella larga racha de días soleados sin lluvia. Maud dejó de escuchar la cháchara de los hombres y se centró en seguir recogiendo todo lo que habían traído. Les quitó las migas de pan a las mantas y las dobló, metió lo que quedaba del tarro de conserva de fresas en la cesta, envolvió la mitad de la barra de pan que quedaba en un trapo de lino limpio, y después volvió a mirar el partido, el cual estaba a punto de terminar.

Frank estaba prometiéndole al agricultor que la lluvia era inminente, como si Frank Baum pudiera controlar el mismísimo clima.

—Le diré una cosa —dijo Frank—. Estoy tan seguro de que va a llover, que le propongo una apuesta. Si no ha llovido para el domingo que viene, puede entrar en el Bazar de Baum y llevarse en mercancía lo que quiera por el valor de un dólar, a crédito. Puede devolverme el dinero en la siguiente cosecha fructífera el siguiente otoño.

—Frank, creo que… —Maud intentó interrumpir a Frank antes de sellar con un apretón de manos aquella promesa de locos, pero ya era demasiado tarde. El agricultor, con una gran sonrisa en los labios, le estrechó la mano a Frank.

—Señor Baum, es un trato.

El hombre se volvió a centrar en el partido.

—Cariño, ¿crees que eso ha sido una buena idea? —le susurró Maud a Frank.

No habían pasado ni cinco minutos desde que habían caído esas pocas gotas, y el cielo estaba más azul que el mar, sin una sola nube a la vista.

—No te preocupes, Maud. Los almanaques aseguran que lloverá para la semana que viene. Esas nubes de lluvia eran solo un presagio. Los agricultores se ponen muy nerviosos con la lluvia, lo cual es entendible, pero tú y yo sabemos que este clima les viene bien a las cosechas. Llevamos tres años seguidos de cosechas abundantes. «La lluvia sigue al arado», como se suele decir. ¿Y sabes qué? Si por alguna razón me equivoco y no llueve, ese hombre irá al Bazar a recaudar, y yo habré ganado algo mucho más valioso que un dólar: ¡un cliente! Por ese dólar que he gastado, ¡probablemente le venderé diez dólares más!

Frank estaba tan inmerso en lo que estaba diciendo que había ido subiendo la voz, y el agricultor se giró con una sonrisa de superioridad.

—¡No! Nada de eso.

Frank simplemente se limitó a sonreír e inclinar su sombrero. En ese momento, un jugador del Hub City Nine golpeó la pelota con un crujido y esta describió un arco hacia el cielo para después perderse por el otro lado de la cerca. El público se puso en pie, gritando emocionado mientras el jugador recorría las bases y ganaba el partido para el equipo local de Aberdeen.

Mientras volvían a casa del campo de béisbol, Robin estaba cansado, así que Frank lo subió en sus hombros. Caminaron juntos y Maud fue repentinamente consciente de que su pequeña familia se sentía en paz, como si pertenecieran a Aberdeen. Y, por si fuera poco, Maud sintió por primera vez algo moviéndose en su interior, como pequeñas burbujas haciéndole cosquillas bajo el ombligo. Sin decir nada, una sonrisa iluminó su rostro. Aquel era el final de un hermoso día.

Pero al domingo siguiente, aún no había llovido.

* * *

Frank se había convertido en un adicto al béisbol. Como secretario y principal animador del Hub City Nine, estaba totalmente dedicado a promocionar a su equipo. Ciertamente le daba un aire de vistosidad a la ciudad de Aberdeen, cuyo mes de julio de sequía se convirtió en un agosto aún más reseco, y estaba al borde de ser un muy mal año para la ciudad. Las entradas del primer partido habían sobrepasado el millar, y todos los periódicos de la ciudad no hacían más que hablar de ello. Para el primer encuentro del equipo fuera de la ciudad, Frank organizó una banda y más de quinientos ciudadanos acompañaron a los jugadores mientras se subían al tren especial que los llevaría al partido en la ciudad vecina de Webster.

En casa, Frank y los niños vivían solo por y para el juego. Bunting y Robin se pasaban el tiempo jugando con una pelota oficial que Frank había traído de la tienda para ellos y reemplazaba las dos primeras que los chicos habían perdido entre la hierba de la pradera. Maud estaba solo ligeramente interesada en los detalles del béisbol, y solo protestaba cuando creía que Frank estaba pasando demasiado tiempo fuera de la tienda, ya que le preocupaba que estuviera centrado en demasiadas cosas a la vez.

Pero en cierto modo, Maud estaba aliviada. La fascinación por el béisbol de Frank lo mantenía ocupado y fuera de casa, y no había vuelto a ver en él la tristeza o el miedo por su inminente parto. Maud había aprendido a convivir casi todo el tiempo con el sombrío terror que a toda mujer le tocaba soportar cuando daba a luz. Consiguió mantener el tema alejado de ella hasta ser solo como un puntito que apenas podía percibir en su campo de visión. Aunque a la más mínima provocación el miedo volvía, hinchándose como una imponente nube negra e instalándose sobre su hogar, su vida y su futuro.

Perder a un hijo como le había pasado a Julia era algo terrible, pero nada atormentaba a una mujer como las caritas de sus hijos. La amable y obstinada paciencia cuando les cepillaba el pelo o les ayudaba a ponerse los camisones. Aquello era confianza. Los niños creían que una madre estaría ahí tan diligentemente como el sol se ponía y salía, y no tenían ni idea del peligro que acechaba, que cada niño podría arrebatarle la vida a una madre tan pronto como había entrado en este mundo. Aquellos eran los terribles pensamientos que podían invadir a Maud si se lo permitía. Así que, para evitarlo, no pensaba. Cocinaba, limpiaba, lavaba, frotaba, cosía, hacía encaje, daba largos paseos, visitaba a los vecinos, hacía té y rezaba. «Aunque camine por el valle de la sombra de la muerte, no temeré ningún mal», rezaba Maud en susurros mientras trabajaba. Los rayos de esperanza de la vida eran tan embriagadores como siempre. Y, aun así, las sombras permanecían allí.

* * *

Conforme pasaba agosto, el clima continuó siendo seco y caluroso. A veces se formaban nubes, pero enseguida se iban sin dejar lluvia tras de sí, dejando solamente un cielo azul y despejado. El tiempo agradable y tibio de principios de verano se convirtió en un calor aplastante, la hierba se secó y los vientos de la tarde arrastraban un fino polvo gris que se metía en todos los rincones. Aun así, no cayó ni una gota de lluvia.

Fueras adonde fueras en Aberdeen, no se hablaba de otra cosa que no fuera la sequía. La economía de Dakota se basaba en el precio del trigo, y a esas alturas debía de haber hectáreas enteras de campos donde crecía el trigo, pero solo había extensiones de tallos marrones. Todos parecían tener una idea de cómo solucionarlo, desde recaudar fondos, crear pozos artesanales o sembrar las nubes, lo cual sería una gran idea si alguien supiera cómo inventarlo. Pero por el momento, lo único que podían hacer era observar el clima con nerviosismo. Maud pronto aprendió algo que los habitantes de Dakota ya sabían: a la ciudad le iba tan bien como les fuera a sus agricultores. Y si los habitantes estaban sufriendo, los agricultores sufrían aún más. A Maud le preocupaba cómo le iría a Julia. Le escribía cartas constantemente, pero solamente recibió unas cuantas respuestas, y todas tenían un tono lúgubre que no calmó sus preocupaciones. Por fin, Maud abordó en una de sus cartas la pregunta que la había estado atormentando desde la muerte del bebé Jamie. ¿Se habría pensado Julia mejor lo de Magdalena? ¿La enviaría a Aberdeen?

Una semana después, Maud recibió una breve respuesta.

Mi querida Maud:

Muchas gracias por tu oferta de acoger a Magdalena. Por desgracia, debo rechazarla. En vista de tu delicada condición, temo que se encariñe contigo solo para sufrir una pérdida. Te mantendré en mis plegarias, mi querida Maudie, y espero que pases sin problemas por el valle de las sombras. Que el Señor te acompañe.

Tu hermana que te quiere,
Julia

A Maud le temblaban las manos mientras leía la carta. Cuando terminó, la arrugó y la arrojó al fuego. Un momento después Frank entró en el salón y se apresuró a acercarse a ella.

—Cariño, ¿qué ocurre? ¡Estás muy pálida! Parece como si hubieras visto un fantasma.

Maud no dijo nada, simplemente se quedó mirando la carta retorciéndose en el fuego, después prendiéndose y quemándose hasta no ser más que unas cenizas negras que flotaron por la chimenea.

Sí que he visto un fantasma, pensó Maud. *El mío.*

Capítulo 19

ABERDEEN, DAKOTA DEL SUR

1889

Matilda llegó una semana antes de Acción de Gracias con intención de quedarse durante el parto y la recuperación de Maud, y para ayudar con la casa y el bebé. Pero como era Matilda, también tenía una segunda misión: ayudar con la organización para tratar de conseguir votos para las mujeres en el recién fundado estado de Dakota del Sur. Maud vislumbró a su madre en la estación de tren, por las ventanas del vagón de pasajeros. Llevaba un vestido de seda negro, y el pelo blanco como la nieve recogido en la nuca. Cuando hizo una pausa antes de salir del vagón de pasajeros, Matilda se asemejó a una reina que observa a sus súbditos. A Maud le sorprendió lo serena y segura de sí misma que parecía, tan distinta de las otras mujeres en la estación. Matilda descendió entonces los escalones y bajó a la plataforma. Maud no se pudo contener: salió corriendo y abrazó a su madre, pero no recordó lo grande que tenía ya la barriga, así que su vientre impactó antes que su beso.

Matilda sonrió ampliamente al ver a su hija menor. La miró de arriba abajo y proclamó que estaba como una rosa.

Cuando llegaron a la casa, Maud instaló a su madre en la habitación de Bunting y Robin. Los chicos dormirían con ella y Frank mientras su madre estuviera de visita. T. C. se había ido meses atrás, en dirección al oeste; esperaba encontrar propiedades en las que poder invertir a lo largo de la vía del ferrocarril, así que se perdería la visita de su madre.

—Me preocupa Julia —le confesó Maud a Matilda mientras tomaban el té en el salón—. Parece estar sana físicamente, pero mentalmente agotada. La pérdida del bebé fue dura, y esa medicina que se toma para los dolores de cabeza la vuelve muy sumisa...

—Ya sabes lo que opino sobre las medicinas patentadas —sentenció—. A tu hermana le iría mejor si confiara en los remedios naturales. Le envié un aceite de lavanda y le dije que pusiera una gota en un pañuelo y lo inhalara despacio.

—Quizás lo hace, madre, pero parece confiar más en el Cordial de Godfrey.

Matilda se quedó mirando a través de la ventana, sumida en sus pensamientos.

—Tú y tu hermana sois tan distintas... Nacisteis del mismo vientre, mamasteis del mismo pecho, y sin embargo...

—Y, sin embargo, ¿qué, madre? —dijo Maud con impaciencia—. Somos dos personas distintas, con nuestros propios pensamientos.

Maud se puso a la defensiva por su hermana. Nunca había entendido por qué su madre era tan dura con Julia. Pero estaba genuinamente preocupada por ella y necesitaba el consejo de Matilda, así que dejó a un lado su irritación y siguió.

—No entiendo por qué somos tan diferentes —dijo Maud, escogiendo con cuidado sus palabras—. Ella es cariñosa y buena, pero no parece saber cómo hacer lo que debería. Llevar una propiedad es duro, y escucho toda clase de historias de mujeres volviéndose inestables, unas historias terribles. Intento ayudarla, madre, pero a veces es como si odiara mi ayuda. Y al final, hace lo que quiere.

—Las mujeres padecemos tanto sufrimiento —respondió Matilda—. Imagina cuánto podríamos hacer por la causa si no estuviéramos constantemente siendo vapuleadas como un barco en una tormenta. La vida de las mujeres está marcada por estos chubascos que la empujan lejos del rumbo correcto. La salud de una madre, la salud de los niños... Es difícil imaginar un derecho más grande que el de la salud de tu propio cuerpo. Es por lo que sigo luchando.

—¿Y cómo nos ayudaría poder votar en todo eso? —preguntó Maud.

—No sé exactamente qué harán las mujeres con el poder del voto, pero estoy segura de que será algo grande. Imagina un ejército de doctoras, ¿no crees que se darían prisa para encontrar una cura para la fiebre puerperal? No sé cómo ayudará el voto, pero sí que estoy segura de que lo hará.

—¿Y antes de alcanzar ese futuro glorioso? ¿Qué hay de Julia?

Matilda se levantó, se alisó la falda y cruzó hasta llegar a la ventana, mirando la extensión de pradera de hierba marrón entre las casas.

—Julia carece de fuerza.

A Maud aún la atormentaba el recuerdo de la noche de la muerte de Jamie en la cabaña, pero no podía traicionar a su hermana al compartirlo con su madre.

—Julia necesita tomar a su hija de la mano y mudarse a la ciudad —dijo Maud—. Puede dejar que James se ocupe de la hacienda.

—¿Y qué se lo impide? —preguntó Matilda.

—Nada, excepto el dinero. Lo perderán todo si abandonan la concesión. Le he pedido que deje a Magdalena conmigo.

—Eso es muy amable por tu parte. ¿Por qué se ha negado? Sería una boca menos que alimentar para ella.

—Porque no cree que yo vaya a sobrevivir.

Maud vio cómo el rostro de su madre se tornaba totalmente serio.

—No temas, mi querida Maud. No he venido con las manos vacías —dijo Matilda, y abrió la tapa del baúl con el que había viajado, que estaba en la esquina del salón. Rebuscó en su interior y extrajo lo que estaba buscando. Lo dejó sobre la mesa frente a Maud con un sonoro golpe.

—*La ciencia y el arte de la obstetricia*, de William Thompson Lusk —leyó Maud en voz alta.

—Tu querido abuelo me enseñó anatomía, fisiología y las ciencias naturales —dijo ella—. Puede que no tenga un diploma médico, pero no tengo la cabeza hueca. Ha habido muchos avances significativos en la ciencia de la obstetricia, especialmente en cuanto a la fiebre puerperal.

Matilda abrió el pesado libro y comenzó a leer:

—«Cuando atienda a un paciente, el médico debe ir armado para enfrentarse a las emergencias que puedan surgir de la práctica obstétrica. Deberá ir provisto de cloroformo, morfina, cornezuelo, perclorato de sulfato de hierro y un pequeño vial de éter sulfúrico...».

Maud se echó hacia atrás en su silla, sintiéndose de pronto mareada.

—Estás pálida —dijo Matilda. Metió la mano en su baúl de nuevo y extrajo una botella de *brandy*, llenó un vaso y se lo ofreció a Maud—. Reanímate. No pretendo asustarte, pero quiero que sepas que lo he estudiado. No sufrirás fiebre puerperal de nuevo.

Maud le sonrió levemente a su madre y dio un traguito del vaso.

—«Cornezuelo para la hemorragia» —continuó leyendo Matilda—. «El ambiente deberá ser higienizado, y el perineo deberá ser lavado con una solución carbólica...».

—Madre, por favor —dijo Maud en voz baja.

—¡Estarás bien! Te lo prometo, hija. Haré todo cuanto esté en mi poder. Y eso incluye asegurarme de que te traten con cloroformo. ¡La idea de que el dolor del parto de una mujer es el castigo por el pecado original...!

Guardó silencio y volvió a rebuscar en su baúl, sacando otro pesado libro.

—¿*La clave de la teosofía*, de H. P. Blavatsky? —leyó Maud.

—También he estudiado bastante este —dijo, y abrió el libro.

—¿Esto no es ocultismo y superstición? —preguntó Maud.

—Todo lo contrario. Es una indagación al mundo de lo filosófico. Puramente científico.

—¿Científico? —preguntó Maud, y no pudo evitar que su voz estuviera cargada de escepticismo.

—Madame Blavatsky cree que hay un plano astral. Cuando alguien muere, no desaparece del todo, solo va a otra dimensión. Para mí, tiene sentido.

Maud escuchó sin decir una palabra. No era muy devota, aunque Frank y ella acudían a la parroquia episcopal local, donde la reconfortaban las canciones y rezos familiares de su niñez. Pero no tenía ganas de indagar en teorías modernas sobre otros mundos y planos astrales. Aunque decidió tolerar las creencias de su madre, había perdido todo interés en prácticas espiritistas la noche en Cornell en la que había invocado a los espíritus a través de los golpes de su rodilla contra la mesa.

—Madre, entonces, si lo he entendido correctamente, estás preparada por doble partida. Has venido armada con métodos científicos para mantenerme a salvo durante el parto, y si eso falla, ¿traes una religión nueva que me promete que, si muero, no moriré *del todo*, sino que solo pasaré a un plano astral?

El tono de Maud era ligero, pero por dentro estaba algo irritada. Su madre se había despegado de la religión organizada, convencida de que el patriarcado de la Iglesia estaba obstaculizando la causa de los derechos de la mujer y el sufragio femenino. Había empezado a buscar verdades espirituales en otros lugares, y últimamente se había quedado fascinada por las creencias y prácticas espirituales de los nativos americanos.

—No hablo por hablar, te mantendré a salvo —dijo Matilda con decisión—. Te lo prometo solemnemente.

En ese momento, Frank entró a la habitación a paso ligero y con una gran sonrisa en la cara. Vio el libro encima de la mesa y lo tomó para echarle un vistazo.

—Teosofía —dijo él—. He oído que es la última moda.

* * *

Harry Neal Baum nació sin ninguna incidencia el 17 de diciembre de 1889. La mano de hierro de Matilda se aseguró de que se siguieran las reglas modernas más estrictas en higiene, y así pasaron el tercero, cuarto y quinto día sin signo alguno de fiebre.

Para cuando pasó Año Nuevo, tanto el bebé como la madre estaban prosperando, y Maud se dio cuenta de que la nube oscura que la había acompañado constantemente durante los últimos nueve meses por fin se había desvanecido.

Estaba sentada en su inmaculada habitación vestida con un camisón, con el pelo recién cepillado y peinado. El bebé Harry estaba dormido en una cuna de mimbre junto a la cama, y el marco de las ventanas estaba bordeado por unas cortinas de encaje blancas que hacían que el sol que entraba por estas iluminara al bebé de forma delicada, y resaltara los tonos dorados del pelo de Maud.

La puerta se abrió suavemente, y Frank apareció en el umbral. Maud alzó la mirada y sonrió, pero cuando vio la expresión en su rostro se quedó helada.

—¿Frank? ¿Qué pasa?

A Frank le tembló la barbilla, así que apretó la mandíbula. Había lágrimas acumulándose en sus ojos.

—¡Frank, por el amor de Dios! ¿Es uno de los chicos? ¿Qué pasa?

Frank cruzó la habitación y se dejó caer al filo de la cama.

—No, claro que no. Los chicos están abajo jugando con el trenecito de hierro. No es eso...

—Entonces, ¿qué?

—El banco nacional Northwestern.

—¿Qué pasa con ellos?

—Se han quedado con la tienda por no pagar la hipoteca.

Capítulo 20

ABERDEEN, DAKOTA DEL SUR

1890

Matilda no dejó que Maud se levantara de la cama hasta que no hubieron pasado catorce días enteros de convalecencia. Así que día tras día en el dormitorio principal, Maud se quedaba en la cama rodeada de inventarios, pagarés y recibos. Frank se los había traído en una caja, todos revueltos, y le había pedido que les echara un vistazo. Mientras los recomponía, Maud poco a poco entendió lo que había ocurrido. Conforme la cosa se fue poniendo difícil, Frank había vendido a crédito a los agricultores sin dinero, y había cobrado menos pagarés. Al final eso le había pasado factura, y se había quedado sin dinero en el banco.

Tras pasar horas repasando todos aquellos tristes registros de los ingresos en declive de la tienda, los números que había apuntado revelaron la realidad: el Bazar de Baum estaba condenado al fracaso. Vender todo lo que quedaba de inventario pagaría la deuda del banco y les dejaría algo de dinero de sobra. Maud esperaba que fuera suficiente hasta que Frank diera con otro trabajo, aunque no acertaba a adivinar qué sería. El negocio de Frank no era la única víctima de aquellos malos tiempos; la economía local estaba cayendo en picado tras la cosecha fallida de trigo y la gente estaba liquidando sus pertenencias y marchándose de la ciudad. La prosperidad floreciente de Aberdeen del año anterior había llegado a su fin.

—Se te da bien la imprenta —le dijo Matilda a su yerno una tarde en la que estaban todos en el salón—. Vi cómo imprimiste a mano esos anuncios, y muchos de ellos eran ingeniosos.

—Pero ¿de qué me sirve una imprenta si no tengo nada que anunciar? —preguntó Frank.

—He oído que John Drake va a desistir y se vuelve a Siracusa, así que está intentando vender el periódico a un precio de ganga.

—¿Un periódico? —dijo Frank, bajando el que estaba leyendo justamente en ese momento. Tenía su pipa sin encender entre los dientes y las piernas echadas sobre el brazo de la silla tapizada—. Hay siete periódicos en Aberdeen ahora mismo. Dos demócratas, uno de tendencias republicanas —siguió diciendo, dándole unos golpecitos al periódico con el dedo—. Otro firmemente republicano, otro de la Alianza de Agricultores, otro para los Caballeros del Trabajo y otro que parece no tener propósito alguno. Si hay algo que Aberdeen tiene en exceso ahora mismo, es periódicos. Tengo muchos pasatiempos, pero lo que necesito es algo con lo que ganar dinero.

Incluso con lo decaído que estaba, Frank consiguió que su largo discurso sonara relativamente animado. Matilda no se vio disuadida por su pesimismo.

—No hay nadie que escriba algo interesante para las mujeres —dijo Matilda—. Tienes que escribir sobre la salud y la educación de los niños, y sobre el sufragio.

—Y sobre fiestas y eventos sociales —añadió Maud—. Todas las esposas se suscribirán.

* * *

Dos semanas más tarde, Frank publicó el primer número de su periódico, el cual llamó *El pionero sabatino de Aberdeen*. Ansioso por redimirse, Frank se había lanzado de cabeza y con pasión a su nueva empresa. Se iba muy temprano de casa, y no volvía hasta bien entrada la noche. El trabajo parecía perfecto para él, pero, sin embargo, tras unos meses, el aspecto financiero resultante no parecía muy prometedor. A Frank le había costado mantener las suscripciones desde el primer día, pero Maud se había mantenido optimista. Todos decían que una vez que llegara la primavera y las lluvias, una cosecha de trigo pondría el saldo de todos a favor de nuevo.

Pero el verano de 1890 no mostraba signo alguno de cambio, y el nuevo estado de Dakota del Sur parecía estar maldito. Los voraces banqueros ejecutaron las hipotecas de las granjas y negocios, y eso provocó una riada de vecinos de Aberdeen que recogían todo y se marchaban de la ciudad. Con cada familia que se iba, una parte de la economía se marchaba con ellos. El equipo de béisbol se disolvió cuando casi todos los jugadores se marcharon de la ciudad en busca de trabajo. Frank estaba decidido a continuar siendo positivo en cuanto a la ciudad en sus editoriales, pero aun así todos sabían que una cosecha fallida más llevaría a la ciudad al borde de la extinción.

Maud recibía cartas de Julia, y sabía que, si las cosas estaban mal en la ciudad, en el campo estarían mucho peor. Aunque pensaba en Magdalena constantemente, su orgullo le impedía volver a abordar el tema de enviar a la chica a Aberdeen. Aún no se había recuperado de la sorpresa de saber que su hermana esperaba que muriera durante el parto, pero siguió esperando y esperando que, en esos tiempos tan difíciles, Julia por fin diera su brazo a torcer.

La familia Baum no podía controlar el clima, así que pusieron toda su energía en el inminente voto para el sufragio femenino. El gran día, que sería el 4 de noviembre de 1890, era el día en que los votantes de Dakota del Sur decidirían si borrar o no la palabra *hombre* de la política del sufragio, lo cual les otorgaría el derecho a voto a las mujeres. Maud había preparado sobres, bordado pancartas, hecho galletas para los eventos y donado algunos de sus encajes para la venta de segunda mano.

Frank escribió artículos a favor del sufragio y servía como secretario del grupo de mujeres sufragistas de Aberdeen. Habían decidido que ya era suficiente. ¡Las mujeres necesitaban ganar el voto!

Por aquel entonces, Matilda viajaba por todo el estado para hacer campaña en pequeñas ciudades e incluso granjas solitarias. Conforme se acercaba el día del voto, Frank se volvió loco trabajando entusiasmado, convencido de que aquello, esa sola cosa, podría arreglar la mala suerte que se había instalado en Aberdeen. Los habitantes de Dakota del Sur debían aceptar el sufragio femenino, y mágicamente, a partir de aquel evento, la lluvia llegaría, la ciudad resurgiría y todo estaría bien.

Maud esperaba despierta a que Frank llegara por las noches de la imprenta manchado de tinta, ya que había tenido que dejar marchar al compositor tipográfico para ahorrar dinero. Con menos suscripciones, Frank seguía trabajando igual de duro, pero por una tercera parte de las ganancias. Maud había estado ahorrando en todo lo que podía.

Atesoraba esos momentos tranquilos de noche cuando los niños ya estaban en la cama y Frank no había llegado aún a casa. Con tres hijos, Maud tenía la sensación de que nunca tenía un momento de paz. Aquel día había sido particularmente duro, ya que el bebé Harry estaba echando los dientes, y Robin y Bunting no habían hecho más que pelearse todo el día. Cuando por fin los tres niños estuvieron acostados, los platos lavados y colocados, y hubo terminado de barrer, Maud se desplomó sobre el sillón y abrió su libro. Muy pronto, viajó hasta las tierras altas escocesas, y se olvidó de todas sus preocupaciones durante un momento.

Pero por desgracia, el momento de paz fue efímero, ya que en cuanto Frank entró por la puerta, comenzó a hablar por los codos. Y aunque Maud quería muchísimo a Frank, en ese momento quería solo un rato de paz antes de irse a la cama, y creía que la conversación podía esperar hasta la mañana siguiente. No esperaba echar de menos aquellas horas en paz que había pasado en la biblioteca de Sage con los libros a su alrededor, absorta en una obra de Shakespeare o un poema épico. Pero, ahora, en ocasiones deseaba tener un sitio como ese al que poder retirarse, donde nadie la interrumpiera mientras leía.

—Hola, querido —murmuró ella cuando él se agachó para besarla en la mejilla. Sonrió y le dio unos golpecitos a su libro—. Voy a leer un ratito más —dijo, pero Frank parecía haber estado almacenando las palabras en su interior todo el día y continuó parloteando sin parar mientras se quitaba el sombrero y la bufanda.

—Verás, Maud —continuó—, la gente necesita tener un poco de imaginación. El problema de la lluvia parece algo insuperable en este momento, pero hay agua de sobra en el río James para regar cientos de hectáreas, y la tecnología para hacerlo ya existe: pozos artesanos. Y no solo pozos, el mundo cambia muy rápido. Solo estamos a diez años del siglo veinte, la tecnología avanza a pasos agigantados, más rápido que nuestra imaginación. ¿Viste lo que hizo un caballo metálico en esta parte del mundo? ¡Ahora imagina que el caballo de metal vuele por el aire como el poderoso Pegaso! ¡Las máquinas cultivarán la tierra! Los agricultores pueden darse un paseo por la calle principal, hacer una parada en el barbero y volver a casa para encontrarse el silo lleno hasta la bandera. ¿Recuerdas por qué vinimos aquí, Maud? Era una promesa, una página en blanco. Era una ciudad que construir desde cero, donde los hombres y mujeres son ciudadanos iguales, así que hay el doble de energía para hacer las cosas.

—Quizás no tenemos que resolverlo todo esto esta noche, ¿no crees? —dijo Maud con la mirada aún puesta en su libro.

—¡Es un punto de inflexión, querida! —exclamó Frank, de forma tan dramática que Maud alzó la mirada para observarlo.

¿Por qué estaba tan agitado? Estaba describiendo círculos con las manos, como si él fuera el responsable de hacer girar el mismísimo mundo. Tenía sus ojos grises de un color casi negro, y el blanco de sus ojos parecía brillar en la tenue habitación. Se pasó los dedos por el pelo, haciendo que se le quedara el pelo hacia arriba, como si fuera la melena de un león. Sus zapatos hacían ruido contra el suelo mientras caminaba de un lado a otro de la habitación.

—¡El voto nos salvará! ¡Recuerda mis palabras, querida! En tres años, probablemente tendremos diez mil suscripciones y se preguntarán por qué no tenemos más. Lo único que necesitamos es tener un poco de imaginación. ¿Por qué los habitantes de esta ciudad de tres al cuarto no pueden hacer como yo? ¿Por qué no pueden descorrer las cortinas y echar un vistazo al futuro?

Maud trató de aplacar su creciente impaciencia. Se había enfadado con los chicos varias veces ese día, y temía perder los nervios con Frank también. De mala gana, puso un marcapáginas en el libro y lo miró. Tenía la mirada frenética y un brillo agitado en los ojos. Seguía caminando de un lado a otro y gesticulando incontroladamente. Había una mancha de tinta en su mejilla izquierda.

—No lo sé, Frank, querido —dijo Maud tratando de calmarlo para poder volver a su libro—. ¿Por qué no te sientas junto al fuego un rato? Estoy segura de que no resolveremos todos los problemas de Aberdeen ni aseguraremos el voto para la mujer esta misma noche.

—4 de noviembre de 1890 —dijo Frank, ignorando su sugerencia—. Una vez las mujeres tengan el voto, votarán con sensatez, mi querida Maud, como lo harías tú. Y así Aberdeen estará encaminada hacia el futuro.

—Frank —dijo Maud, empezando a perder la paciencia—. Todos esperamos que las mujeres ganen el voto, pero el éxito del movimiento no está nada claro. Es tu primera vez navegando estas aguas. Piénsalo: mi madre y sus amigas llevan trabajando en esto toda su vida y aún no ha ocurrido. Tienes que ser paciente.

Aunque Maud estaba familiarizada con las fantasías de Frank, le preocupaba verlo tan exaltado y tan seguro de que solamente aquello cambiaría el curso de la suerte. La lección que había aprendido del activismo de su madre era que conseguir el voto para la mujer era increíblemente difícil, por la simple razón de que ningún miembro del «sexo débil» podía votar por su propia concesión del voto.

—¡*Paciencia*! Maud, ¡dime que no estás sugiriendo ahora mismo que seamos pacientes! ¿Pacientes mientras se queman las cosechas, los bancos fracasan, las granjas se arruinan y la gente abandona la ciudad? ¿Mientras el gran sueño americano, la gran promesa de que un hombre, o mujer, puede forjar su propio camino sin responsabilidades, se destruye? ¿Cómo podemos ser pacientes?

—¿Quieres hablarme a mí de paciencia, Lyman Frank Baum? ¿Y si te pasas un solo día en casa, en mi lugar? ¿Quieres limpiar, cocinar, barrer, remendar y contar los peniques para cada vendedor? ¿Quieres aplacar a los niños, ponerles ungüentos en las encías y mecer al bebé todo el día? ¡No me hables de paciencia! ¿Cuánto crees que las madres tendremos que esperar para recibir nuestra parte de ese «sueño» como así lo llamas? ¡Vaya, si ni siquiera podemos votar!

Frank parecía repentinamente agotado, tenía la tez gris y bolsas oscuras bajo los ojos, donde su piel una vez había estado completamente lisa. Se dejó caer en una silla junto al fuego.

—Por favor, no discutamos, Maudie.

—Esto no es una discusión, Frank. Solo estoy expresando mi opinión acerca de algo sobre lo que tengo bastante conocimiento.

Maud volvió a abrir el libro intencionadamente y leyó por encima unas palabras, pero se le habían quitado las ganas de leer.

—Cuando estaba en Cornell no tenía nada que hacer excepto leer todo el día —dijo Maud—. Escogí una vida distinta, y no me escuchas quejarme por ello, ¿no?

Cerró el libro de un golpe, se levantó y atravesó la habitación. Abrió la rejilla de la chimenea y lanzó el libro sobre las llamas. Frank se levantó, horrorizado y con los ojos de par en par.

—¡Maud, qué demonios! ¿Estás quemando un *libro*?

Ella se volvió y lo miró furiosa.

—Soy una mujer, ¿para qué quiero leer? ¡Sería más feliz si no pudiera! ¡Al menos así no podría leer los periódicos cuando anuncien que los hombres le han negado una vez más el voto a las mujeres!

Frank se quedó mirando la chimenea mientras las páginas del libro se separaban y los filos se volvían naranjas al quemarse. Entonces se volvió hacia Maud, perplejo.

Ella lo fulminó con la mirada y se puso un dedo sobre los labios.

—¡No te atrevas a decir ni una palabra!

Se volvió y se encaminó escaleras arriba, dejando a Frank solo en la habitación con el olor del cuero quemado inundándola. Pero escuchó su voz a su espalda, diciendo sin ánimos:

—No seas ridícula, Maud. Por supuesto que las mujeres obtendrán el voto.

* * *

El sufragio femenino de Dakota del Sur fue negado de manera abrumadora; obtuvo los votos de solo veinte mil valientes hombres a favor, contra cuarenta y seis mil en contra. Cuando llegaron los cálculos finales, los ánimos en la casa Baum eran lúgubres. Por su parte, Maud estaba decepcionada, pero nada sorprendida. Había vivido ya este círculo de esperanza y decepción tantas veces en su vida… Frank y su madre, sin embargo, estaban devastados. Matilda se había quedado en Pierre, la capital, mientras se contaban los votos. Cuando volvió, estaba inusualmente callada. Se quedó todo el día sentada leyendo ensimismada su libro de teosofía, y Frank parecía profundamente deprimido. La inquietud y energía frenética, la ilusión que lo había movido durante los últimos meses, había desaparecido. Llegaba a casa tarde y extrañamente callado. Estaba sombrío, y las bolsas bajo los ojos se habían vuelto ya algo permanente en su rostro. De noche en la cama, se volvía de espaldas a ella. Por primera vez desde que se habían casado, sentía que él se estaba alejando.

—Frank, querido... —susurró ella una noche, ya tarde—. ¿A dónde te has ido?

No obtuvo respuesta.

Frank comenzó a dormir hasta bien entrado el día, y no se iba a la oficina del periódico hasta mediodía. De noche se encorvaba sobre un cuaderno hasta tarde, llenando páginas y páginas con sus escritos. Mientras ella trataba de quedarse dormida, escuchaba el furioso rasgar de su pluma, pero no se atrevía a interrumpirlo, ya que él simplemente la miraba con una expresión aturdida y continuaba escribiendo.

Por las mañanas, se paseaba con su bata, bebiendo café y leyendo los periódicos de Chicago, leyéndole trozos en voz alta a Maud y molestándola mientras trataba de hacer sus tareas diarias. Su madre, mientras tanto, no hacía más que leer y cartearse con los otros miembros de la Asociación Nacional pro Sufragio de la Mujer. Cada día el cartero traía montones de cartas, algunas de mujeres que lideraban el movimiento, otras de los miembros del grupo. Matilda abría cada carta con el abrecartas de plata, se sentaba a leerlas haciendo sonidos de consternación, y después redactaba las respuestas cuidadosamente. Con su madre y Frank fuera de combate, a Maud le era incluso más difícil hacerlo todo, y deseaba que alguno de los dos, quien fuera, encontrara algo que hacer fuera de casa.

Una mañana estaba amasando el pan cuando Frank la llamó desde la otra habitación.

—La Exposición Mundial Colombina va a traer el futuro a nuestras casas. Están organizando la mayor exhibición eléctrica de la historia. Muy pronto estarás holgazaneando mientras una máquina hace el pan por ti. ¿Te das cuenta de lo mucho que todo esto cambiará el mundo? Pero a la gente de Aberdeen le da todo igual.

Maud se fijó en el tono resentido de su voz, lo cual era nuevo. Frank seguía escribiendo más y más frenéticamente, quemando la lámpara de queroseno hasta que la mecha se agotaba y la luz se extinguía. Maud había dejado de leer sus artículos, pero le daba la sensación de que cada vez estaba usando más el periódico para expresar sus sentimientos, sus fuertes puntos de vista sobre cosas como la llegada de la tecnología y el destino de la ciudad. Echaba de menos los dulces momentos que habían compartido cuando esperaba el nacimiento de Harry. Ahora Frank apenas parecía pensar en ella.

Mientras Frank tenía un arrebato de energía, Matilda seguía extrañamente callada. Un día Maud entró al salón y se encontró a su madre allí sentada con un traje para el bautismo de Harry a medio coser en su regazo. Estaba murmurando algo en voz baja.

—¿Qué estás haciendo, madre?

Matilda soltó el traje, sobresaltada.

—Estaba conectando con mi guía espiritual —dijo ella—. Trataba de hablar con el bebé Jamie.

Al día siguiente, Maud encontró unas tijeras y rompió el traje. Tomó la cinta de raso azul, la enrolló y la dejó en su costurero. Unos minutos después, volvió a sacar la cinta y la tiró en el fogón.

La fascinación de Matilda con la teosofía estaba atrayendo poco a poco a Frank. Mientras Maud se encargaba de la casa, su madre y su marido se pasaban horas inmersos en conversaciones sobre las posibilidades de que existieran mundos alternativos tal y como el nuestro, y que la gente pudiera aprender a sentirlos o incluso a cruzar de uno a otro. Maud estaba desesperada por conseguir que Frank prestara atención al mundo en el que vivían en ese momento, en el que tenían bocas a las que alimentar y facturas que pagar, coladas que hacer y ropa que doblar, y niños a los que acostar.

Frank traía una copia de su periódico cada semana. Al principio, había sido divertido de leer. Las primeras páginas eran lo típico que se ponía al inicio para rellenar páginas, pero también escribía divertidos artículos sobre los eventos sociales de Aberdeen, y algunas opiniones sobre los sucesos del día, y casi todo en un tono divertido y ligero. Pero, ahora, las páginas estaban llenas de historias fantásticas sobre máquinas que volaban, gente mecánica, artilugios eléctricos que hacían el trabajo de las personas, e incluso pozos que se bombeaban solos y regaban los campos. Frank repetía una y otra vez que la gente de Aberdeen carecía de imaginación, que había un futuro fantástico a la vuelta de la esquina. Pero Maud sabía que los habitantes de Aberdeen estaban demasiado ocupados con el presente para preocuparse por aquel fantasioso futuro. Cada día algún comerciante cerraba sus puertas, cada semana veía a alguna familia cargando sus pertenencias en un carromato y marchándose de la ciudad.

Los lectores de Frank claramente querían una predicción del tiempo, la seguridad de que el banco era solvente y un préstamo para comprar semillas de trigo, no historias sobre máquinas parlantes. Tal y como Maud quería dinero para la compra, zapatos para los niños y mantener el tejado sobre sus cabezas, no las historias de su madre sobre un camino dorado que llevaba a la iluminación.

Por fin, Matilda se subió al tren que la llevaría de vuelta a Siracusa. Maud estaba aliviada al verla marcharse.

Cuando llegó febrero, las ganancias se habían ralentizado hasta ser un mero goteo. Frank había ido a pedir más fondos para sobrellevar aquella mala racha, pero los empresarios locales le habían dado noticias desalentadoras. Había rumores de que el banco más grande de Aberdeen, el banco nacional Northwestern, cuya estructura a medio terminar había impresionado tanto a Maud al llegar a la ciudad, no sería solvente durante mucho tiempo. Todos estaban nerviosos; si el banco quebraba, llevaría a la ruina a la mayoría de la gente de Aberdeen y los condados de los alrededores. Las esperanzas de Frank de encontrar más inversores para su periódico fueron en vano. El consejo que los locales le dieron a Frank fue muy sincero: que abandonaran la ciudad.

Fue entonces cuando él, que normalmente estaba lleno de energía, cayó enfermo y tuvo que quedarse en cama, temblando por la fiebre. Unos días más tarde también los chicos enfermaron, y pronto el bebé estaba inquieto y no dormía de un tirón por la noche. Maud también comenzó a sentirse febril, pero ignoró sus síntomas, atiborrándose de café y azúcar para dejarles la comida a Frank y los chicos. Muy pronto estaba agotada y mareada. Mientras estaba sobre el fogón removiendo una olla de sopa casi sin color, con algo de harina mezclada para espesarla, se sintió mareada. Cuando abrió los ojos de nuevo estaba en el suelo, con el cucharón junto a su cabeza y Bunting agachado, con los ojos abiertos como platos y repitiendo «¡mamá!» mientras le agitaba el hombro. La familia Baum estaba en crisis.

Entre todo eso, Maud recibió una carta de Julia. Las cosas estaban muy difíciles en la hacienda, y había cambiado de opinión. Ahora sí quería mandar a Magdalena a Aberdeen.

Agotada y febril, Maud se quedó mirando la carta como si estuviera viéndola desde lejos. Le había rogado a su hermana muchas veces que mandara a la niña, y ahora no tenía fuerzas ni para cuidar a su propia familia. Deseaba acoger a Magdalena, pero Frank estaba tan enfermo que no podía salir de la cama, tenían la despensa casi vacía, y sin prospectos de volver a rellenarla. Habían gastado ya la pequeña suma de dinero que su madre les había dejado, que era todo lo que se podía permitir, y T. C. aún estaba en el oeste sin planes de volver inmediatamente a Aberdeen. ¿Y si Maud acogía a la niña solo para no poder proveer para ella? No había trabajo en Aberdeen, Frank tendría que echarse a la calle y buscar trabajo en algún otro lado. Hasta entonces, Maud sabía que lo poco que tenían almacenado no sería suficiente para sacarlos del apuro. Aun así, tendría que ser suficiente, de una manera o de otra.

Al día siguiente le había bajado la fiebre, pero la dejó exhausta y débil. Sin embargo, esperó unos días antes de responder, leyendo y releyendo la carta de su hermana, pensando en ella noche tras noche sin ser capaz de pegar ojo. Al tercer día escribió una respuesta y, sin enseñársela a Frank, la mandó con el correo de la tarde.

Tan pronto como Frank estuvo lo suficientemente recuperado, compró un billete de ida a Chicago con los últimos dólares que tenían. El sueño que habían tenido, o más bien que Frank había tenido, de que un hombre podía hacerse un lugar por sí mismo si se lo proponía y buscaba en el lugar correcto, había acabado.

Y Maud se dio cuenta de la realidad, que era que incluso tras una década de matrimonio y tres hijos, su familia aún no tenía un lugar de verdad en el mundo.

* * *

Un mes después de que Frank se marchara a Chicago, mandó un giro informándoles que había encontrado trabajo, y que volvía para ayudarlos a recogerlo todo y mudarse con él a la ciudad. Advirtió a Maud que el dinero para pagar el viaje debería salir de la venta de la mayoría de sus posesiones. Maud miró a su alrededor, a su pequeña casa, los muebles simples y los regalos de boda, recordando las grandes expectativas que habían tenido dos años y medio atrás cuando habían llegado allí. Aquellos sueños habían desaparecido, rotos en mil pedazos como si un ciclón hubiera llegado y se los hubiera llevado. Pero nadie podría llevarse sus recuerdos. Examinó las acogedoras habitaciones, decidida a marcar en su mente los buenos tiempos que su familia había pasado allí.

Cuando Frank regresó, Maud viajó a Ellendale, cambió de tren y desembarcó en Edgeley. James Carpenter la esperaba allí, pero para su consternación, Julia no lo había acompañado a la estación. Al menos parecía estar sobrio. La saludó de forma educada, aunque algo distante. Maud no estaba segura de cuánto recordaba de su último encuentro, a pesar de que ella se acordaba vívidamente.

No había mucho que ver en la ciudad de Edgeley, tan solo algunos edificios marrones, una pequeña calle principal con una taberna al principio y al final, y algunas casas esparcidas de forma aleatoria. La calle conducía fuera de la ciudad y hacia su hacienda, que estaba a unos trece kilómetros al oeste. Julia tenía algunos vecinos cercanos, pero casi todos eran huteritas de habla alemana de la región de Bohemia que no socializaban mucho. En un punto del viaje, Maud y James pasaron junto a un pantano en el que se reflejaba el cielo en el agua de color pizarra. La superficie ondulaba con la brisa que corría, y parecían los surcos de un campo recién arado. Había una bandada de gansos canadienses posados en la superficie.

El sol estaba ya ocultándose cuando llegaron a la hacienda. Un deshielo que no era muy propio de la temporada había descongelado la nieve la semana anterior, y el suelo estaba encharcado y completamente yermo. Maud se fijó en que ahora había algunos árboles raquíticos que James y Julia habían plantado para parar el viento, pero aun así el paisaje era totalmente desolado. Daba la impresión de que un fuerte viento había arrastrado la casa hasta allí desde algún otro lugar.

James ni siquiera entró, dijo que tenía que volver a LaMoure, donde estaba ayudando a un vecino a plantar árboles en su terreno. El carro se alejó traqueteando, y dejó a Maud y su pequeña maleta allí en aquel terreno plano.

—¡Tía Em!

Magdalena, que ya tenía diez años, apareció como una exhalación desde el lateral de la casa, con las trenzas volando tras ella, y se lanzó a los brazos de Maud. Llevaba aún el vestido de cuadros azul, que se le había quedado demasiado corto y tan antiguo que los cuadros azules ya casi estaban blancos. Tenía además un descosido en el dobladillo que hacía que le quedara irregular. Los calcetines de lana de Matilda que llevaba le quedaban arrugados alrededor de los tobillos, exponiendo la piel pálida y casi azulada de sus piernecillas.

—Tranquila, Dorothy —gritó Magdalena cuando se ralentizó hasta ir andando. Maud miró a su alrededor, pero no vio a nadie más, ni siquiera una muñeca en sus brazos. Aún recordaba vívidamente la imagen de la muñeca destrozada, con los ojos pintados mirando fijamente desde dentro de la tumba—. Dorothy, sé educada y dile hola a la tía Em. E inclínate, por favor.

Tras un momento de confusión, Maud lo entendió.

—Vaya, hola Dorothy —dijo Maud, volviéndose hacia la compañera imaginaria de su sobrina—. Encantada de conocerte.

—Ella también está encantada de conocerte —respondió Magdalena.

—¿Dónde está tu madre?

—Mamá está enferma.

—¿Y quién cuida de ti?

—Dorothy.

Dentro de la pequeña casa todo estaba recogido, pero la habitación principal estaba helada, ya que el fuego se había consumido. Maud abrió la puerta del dormitorio y le llegó un fuerte olor fétido.

Julia estaba de espaldas a ella, y mientras los ojos de Maud se ajustaban a la luz, se dio cuenta de que las sábanas estaban llenas de grandes manchas de color carmesí.

—¿Julia? —susurró Maud.

Su hermana no se movió.

—¡Julia! —Maud le puso una mano en la mejilla a su hermana, alarmada cuando vio lo fría que estaba. La sacudió ligeramente, y después más fuerte.

Por fin, su hermana abrió los ojos lentamente.

—¿Maud?

En la mesita junto a la cama había varios botes vacíos del Cordial de Godfrey, y en el suelo había un cubo lleno de trapos empapados de sangre. De entre todo aquello se podían ver los deditos de una diminuta mano translúcida.

—¡Julia, necesitas un médico! ¡Voy a ir a buscar uno!

—No, Maud. Si sobrevivo, no debe saberlo nadie.

Maud se apoyó contra la pared de la pequeña habitación para recuperar la estabilidad.

—Julia… ¿Qué has hecho?

—Una de las mujeres bohemias de la hacienda vecina… James dijo que no podíamos permitirnos otra boca que alimentar…

—¡No sigas! —gritó Maud—. Por favor, no digas nada más, Julia.

* * *

Cuando salió de la habitación, Magdalena estaba sentada en una silla de madera con los talones en el aro de la silla y una expresión solemne. Había puesto dos tazas de su juego de té en miniatura sobre la mesa.

—Dorothy y yo estamos tomando el té —dijo ella—. ¿Te gustaría tomar una taza?

Los pensamientos de Maud iban tan rápido como una locomotora. Estaba aturdida y le temblaban las piernas, pero trató de forzarse a esbozar una expresión de calma para no asustar a la niña, quien la estaba mirando con aquellos ojos suyos enormes y muy abiertos.

—¿Tía Em?

—¿Sí, cielo?

—Si mamá muere, no me dejes aquí sola, por favor. A Dorothy le dan miedo los lobos.

Maud se giró para ocultar las lágrimas que se le acumulaban en los ojos. Se agachó y rodeó a la niña con un brazo.

—Jamás te dejaré sola —susurró.

—Ni a Dorothy —susurró Magdalena—. ¡Promételo!

—Ni a Dorothy, claro que no —dijo Maud—. Te lo prometo.

* * *

En aquella noche de principios de primavera no hubo luna, y el cielo estaba engalanado de un manto de brillantes estrellas. Maud se hizo con una pala y, a solas, cavó en el frío y duro suelo. Acabó sudando bajo su vestido. Cuando hizo una pausa para descansar, se dio cuenta de que le temblaban los dientes. Muy pronto tenía las manos en carne viva y los músculos cansados.

Los lobos aullaban en la distancia, pero eso solo le confirió más fuerzas, decidida a enterrar los restos lo suficientemente profundo para que los lobos no lo desenterraran.

El tormento de sus manos, cuello y espalda la envolvieron hasta que las estrellas giraron en el cielo y un leve amanecer comenzó a brillar en la distancia. La piedra simple que marcaba la sepultura del bebé Jamie aún seguía allí, como mofándose de ella para que no parase hasta que hubiera terminado el trabajo.

Por fin el agujero, aunque era estrecho, fue lo suficientemente profundo como para meter el brazo entero dentro. Volcó el interior del cubo y lanzó algo de tierra encima.

Temblando en el frío que precede al alba, Maud apisonó la tierra de su improvisada tumba.

—«El señor está cerca de los quebrantados de corazón, y salva a los de espíritu abatido» —susurró Maud—. O eso espero, al menos.

Con los ojos secos pero el corazón cansado, volvió a la choza. Se sentó en una silla de la cocina mirando al fuego, y allí estaba aún cuando su sobrina se despertó. En su regazo, Maud tenía el vestido de Magdalena, que había enmendado mientras la niña dormía.

Una semana más tarde Frank llegó tras encontrar a un vecino que cuidara a los niños, y consiguió que un agricultor que pasaba por allí lo llevara desde Edgeley. Para entonces Julia era capaz de estar incorporada casi todo el día. Maud no dijo nada sobre la condición en la que la había encontrado, pero en cuanto llegó, lo llevó a un lado e inmediatamente le contó que la familia estaba en peligro, y que sin importar lo difícil que fuera su situación financiera, tenían que hacerse cargo de Magdalena. Frank estuvo de acuerdo enseguida.

Magdalena estaba encantada de ver a su tío favorito.

—¡Dorothy, este es tu tío Frank!

Sin pensárselo ni un segundo, Frank se agachó sobre una rodilla y extendió la mano para saludar a la nada.

—¿Qué tal, señorita Dorothy? Encantado de conocerte. Y vaya vestido rojo tan bonito que llevas.

—¡Su vestido es azul a cuadros, tío Frank, como el mío!

Frank hizo un gesto y fingió frotarse muy elaboradamente los ojos.

—¡Vaya, perdonadme! Debe haberme entrado polvo en los ojos en el camino. Por supuesto que es azul a cuadros, y bien bonito que es.

—Y tiene trenzas negras, y un pequeño perrito que lleva a todos lados en una cesta con ella. Su nombre es Totó.

Frank rebuscó en su bolsillo y fingió sacar algo.

—Mira lo que tengo aquí —dijo Frank—. Lazos para el pelo para una chica con trenzas, y un sabroso hueso para su perro.

—Dorothy quiere que vayas con ella para que veas dónde viven los perritos de la pradera.

—Vayamos entonces a ver esos perros de la pradera. ¡Ven aquí, Totó! —Frank silbó.

—Él va dentro de la cesta de Dorothy —le explicó Magdalena—. No hace falta que silbes.

Una hora después volvieron, Magdalena con una sonrisa mientras narraba que su tío Frank le había contado una alocada historia sobre cómo los perritos de la pradera tenían una ciudad bajo el subsuelo donde tenían tranvía y luces eléctricas e incluso podían hablar.

Tras la comida, Frank y Maud enviaron a Magdalena a jugar, y Frank habló con Julia con franqueza.

—No tenemos mucho que ofrecer —dijo él—, pero por favor déjanos llevarnos a Magdalena con nosotros. Aliviará tu carga, y la cuidaremos como si fuera nuestra propia hija.

La tez de Julia había estado pálida desde que Maud había llegado y la había encontrado indispuesta, pero en ese momento se volvió amarillenta, con las mejillas sonrojadas.

—¿Cómo te atreves, Maud?

—¿Disculpa? No pretendía ofenderte. Queremos ayudar porque sabemos que son tiempos difíciles.

—Pero ¡me dijiste que no! —dijo Julia, casi gritando—. Tengo la carta justo aquí. ¡Mira!

Se levantó de la silla como una anciana y comenzó a buscar entre una pila de cartas abiertas sobre su cómoda.

—Aquí está —dijo, agitándola frente a Maud. Comenzó a leerla en voz alta en tono inexpresivo—. «Mi querida Julia, a pesar de que queremos a nuestra querida Magdalena como si fuese nuestra propia hija, el estado actual de incertidumbre de mi familia haría muy difícil para nosotros acoger a Magdalena ahora mismo. Tan pronto como nuestra situación mejore, la recibiremos con los brazos abiertos. Con amor, tu devota hermana, Maud».

—¿Maud? —Frank alzó las cejas y se volvió a ella con los ojos muy abiertos, sorprendido. Tomó la carta de las manos de Julia y la leyó, perplejo. Entonces se volvió hacia ella como si Julia no estuviese allí—. Querida, ¿por qué?

Maud negó con la cabeza y desvió la mirada. Ciertamente, ¿por qué? El día que había recibido la carta de su hermana había estado tan destrozada, tan desesperanzada, y aun así… lo que sentía ahora era mucho peor.

—¿Ves? —dijo Julia, y comenzó a caminar de un lado a otro de la habitación—. Sabes lo duro que sería para mí desprenderme de ella. Es mi única compañía cuando los lobos aúllan de noche... Y James pasa tanto tiempo fuera... Una noche Magdalena se despertó y dijo que había una mujer vestida de blanco frente a su cama, sin decir nada. Nos dio tanto miedo a ambas... Así que no quería dejarla ir, es mi único consuelo... Pero James dijo que no podíamos permitirnos tener una boca más que alimentar, así que me encargué de ello. —Sonaba como si estuviera medio ida. Frank le echó un vistazo a Maud, quien no le había contado los detalles de la semana anterior.

—Lo siento muchísimo —dijo Maud—. Es culpa mía, por no entender lo realmente difícil que era tu situación. Hubo algunas dificultades... —Miró a Frank, suplicante—. Cometí un error. Ahora lo veo, y he cambiado de opinión. *Hemos* cambiado de opinión, ¿verdad, Frank?

—Deja ir a Magdalena —dijo Frank en tono firme—. No estás en condiciones de cuidar a un niño ahora mismo.

—¿No estoy en condiciones? ¿Que no lo estoy? ¿Cómo puedes decir eso? Hice el mayor sacrificio de todos —chilló Julia.

—Son tiempos duros para todos —dijo Frank ligeramente—. Deja que nos la quedemos un tiempo para aliviar tu carga.

—Jamás ocurrirá eso. Ya he tomado mi decisión —dijo Julia—. Escogí a Magdalena y se quedará conmigo.

Maud desvió la mirada, y para su disgusto, vio que Magdalena estaba arrodillada junto a la puerta abierta, observándolos. Lo había escuchado todo. En ese momento se levantó de un salto, cerró la puerta de un golpe y echó a correr al exterior. Maud siguió con la mirada a Magdalena por la ventana mientras corría hacia el horizonte tan rápido como le permitían sus pies, con la falda enganchándose en los tallos mojados de la hierba muerta de la pradera, y las trenzas y el vestido de cuadros azul ondeando tras ella.

Frank y Maud encontraron a Magdalena sentada junto a la piedra sepulcral de su hermanito, con las piernas contra el pecho y la cabeza enterrada en sus manos.

Frank le tocó el hombro con cuidado.

—Quiero irme con vosotros —dijo ella.

—Magdalena, siempre tendrás un hogar en nuestra casa —respondió Maud.

—Siempre —dijo Frank—. Toda tu vida.

—Pero ¿por qué no puedo ir ahora? —preguntó Magdalena, con la cara llena de lágrimas y una expresión seria.

Maud metió la mano en el bolsillo y sacó un pañuelo limpio como si se tratara de una bandera blanca. Lo usó para limpiar las lágrimas del rostro manchado de su sobrina.

—Tu madre te necesita aquí —dijo Maud—. Eres una niña muy valiente, estarás bien sin nosotros.

Pero no había forma de consolar a Magdalena. Se quedó en el empapado suelo junto a la tumba de su hermano y sollozó miserablemente de forma tan profunda que el sonido pareció extenderse hasta llenar la vasta, lúgubre y plana tierra de su alrededor, como si todo el dolor de la gente que trataba de ganarse la vida en aquella gran e inflexible tierra estuviera contenido en su pequeño cuerpo.

Mientras estaban allí, se formaron unas nubes oscuras que cubrieron la mitad del cielo, y empezaron a caer gotas pesadas de lluvia. La chica, que solo tenía puesto el vestido a cuadros azul y un chal, comenzó a temblar. Frank se quitó su chaqueta de lana, se arrodilló junto a ella y se la echó sobre los hombros. Esperaron pacientemente junto a ella.

Por fin, Magdalena pareció quedarse sin lágrimas. Se incorporó, se limpió las lágrimas con el dorso de la mano y Frank le apartó un mechón de pelo de la frente. Parecía diminuta enterrada bajo la enorme chaqueta de su tío.

—¿Chicago está muy lejos?

—Solo a dos días en tren —dijo Maud—. No tan lejos como puede parecer.

—¿Dos días enteros?

—Podemos escribirte cartas, y tú puedes respondernos también. Y tan pronto como estemos asentados, os invitaremos a ti y a tu madre a venir a visitarnos.

Nada de lo que Maud le dijera parecía apaciguar a la chica en absoluto. El cielo se había vuelto amenazador, aunque el sol aún brillaba en algunos sitios. Frank alzó a Magdalena en brazos, todavía con la chaqueta sobre sus hombros, y la llevó de vuelta a casa.

Magdalena ahogó un grito y Frank siguió la dirección de su mirada.

—Vaya, ¡mira eso! —gritó él. Esbozó una gran sonrisa y empezó a girar con Magdalena aún en brazos. Ella echó la cabeza hacia atrás para mirar la extensión de cielo sobre ellos. Cuando paró de girar, dejó a Magdalena con cuidado en el suelo y se arrodilló junto a ella, señalando al cielo tormentoso. Abriéndose paso entre la aglomeración de nubes, había unas bandas de color naranja, amarillo, azul, índigo y violeta que brillaban describiendo un arco.

—Mira, justo ahí hay un trozo de arcoíris que ha venido a iluminar tu día. ¡Pide un deseo! —dijo Frank rápidamente.

Magdalena cerró los ojos y apretó las manos contra ellos. Comenzó a murmurar una palabra una y otra vez, y Maud se dio cuenta de que estaba diciendo «Chicago».

—Ah, pero de qué servirá —dijo Magdalena, volviéndose para mirar la choza que era su casa, que tenía el color de la ceniza bajo aquella lúgubre luz—. Sé que no me puedo marchar. Mamá no puede quedarse sola, ¿y si se pone enferma y nadie cuida de ella? Soy bastante responsable para mi edad. Mi padre dice que puedo hacer las tareas de una sirvienta. Es solo que a veces… es difícil.

Magdalena hipó, trató de contener un sollozo y volvió a echarse a llorar.

Frank volvió a rodearla con un brazo al agacharse junto a su sobrina, y le señaló de nuevo el arcoíris, que aún podía vislumbrarse entre las nubes.

—Mira ese arcoíris. Quiero que recuerdes una cosa. —Magdalena asintió, con la barbilla temblándole—. Hay un hombre llamado el rey Arcoíris, que vive en un precioso castillo en el cielo. Allí siempre brilla el sol, hay muchísimas cosas ricas que comer y las camas son más suaves que un millón de plumas...

Magdalena tenía los ojos abiertos de par en par.

—A veces, el rey manda a su hija a la tierra con nosotros. Ella recorre el arcoíris y baja aquí a jugar. Algunas veces su padre retira el arcoíris y ella tiene que quedarse en la tierra durante mucho tiempo, así que vive incontables aventuras. Pero cuando ella realmente necesita algo, su padre vuelve a extenderlo y ella vuelve con su padre, cruzando justo por ese puente de arcoíris.

Magdalena asintió solemnemente.

—Sé que tu vida parece dura a veces, pero cuando te preocupes de verdad, quiero que te acuerdes de este arcoíris. Y si usas tu imaginación, podrás cruzarlo e ir a jugar con la hija del rey Arcoíris en sus preciosas tierras. Así no te sentirás tan sola, y cuando estés lista para volver a casa, solo tienes que dar tres golpecitos con los pies uno contra el otro, y el rey bajará el arcoíris y podrás volver a casa.

A Magdalena se le iluminó la cara. Se levantó, alzó la barbilla y se alisó las trenzas y la falda.

—Puedes hacerlo —dijo Frank.

—Yo puedo —afirmó ella.

—Gracias —le dijo Maud en voz baja.

Cuando llegó la hora de marcharse, Maud abrazó a su sobrina durante más tiempo del que debería haberlo hecho, pues temía que, si la soltaba demasiado pronto, Magdalena vería las lágrimas que había en sus ojos.

Mientras se despedían, Frank llevó a Julia a un lado.

—En cuanto no te sientas segura aquí, Julia, tienes un hogar con nosotros. Prométeme que lo recordarás.

Julia y Magdalena se quedaron la una junto a la otra mientras Maud y Frank se subían a la calesa que habían contratado.

El conductor, que era un hombre canoso, se removía nervioso en su asiento, impaciente por seguir su camino. Una vez estuvieron sentados, el conductor agitó las riendas y los caballos empezaron a trotar. Pero no habían hecho más que empezar a moverse cuando Magdalena salió corriendo hacia ellos tan rápido que Frank dio un brinco, agarrándola para que no se enredara con las ruedas.

—¡Esperad! —gritó Magdalena con un brazo estirado hacia ellos—. Yo me quedo aquí, pero Dorothy quiere ir con vosotros.

Maud miró a Frank y negó con la cabeza casi imperceptiblemente.

—No creo que sea buena idea, Magdalena —dijo Frank con cuidado—. Dorothy tiene que quedarse aquí para hacerte compañía.

—¡No! —La voz de Magdalena vibró y le tembló la barbilla—. No quiere quedarse, ¡quiere ir con vosotros! Ella es pequeñita, así que no ocupará mucho espacio.

—Pero Magdalena... —protestó Maud.

—¡Por favor, tía Em!

—Pero Dorothy te hará compañía. Te echará de menos, y a los perritos de la pradera, y la casa, y el campo... Quiere quedarse contigo —dijo Frank.

Magdalena dio un golpe con el pie en el suelo e hizo un puchero con los ojos destellándole.

—Dice que no, dice que no la estáis escuchando. ¡Quiere ir a Chicago! Además, ella puede cruzar el arcoíris y venir a contármelo todo cuando quiera. ¿Verdad, Dorothy?

Julia se acercó a Magdalena y la agarró del brazo.

—Venga, Magdalena, ya basta de esas fantasías tuyas. Tu tía y tu tío tienen que irse. Creo que está a punto de llover.

Magdalena tenía la cara arrugada como una ciruela y las cejas muy juntas. Volvió a dar un pisotón en el suelo.

—¡Quiere irse con vosotros!

Maud asintió con la cabeza en dirección a Frank.

—Bueno, pues de acuerdo, señorita. —Frank bajó el escalón y puso un pie en el estribo—. Dorothy, despídete y sube.

—¡Y Totó también! —dijo Magdalena con firmeza.

Se cruzó de brazos y observó sin parpadear con sus grandes ojos violeta mientras Frank y Maud hacían la elaborada pantomima. Primero le hicieron sitio a Dorothy en el asiento, después le pusieron una manta sobre sus piernas imaginarias, acariciaron al perrito invisible y finalmente pusieron la cestita de mentira junto a ellos.

Cuando el carro comenzó a moverse de nuevo, Magdalena alzó el brazo y se despidió. Maud aguantó la respiración. De repente Frank se puso en pie, se hizo sombra en los ojos con una mano y gritó:

—¡Ay, Totó! Perro malo, ¿a dónde vas corriendo tan rápido?

Con impaciencia, el conductor alzó el látigo y los caballos comenzaron a trotar más rápido. Para entonces ya estaban alejándose de la casa. Frank hizo equilibrio en el traqueteante carro.

—Lo siento, Magdalena, el perrito quería quedarse contigo. ¡Aquí tienes! —gritó, y fingió agarrar algo y lanzárselo a la chica—. ¡Es su cesta! ¡Creo que la necesitarás! —dijo a gritos.

Magdalena titubeó durante un segundo, como si no supiera qué hacer, pero finalmente Maud vio cómo agarraba la cesta imaginaria por el mango, y entró a la casa y desapareció.

Durante un largo rato, se quedaron en silencio. Pero cuando estaban llegando a la estación de Edgeley, el arcoíris reapareció, y esa vez no era solo un pedazo, sino un semicírculo completo, arqueándose a través del sol de la gran pradera, con sus vívidos colores contrastando con el paisaje gris.

—¿Ves ese arcoíris?

Maud asintió tristemente.

—¿Sabes dónde me gustaría vivir? —preguntó Frank.

—¿Dónde, Frank?

—Si un extremo del arcoíris está en este lúgubre y desalmado plano, entonces me gustaría ir justo al otro lado. En algún lugar al otro lado, hay un sitio mejor. Estoy seguro de ello, Maudie.

Maud se deslizó por el banco de madera hasta estar pegada a él.

—¿De verdad lo crees? —preguntó ella.

—Estoy seguro —repitió Frank—. Y otra cosa, Maudie. Sé lo duro que es esto para ti, ver esa choza del demonio en la pradera, a tu cascarrabias y sumisa hermana, ese campo lleno de perritos de la pradera... A pesar de todo eso, para Magdalena es su hogar. Nada puede cambiar eso.

—La hemos decepcionado.

—No, hemos hecho todo lo que hemos podido —dijo Frank—. ¿Y sabes qué vamos a hacer ahora? —preguntó, e hizo un gesto como si estuviera recolocando una manta alrededor de las piernas de una niña—. Cuidaremos de Dorothy. Juntos.

Él la miró con los ojos del mismo color que el cielo de color pizarra.

—¿De acuerdo?

Maud miró el arcoíris. Parecía empezar justo sobre el grupo solitario de edificios que componían la ciudad de Edgeley, pero describía un arco que se perdía en las nubes. ¿Era posible? ¿De verdad habría un sitio más allá, al otro lado del arcoíris, que era mejor que todo aquello? Realmente esperaba que así fuera.

—¿Maudie?

—Lo prometo —dijo, asintiendo de forma melancólica.

Capítulo 21

HOLLYWOOD

1939

Maud entró al estudio de sonido y vio el camino de baldosas amarillas que acababa en una puerta gigantesca de madera contrachapada, y se dio cuenta sobresaltada de qué era aquello. El rodaje había literalmente llegado al final del camino de baldosas amarillas: a la Ciudad Esmeralda. Podía ver lo evidente pintado en letras amarillas: se le acababa el tiempo.

Maud no vio a ningún actor, solo los trabajadores. Un tipo con un mono salpicado de pintura acababa de abrir una lata de pintura y con la brocha pintó una franja de verde en una de las paredes blancas.

—¡Ay, no! —gritó Maud, dejándose llevar—. ¿Qué está haciendo? ¿está usted loco? ¡La Ciudad Esmeralda no es verde!

El pintor alzó la mirada, sorprendido mientras Maud se acercaba a él con el bolso en el brazo y una expresión severa en el rostro.

Se levantó con la expresión de un alumno culpable al que habían pillado haciendo algo, se metió un trapo en el bolsillo trasero y se quedó quieto, como esperando la regañina.

—¿Disculpe, señora?

—¡La Ciudad Esmeralda no es verde! —dijo Maud.

El hombre se quitó el gorro, sacó un pañuelo de otro de sus bolsillos y se limpió la frente.

—¿Dice usted que no es verde?

Confuso, llamó a otro de sus compañeros pintores.

—¡Oye, Ray! La señora dice que no debe ser verde —dijo, y se volvió hacia Maud—. ¿De qué color debería ser?

—Bueno… —dijo Maud—. Es blanca.

—¿Blanca, dice? —preguntó, con la cabeza inclinada y mirando a Maud con los ojos entrecerrados—. Me pidieron el color número 2309. Verde esmeralda.

—Las gafas son verdes, pero la Ciudad Esmeralda es blanca.

El pintor parecía creer en la autoridad de Maud. Se encogió de hombros, cerró el cubo de pintura y se preparó para marcharse.

—¡La Ciudad Esmeralda, blanca! —dijo el hombre—. No me cuadra.

En ese momento, el director, Victor Fleming, entró en el plató a paso ligero.

—Tendremos que ver cómo se ve ese tono de verde con el tecnicolor. Acabad esa pared y lo comprobaremos.

—La señora dice que se supone que no es verde.

—¿Qué señora?

El pintor señaló con la cabeza a Maud. A Fleming no pareció hacerle ni pizca de gracia verla allí.

—¿Señora Baum?

—Bueno, ¡claro que la Ciudad Esmeralda es blanca! ¿No se ha leído usted el libro? El Mago engaña a los habitantes de Oz haciéndoles llevar a todos gafas de color verde.

—Gafas de color verde —repitió Fleming frunciendo el ceño—. Eso no está en el guion.

—Pues ese es el problema —dijo Maud—. ¡Debería estarlo!

Fleming prácticamente puso los ojos en blanco.

—Ya, por supuesto. Gracias, señora Baum, lo tendré en cuenta. Seguid trabajando, señores. Necesito esa pared entera pintada de verde, y rápido. El tiempo se agota.

Maud alzó la mano para seguir hablando, pero Fleming ya estaba alejándose. Decidida a que la escuchara, lo persiguió.

—¡Blanca! —repitió ella—. La Ciudad Esmeralda es blanca.

Fleming la ignoró.

—¡Señor Fleming! Necesito hablarle de esto inmediatamente.

Fleming se volvió, impaciente.

—Señora mía, tenemos un horario muy ajustado, ¿qué es lo que quiere decirme?

—En *El maravilloso mago de Oz* la Ciudad Esmeralda es blanca. El Mago es un estafador, un mentiroso, y crea la ilusión de que la ciudad es verde haciendo que todos sus habitantes lleven gafas de color verde. El Mago no es quien dice ser. Esa es la magia de Oz, la magia está en que no es magia en realidad.

Fleming apretó los labios y tensó los hombros.

—Es un dato fascinante, pero tenemos un plató que pintar. ¿Cómo pretende exactamente que la audiencia se ponga gafas verdes?

—Pero no se trata de la audiencia, es... Verá, la Ciudad Esmeralda es blanca porque White City era...

—Vale, lo entiendo. —Fleming se volvió de espaldas a ella, y Maud captó que había dado por terminada la conversación.

—No, jovencito, no lo ha entendido. El camino de baldosas amarillo se acaba aquí, justo en la puerta —dijo, señalando el suelo—. Pero lo que pasa a continuación es el alma de la historia.

Por desgracia, se dio cuenta de que Fleming ya no la escuchaba. Mientras se giraba para marcharse, vio al pintor extendiendo con el rodillo la brillante pintura verde sobre la pared blanca de madera contrachapada que habían erigido para hacer la Ciudad Esmeralda.

Mientras se dirigía al aparcamiento, Maud escuchó una voz tras ella.

—¡Señora Baum!

Maud se volvió para ver a la joven actriz acercándose a ella.

—¡Judy!

—¿Podría hablar con usted un momento?

Maud la miró con preocupación. Los ojos de la chica brillaban más de lo habitual, y se mordía el labio inferior.

—¿Va todo bien? No has tenido más problemas de los de usar el alfiler, ¿no?

Judy se sonrojó.

—No, no es eso. Solo quería darle las gracias por ayudarme el otro día.

—Vaya, eso es muy amable por tu parte, pero no hice nada que no habría hecho por mis propios hijos.

Vio que Judy dudaba, como si quisiera continuar la conversación, así que Maud le puso una mano sobre el brazo a la chica.

—Espera —dijo ella—. ¿Tienes tiempo para comer?

—Me encantaría, pero aquí no —dijo Judy en voz baja—. Todos me vigilan para ver qué como.

Veinte minutos más tarde, Maud y Judy estaban sentadas en un reservado de paneles de madera en el oscuro interior de Musso & Frank. Maud volvió a notar el inusual brillo en los ojos de la chica y la manera en que se removía nerviosa en su asiento. Incluso le temblaba la mano cuando agarró el vaso de agua. Trató de esconder el temblor aferrándolo con ambas manos, pero se dio cuenta de que Maud ya la había visto.

—¿Seguro que estás bien? —le preguntó Maud.

—Son las pastillas para la dieta. —Judy frunció el ceño—. Me causan temblores y no me dejan dormir.

Maud observó a la chica de cerca.

—¿No duermes bien?

Judy suspiró y tocó con el dedo una gota de agua que se había caído sobre la mesa de madera marcada.

—Si me paso unos días sin dormir, me llevan a la enfermería y me dan pastillas para dormir. Los médicos del estudio tienen pastillas para todo: para despertarte, para dormirte… —Sonaba casi aburrida, como si aquello de las pastillas fuera lo más natural del mundo.

Maud alargó una mano y la puso sobre el brazo de la chica.

—Perdona por meterme donde no debo, pero ¿sabe tu madre esto?

—¿Ethel? —preguntó Judy—. Ella es quien les dijo a los médicos del estudio lo que hacer. Los llama «mis engranajes y electricidad».

Maud pensó en su propia madre, en cómo había odiado las medicinas patentadas y su creencia de que eran una maldición para las mujeres. Pensó también en Julia, y en cómo la medicina había dictado su vida.

—Te recomendaría que fueras cautelosa —dijo Maud—. La medicina tiene una manera de ejercer un poder que no esperas.

Judy se encogió de hombros.

—No es que tenga mucha elección, de todas formas.

—Deja que te diga una cosa. Puede que ahora seas joven y que seas una chica, pero espero que recuerdes que *siempre* tienes elección.

—De verdad que no lo parece. —Judy suspiró.

Un camarero vestido con una chaqueta roja apareció junto a la mesa.

—¿Ya sabéis lo que vais a pedir?

Judy abrió la carta.

—Está todo muy bien —dijo Maud—, pero te recomiendo el bocadillo de rosbif, que además viene con patatas fritas. ¿Pido dos?

—¡Suena delicioso! —respondió Judy.

El camarero asintió una sola vez y recogió las cartas.

—¡Ay, no! —dijo Judy, escondiéndose un poco—. Es Yip Harburg, el letrista. ¡Me va a ver!

Un momento después, Harburg se acercó a la mesa.

—Vaya, pero si es la mismísima Judy Garland. Y la señora Baum.

—¿Por qué no se sienta con nosotras? —dijo Maud—. Supongo que no es usted uno de los encargados de espiar a Judy mientras come, ¿no?

—¿Está de broma? —preguntó Harburg—. La mitad de los escritores de Hollywood no deberían estar bebiendo en la habitación de atrás ahora mismo. Según creo, no es asunto de nadie lo que la gente haga en su tiempo libre. —Se volvió hacia Judy—. No se preocupe, no la estoy siguiendo. Estaba mirando libros en la librería de Stanley Rose cuando os vi pasar.

La librería de al lado era ciertamente un lugar muy popular donde se reunían los guionistas.

—Bueno, pues ha venido justo a tiempo —dijo Maud—. Siéntese, necesito hablar con usted.

Harburg colgó su sombrero de fieltro en el gancho junto a la mesa.

—¿Puedo? —dijo, y se deslizó en el banco junto a Judy—. ¿Con qué puedo ayudarla, señora Baum?

—Es sobre la Ciudad Esmeralda. ¡Están pintándola de *verde*!

Harburg sonrió de medio lado y los ojos le brillaron tras sus gafas con montura de carey.

—La Ciudad Esmeralda, ¿*verde*? ¡No me diga!

—Se está riendo —dijo Maud, sin sonreír—. Pero no tiene gracia. En el libro, la Ciudad Esmeralda es blanca, simplemente la gente *cree* que es verde. Es uno de los trucos del Mago.

—Si hace que se sienta mejor, sí que me di cuenta. Pensamos en hacer que los personajes se pusieran unas gafas, pero decidimos hacerlo de forma diferente. Si piensa en ello desde otra perspectiva, puede que no le moleste tanto.

—¿Otra perspectiva?

—¿Qué es el tecnicolor, sino un par de gafas de color verde? El tecnicolor es más brillante que la vida real, es como un sueño febril de color, como algo que solo se puede crear en su imaginación.

—¿Está sugiriendo que el tecnicolor *son* las gafas tintadas de verde? —preguntó Maud, tratando de entender a qué se refería.

—Así es. —Harburg sonrió ampliamente—. La magia empieza cuando se sienta en el cine. La locura que es el proceso de hacer una película *es* magia. No sé cómo funciona, pero lo hace. Empieza con un cartón, un poco de pintura, una alambrada y madera contrachapada, y acaba con…

—¡La Tierra de Oz! —dijo Judy.

—¡Exacto! —asintió Harburg.

—Mmm… —dijo Maud—. Suena a algo que diría Frank cuando lo dice así.

Harburg volvió a sonreír y se subió las gafas en el puente de la nariz.

—Espere a ver la película. Ya verá a qué me refiero. Tengo que irme.

Se levantó de un salto, tomó su sombrero del gancho y lo inclinó hacia ellas.

—¡Ha sido un placer hablar con vosotras, señoritas!

—Espere un momento —dijo Maud—. Quería decirle también algo, ¿qué pasa con la canción del arcoíris?

—Judy. —Harburg sonrió—. Esta chica nació para cantar esa canción.

—¿Judy? Sí, por supuesto —dijo Maud, consciente de que estaba evitando la pregunta—. Pero me refiero a la letra. ¿La ha terminado?

—No se preocupe por la letra, señora Baum. Usted misma lo dijo, es la forma de cantarla. Solo tiene que haber suficiente anhelo en ella. Judy lo conseguirá, va a ser todo un éxito. —Volvió a inclinar el sombrero en dirección de Judy—. Los vas a dejar boquiabiertos, chica.

Cuando Harburg se marchó, Maud se dio cuenta de que Judy había dejado la mitad de su comida sin tocar.

—¿No te ha gustado?

—Es que no tengo mucha hambre. Supongo que las pastillas funcionan, después de todo —dijo con una sonrisa débil.

Incluso bajo la tenue luz del restaurante, el pelo de Judy brillaba con tonos cobrizos, tenía los labios del color de las ciruelas y la piel luminosa, ligeramente bronceada y con unas cuantas pecas. Sus ojos marrones estaban rodeados por unas pestañas largas y oscuras, y reflejaban una sabiduría mucho mayor que sus años. Según todos los calibres, la chica estaba bendecida con algo especial, y aun así Maud podía sentir cuánta vulnerabilidad había en ella.

Mientras recogían sus cosas para marcharse, Judy se volvió hacia Maud.

—Sabe, no me gusta mucho el Mago —dijo ella.

—¿No te gusta el Mago?

—¿Qué clase de hombre enviaría a una niña a matar a una bruja? —preguntó Judy—. ¿Por qué no la ayuda él?

Maud recordó el día en el que Frank y ella habían dejado a Magdalena en la finca de Julia. Había sido el día más difícil de su vida.

—A veces —dijo Maud—, yo también me enfadaba con el Mago. Pero el Mago tiene razón en una cosa.

—¿En qué?

—Siempre hay que arreglar los problemas por uno mismo, porque nadie va a venir a arreglarlos por ti.

Capítulo 22

CHICAGO, ILLINOIS

1891

M aud tragó varias veces y respiró hondo. No quería llorar delante de los niños. Al bajar del tren en la deslumbrante nueva estación central de tren de Chicago, los chicos no dejaban de parlotear, al igual que cuando se subieron al tranvía hacia el centro de la ciudad. Aquella gran ciudad sobrepasaba a Aberdeen en todos los aspectos: en tamaño, alcance, número de habitantes y de edificios. Maud se quedó maravillada ante las calles atestadas de gente, los edificios gigantescos y las avenidas repletas de grandes casas. Todo era brillante, moderno y precioso.

Pero al final la calesa que habían contratado continuó su traqueteo fuera de la parte nueva de la ciudad y llegó a los vecindarios del oeste, la parte que no se había visto afectada por el gran incendio de Chicago de 1871. Era finales de marzo para entonces, pero había trozos donde aún había nieve ennegrecida en algunos de los callejones, y un fresco viento se colaba por entre las cortinas de la calesa. Muy pronto llegaron a una avenida con hileras a ambos lados de edificios estrechos y algo antiguos que se apoyaban los unos sobre los otros, como si estuviesen demasiado cansados para permanecer en pie por sí mismos. Las calles estaban a rebosar de niños mugrientos, había madres reunidas en torno a bombas de agua comunales, envueltas en grandes faldas y pañuelos atados alrededor de la cabeza. Cuando por fin la calesa paró frente al número 34 de Campbell Park, Frank anunció en un tono alegre:

—Estamos en casa.

Maud trató de no mostrar sus verdaderos sentimientos. Se fijó bien en la mugrienta fachada de pizarra y ladrillo de la casa que iba a ser su hogar.

El interior de la casa era igual de deprimente que el exterior. El edificio no tenía tuberías en el interior ni conexión de gas. De noche, el interior estaba sombrío y resultaba algo espeluznante con solo la iluminación del queroseno. Al mirar por la ventana, Maud solo veía paredes de ladrillo. Pero hizo cuanto pudo por convertirlo en un hogar. Fregó las habitaciones hasta que estuvieron radiantes y olían bien. Frank colgó una reproducción barata de *El ángelus* de Millet para cubrir la mancha de humedad de la pared del salón.

Al final de su primera semana, Frank llegó a casa y extendió el periódico sobre la mesa de la cocina.

—Aquí está, justo aquí. ¡Mi historia sobre el día de la mudanza está en la portada!

Maud observó el periódico buscando el nombre de Frank.

—Me temo que no añadieron el nombre del autor, pero pronto lo harán —dijo Frank.

—¿Dónde está tu paga? —preguntó Maud, sin mirar apenas el periódico.

Frank rebuscó en los bolsillos de su chaqueta y sacó unos billetes y unas cuantas monedas. Ella los miró sin poder creérselo. Frank había conseguido empleo en el *Chicago Evening Post*, uno de los muchos periódicos nuevos que luchaban por hacerse un lugar en esa ciudad que tan rápido se estaba desarrollando. Le había dicho que le pagarían un salario de veinte dólares semanales.

—Aquí hay diecisiete dólares y cincuenta centavos —dijo Maud, sin tratar de suavizar el tono—. ¿Dónde está el resto? ¡No puedo pagar el alquiler o al tendero o al pescadero con diecisiete dólares y cincuenta centavos!

—Lo siento mucho, Maud. Me prometieron veinte dólares, pero me han pagado menos de lo que dijeron. —Estaba disculpándose, pero su tono era ligero, como si aquello no importase demasiado.

—Comprendes —respondió Maud con frialdad— que esto es totalmente inaceptable, ¿no?

Aquello pareció pillar por sorpresa a Frank.

—¿Y qué se supone que debo hacer?

—Diles que te paguen veinte dólares semanales, como acordaron. Si dicen que no, te vas. No estamos aquí para hacer un trabajo de caridad al *Evening Post*. Tienes que traer a casa veinte dólares semanales, ¡y si no te pagan lo que te deben, encuentra a alguien que lo haga!

—Eso es muy fácil de decir para ti, Maud —dijo él, con la mirada encendida—. ¿Crees que es así de simple? ¿Por qué no lo intentas tú? ¡Yo me quedaré en casa y cuidaré de los niños, y *tú* encuentras la manera de llegar a fin de mes!

Maud se puso roja de rabia, y le destellaron los ojos.

—¡Espera y verás!

Se marchó, cerrando la puerta de un portazo tras ella.

* * *

Dos semanas más tarde, Maud había encontrado algunos trabajos de bordado para ganar lo que les faltaba. Cuando Frank llegaba a casa de noche, se encontraba a los chicos bañados y en la cama, la casa impecable, y a Maud encorvada sobre su costurero con los ojos rojos por forzar la vista bajo la tenue luz de la lámpara de queroseno. Cada noche Frank le rogaba que se fuera con él a la cama, pero ella negaba con la cabeza, enfadada. Al día siguiente, se despertaba antes del alba y comenzaba a hacerlo todo de nuevo.

Allí era donde la vida la había conducido, a aquella desagradable casa gélida y por donde se colaba el viento. Cuidaba de los niños, cocinaba todas las comidas, trabajaba duro para bordar los diminutos puntos de encaje mientras él se pasaba el día en el centro, elegante con su chaqueta de levita. Frank llegaba más y más tarde cada día y Maud ni siquiera alzaba la mirada cuando él pasaba a su lado en silencio con una expresión abatida. Llevaban casados nueve años y medio, y durante todos sus altibajos lo único que se había mantenido estable había sido el afecto mutuo que sentían. Pero ahora su buena voluntad se estaba desvaneciendo. Frank la había decepcionado.

Maud luchaba una batalla constante contra la suciedad que los rodeaba. Cuando abril se convirtió en mayo y después en junio, el frío viento dio paso a la humedad y al calor sofocante. Cuando el viento soplaba desde el oeste, les llegaba el aroma de los corrales, y cuando soplaba del este, llevaba consigo el olor a aguas residuales del río. No muy sorprendentemente, hubo una epidemia incontrolada de tifoidea entre los niños de la ciudad. Cada pocos días veía los caballos negros tirando de la carroza fúnebre y parando frente a uno de los edificios del vecindario. Tenía miedo de perder de vista a sus niños.

De noche mientras estaba tumbada en la cama, pensaba en el vasto campo abierto de Dakota, exactamente como había lucido en su primera primavera allí, antes de la sequía y antes de todos los problemas. Se imaginaba la cúpula azul del cielo y escuchaba la dulce canción del viento soplando entre la hierba de la pradera. Ahora, fuera de las paredes lo que escuchaba día y noche era el constante coro de los cascos de los caballos y los carros pasando, los vendedores ambulantes gritando y los niños llorando. Pero el sonido más ruidoso de todos era el de sus propios pensamientos. ¿Y si Frank tenía razón? ¿Y si deberían de haber esperado en Aberdeen a que pasara todo? Quizás Maud podía haber encontrado trabajos de bordado allí, aunque sabía que aquello era una tontería. Nadie tenía ni un centavo para gastar en bordados y encajes. Había acordado ir a aquella atestada e inmunda ciudad, pero si uno solo de sus hijos sucumbía a la fiebre, no sería capaz de perdonárselo a sí misma.

Una tarde Frank llegó a casa y comenzó con sus fantasías habituales, contándoles a los niños historias sobre un futuro científico forjado por la electricidad.

—¡Chicos, tenéis que ver el distrito financiero de noche! Todos los edificios entre LaSalle y Adams se iluminan como un árbol de navidad, ¡todo es eléctrico! ¡Y son el doble de brillantes que las luces de gas!

—Una casa con luces de gas desde luego nos vendría muy bien —dijo Maud alzando la mirada de lo que estaba cosiendo—. Mucho mejor que el queroseno.

—¡Y eso es solo el principio de lo que la electricidad puede hacer! —continuó Frank, como si Maud no hubiera hablado—. Recordad lo que os digo, ¡habrá tranvías eléctricos, trenes eléctricos, escaleras eléctricas…!

—¿Qué es una escalera eléctrica? —preguntó Bunting.

Frank se levantó de un salto y fue hasta la escalera, donde se apoyó contra el pilar de la barandilla.

—Das un paso hacia un escalón, y la electricidad hace funcionar todos los escalones. Tú tan solo tienes que quedarte ahí plantado.

—¿Podemos tener una así en la casa? —añadió Robin.

—Por supuesto —dijo Frank con grandiosidad—. Nada de gas para tu madre, tendremos electricidad. Y cuando esté cansada y quiera ir arriba, ¡las escaleras la llevarán en un santiamén!

Maud estaba ignorando deliberadamente el soliloquio de Frank, pero cuando escuchó todas aquellas patrañas, sintió la furia quemándola por dentro.

Con el enfado, se pinchó un dedo con la aguja, y para su absoluto horror, unas gotas de sangre cayeron sobre el encaje blanco. ¡Nunca conseguiría sacar esas manchas! Tendría que empezar de nuevo, desperdiciando lo que le había costado el material y el hilo.

—¡Mira lo que me has hecho hacer! —gritó Maud.

Lo dijo en un tono de voz tan brusco que a Bunting le tembló el labio. Robin empezó a llorar, y Harry estalló en un llanto desconsolado.

—¿Por qué le gritas a papá? —preguntó Bunting en un tono de voz herido—. ¡Solo intenta ponerte las cosas fáciles! Luces para que no se te cansen los ojos y escaleras eléctricas para llevarte a la cama.

Maud se levantó. Escuchaba un pitido en los oídos, y apenas podía pensar.

—¡No hará tal cosa! —gritó—. No escuchéis a vuestro padre, las historias que os cuenta no son más que cuentos de hadas. ¡Nada de eso es verdad! Vivimos en Campbell Park, en una andrajosa y vieja casa. Vuestra madre es una costurera, y vuestro padre escribe artículos de periódico por unos centavos cada uno. No hay que avergonzarse de la verdad, aceptemos lo que nos ha tocado y saquemos provecho de ello, ¿de acuerdo?

Frank tenía una expresión de sorpresa, y parecía herido.

—Maudie, querida, no hagas eso. Por favor, no lo hagas. No desanimes a los chicos. Estamos en un contratiempo temporal, nada más. ¿Por qué no podríamos tener una casa con escaleras eléctricas? ¿No puede uno soñar?

Maud apartó la costura arruinada a un lado y se sujetó el dedo herido.

—Claro —dijo, y le tembló la voz—. Podemos soñar con cosas que puede que se hagan realidad. Pero cuando tienes la cabeza en las nubes y les dices a los niños que nos darás cosas que ni siquiera existen aún, en lugar de centrarte en el aquí y el ahora, y en solucionar las cosas simples como, por ejemplo, cómo poner comida sobre la mesa, ¿sabes en lo que te conviertes eso?

Frank no contestó, y los niños se quedaron en silencio, siendo testigos del tornado que era la furia de su madre con expresiones horrorizadas.

—¡Eso te convierte en un mentiroso! —dijo Maud—. Nada más y nada menos.

Frank no tenía respuesta para eso. Se quedó allí de pie, mirando a Maud mientras se le ponía la cara muy pálida y la punta de las orejas rojas.

—Ahora, subid a la cama, niños —continuó Maud—. Y no esperéis que ningunas escaleras eléctricas os lleven arriba. Esta es vuestra vida, ahora mismo, en esta casa y en esta ciudad. Y sacaremos partido de ella.

Nadie se movió. Finalmente, Frank habló.

—Ya habéis oído a vuestra madre, es hora de dormir.

Les hizo un gesto a los chicos para que subieran, y los siguió.

Maud no dijo nada, tan solo enhebró una nueva aguja y se preparó para volver a empezar.

* * *

Dos semanas más tarde, Frank entró en el salón, se arrodilló frente a ella y tomó las manos de Maud entre las suyas.

—Te he decepcionado, y lo siento.

Los ojos de Maud se llenaron de lágrimas.

—Te lo compensaré —dijo él—. No estoy seguro de cómo, pero te lo prometo.

—Tengo que ir a ocuparme de Harry —respondió Maud, levantándose y dándole la espalda a Frank sin mirarlo a los ojos.

—Sé que piensas que no soy más que un mentiroso —dijo Frank a su espalda mientras ella subía las escaleras—. Pero se me ocurrirá algo... Algo real. Lo prometo.

* * *

Tres días más tarde, Maud llegó a casa tras entregar el bordado terminado en la casa de una señora que vivía en un barrio mucho más bonito. Encontró a Frank entreteniendo a los tres chicos y un baúl lleno de porcelana abierto en la mesa frente a él.

—Verá, madame —dijo Frank, sosteniendo una taza de té y llevándosela a los labios para tomar un sorbo imaginario—. Para alguien tan refinada como usted, solo servirá esta elegante taza de té.

—¡Oye, eso rima! —gritó Bunting.

—¡Puedo hacerlo aún mejor! —dijo Frank.

»De Chicago una elegante señora,
beber no deberá
de nada menos ni más
que una taza de porcelana.
Si el dibujo es floreado
de Pitkin & Brooks es,
y del vecindario las señoras
reciben asombradas miradas.

Frank subió y bajó las cejas.

—O quizás debería acabar con «se las llevarán como ladronzuelas».

Mientras Frank rimaba, el bebé Harry estiró la mano, agarró un plato y casi consiguió arrastrarlo hasta el borde de la mesa. Maud se echó hacia delante y lo agarró justo a tiempo. Harry comenzó a llorar.

—Frank, ¿qué demonios…?

—Señor L. Frank Baum, vendedor de Pitkin & Brooks, porcelana delicada —dijo.

—¿Has encontrado otro trabajo?

—Treinta dólares a la semana y comisiones aparte —dijo él—. Tenías razón, Maud. Es una ciudad grande, lo único que hay que hacer es llamar a las suficientes puertas.

—¿Vendedor?

—Vendedor ambulante. Mi territorio abarca hasta Cincinnati al este. Me voy mañana.

Maud se dejó caer en una de las sillas de la cocina, sin saber cómo reaccionar ante aquella noticia. Ciertamente necesitaban el dinero. Pero odiaba la idea de que Frank volviera a marcharse. Y Maud, que estaba embarazada de nuevo, tenía dolores de espalda y los tobillos hinchados al final de cada día. Al menos cuando llegaba a casa cada día, él la ayudaba con los niños. A veces para el final del día estaba tan cansada que no podía evitar enfadarse con ellos. Bunting estaba creciendo y casi tenía nueve años, apenas podía seguirle el ritmo cuando vagaba por las calles después de la escuela, le costaba hacer que tuviera cuidado. Era más fácil cuando Frank estaba allí.

Él miró a Maud preocupado.

—Maud, creí que estarías más contenta. Me dijiste que encontrara otro trabajo, y eso he hecho. Me pregunté a mí mismo: «Frank Baum, ¿qué es lo único que se te ha dado bien?». Y eso es ser vendedor. Supuse que, si podía vender algo como el lubricante de Castorine de Baum, entonces ciertamente puedo vender algo tan bonito como la porcelana con dibujos florales.

Frank estaba observándola con una mirada de desesperación, y Maud sintió remordimiento. Podía ver lo que estaba haciendo: estaba abandonando lo que amaba más que nada en el mundo, que era escribir, para ir ahí fuera y ganar dinero para la familia. Estaba volviendo a la vida que había luchado tanto por dejar. Era como un rompecabezas para ella. ¿Por qué las dos cosas que más le importaban a Frank tenían que ser un conflicto para él? ¿Por qué su amor por la escritura, el teatro y el arte competían con el amor por su familia? Recordaba a su madre diciéndole que no fuera a casarse con un actor, pero era ahora cuando Maud lo entendía: la parte de Frank que lo hacía un actor era la parte de él de la que se había enamorado, pero también era lo que lo hacía tan poco adecuado para las cosas mundanas de este mundo.

Capítulo 23

CHICAGO, ILLINOIS

1893

—**P**onte tus mejores galas, mi querida Maud, ¡vamos a salir! —dijo Frank entrando de pronto a la casa un sábado por la tarde, claramente muy entusiasmado.

—¿Ni siquiera dices hola, Frank? —preguntó Maud, cruzando la habitación para saludarlo con un beso.

Frank llevaba fuera de casa dos semanas, y no esperaba que llegara hasta más tarde. Había enviado una carta diciendo que arribaría en el tren de las seis en punto, pero allí estaba, de vuelta en casa a las dos de la tarde.

—Has llegado pronto —dijo Maud.

—Conseguí cambiar la hora de mi última visita —respondió con los ojos brillantes.

Para entonces, los cuatro chicos habían acudido a su alrededor, incluso Kenneth, quien había nacido unos meses después de llegar a Chicago.

—He traído algo para cada uno —dijo Frank.

Rebuscó en su bolsillo y sacó cuatro brillantes peniques de cobre, y los puso en línea recta sobre la mesa.

—¿Frank? —preguntó Maud, recelosa de aquel arrebato de generosidad. Aunque su situación financiera había mejorado en los últimos dos años, aún controlaba las ganancias de Frank hasta el último centavo, y añadía lo que ella misma ganaba de su trabajo. Con sus ahorros, había conseguido reunir lo suficiente para comprar una lámpara, y solo estaba a veinte centavos de poder comprar la preciosa alfombra persa para la que estaba ahorrando.

—¿Qué has traído para mamá? —balbuceó Robin.

—¡Esmeraldas! —gritó Frank.

—¿Esmeraldas? Frank, ¿qué demonios dices?

A Frank le brillaban los ojos de felicidad.

—Maud, ponte el abrigo, ¡nos vamos!

—Frank, no podemos simplemente *irnos*, no hay nadie que vigile a los niños.

Frank dio tres palmadas, y entonces sonó la campana de la puerta.

—¿Qué podrá ser eso? ¿Al parecer hay alguien en la puerta?

Hizo una gran exhibición al ir a abrirla.

Fuera estaba una de las vecinas que a veces cuidaba a los niños.

Maud trató de fruncir el ceño y de pensar en algo sobre lo que protestar, pero no se le ocurrió nada.

* * *

Bajo el sol de junio, los edificios cegadores y adornados de White City, erigidos para la Exposición Mundial Colombina, contrastaban contra el azul del lago Michigan. Hicieron cola para comprar las entradas que costaron cincuenta centavos, con Maud protestando todo el rato sobre los gastos de Frank. La familia ya había visitado la feria una vez y lo habían pasado muy bien. Dos visitas ya era algo extravagante.

—Maud, he tenido dos semanas estupendas. He ganado una comisión de cinco dólares, podemos divertirnos de vez en cuando. Y hay una cosa que quiero enseñarte.

Se abrieron paso entre la multitud y cruzaron el parque tan rápido que Maud no tuvo tiempo de pararse a admirar nada hasta que llegaron al pabellón de la electricidad.

—Está aquí —dijo Frank, arrastrando a Maud a la exhibición del fonógrafo.

Había una cola de gente esperando a acercarse a una caja de madera con forma de atril. Frank le explicó que el aparato se llamaba quinetoscopio. El tipo que había delante de ellos estaba mirando por lo que parecían unos binoculares que apuntaban al interior de la caja. Maud vio que una a una, todas las personas delante de ellos miraban dentro, se apartaban con un grito ahogado, o se reían, o exclamaban sorprendidos, y después volvían a mirar.

—¿Qué es? —preguntó Maud.

—No te lo voy a decir, tienes que verlo por ti misma.

Frank y Maud hicieron cola durante casi dos horas, y por fin le llegó el turno a Maud. Se plantó frente a la caja, se agachó y miró dentro. El operador pulsó un botón.

Maud ahogó un grito. Dentro de la caja había tres hombres diminutos, herreros que golpeaban un yunque con un martillo. Se echó hacia atrás y volvía a estar allí, junto a Frank. Volvió a asomarse a la caja de nuevo, ya que era imposible. Parecía que los hombres se movían en el interior de la caja. Fotografías en blanco y negro que se movían.

Le llegó el turno a Frank después de ella, y cuando terminó rogó que lo pusieran de nuevo, y después una tercera vez, hasta que, tras ellos, la gente de la cola empezó a gritarles que se apartaran.

Una vez en el exterior, Frank no podía parar de hablar sobre ello.

—Ese es el futuro, Maud. Ahí mismo, el futuro.

—Es fascinante —dijo Maud—. No cabe duda de eso pero, aun así, no entiendo para qué sirve. Hay gente real que se mueve alrededor de nosotros, ¿para qué necesitamos que una foto se mueva?

—Porque... ¡ay, Maud! ¿De verdad no lo ves? ¡Todo lo que toca se vuelve inmortal!

Maud se encogió de hombros. Le gustaba la luz matutina que se filtraba por los olmos en Fayetteville, adoraba la forma en que las nubes corrían por el cielo de Dakota. No necesitaba una fotografía quieta o en movimiento para recordarlo. No entendía qué veía Frank en esa máquina.

Maud quería quedarse un poco más y ver las exhibiciones, pero Frank la arrastró a paso ligero como si tuviera un plan específico en mente. En la distancia se veía la gigantesca noria de Chicago, adornada con los treinta y seis vagones que se balanceaban contra el cielo. Cuando habían traído a los niños a la feria se habían quedado hipnotizados durante horas, mirando a los afortunados que podían montarse en la noria que se alzaba más y más alto, y después giraba y volvía a bajar, con cada asiento balanceándose para que todos los vagones estuvieran rectos mientras el mundo giraba a su alrededor. Frank les había explicado, para fascinación de los chicos, que el inventor, Ferris, había diseñado la noria para competir con la gran Torre Eiffel de París. Al principio a todos les había dado miedo montarse. Los delgados radios de hierro no parecían ser capaces de soportar el grandísimo peso de los vagones laqueados y las rejillas que podían llevar hasta a sesenta personas a la vez. Pero Frank se había informado sobre la noria en el periódico, y les explicó que la estructura estaba basada en las técnicas mecánicas y eléctricas más modernas, incluyendo un freno neumático de Westinghouse, como los que usaban en los trenes como medida de seguridad. La idea de ser elevados en el aire había intrigado a los chicos, pero Maud se había puesto firme. Ya habían pagado cincuenta centavos cada uno para entrar al parque; otros cincuenta centavos por cabeza para montar a la noria no entraban en su presupuesto, así que tendrían que verlo desde el suelo.

Pero en aquella ocasión, Frank la arrastró sin pararse ni un segundo a admirarla hasta que llegaron a la base de la gigantesca rueda. El sol estaba ya bajo sobre el lago, y el cielo se estaba volviendo de unos brillantes tonos morados y anaranjados, tiñendo los blancos edificios de la exhibición de rosa. Entonces de pronto, como si se tratara de la explosión de unos fuegos artificiales o de un millar de estrellas fugaces, la noria entera explotó en un confeti de luz eléctrica que bailaba y centelleaba mientras la rueda seguía girando.

Frank sacó una brillante moneda de un dólar del bolsillo y la puso en la palma de la mano de Maud.

—Vamos a viajar al firmamento.

Y por una vez, Maud no pudo negarse. No podía volver a dar un discurso sobre ahorrar. Se agarró con fuerza a la mano de Frank mientras pagaba las entradas y se subían a sus asientos en la rueda gigante.

Maud jamás se había sentido tan eufórica como en ese momento, mientras la rueda ascendía hacia el cielo. Se le encogió el estómago, y cuando se relajó simplemente sintió un placentero cosquilleo. La rueda ascendió más y más, y cuando alcanzaron la cima parecieron quedarse allí, colgados del cielo. White City se extendía enteramente bajo ellos, resplandeciendo con miles de luces eléctricas blancas. Era como si el cielo nocturno de la pradera de Dakota estuviera extendido a sus pies como un manto de lentejuelas, en toda su gloria. Mientras el vagón estaba allí colgado, balanceándose ligeramente, Frank sacó del bolsillo de su chaleco un par de gafas.

—Rápido, póntelas —le dijo. Le puso las gafas en el rostro, y Maud ahogó un grito. La deslumbrante White City entera se transformó en una extensión de color verde esmeralda, como si fuera una enorme y brillante joya.

—¿Lo ves? —preguntó Frank.

—¡Frank! ¡Es precioso!

—¡Esmeraldas! —dijo él.

Frank le puso una mano en el cuello y la besó apasionadamente allí mismo, delante de todo el mundo. Cuando la noria comenzó a descender, no estaba segura de si la sensación de estar volando era por el movimiento, o por los latidos de su corazón, que se estaba derritiendo lentamente después de casi tres años enterrado bajo una capa de hielo.

* * *

Tras bajar de la noria, Frank y Maud dieron un paseo por las calles atestadas de White City casi en completo silencio. Cuando miraba el rostro de su querido marido, sentía como si tuviese veinte años de nuevo y fuera una alumna de Cornell, enamorada del joven caballero más apuesto del mundo. Les habían pasado tantas cosas, y sin embargo allí estaban.

Tras un agradable paseo en silencio, Frank paró y se volvió hacia Maud.

—Lo único que he querido en la vida es ser yo mismo, tener mi propio negocio, trabajar para mí mismo, ganar mi propio dinero y no estar en deuda con nadie. Tu padre tenía su propia tienda, mi padre montó su propio negocio, mi hermano fundó la empresa de Castorine de Baum. Pero he llegado a la conclusión, mi querida Maud, de que esa vida no es para mí. Puedo vender la mercancía de otros y ganar un salario decente, o no tan decente, lo confieso. Pero suficiente para mantener un tejado sobre nuestra cabeza, y zapatos y ropa para los niños. Pero incluso si mi cuerpo está encadenado, mi mente puede ser libre, ¿no?

—Por supuesto, Frank.

—Maud, eres la mujer más buena y paciente que jamás ha puesto el señor en esta tierra, y jamás te habría pedido que te casaras conmigo si hubiera sabido que mi destino era sacarte de tu elegante hogar en Fayetteville y arrastrarte de aquí para allá y aun así no ser capaz de darte la vida que tanto te mereces.

Maud alzó la mano y puso el dedo índice sobre sus labios.

—No digas eso, por favor —dijo ella—. Este día ha sido encantador, la noche ha sido mágica. Por favor, recuerda que me fui de casa siendo consciente de lo que hacía por una sola razón. Yo *quería* estar contigo, y eso jamás ha cambiado.

—Entonces, ¿puedo pedirte una pequeña cosa? ¿Solo una cosa, Maud?

Ella se puso algo tensa. ¿Iba a proponer alguna otra locura para su futuro?

—En un sitio como Chicago, es muy fácil sentirse como una pequeña pieza en una gran maquinaria, como si fuera un solo remache en la gran construcción que es la noria, que gira sin que ese remache pueda hacer nada por impedirlo. Podemos gritar, rugir e intentar hacer como que somos más grandes de lo que somos, pero al final, solo somos un simple remache. Y a la vez, somos una parte de algo muy grande, que nos transporta al mismísimo futuro. Eso es Chicago, donde los hombres son pequeños, pero también forman parte de uno de los experimentos más grandiosos que haya visto el hombre.

—Y la mujer —añadió Maud.

—Por supuesto, y la mujer.

—Entonces, ¿qué ibas a pedirme? —preguntó Maud. Desde donde estaban en el paseo marítimo, White City iluminada parecía la ciudad mágica de bloques que Frank había construido en su primera Navidad en Dakota, como si aquella historia de hadas hubiera cobrado vida allí mismo. Frank estaba de espaldas a ella, así que su figura alta y delgada estaba ensombrecida y en su rostro solo se veía el blanco de sus ojos.

—Si pudieras… —Frank hizo una pausa. Maud podía ver que estaba tratando de encontrar las palabras adecuadas.

—¿Si pudiera qué…?

—Si pudieras creer en mí —dijo Frank.

—Pero Frank, ¿cómo puedes decir eso? Por supuesto que creo en ti. Es solo que…

—Solo que, ¿qué?

—Es solo que… Verás, eres un buen vendedor y ganas lo suficiente, no necesitamos mucho. Todo lo demás, las pequeñas cosas… Puedo ganar lo suficiente con mis trabajos para ahorrar un poco. Eres demasiado exigente contigo mismo. —Maud no mencionó que también estaba ahorrando algo de dinero para Julia, aunque fuera muy poco.

Frank alzó una mano y le pasó el pulgar por la mejilla.

—No, Maud. Haré lo que deba hacer tanto tiempo como deba hacerlo, pero te prometo que, de alguna manera, algún día, lo haré mejor. Por ti. Quizás aún no haya descubierto cómo, pero encontraré la manera algún día. Quiero que te sientas igual que cuando ascendíamos en la noria, como cuando estábamos en la parte más alta, donde puedas observar todo hasta donde te alcanza la vista. Quiero que veas esmeraldas.

Maud separó los labios para protestar, para decirle de nuevo que lo que le había dado era más que suficiente, incluso si sus arrebatos a veces los habían llevado a pasar momentos difíciles. Los malos tiempos no era lo que ella recordaba sobre su vida juntos. Eran los momentos trascendentales y luminosos: el arco plateado de una luz teatral, una banda de música pasando por el cielo de Dakota, un arcoíris apareciendo entre las oscuras nubes, la extensión de noche de White City transformándose de pronto en un reino de joyas brillantes... Esos eran los momentos en los que podía echar un vistazo a un mundo que existía más allá. Aquella capacidad de visión era lo que Frank Baum le había dado a Maud. Sin él, ella caminaba por lo ordinario. Sintió en ese momento un calor descendiendo por sus costados, le temblaron las piernas y se sonrojó. No había nada que pudiera hacer para evitarlo: aquel era el hombre que amaba.

* * *

Para junio de 1893, Maud había conseguido ahorrar dinero de sus trabajos de costura para enviarle a Julia lo suficiente para unos billetes de tren para que Magdalena y ella huyeran del calor de Dakota y pasaran el verano con Matilda en Siracusa. El plan era que pasaran por Chicago y se quedaran un par de días con los Baum. Cuando Julia y Magdalena se bajaron del tren, le sorprendió el estirón que había dado su sobrina. Ya casi era tan alta como su madre, las largas piernas sobresalían de su cuerpo como dos atizadores de chimenea. Maud se fijó en que llevaba un vestido inapropiado de un azul desgastado de costura francesa. Frunció el ceño. De haberlo sabido, le habría hecho un vestido nuevo.

Con doce años, Magdalena había crecido en altura, pero también estaba más delgada. Su rostro se había alargado, acentuando sus ojos que aún eran de aquel impresionante color violeta, ahora rodeados de pestañas oscuras. Tenía el brillante pelo dorado con la raya en el centro y una tensa trenza. Su cara y sus manos estaban limpias, y excepto por el desgastado vestido, parecía una chica normal, lejísimos de aquella niña esquelética que Maud había recibido en la estación de Aberdeen cinco años atrás.

—¡Tía Em! —dijo Magdalena tan pronto como vio a Maud. Se separó de su madre y corrió a los brazos de Maud. Cuando se separó, miró a su alrededor—. ¿Dónde está el tío Frank?

—Tu tío Frank está de viaje de negocios. ¡Estaba muy triste por no poder verte! Pero te manda todo su amor.

Frank había estado verdaderamente destrozado por perderse la breve visita de Magdalena, pero Maud sabía que una vez le daban su horario, esperaban que lo cumpliera sin hacer preguntas.

Magdalena se puso momentáneamente triste, pero entonces sonrió.

—No pasa nada. Estaba deseando verte.

Maud se volvió nerviosa para mirar a Julia, y vio que parecía tener la mirada clara, sin la niebla que le otorgaba la medicina patentada.

—¡Julia, querida, me alegra tanto que hayáis venido!

—Ha sido todo un alivio poder escaparnos —confesó Julia—. Me he acostumbrado a la vida allí, pero nunca será como estar en casa.

De vuelta en casa, Maud se fijó en que Julia observaba muy de cerca las circunstancias de los Baum: el arcaico vecindario, los muebles andrajosos, la pila de artículos a medio coser.

—Me sorprende verte viviendo así —dijo Julia con un aire de desaprobación.

—¿Viviendo cómo? —preguntó Maud—. Frank trabaja duro, y también lo hago yo. Quizás no es la residencia más elegante en la que hayamos vivido, pero he hecho lo que he podido para convertirla en un sitio agradable.

Mientras Julia lo desaprobaba, Magdalena parecía encantada con todas las novedades, desde las cucarachas de la bomba de agua comunal hasta los niños traviesos y alborotados que había por las calles.

—Edgeley es tan pequeño que, si saco la mano por la ventana, llego al otro lado. ¡Chicago ocupa el mundo entero!

Cuando los niños estuvieron en la cama, Maud y Julia se sentaron juntas frente al fuego.

—¿Cómo te va, Julia? —preguntó Maud.

—No muy mal, dadas las circunstancias. Es mucho más fácil ahora que nos hemos mudado a la ciudad.

Incapaces de ganarse la vida con la granja, habían acabado perdiendo la concesión. James las había llevado a la pequeña ciudad de Edgeley, donde había encontrado trabajo en una caballeriza, entregando caballos. Aún carecían de dinero, pero al menos la vida en la ciudad no era tan aislada y Magdalena podía ir a la escuela. Mientras Maud observaba a su hermana, la golpeó un sentimiento de melancolía tan fuerte que hizo que le doliera el pecho. Cuando Maud había nacido, Julia tenía ya diez años, y siempre había sido más una segunda madre para ella que una hermana. Aún recordaba la cara de su hermana enmarcada en unos rizos de color rubio oscuro asomándose por su puerta cuando necesitaba algo, preparada con una venda en las manos para las heridas de su rodilla o para igualar un guante perdido. Aquella chica se había ido, reemplazada por la mujer que tenía delante: exhausta, con artritis y con el pelo prácticamente entero gris. Pero al menos su mirada estaba despejada. Desde que Maud se había marchado de Dakota, su preocupación por Magdalena había sido como una presión constante en su corazón, pero ver a su hermana lúcida de nuevo hacía que se sintiera mucho mejor.

—Me alegra verte tan bien.

La mano de Julia tembló al colocarse un mechón de pelo tras la oreja.

—Me he desintoxicado de las medicinas patentadas —dijo ella—. He estado siguiendo los preceptos de Mary Baker Eddy, de la ciencia cristiana. ¿Estás familiarizada con ella? —preguntó, pero continuó hablando antes de que Maud pudiera responder—. Enseña a gestionar la enfermedad y el dolor sin medicinas.

Maud miró a su hermana a los ojos y la invadió el alivio.

—¿Y James? Está… ¿está estable?

Julia apartó la mirada.

—Viaja mucho… por trabajo. A veces no lo vemos durante semanas… Seguro que sabes cómo es eso ahora que Frank viaja también. —Julia miró a su alrededor como para observar de nuevo la modesta casa, los viejos muebles y la calle llena de vendedores ambulantes y tambaleantes carromatos tirados por caballos.

Maud se puso roja. Una vocecilla en su cabeza le dijo que se mordiera la lengua, pero no fue capaz, y las palabras salieron de su boca precipitadamente.

—Frank jamás ha bebido en exceso, jamás me ha apuntado con un arma al pecho. Jamás me ha tratado con algo que no fuera bondad. Tú tomaste tus decisiones, Julia Gage, pero ¡no te atrevas a compararlas con las mías!

Julia se sonrojó y se miró las manos, modesta de pronto.

—Magdalena es un gran alivio para mí. Es una estudiante excelente, la mejor de su pequeña escuela. Le compro libros en lugar de vestidos. Es tan inteligente como tú y como nuestra madre, e igual de decidida. —Julia hizo una pausa, y después continuó—. Estoy haciendo lo que puedo, Maudie, trato de ser fuerte por Magdalena.

—Asegúrate de que tenga una educación —dijo Maud, con un destello en los ojos—. Prométeme que la mantendrás en la escuela. Si acaba abandonando y convirtiéndose en la esposa de un granjero, te juro que no te lo perdonaré nunca. No veré a esa chica condenada a una vida de trabajo duro.

Julia miró a Maud pensativamente.

—¿Hablas como una mujer que dejó la universidad para huir con un actor? ¿Hablas como una mujer que le pidió a su familia que ahorrara para pagar la matrícula y después lo abandonó todo por...? ¿Por qué?

—¿Por *qué*? —soltó Maud bruscamente—. ¡Por amor! Lo cual es una buena razón. Pero no sé si sabrías lo que es eso.

Julia sorbió por la nariz.

—Nunca lo entenderás, Maud.

—¡Tienes razón, Julia! ¡No lo entenderé! Pero retira ahora mismo lo que has dicho sobre Frank. Era brillante como actor, y es un muy buen hombre.

Julia abrió la boca como si quisiera contradecirla, pero pareció pensárselo mejor.

—De acuerdo, en eso tienes razón. Frank es un buen hombre. Tiene un buen corazón. Estoy muy agradecida de que nos pagase los billetes para poder descansar de ese sitio abandonado de la mano de Dios.

Maud recogió su costurero.

—¿Crees que Frank te pagó los billetes? —dijo ella—. Entonces sí que no sabes *nada* del poder de las mujeres. Ahora júrame que pase lo que pase, Magdalena Towers Carpenter se quedará en la escuela tanto como ella desee, y me pondré a hacerle un vestido nuevo a esa criatura. Tengo suficientes trozos de sobra para hacerle un vestido nuevo de verano de linón rosa.

Ante las palabras «vestido nuevo», la carita de duende de Magdalena apareció entre el pasamanos de la escalera, con una brillante y grande sonrisa.

Julia se levantó de la silla con un quejido.

—¡Magdalena! ¿Qué haces despierta?

—¡Nada! —dijo la joven, y después murmuró lo suficientemente alto para que Maud la escuchara—. ¡Excepto que voy a ir a la escuela para *siempre* y voy a tener un vestido nuevo rosa!

Capítulo 24

CHICAGO, ILLINOIS

1897

Siete años después de haberse mudado a Chicago, los Baum habían dejado atrás aquella raída casa de Campbell Park y se habían acomodado en una modesta casa en un seguro barrio de clase media junto al parque Humboldt. Incluso el más joven de los niños, el pequeño Kenneth, había empezado a ir a la escuela. Mientras los chicos crecían, Maud continuó deseando tener una niña, pero los meses pasaban sin signo alguno de un nuevo embarazo. Durante un largo tiempo, cada ciclo mensual venía acompañado de una profunda decepción, y entonces una mañana mientras se miraba al espejo se fijó en las canas que habían aparecido en su pelo. Se dio cuenta entonces de que su momento de crear nueva vida había pasado casi con toda seguridad.

Matilda llegó para su visita anual unos días antes de Acción de Gracias. Su visita invernal a los Baum se había convertido en una tradición, pero aquel año Matilda casi había cancelado el viaje, ya que había estado algo enferma. Así que Maud estaba ansiosa por ver a su madre.

Esperó impacientemente a Frank, que había ido a recogerla a la estación. Odiaba cuando el pollo asado estaba fuera del horno mucho antes de poder servirlo, ya que la piel se ablandaba.

Cuando la puerta se abrió, Maud corrió a saludar a su madre, y la abrazó con fuerza. Pero cuando se separó de ella para observarla, se quedó estupefacta al ver a su normalmente robusta madre con un aspecto tan frágil. Esperaba que simplemente estuviera cansada del viaje.

Maud trató de que aquella visita fuera relajada para su madre. Le cocinó sus comidas favoritas, hizo que los chicos estuvieran en silencio por las tardes para que se pudiera echar una siesta y le consintió todos sus caprichos. Matilda siempre había sido la persona más fuerte que había conocido, la que nunca se cansaba, nunca se quejaba y siempre llegaba pronto para hacer el trabajo. Así que Maud estaba encantada de devolverle algo de todo lo que había hecho por ella, aunque fuera solo un poco. Aun así, en ciertos momentos Maud era consciente de que habían pasado ya *ocho* años desde que su madre había llegado a Aberdeen con su libro de obstetricia y el ácido carbólico, decidida a hacer que Maud sobreviviera el parto de su tercer hijo.

Ella le había parecido casi un gigante en ese momento, cerniéndose sobre todos con un apasionado intelecto, su oratoria fiera, su conocimiento enciclopédico y, sobre todo, su completa confianza en que el mundo finalmente se doblegaría ante sus demandas. Ver a su madre con un aspecto tan frágil era para Maud como si el orden natural de las cosas se hubiera invertido, e hizo que ella misma se sintiera muy mayor, como si tuviera que ocupar un puesto que le venía grande, y para el que no estaba segura de si estaría preparada algún día.

Una noche, Matilda y Maud estaban sentadas en el salón. Frank estaba de viaje y los niños ya estaban en la cama. Maud estaba cosiendo, y Matilda leyendo, pero dejó el libro a un lado.

—Si no es una carga muy grande para ti —dijo Matilda—, me gustaría confiarte algo que lleva preocupándome un tiempo.

—Por supuesto, madre. ¿De qué se trata?

—Se trata de Julia.

—¿Qué pasa con ella?

—Sé que amas a tu hermana, y estoy agradecida por ello.

—No sé si la gratitud es necesaria. Por supuesto que la quiero, siempre se portó bien conmigo cuando éramos niñas. Es una deuda que nunca podré pagar.

—Prácticamente te crio ella sola, yo estaba tan ocupada con el trabajo... —Matilda se quedó mirando un punto en la distancia—. Parecía tan cercano por aquel entonces, en los setenta. Creíamos que estábamos a punto de conseguir el voto para la mujer en toda la nación. Creía que merecía la pena, por vuestro futuro y el futuro de mis hijas, y sus hijas... y las hijas de sus hijas. Y tú tenías tantas agallas, eras tan decidida, que nunca me preocupé por ti. Naciste con la misma dureza de la que yo estaba hecha.

Maud sonrió, pues no lo podía negar. Había nacido siendo dura.

—Pero Julia... ella era diferente. No era fuerte.

—Julia es fuerte a su modo —argumentó Maud.

—No lo veía así en aquel entonces. Era impaciente con su fragilidad, me enfadaba con todo lo que era *de mujeres*, el cuidar de la casa, tener que parir niños, tener que cuidar de los parientes ancianos... —Hizo una pausa y resopló—. Si las mujeres no morían en el parto, entonces se perdían en la pena de cuidar a un niño enfermo. Si tanto la madre como el bebé sobrevivían, entonces le esperaba una vida entera de trabajo duro. Y tantas mujeres están enfermas, con trastornos de los nervios, quejas femeninas, dolores de cabeza... lo cual lleva a abusar de las medicinas que parecen hacer más daño que bien. Era impaciente con todo eso. Creía que, si Julia fuera más fuerte, podría curarse ella sola. Pero entonces los dolores de cabeza hicieron que dejara la escuela, y aquello era incomprensible para mí.

—Hasta que uno no sufre por algo, es difícil entender realmente lo mal que se pasa estando enfermo.

—La edad me ha enseñado eso. —Asintió Matilda.

Maud sonrió, pero entonces se percató de que su madre estaba llorando.

—Me culpo a mí misma por la muerte del bebé Jamie.

—Madre, ¿cómo podría haber sido culpa tuya? ¡Ni siquiera estabas allí!

—Julia me escribió, y me pidió dinero para volver a Fayetteville para dar a luz, como había hecho con Magdalena. Pero como le había ido tan bien en su parto, y tú habías enfermado... Maud, no tenía ni idea de las condiciones de verdad en las que estaba viviendo. Cuando imaginaba su casa en Dakota, creía que sería una ciudad civilizada como Aberdeen. Así que cuando me lo pidió, le dije que no. Tu padre no estaba, la tienda estaba cerrada y no tenía demasiado dinero.

—Por supuesto, lo entiendo.

Matilda se limpió las lágrimas y trató de recomponerse.

—Quería ir a la conferencia nacional del sufragio femenino en Washington D. C. Tenía suficiente dinero para mi billete, así que, si le hubiera mandado algo a Julia, habría tenido que cancelar el viaje.

Maud asintió.

—No lo hice. Pensé que el futuro de todas las mujeres era más importante que el de una sola mujer, incluso aunque fuera mi propia hija. Creía que nuestro deber como mujeres en la lucha era mantenernos fuertes. —Matilda sollozó—. No entendí que no siempre puedes *mantenerte fuerte*, que a veces las condiciones contra las que luchamos son más grandes aún que nuestras habilidades individuales. Y si esa enfermera campesina ignorante no le hubiera dicho a Julia que secara su leche, el bebé aún seguiría vivo.

—¡Madre, eso no lo sabes! No seas tan dura contigo misma.

—No, Maud, tuve que aprender lo que tú sabías instintivamente. La lucha por los derechos de la mujer empieza con las mujeres más cercanas a ti.

—Ninguna madre es perfecta —dijo Maud—. Yo siempre he estado orgullosa de ser tu hija.

—Sí, pero todas las cosas a las que renuncié... Y para tan poca recompensa... —dijo Matilda.

—¿Tan poca recompensa, madre? ¡Nada de eso! Llegará el día en que se te dará la razón. Tus hijas, o al menos tus nietas, verán ese día, y tendremos que agradecértelo a ti.

Matilda miró a Maud inquisitivamente, como si pudiera responder a las preguntas que más temía.

—¿Y será eso suficiente?

Maud se levantó y rodeó los frágiles hombros de su madre con los brazos, oliendo su leve aroma a menta y a lavanda.

—Ay, querida madre, claro que sí. Mucho más que suficiente.

* * *

En Nochebuena, el gigantesco abeto de la casa Baum llegaba hasta el techo, y estaba acordonado tras un telón rojo que Frank había colocado para ocultar la mitad de la habitación. En el momento acordado, Maud abrió las puertas del salón y los chicos entraron tras ella como una camada de cachorros listos para jugar. Bunting tenía quince años, Robin tenía doce, Harry ocho y Kenneth seis, y ninguno de ellos era tan mayor como para no estar emocionados por la Navidad. Cada año Frank se pasaba semanas preparando una elaborada pantomima. En cuanto a los regalos bajo el árbol, ninguna Navidad había igualado a aquella primera en Aberdeen, cuando Frank había despilfarrado y traído casi la mitad de su propia tienda para colocarla bajo el árbol. Ahora Maud controlaba el presupuesto navideño, y designaba solo unos dólares para que Frank se los gastara en regalos. Pero lo compensaba, y con creces, con su alegría.

—Bueno, Papá Noel —sonó la voz de Frank tras el telón—. ¿Le he pagado lo suficiente? ¿Ya se va?

A aquello lo siguió un grave «¡Jo, jo, jo!».

—¡Abre el telón! —chilló Kenneth—. ¡Ábrelo!

—¡Sí, ábrelo! —gritaron los otros niños. Incluso Bunting, quien ahora insistía en que lo llamasen Frank júnior, se unió a ellos.

—Pero no se vaya aún... —dijo la voz de Frank tras el telón—. ¡Aquí hay unos chicos que estarían encantados de conocerlo!

Hubo movimiento tras la cortina y el sonido como de alguien deslizándose.

—¿Cómo? ¡No se vaya! ¡Por favor! —Unas campanillas sonaron tras la cortina, y después el sonido de unas pezuñas y más campanillas.

Frank había enganchado el telón a una polea, y de pronto este se movió a un lado, revelando el gran árbol de Navidad decorado con palomitas, hilos de color arándano, bolas de cristal azules, delicados hombrecillos de galleta de jengibre que Maud había hecho y velas que iluminaban la habitación con un acogedor tono. Bajo el árbol había una modesta cantidad de paquetes de colores atados con lazos de raso.

Todos los allí reunidos dejaron escapar un grito de sorpresa.

Entonces el pequeño Kenneth habló en una voz tan pura como el tañido de una campana de plata.

—Pero ¿dónde está Papá Noel?

—Bueno, pues... —Frank fingió estar sorprendido mientras miraba a su alrededor—. ¡Vaya, no lo sé! Os juro que estaba aquí hace un minuto. ¡Le pedí que esperara!

Harry se volvió y señaló la chimenea.

—¡Allí está! —gritaron todos.

De la chimenea sobresalían unos pantalones rojos y unas botas de goma negras que se parecían sospechosamente a unas que tenía Frank, pero solo se veía de cintura para abajo.

—¡Papá Noel! ¡Creí que iba a esperar! —le dijo Frank.

Los niños más jóvenes no se percataron de que Frank había agarrado una segunda cuerda, y cuando dio un tirón de ella, las botas y pantalones desaparecieron como si estuviera escalando la chimenea.

—¡Se ha ido! —chilló Kenneth.

—¡Rápido, todos afuera! —gritó Frank—. Quizás pillemos el trineo cuando eche a volar.

—¿Fuera? ¡Niños, no os olvidéis las chaquetas y las botas!

Pero ignoraron la petición de Maud, y todos salieron corriendo por la puerta principal a la helada noche, donde caían grandes copos de nieve, suavizando todos los bordes de la ciudad y haciendo que el mundo pareciese un país de las maravillas.

—¡Chicos, volved dentro! Frank, ¿has perdido la cabeza? ¡Los niños van a pillar una pulmonía!

Matilda ya estaba de vuelta en la casa, pero Maud tuvo que agarrar las chaquetas de los niños y lanzárselas una a una. Frank sostenía un farol, y les estaba diciendo que buscaran las huellas de los renos en la nieve.

—¡Papá! —gritó Kenneth—. ¡Aquí, rápido!

—¿Qué has encontrado, hijo?

—¡Mira, es una campanilla! Creo que se ha caído del trineo de Papá Noel.

Kenneth estaba sujetando una barata campanilla. La agitó, provocando que sonara de forma metálica.

—¡Caramba! —exclamó Frank—. Creo que tienes razón.

—¡Papá Noel! —lo llamó Kenneth a gritos—. ¡Vuelva, se le ha perdido una campanilla!

A Kenneth le castañeteaban los dientes. Maud tomó su fría mano entre las suyas y llamó al resto.

—Vamos a entrar. ¡Tengo chocolate caliente para todos en la cocina!

Maud metió carbón en el fogón hasta que rugió del calor, y le sirvió una taza de chocolate caliente a cada niño. Antes de irse a la cama, los chicos abrieron sus regalos, que eran calcetines de lana nuevos, lápices y papel para la escuela. Pero ninguna de esas cosas podría igualarse a la magia tan especial que Frank le aportaba a la Navidad.

Aquella noche, después de arropar a los niños, Maud estaba descansando en la mecedora junto al fuego, y Matilda le puso una mano sobre el hombro a su hija.

—Sabes, Maud. Me equivoqué al principio sobre Frank. Me preocupaba que te casaras con un actor, pero ahora veo por qué lo hiciste. Es un buen padre, y un buen marido para ti. Escogiste bien.

Frank salió de pronto desde detrás del gran abeto, haciendo que la decoración de cristal tintineara y las velas casi se cayeran.

—¡Por fin! —anunció—. ¡He conseguido que la gran Matilda Gage admita que se equivocó!

Matilda abrió mucho los ojos fingiendo estar horrorizada, y entonces los tres estallaron en carcajadas.

* * *

Matilda tenía planeado volver a Fayetteville después del cumpleaños de Kenneth, en marzo. Bajo los cuidados de Maud, su madre había mejorado bastante, y tenía mucho mejor aspecto. Pero a finales de febrero, cayó enferma de gripe. Tenía una fiebre muy alta y una tos bastante fea que persistía a pesar de todos los esfuerzos de Maud. Matilda protestó, pero al final dejó que su hija llamara al médico. Tras examinarla, proclamó que estaba demasiado débil y necesitaba fortalecerse.

El médico sacó una pequeña libreta de papel y escribió una prescripción.

—Hay una nueva medicina que está funcionando de maravilla para la tos. Debe administrarse una inyección diaria.

Maud leyó las palabras en el papel que le dio: HEROÍNA DE BAYER, 4 C. C. QD.

* * *

Los primeros días, y para alivio de Maud, las inyecciones de heroína parecían estar funcionando. El doctor le había prometido que Matilda dormiría mejor y tosería menos, y en efecto así fue. Un día entró en la habitación y se encontró a su madre despierta, incorporada sobre las almohadas y escribiendo una carta.

—Qué alegría verte mejor —dijo Maud, sentándose al borde de la cama.

—Hay algo que tengo que decirte —comentó Matilda—. Necesitamos tener una conversación privada, para cuando llegue la hora.

—¡No te va a pasar nada! Estás mucho mejor con la nueva medicina.

—Sí que me siento mejor, pero no viviré para siempre. Quiero que todo esté aclarado, por si me pasa algo.

—De acuerdo —dijo Maud, sentándose en la mecedora junto a la ventana—. ¿Qué tienes que decirme?

—Mi testamento divide mi fortuna restante de forma igualitaria entre mis hijos —dijo Matilda—. No es tanto como habría deseado, ya sabes que mi libro *Mujer, iglesia y estado* ha sido prohibido en las bibliotecas. Incluso aunque haya sido aclamado en todo el mundo, incluso por Victoria Woodhull y el señor Tolstói en Rusia. Así que no he ganado tanto como debería.

—Sí que deberías haber ganado más —respondió Maud suavemente—. Pero tu contribución al mundo de las ideas es mucho más significante que el dinero.

Matilda, algo más calmada, continuó.

—Ahora escúchame. Sé que tu vida es difícil. Veo que tu marido trabaja duro, pero sin muchos resultados. ¿Conoces el camino dorado? —dijo, refiriéndose a sus creencias teosóficas. Maud asintió—. He meditado mucho sobre ello, y creo que tu viaje aún no ha concluido. Así que te pido una cosa. El dinero que te voy a legar es tuyo. Frank pensará en modos de gastarlo, como en un periódico o en sus invenciones, no sé qué será. Pero no le hagas caso. Una mujer nunca debe estar sin un hogar. Sabrás cuándo ha llegado el momento correcto, y quiero que uses el dinero para comprar un hogar para tu familia. Pero solo tú debes tomar la decisión.

—Pero ¡madre...!

—¿Me lo prometes?

—Madre...

—No descansaré hasta que me lo prometas.

Maud se lo prometió.

* * *

Matilda descansaba sobre un sofá de cuero negro, vestida con un vestido azul oscuro. Su postura era calmada con las manos cruzadas sobre el corazón, la izquierda sobre la derecha. Su pelo blanco brillante estaba recogido en lo alto de su cabeza, en la muerte tal y como en vida. Julia, T. C., Frank y Maud estaban sentados en el salón de Frank y Maud, a un lado del ataúd abierto. Todo el día habían llegado cartas y telegramas de condolencias para la gran mujer que había sido.

T. C. leyó el testamento, que indicaba que Matilda deseaba ser incinerada, ya que creía que era más beneficioso para la tierra. El ataúd y el salón entero estaban repletos de su flor favorita: rosas rosadas. Frank había ido a seis floristas y las había comprado todas.

Cuando los directores de la funeraria colocaron a Matilda en su ataúd, lo hicieron sobre una cama de rosas. El delicado aroma inundaba la habitación incluso después de cerrar el ataúd.

Matilda había especificado que quería que esparcieran sus cenizas en su jardín de Fayetteville. Frank tenía planeado un viaje de negocios y, entendiendo que Maud quería hacer el viaje por ella misma, Julia amablemente se ofreció a quedarse en Chicago para cuidar a los niños, así que Maud se subió al tren hacia Siracusa a solas.

Era finales de marzo y la ciudad aún estaba sumida en el final del invierno. Los árboles estaban desnudos y había charcos de nieve oscura en el suelo. El tren llegó un jueves por la tarde, y Maud se subió a un carro de alquiler con las cenizas de su madre en una urna, dentro de una caja en el asiento junto a ella.

Había aguantado durante toda la enfermedad de su madre, durante su muerte y durante las obligadas ceremonias posteriores, pero en cuanto llegó a la casa familiar, Maud no pudo contener más las lágrimas. Se paró al final del camino de la entrada. Las ramas desnudas por el invierno del gran cornejo que una vez había escalado para salvar a la gatita se extendían sobre el jardín delantero. El exterior de la casa parecía igual que siempre, cuadrada y majestuosa, con las cuatro columnas blancas alineadas en el porche delantero. Pero cuando abrió la puerta principal, la recibió un aire frío y viciado, y una quietud extraña que parecía vibrar en su interior cuando aguzó el oído para tratar de escuchar pasos, o el sonido de las faldas al pasar, o las conversaciones entusiasmadas que habían llenado aquella casa en su juventud.

Fue hasta el salón de su madre. Había un cuadro de acuarelas a medio terminar en un caballete. En la pared, en pleno centro, había un muestrario de bordado con las palabras «la escalera de oro» que Maud le había hecho a su madre unas Navidades. Había trabajado en ello todo el invierno el año después de dejar Dakota del Sur. Maud había copiado la famosa frase de la teosofista favorita de su madre, H. P. Blavatsky.

Observando ahora las palabras, se dio cuenta de que aún las tenía memorizadas. Aquel verso se había convertido en algo familiar para ella mientras había bordado las letras con hilo dorado. «Vida limpia, mente abierta, corazón puro, intelecto ardiente». Aquella era su madre. «Clara percepción espiritual». Su madre siempre había sido capaz de imaginar ese futuro y mundo mejor, como si pudiera adivinar cosas que otros no podían. «Esta es la escalera de oro, por cuyos peldaños el aspirante puede ascender al templo de la sabiduría divina».

Recordaba escuchar a Frank y Matilda hablar sobre aquello, sobre el camino dorado, en aquellos días oscuros en Dakota. Ambos sentados e inmersos en la discusión sobre las teorías teosóficas mientras ella se encargaba de las tareas diarias con una punzada de resentimiento en el pecho. Sin embargo, ahora atesoraba aquellos recuerdos, que estaban entretejidos en la tela que era su vida, tan claramente como ella había tejido las palabras de Helena Blavatsky en aquella tela. ¿Y no era cierto, después de todo, que había un camino dorado? Si miraba atrás, podía verlo a trozos, guiándola en el mundo y, ahora que era más sabia, llevándola de vuelta a casa.

Al día siguiente, Maud hizo de tripas corazón y salió al jardín de su madre, tras la casa. La valla que separaba su propiedad de la casa de los Crouse al otro lado, que antiguamente le había parecido tan alta, tan solo le llegaba al hombro. Más allá, no había signo alguno del antiguo espantapájaros que tanto la había atemorizado. El viejo señor Crouse había muerto hacía años.

Había algo de nieve aún acumulada en los rincones a la sombra. El césped de su madre estaba marrón, pero ya había algunos brotes verdes que habían nacido. Maud se dirigió a la parte trasera del jardín. Se llevó una pala, la cual usó para apartar la nieve, y allí encontró la roca bajo la que una vez había enterrado a su cuervo, y que había sido su introducción a la muerte.

Maud abrió la urna de plata y esparció las cenizas sobre el lugar en el que sabía que nacerían las peonías favoritas de su madre en primavera. Observó las cenizas caer en el frío suelo, y se limpió las motas grises que volaron hasta su crespón de seda negro. En ese momento, en esa tarde fría de marzo, no podía alcanzar a imaginar que, en junio, ese mismo árido trozo de tierra se transformaría y en él nacerían suaves flores blancas y rosas, tan llenas de vida y pesadas que los tallos se doblarían bajo el peso de las flores. Las abejas zumbarían, las mariposas revolotearían allí, y nubes gigantes y esponjosas flotarían en el cielo que ahora estaba gris y frío, lo cual parecía adecuado.

Para el final de la semana, Maud ya había organizado todo y recogido la casa. Cuando se marchó, solo se llevó algunas cosas con ella: el mensaje bordado del camino dorado y una lata de hojalata en la que ponía CASTORINE DE BAUM que encontró en el cobertizo. Y también un pañuelo que había bordado para Matilda, en el que creyó notar el leve aroma del bálsamo favorito de su madre de lavanda seca y menta mezclada con vaselina.

En su última mañana allí, Maud recorrió todas las habitaciones donde una vez había habitado su familia, y donde ahora solo residían fantasmas. Pensó en su padre, silencioso y bondadoso, siempre preparado con unas palabras de ánimo, o sacándose de los bolsillos una piedra de ágata o una canica de tigre y lanzándosela con un guiño de su ojo. Pensó en Julia, la pequeña madre, siempre corriendo tras Maud con un pañuelo limpio o una bufanda en los días fríos. Pero, sobre todo, Maud pensó en su madre: enfermera y médica, sacerdote y bruja, luchadora y cuidadora de pacientes, mente brillante y corazón bondadoso.

Cuando Maud cerró la puerta tras de sí, vio por un segundo todas las casas en las que había vivido desde que había dejado aquella: las elegantes habitaciones de la facultad de Sage, las pensiones baratas del oeste donde Frank y ella habían sido tan felices en sus primeros días de matrimonio, su hogar en Dakota, donde los gélidos vientos habían hecho temblar las ventanas y granizos como pelotas habían caído sobre el tejado. Pensó en el trozo de madera desgastada que era la casa de Julia, puesta en mitad del paisaje como si fuera un pájaro a punto de echar a volar. Pensó en la ruinosa casa en Campbell Park, y en su casa actual en Humboldt Boulevard, llena de niños escandalosos y risas de felicidad cada vez que Frank volvía de viaje.

Pero, a diferencia de esta casa, cada una de las otras había tenido una cualidad temporal. Frank y ella nunca habían poseído un verdadero hogar familiar. Cuando echó el pestillo, Maud pensó en las instrucciones que su madre le había dado sobre su herencia. Matilda había estado muy segura de que Maud sabría cuándo era el momento adecuado de usarla, pero ¿cómo lo sabría? Maud susurró una plegaria a su madre, le pidió que siempre estuviera con ella. Entonces se giró y se alejó de la casa por el camino.

Capítulo 25

CHICAGO, ILLINOIS

1898

Mientras el tren se adentraba traqueteando en Chicago, el aire se llenó del humo del carbón, una nube amarillenta en el horizonte, y también del olor a corral, que se metía por las ventanas. Aun así, cuando pasó por el turbio efluente río de Chicago, Maud vio la luz de la tarde reflejándose en los altos edificios, y vislumbró el azul intenso del gran río Chicago, y se dio cuenta de que estaba deseando llegar a Humboldt Boulevard. Al salir de la estación de tren se vio rodeada de una multitud de gente, así que se apresuró a seguir el caudal de personas que salían a la ciudad donde ahora pertenecía.

Había algo más que la hacía caminar más rápido, más ligera. Mientras estaba fuera, Maud se había dado cuenta de que era muy probable que estuviese encinta. En lo más profundo de su corazón imaginó que era una niñita para poder continuar el legado de su madre.

Para cuando llegó por fin a Humboldt Boulevard ya era pasada la hora de dormir de los niños, así que abrió la puerta principal con cuidado y entró de puntillas. Para su sorpresa, Frank estaba sentado en un sillón del salón con sus largas piernas encima de uno de los reposabrazos, un cuaderno de papel en las rodillas, una pipa entre los dientes y un lápiz en las manos. Cuando se dio cuenta de su presencia se levantó de la silla de un salto, mandando el cuaderno de papel al otro lado de la habitación.

—¡Querida mía, estás en casa! ¡Ni siquiera te he oído entrar! Maudie, cariño, cuánto te hemos echado de menos. ¿Qué tal el viaje? —le preguntó mientras la abrazaba con afecto.

—Me alegro tanto de estar en casa —dijo ella, apoyando la cabeza contra su pecho—. ¿Cómo están los niños?

—Están espléndidos, nos hemos apañado muy bien. Todos han sobrevivido sin un rasguño.

—¿Sin un rasguño? —preguntó Maud con una sonrisa—. No es una expectativa muy alta que digamos.

Maud se agachó para recoger el cuaderno del suelo, y vio que había varias páginas llenas de su letra zurda. Frank se lo quitó de las manos rápidamente y lo cerró, como si no quisiera que viera lo que había escrito.

—¿Qué es, Frank? —preguntó con curiosidad.

Él se puso el lápiz detrás de la oreja y sonrió ampliamente como respuesta.

—Fue muy extraño, la idea de una historia se me apareció mientras estabas fuera. Estoy escribiéndola tan rápido como puedo.

—¿Y de qué trata? —preguntó Maud, quitándose el abrigo.

Frank le enseñó el cuaderno para que pudiera ver el título.

—¿Se llama *La Ciudad Esmeralda*? ¿De verdad, Frank? —Maud aún se ponía roja al pensar en cuando habían montado en la noria—. ¿Es sobre nosotros?

—Trata sobre el lugar más bello que puedas imaginar, una tierra asombrosa.

Maud sonrió.

—¿Te refieres a la historia de la ciudad de bloques de los chicos?

—¡Aún mejor! —dijo Frank—. Un reino encantado. Una tierra que he llamado Oz. O y Z: Oz.

Maud rodeó los hombros de su marido con los brazos.

—Puede que Oz sea precioso, pero no puedo imaginar un lugar más bonito que este de aquí mismo, nuestro hogar —dijo, y se puso una mano sobre el vientre, mirándolo a través de las pestañas—. Y muy pronto tendremos una bendición más.

—¿De veras esperamos otro? —preguntó Frank con alegría.

Maud asintió con timidez.

—Eso creo, pero aún es pronto.

—Ay, Maudie —dijo, acercándola contra él y besándola apasionadamente—. ¡Qué noticia tan buena! ¡Otro hijo! Quizás una niña para nuestra vejez.

Maud se sonrojó, encantada.

—Quizás.

* * *

En los días siguientes, Frank continuó escribiendo con frenesí. Jamás lo había visto tan sumamente absorto y tan distraído. Día tras día, Frank se sentaba en la mecedora del salón con el lápiz en mano y el cuaderno en el regazo, y escribía. La mayoría de los días llegaba a casa del trabajo con páginas escritas que añadía al montón que ya tenía. Escribía sobre cualquier trozo de papel que pudiera encontrar: la parte de atrás de un sobre, recibos, las partes en blanco del inventario de la porcelana de Pitkin & Brooks. Al principio, Maud trataba de ir con cuidado cuando pasaba por su lado, no quería molestarlo, pero muy pronto se dio cuenta de que estaba tan enfrascado en la escritura que no importaba cuánto ruido hiciera, nada parecía interrumpir su concentración.

Una tarde, cuando Maud volvió de entregar sus trabajos de costura, escuchó lo que parecía un gran alboroto viniendo del salón. Se asomó por la puerta y vio a Frank júnior y Robin lanzándose y esquivando, jugando a pasarse la pelota, Harry estaba tocando una canción en el piano a golpes y Kenneth estaba concentrado jugando con un camión de bomberos de juguete, pasándolo una y otra vez sobre uno de los zapatos negros de Frank.

—¡Niños! —dijo Maud, dando una palmada para captar su atención—. Vuestro padre está intentando concentrarse. ¡Y nada de jugar a la pelota en casa, vais a romper algo!

Los cuatro chicos se quedaron petrificados ante el sonido de la voz de su madre, e incluso el gato tricolor miró a Maud con cara de dormido desde el regazo de Frank. Él tenía la mirada perdida en algo fuera de la ventana y el lápiz en el aire mientras con la otra mano acariciaba distraídamente al gato. Un segundo después escribió unas palabras más y de repente parpardeó y pareció recordar dónde se encontraba. Alzó la mirada hacia Maud.

—Ah, hola, querida. Qué pronto has vuelto, ¿no?

—Ay, Frank, llevo fuera toda la tarde. ¿Cómo va tu historia?

—¡Espléndida! —dijo él—. ¡Acabaré antes de que te des cuenta!

—Pero ¿de qué trata? —preguntó Maud, sorprendida.

—Pues trata de una chica y de sus acompañantes, y del camino que recorren. Es difícil de explicar, Maud, pero está todo aquí.

—¿*Qué* está ahí?

—Pues… ¡todo! —dijo él, agarrándola de las manos y mirándola a los ojos—. Toda nuestra vida, todo lo que hemos pasado e imaginado, todo convertido en una fantasía, y… apenas puedo explicarlo. Pero te lo prometo, para cuando haya acabado, estará *todo* aquí.

A pesar del entusiasmo descomedido de Frank, Maud observó el creciente montón de papeles rellenos a lápiz con una preocupación cada vez mayor. Sabía que a la edad de Frank, cuarenta y dos años ya, era un acto de fe tratar de reintroducirse en la vida creativa. Ciertamente, ¿qué pensarían los editores cuando su marido, un vendedor de porcelana, se presentara en su puerta con un manuscrito en el maletín escrito en sobres rotos y en la parte de atrás de las listas de la compra? A Frank no lo habían destrozado los altibajos de su vida, pero sí que lo habían escarmentado. Y ahora allí estaban ambos, alimentando la esperanza de algo para lo que casi parecía demasiado tarde para esperar nada. Quería proteger el bondadoso corazón de su marido tal como la vida que crecía en su interior.

* * *

Maud estaba en la cama con la mirada fija en el techo. Había momentos en los que se echaba a llorar, otros en los que simplemente se quedaba dormida. Cuando Frank trataba de consolarla, ella se volvía de espaldas. Cuando trajo consigo al médico, ella le dijo que se marchara. Maud había soportado los días difíciles, los días buenos, despedirse de Magdalena, la pérdida de su madre... pero esta pérdida, que por fuera parecía no ser importante, sino simplemente la ligera promesa de una nueva vida, aquella era la pérdida que no podía soportar. Maud deseaba que su madre entrara por la puerta, deseaba el consuelo de ver su pelo completamente blanco, su rostro sosegado. Matilda tendría algo que ofrecerle: un ungüento, una infusión, una sopa o unas sabias palabras... Algo natural, algo que la reconfortara. Pero la matriarca ya no estaba, y el atisbo de esperanza de tener una niña para continuar con la tradición se había perdido por completo. Maud se quedó en la cama, con las piernas y brazos tan pesados que no podía ni moverlos. La luz del sol que se filtraba por las cortinas parecía insustancial. En algún lugar de su mente sabía que físicamente no le pasaba nada, tan solo tenía el corazón roto y el espíritu destrozado, pero aun así no podía salir de la cama. Frank le traía la comida en bandejas, cuidaba de los niños y se preocupaba por ella, pero Maud no podía unirse al mundo de los vivos.

Cuando pasaron diez días, Frank subió y se sentó junto a ella en la cama. Durante un largo rato se quedó allí sin decir nada ni moverse. Maud ni siquiera se volvió para mirarlo. Él posó su grande y cálida mano sobre su hombro con delicadeza.

—Maud, cariño. Mi queridísima Maudie. ¿No puedes volver con nosotros?

Ella se quedó de espaldas a Frank, mirando fijamente el papel de la pared, y no dijo nada.

Él le apretó suavemente el hombro con su gran pulgar.

—Hay algo que quiero decirte, Maud.

Ella siguió sin mirarlo, pero hizo un ruido como para indicar que estaba escuchando.

—Sé que no soy perfecto, pero he tratado de ser un buen marido para ti.

Maud continuó con la vista perdida, sentía como si el cuerpo le pesara una tonelada.

—Sé que quieres mucho a los chicos, pero desearía haber podido darte una niña.

Maud por fin se giró para mirarlo.

—No era cosa tuya darme una hija.

—Las mujeres Gage sois algo extraordinario, una fuerza de la naturaleza. Me siento tan afortunado de que te cruzaras en mi vida... Quería darte una hija propia, para continuar el legado.

Maud se incorporó y se apoyó contra su hombro.

—Frank, me has dado todo lo que podría desear. No tenía derecho a desear una hija cuando me has dado cuatro hijos maravillosos y sanos. Es solo que mi madre...

Frank esperó mientras Maud trataba de encontrar las palabras correctas.

—Mi madre estaba segura de que su espíritu viviría en una niña... Y ahora parece el final de esa línea.

Frank le agarró la mano y apretó suavemente.

—¿Recuerdas cómo tu madre me animaba a escribir? Me decía: «¡Escribe esas historias, Frank Baum!». ¿Recuerdas que me decía siempre eso?

Maud asintió levemente, con la mirada puesta en una grieta en el yeso con forma de flor que recorría el borde del techo.

—He llamado a la niña de mi historia Dorothy.

Maud volvió a girarse y lo miró a la cara.

—¿Nuestra Dorothy?

—Es una historia sobre la esperanza. Una historia sobre saber que siempre hay un lugar ahí fuera que es mejor. Dorothy es una mujer Gage, como tú, como tu madre, como Magdalena. Valiente, tenaz y fuerte.

Maud sintió las lágrimas derramándose y bajando por sus mejillas, pero no se las limpió.

—Siento muchísimo que nunca te diera una hija, Maud. Esto es lo mejor que puedo hacer.

Ella miró a su marido a los ojos, a aquellos ojos grises suyos que ahora estaban rodeados de patas de gallo, y a las canas de su sien. Se echó hacia delante para apoyar la frente contra la suya.

—Nuestra Dorothy no es de carne y hueso —dijo él—. Está hecha de papel y lápiz, de palabras y frases. Pero tiene una cualidad que ningún niño de carne y hueso puede tener: jamás crecerá. Jamás envejecerá. Siempre estará con nosotros.

Maud enterró la cara en el hombro de su marido mientras él le acariciaba el pelo.

—Lo he hecho lo mejor que he podido —le susurró al oído.

* * *

Era una tarde de un viernes de octubre cuando Maud acababa de terminar de hacer cosas en la cocina, entró al salón y se encontró a Frank desplomado sobre su sillón mirando a la nada.

—Frank, querido, ¿qué pasa?

Él alzó el lápiz, que no era más que un pequeño cabo.

—Ya está —dijo él.

—¿El qué?

—He terminado.

De repente saltó y lanzó el lápiz al aire, el cual golpeó el techo de hojalata, rebotó contra la lámpara y acabó cayendo a los pies de Maud.

—¡Dios mío! —exclamó Frank—. Lo he hecho. He escrito la palabra «Fin».

Sonreía como un niño pequeño.

—Ahora lo único que necesito es encontrar un editor —dijo él—, y lo que antes eran solo imaginaciones inconexas podremos colocarlo con orgullo en nuestra estantería. Y si quieres que te diga la verdad, creo que estamos ante un futuro éxito en ventas.

Aquella noche, Frank se fue pronto a la cama y se sumió en un largo y placentero sueño, como si terminar la historia le hubiera quitado un gran peso de los hombros. Maud, sin embargo, no podía dormir. Aún le dolía su propia pérdida, y haría cualquier cosa por evitar que Frank sufriera un dolor similar.

Al día siguiente Maud estaba bajo el umbral de la puerta del salón, comprobando que no había nadie cerca. Pero era una tontería, ya que Frank estaba en el trabajo y los chicos en la escuela. Era solo su conciencia haciéndola sentir culpable y poniéndola nerviosa. Decidida, entró en la habitación y fue hasta el estante donde estaba el dispar montón de cuadernos y papeles sueltos que formaban «el libro», dispuestos de forma desordenada. Maud abrió uno de ellos por una página cualquiera y comenzó a leer:

«Incluso con los ojos protegidos por las gafas verdes, al principio Dorothy y sus amigos se quedaron petrificados por el fulgor de la maravillosa ciudad. Las calles estaban repletas de preciosas casas todas construidas de mármol verde y adornadas con brillantes esmeraldas».

¿Gafas tintadas de verde? ¿Esmeraldas brillantes? Recordaba vívidamente las luces como joyas de White City a sus pies cuando se habían subido a la noria. Recogió el resto de la pila de cuadernos y hojas y se instaló en el sofá, preparándose para leer de principio a fin. No estaba entusiasmada por descubrir qué otras partes de sus vidas podría reconocer en la historia, pero sentía que era su deber. Si lo que había escrito no era lo suficientemente bueno, se lo diría de forma cuidadosa y lo salvaría del problema de encontrar un editor, le ahorraría la vergüenza. Odiaba fisgonear en sus cosas y no solía hacerlo, pero ciertamente solo esa vez, podría hacerlo por su propio bien.

Cuando abrió la primera página, pensó de nuevo en el paisaje de White City a través de las gafas verdes, y de repente le vino otro recuerdo de aquella noche. Después de la noria habían dado un paseo, ¿y qué era lo que le había dicho Frank?

«Si pudieras creer en mí».

Las palabras le vinieron a la mente tan claramente como si Frank estuviera allí delante y las hubiera pronunciado en voz alta.

Ella miró avergonzada la pila de papeles en su regazo, así que volvió a dejarlos sobre la repisa, sin leerlos.

* * *

Frank pasó las dos siguientes semanas transcribiendo cuidadosamente el desordenado manuscrito hasta tener un impecable montón de papeles. Después los ató con un cordel y los metió en su maletín.

—Pues ya está. ¡Hoy empiezo a visitar editores!

Los días pasaron, y cada vez que Frank entraba por la tarde en casa, ella estudiaba su expresión, preguntándose qué habría pasado ese día.

—Aún no, cariño mío. Aún no —le decía él cada tarde.

Hasta que un día entró de golpe con un ramo de rosas en la mano, y abrazó a Maud.

—¡Lo he conseguido! —proclamó Frank—. ¡He encontrado un editor!

—¡Ay, Frank! ¡Qué buenas noticias!

—Solo tenemos que invertir una pequeña suma de dinero —le dijo—. Unos doscientos dólares, para pagar las ilustraciones y la imprenta, por supuesto. No te preocupes... —se interrumpió Frank a sí mismo, soltando un torrente de palabras en su entusiasmo—. No tenemos que reunirlo todo, podemos pedir un pequeño préstamo y pedirle al ilustrador que ponga la mitad del

dinero. Lo recuperaremos antes de que te des cuenta, ¡y probablemente además ganemos dinero! ¡Ah, y Maud! —dijo él, agarrándola y haciéndola girar hasta que se desplomaron mareados
sobre el sofá—. Va a ser un libro de verdad, uno real. ¡Con cubierta, páginas y mi nombre en el lomo!

—¿Tienes que pagar tú? —dijo Maud—. Pero ¿por qué? ¿No
deberían pagarte ellos por todo el trabajo que has hecho?

—No te preocupes, querida, ¡lo harán! Tendremos derechos
de autor por cada copia que vendamos. La inversión es solo para
ayudar al editor a costear la imprenta. Es solo una pequeña editorial... —dijo, y paró de pronto con una expresión de preocupación—. Dime, cariño. ¿Crees que es mucho?

En realidad, cuando había dicho doscientos dólares, Maud se
había quedado sin respiración. El único dinero que tenía ahorrado era para los regalos de Navidad de los chicos. Pero cada argumento que se le ocurría, cada duda que normalmente habría
expresado en voz alta, murió en sus labios. Le tocaba tener fe en
él. Tener fe en él y en su historia.

Mientras la Navidad de 1899, la última del siglo, se aproxi-
maba, Maud sacó el sobre del cajón superior de su cómoda y
miró consternada el escaso contenido del interior. Desde que había vaciado sus ahorros de emergencia para ayudar a pagar el
libro de Frank, había conseguido reunir solamente tres dólares y
cincuenta y siete centavos. ¡Apenas era suficiente para un ganso
de Navidad! Y ciertamente no lo suficiente para un solo regalo.
Frank le había dicho a Maud en repetidas ocasiones que los pedidos iniciales de *El maravilloso mago de Oz* habían sido bastante
buenos para la época de Navidad. Tenía muchas esperanzas,
pero esa era su naturaleza. La esperanza no compraría regalos
de Navidad.

Cuando vio al pequeño Kenneth escribiendo una carta a
Papá Noel con la frente arrugada de concentración y escribiendo
cuidadosamente con su letra infantil, decidió que debía decir
algo. Con indecisión, se dirigió a su marido.

—Frank, ¿y si vas a tu editor y le pides un adelanto para salir del apuro? Si hay bastantes pedidos, podrían adelantarnos algo para ayudarnos a sobrellevar la Navidad, ¿no…? Recuerdo que el editor de mi madre a veces hacía eso.

—Pero Maud, no puedo pedir eso. No me darán nada antes de que el libro haya salido a la venta. Una vez vendan algunas copias, me pagarán.

—Pero el dinero que nos hemos gastado… —dijo Maud suavemente—. No he podido ahorrar mucho desde entonces, no quiero decepcionar a los chicos.

Frank parecía tan afligido que Maud se arrepintió de haber sacado el tema. Si no tenían dinero para regalos, entonces encontrarían otra forma de hacer que la Navidad fuera festiva. Lo habían hecho cantidad de veces antes.

—No importa, Frank —le dijo, dándole un apretón en el brazo—. Vamos a tener una Navidad maravillosa de todas formas.

Pero cuando solo quedaba una semana para Navidad, Frank entró escondiendo algo en la espalda. Maud conocía aquella mirada suya. Le traía una sorpresa, una ofrenda de paz. Ella dejó la plancha y lo miró a los ojos.

—Frank, ¿qué tienes ahí escondido?

—Pedí un adelanto, como me dijiste, mi querida Maudie —respondió Frank, y sonrió de oreja a oreja.

—Ay, Frank, ¡gracias al cielo! Es la última Navidad del siglo, sé que hemos tenido algunas muy austeras, pero esperaba tener algo de dinero para esta. Ahora que los chicos están creciendo, quieren más cosas.

Con una floritura, Frank sacó la mano desde detrás de su espalda y puso un cheque bancario sobre la tabla de planchar.

Maud trató de ver lo que ponía, esperando contra todo pronóstico que fueran al menos cincuenta dólares. Pero entonces leyó las palabras en voz alta.

—¿Tres mil cuatrocientos ochenta y dos dólares…? —dijo, con voz temblorosa.

Él la abrazó con fuerza, y no se separaron hasta que les llegó el olor de algo quemándose. Por primera vez en su vida, Maud había hecho un agujero en una camisa.

* * *

Frank tiró la casa por la ventana para la Navidad de 1899. En lugar del habitual abeto, compró cuatro árboles, uno para cada niño, y los puso en cada esquina del salón. Los niños abrieron los abundantes regalos con una alegría que Maud no había visto desde la primera Navidad en Aberdeen, y lo hizo con mucha tranquilidad, pues sabía que esos no estaban comprados a crédito, sino pagados al contado y con muchísimo margen en el banco.

Al final de la noche, cuando los niños ya estaban arriba, Maud y Frank estaban bebiendo ponche de huevo y comentando las festividades del día. Frank se sacó del bolsillo una pequeña caja.

—Este es para ti, Maud. Por todo lo que has aguantado conmigo.

La tapa estaba grabada con el sello de una joyería del centro. En el interior había un anillo con una brillante esmeralda verde.

—Este no es de imitación —dijo él—. Este durará. Y una cosa más.

Frank le entregó a Maud una copia nueva de su libro. Estaba encuadernado de verde y estampado con un brillante diseño de un león de melena roja y las palabras: *El maravilloso mago de Oz.*

Maud abrió la cubierta y leyó:

ESTE LIBRO ESTÁ DEDICADO A MI BUENA AMIGA Y CAMARADA. MI ESPOSA.

L. F. B.

Capítulo 26

HOLLYWOOD

1939

Maud pensó que quizás, para hacer una historia verdaderamente increíble, debías poner toda tu vida en ella: todo el sufrimiento y también toda la gloria.

Al principio, Frank no había pensado en escribir más de un libro sobre la Tierra de Oz, pero las palabras acudían a él con facilidad, y los lectores pedían más y más. Desde Tik-Tok a la muñeca de trapo, desde la princesa Ozma a los Quadlings, la Tierra de Oz había cobrado vida propia, y Frank escribió catorce secuelas, incluyendo una que habían rescatado de una caja fuerte y publicado de forma póstuma. Frank había intentado terminar la saga tras el sexto libro, ya que incluso como autor, su corazón era errante. Quería escribir sobre otras tierras mágicas y diferentes. Adoptó pseudónimos y escribió libros sobre otros personajes, otros lugares, pero ninguna de esas historias podía compararse con la de Oz, ni tenía el mismo poder. Aquel bello y querido lugar que había inventado había llegado a atraparlo. En ocasiones, a Maud le había resultado difícil ver a Frank darse cuenta una y otra vez que no importaba lo que escribiese, los niños reclamaban más de Oz. ¡Más Oz!

Maud no era escritora, pero siempre había entendido una cosa: la razón por la que el primer libro era tan querido era porque comenzaba en un lugar normal, y le ocurría a una chica normal.

Y a diferencia de Frank, la mayoría de la gente quería visitar lo extraño, lo maravilloso y lo bello, pero para ellos una visita bastaba, y tras eso, estaban encantados de volver a casa. Incluso si era un sitio gris y lúgubre, pues seguía siendo su hogar.

Habían pasado seis meses desde que *El mago de Oz* había comenzado a grabarse. Maud había visto tantas cosas diferentes que todo había comenzado a desdibujarse en su mente. Su hijo Robert la había llamado desde su huerto de naranjas en Claremont para preguntarle qué tal iba la película, y no había sabido qué decirle. Había visto el bosque encantado, el campo de amapolas mortífero, el camino de baldosas amarillas y la ciudad esmeralda. Había visto a los actores haciendo sus papeles totalmente disfrazados y también sin los disfraces. Incluso su frenética búsqueda del guion no le había dicho lo que quería saber. ¿Cómo sería la película final? ¿Tendría el indescriptible, mágico, extravagante e importante atributo que tenía el libro de su difunto marido? Esperaba, y rezaba por que así fuera, pero aún no lo sabía con certeza.

Ese día, cuando entró al estudio, Maud vio la fachada de una casa de madera. Había una pizarra apoyada contra ella que la identificaba como «granja del tío Henry y la tía Emma». En el descuidado jardín había un cuidador de animales agachado junto a una gran caja, dándole unos granos de maíz a un par de gallinas de su mano. El adiestrador del perro estaba sentado en una paca de heno con Totó en el regazo. Tras todo aquel tiempo, Maud estaba de vuelta en lo que debía ser Kansas. Por razones técnicas, iban a rodar la primera escena en último lugar.

Un fuerte graznido hizo que una de las gallinas saliera de un salto de la caja de cartón y casi aterrizó a sus pies. El asustado cuidador saltó hacia ella.

—¡Disculpe, señora!

Maud se echó a reír.

—No se preocupe. ¡Mi difunto marido siempre decía que las gallinas saben reconocer a los amigos! Tenía como pasatiempo criar gallinas, así que solíamos tener una parvada en el jardín trasero.

Maud se agachó, recogió al ave errante y se la devolvió con tranquilidad al hombre, que sonrió agradecido y sorprendido.

—Bienvenida a Kansas —dijo él.

Maud se dio cuenta enseguida de que Victor Fleming ya no estaba dirigiendo. Se había ido para dirigir otra película, *Lo que el viento se llevó*, la cual auguraban que sería la mayor película de 1939. Maud estaba ofendida por que el director fuera a ser sustituido en un momento tan crítico de la película, ¿y para qué? ¿De verdad Fleming creía que *Lo que el viento se llevó* era más importante que esta? Maud observó al nuevo director, King Vidor, un hombre menudo de ojos azules, una cara redonda y con un acento de Texas. A Maud le parecía que había bondad en su expresión, pero no tenía ni idea de si él sabía lo importante que eran las escenas de Kansas. Aquella sustitución de última hora era realmente desconcertante.

Maud vio a Yip Harburg echado contra el piano. El cascarrabias del pianista, Harold Arlen, estaba sentado al piano.

Judy vio a Maud y la saludó con la mano.

—Hoy vamos a cantar la canción del arcoíris.

Maud cerró los ojos un segundo, y la cara de Frank se le apareció delante de ella. No como había sido en sus últimos años, sino cuando Frank había sido joven, con su brillante pelo castaño y su gran bigote. El Frank de Chicago. El brillo en sus ojos. Y, como si estuviera delante de ella hablando en voz alta en ese momento, Maud lo escuchó decir: «¡Está todo ahí, *todo*!».

En ese momento Maud deseó desesperadamente poder cruzar lo que fuera que los separaba y estar junto a él. Deseaba que el mundo fuese tal y como su madre y su teosofía habían imaginado, con un simple delgado velo separándolos, y que, si tenía suficiente entereza, podría apartar ese velo y cruzar al otro lado. Pero no servía de nada. Incluso ahora, la vívida imagen de su marido se estaba desvaneciendo. El pianista tocó algunos

acordes, y el director estaba encuadrando la escena para Judy, ex-
plicándole hacia dónde quería que se moviera mientras cantaba.

Maud observó con nerviosismo. Sabía y siempre había sabido que para que la película tuviera la misma esencia que el libro,
el atributo que le había dado al libro su gran poder, la audiencia
tendría que creer en la chica, tendrían que entender que estaba
atrapada, que era verdaderamente desdichada, y que, de alguna
manera, cuando miraba más allá, guarecida en su imaginación,
en su interior, estaba la esperanza, y que de esa manera podría
avanzar.

* * *

Maud se preguntó qué pensaría su madre de Judy Garland. En
primer lugar, la chica tenía muchas más libertades de lo que su
madre había podido ni imaginar. Podía ganarse la vida actuando
y cantando, un trabajo que habría sido imposible para una chica
joven y respetable en los tiempos de Matilda. Pero, aun así, en
cierta manera estaba encadenada, temía apartar a los hombres
mayores que la rodeaban y trataban de controlar cada movimiento que hacía. La vida de todas las chicas era complicada, y
eso no había cambiado en absoluto.

Habían transcurrido veintidós años desde la muerte de Matilda hasta el día en que las mujeres finalmente habían conseguido el derecho a voto. El 18 de agosto de 1920. Maud había tenido
presente a Matilda durante todo ese día, e igualmente cada año
en el que votaba. Su madre había luchado toda su vida por conseguir algo que no había llegado a ocurrir mientras estaba viva.
Y también lo había hecho Frank. Él había comprendido la promesa que una foto en movimiento albergaba mucho antes de
que el sonido, el color y la hechicería que eran todos los aspectos
técnicos pudieran hacer que un mundo imaginario cobrara vida.
El trabajo de Maud era estar presente en ese momento, y esperar
que ahí fuera lo comprendieran también.

Cuando Maud escuchó las primeras notas de la canción del arcoíris, sintió de nuevo aquella extraña sensación, como si conociera ya la melodía, como si siempre la hubiera conocido. Como si en ella hubiera notas de la artemisa y flores de yuca de una pradera, así como el hollín de ciudad y el calor asfixiante de las tardes de Chicago. Observó con las manos apretadas sobre el regazo. ¿Podría la chica hallar en su interior la manera de ejecutar la canción como se merecía, desde lo más profundo de su ser?

Judy dijo sus frases de guion, y entonces se volvió con la mirada puesta en el cielo, y se echó sobre un montón de paja. Abrió la boca, y de ella salieron las conmovedoras y lentas notas, empezando en un tono bajo y ascendiendo poco a poco. Mientras Maud escuchaba cerró los ojos, y sintió como si levitara de su asiento, fuera del estudio de sonido, ascendiendo hasta el mismísimo cielo donde las estrellas bailaban, al lugar donde el arcoíris te permitía viajar. Y de repente, Frank, con ese brillo en su mirada, con sus cálidas manos alrededor de las suyas, la hizo girar en sus brazos, una y otra vez, bailando un vals a través de un cielo tan deslumbrante como el de Dakota, tan mágico como el de White City desde lo más alto de la noria, y tan infinito como las luces de Los Ángeles que se veían desde las colinas de Hollywood.

La canción terminó y Maud abrió los ojos. Se dio cuenta de que tenía las mejillas llenas de lágrimas. Estaba de vuelta en el estudio, con las gallinas clocando, el entrenador dándole premios a Totó, el director allí con su portapapeles. Al principio nadie dijo nada, pero entonces Harburg comenzó a aplaudir. Arlen se le unió, y después el director y el cuidador de las gallinas y el del perro, los actores que interpretaban a tío Henry y tía Emma, Ray Bolger, Bert Lahr, Jack Haley e incluso el Mago, que estaba vestido con su traje de profesor Marvel... Todos rodearon a la chica y aplaudieron su increíble actuación.

En ese momento, allí mismo, Maud supo que la chica lo había conseguido. Había capturado la magia que Frank había imbuido en la historia, la había inhalado y la había exhalado a través de sus cuerdas vocales. Maud sentía en su corazón que Frank había estado escuchando en ese momento.

—Haz una reverencia, querida —dijo el pianista mientras el aplauso disminuía—. Ha sido sensacional. Deberías haber guardado eso para cuando lo grabemos en el estudio de sonido.

Judy parecía confusa.

—Puedo hacerlo de nuevo —dijo ella—. Tantas veces como haga falta.

Maud sintió una punzada de compasión por la chica. Quizás todos los verdaderos artistas eran así en el fondo, llenos de un talento tan intrínseco que ni siquiera sabían de dónde procedía.

—¿Qué opina usted, señora Baum? —preguntó Yip Harburg—. ¿Le ha puesto suficiente anhelo?

Maud pensó en el cielo tormentoso de Dakota, en el arcoíris asomándose entre las nubes, en su querido Frank y en la estoica y pequeña figura de Magdalena haciéndose cada vez más y más pequeña mientras el carro los alejaba.

—¿Sabe lo que acabo de escuchar? —dijo Maud—. Un himno digno del libro de mi marido.

Capítulo 27

HOLLYWOOD

1939

De pronto parecía como si el mundo se hubiera inundado de Oz. En cada revista que Maud leía, en cada periódico, en la radio, y mirase donde mirase, veía publicidad. Había cereales de *El mago de Oz*, así como gelatina. Vio el interior de la casa de Dorothy en Kansas como sugerencia de decoración en la revista *House Beautiful*. Escuchó entrevistas con todos los actores, y pequeñas muestras de la música en la radio, e incluso vio su propia fotografía sentada en un sofá con Judy mirando el libro juntas.

Lo único que le faltaba a Maud era ver la película al completo. Había rogado y tratado de engañarlos, pero estaba totalmente prohibido mostrársela a nadie. Las primeras visualizaciones estaban previstas para agosto de 1939, en un par de semanas, y no se le permitía a nadie ver la película hasta entonces.

Ese día, mientras Maud hacía unos recados en Hollywood Boulevard, había visto la marquesina del Teatro Chino de Grauman cambiando el letrero. Cuando llegó a Ozcot, el teléfono estaba sonando.

«¿Señora Baum, hola? Soy Yip. Yip Harburg».

Maud se puso un gorro y una chaqueta, y se apresuró a recorrer las dos manzanas que la separaban hasta Musso & Frank. En el interior, cuando se le acostumbró la vista a la oscuridad, localizó a Harburg y le sorprendió ver que estaba acompañado de Noel Langley y Mervyn LeRoy.

—Caballeros —saludó Maud, algo sorprendida.

—Señora Baum, estamos en apuros —dijo Langley—. Hemos pensado que tal vez pueda ayudarnos.

—Harburg me lo ha contado por teléfono. ¿Hay algún problema con la canción del arcoíris?

—El primer avance fue ayer en San Bernardino —dijo LeRoy.

—De lo más secreto, solo podía ir alguna gente del estudio y algunos de los tipos de Loew, de Nueva York.

—¿Tipos de Loew?

—Distribuidores —dijo LeRoy—. Gente con dinero.

—Creen que la película es demasiado larga —añadió Langley—. Así que quieren quitar la canción del arcoíris.

—Hemos hablado todos con Mayer, pero no nos hace caso. Hemos pensado que quizás la escuche a usted.

—¿A mí? ¿Por qué iba a escucharme a mí? No lo he visto desde hace meses, no creo que ni siquiera me reciba.

—La escuchará —dijo LeRoy.

—¿Por qué?

—Pues… —dijo Harburg—. Porque él cree en la magia.

—¿Magia? —preguntó Maud—. Es lo que me dijo por teléfono, pero me temo que yo no tengo ningún talento sobre eso.

—Pero Mayer no lo sabe —respondió LeRoy.

—Se trata de la chaqueta —explicó Langley—. Cuando la chaqueta de su difunto marido apareció en el plató, estaba seguro de que era una señal. Quiero decir, ¿cuáles son las probabilidades?

—Sí que fue extraño… —dijo Maud—. Pero lo cierto es que ni siquiera estoy segura de que sea suya.

—Eso no importa —dijo Langley—. Lo que importa es que Mayer sí lo cree.

—¿No podría ir a verlo? —preguntó LeRoy.

—¿Recuerda cuando me dijo que su marido solía hablar de arcoíris, pero que eso no estaba en ninguna parte del libro? ¿Y que la idea para la canción del arcoíris me vino de repente, así sin más…? —preguntó Harburg.

Maud asintió.

—Creemos que la canción es la clave —afirmó LeRoy—. Recuerdo estar en San Francisco después del terremoto. Parecía que el mundo nunca volvería a ser el mismo.

—Y cuando era un crío —dijo Harburg—, algunos días mi padre volvía a casa sin suficiente dinero para darle de comer a toda la familia, y la vista desde nuestro bloque eran más bloques de viviendas, hasta donde alcanzaba la vista.

—Mi padre era director de una escuela de chicos en Sudáfrica —añadió Langley—. Lo único que les importaba a esos chicos era el rugby. Eran crueles, así que los más grandes siempre estaban pegándome, y mi padre me odiaba por ser débil. ¿Cómo se puede huir de una prisión hecha por tu propio padre? Y, sin embargo, cuando escuchas a Judy cantando, escuchas todo eso…

—Todo —dijo Harburg.

—Cada uno de esos recuerdos —dijo LeRoy.

—Está todo ahí —dijo Maud.

—Así que… ¿Podría ir a hablar con Mayer, y pedírselo? Lo hemos intentado de todas las maneras, pero no parece escucharnos.

* * *

De vuelta a casa, Maud llamó al estudio y dijo que necesitaba concertar una cita con Louis B. Mayer, y como de costumbre, no consiguió nada. Así que se subió a su Ford y condujo hasta Culver City. Pero cuando llegó a la puerta, vio que había un guardia nuevo en el puesto que no la reconoció.

—¿Nombre y motivo de su visita? —preguntó en tono oficioso.

—Señora Maud Baum.

Pasó un largo rato consultando el papel que tenía frente a él.

—Lo siento, señora, pero no está en la lista.

—Baum. B, A, U, M —dijo Maud con impaciencia.

—Señora —repitió el hombre, en voz más alta y más despacio—. No encuentro su nombre en la lista.

—¿Qué quiere decir con que no encuentra mi nombre? ¡Llevo meses viniendo aquí! —respondió Maud.

—¿Por qué motivo? —preguntó el guardia, dejando claro que no podía imaginar qué hacía una anciana como ella allí.

—Producción 1060, *El mago de Oz*.

Repasó de nuevo el papel y sonrió.

—Ese proyecto ya se ha terminado —explicó él—. Más suerte la próxima vez. Tendrá que ponerse a la cola como el resto —añadió, señalando con la cabeza a la fila de gente, la cual llegaba a Washington Boulevard.

—Tengo una cita a la una en punto con el señor Louis B. Mayer —dijo, ya que pensó que no perdía nada por mentir.

—Nada de eso. Hoy no va a entrar, señora, a no ser que se ponga a la cola.

Maud tenía ganas de llorar. Solo tenía veinticuatro horas para arreglar ese problema. Los hombres le habían dicho que la edición definitiva de la película se encaminaría hacia los cines al día siguiente.

—Lo siento, me he equivocado. Tengo una cita a la una con Ida Koverman.

—Sigue siendo un «no». No está en su lista. Tiene que irse, o los llamaré y los obligaré a que la saquen ellos —dijo, señalando con la cabeza hacia un par de guardias uniformados.

—Dígale a la señora Koverman que necesito hablar con ella urgentemente sobre la señorita Judy Garland.

Tras ella sonó el claxon de un coche esperando.

—Está usted bloqueando el tráfico —dijo el guardia—. Tiene que apartarse.

Maud comprendió entonces que estaba atrapada, no podía hacer nada. Puso el coche marcha atrás, pero cuando miró por el espejo retrovisor, se dio cuenta de que el coche tras ella era un Rolls-Royce gigantesco.

—Ay, Dios mío —dijo Maud, poniendo voz de anciana débil—. No quiero ir marcha atrás, mi marido nunca me enseñó a hacerlo. Temo darle a esa limusina tan bonita de detrás.

El guardia parecía irritado. Los pitidos sonaron de nuevo.

—Vale, de acuerdo. Entre y dé la vuelta ahí, despúes salga por esta salida.

Para convencerlo de su pobre habilidad al volante, Maud pisó el acelerador demasiado rápido, haciendo que el coche diera una sacudida hacia delante.

Maud miró por el espejo retrovisor. El guardia ya estaba atendiendo al siguiente coche, así que era su oportunidad.

Pisó el acelerador a fondo y dobló la esquina hacia la parte trasera. Salió del coche de un salto y corrió a través del aparcamiento tanto como sus piernas de setenta y ocho años le permitieron hasta llegar a la calle principal del estudio, donde enseguida se perdió entre la abundante gente, tanto trabajadores como actores disfrazados, gente llevando trozos de decorado e incluso algunos mozos de cuadra que guiaban caballos.

Escuchó una conmoción tras ella y a los guardias gritando, pero ya había llegado al edificio Thalberg. Allí dejo de correr, y subió los escalones andando para que tanto su respiración como los latidos de su corazón se ralentizaran al entrar al vestíbulo.

Frente a ella estaba la misma recepcionista que la había recibido la primera vez que había entrado en el edificio Thalberg, nueve meses atrás. Tenía el pelo rubio de nuevo, y fingió no reconocer a Maud.

—Tengo una cita con la señora Koverman —dijo Maud, aún sin respiración por la carrera—. Maud Baum.

—Mmm —respondió ella—. No veo su nombre aquí.

—¡Llámela! —dijo Maud—. Dígale que es la señora Maud Baum, y que he venido a hablar de Judy.

—Tome asiento.

—¡No, no voy a sentarme! Llámela ahora mismo, dígale que es una emergencia.

Pero en vez de esperar a que hiciera eso, Maud siguió andando y un segundo después estaba en el ascensor. Vio a los guardias del estudio entrando en el vestíbulo justo cuando las puertas se cerraron frente a ella.

Ida Koverman estaba sentada en su escritorio, vigilando la entrada a la oficina de Mayer como un pastor alemán listo para despedazar a alguien.

Apenas alzó la mirada cuando Maud salió del ascensor, pero cuando se acercó, se levantó y señaló hacia el baño de mujeres.

—Nos vemos de nuevo —dijo Ida una vez estuvieron frente a los espejos del baño—. ¿Qué ocurre? ¿Alguno de los caballeros está molestando a nuestra chica?

—No es eso —susurró Maud.

—Vaya, pues qué alivio. Trato de cuidar de ella, pero ya sabes, ellos la superan en número. La proporción de niñas y cerdos en este sitio no está muy a su favor.

—Se trata de otra cosa —dijo Maud. Sabía que Ida Koverman estaba de parte de Judy, pero no tenía ni idea de cómo reaccionaría acerca de Maud tratando de interferir con una decisión creativa—. Quieren quitar la canción del arcoíris —comenzó a explicar—, así que algunos de los muchachos me han pedido que venga y hable con el señor Mayer. No sé si funcionará, pero les dije que lo intentaría.

—¿Quieren quitar la canción del arcoíris? —preguntó Ida—. Pero… ¿por qué?

—Al parecer, la película es demasiado larga. Y creo que debería estar incluida, ya que…

—No tienes que explicarme el por qué. Esa chica necesita esta canción. ¡Es lo que la convertirá en una estrella!

—Vale, ¿entonces qué hacemos?

—Mira, voy a entrar y hablaré con él. Pero recuerda que es terco cuando se trata de negocios, y es susceptible como el que más.

Maud entró por segunda vez en el blanquísimo y cegador santuario de la MGM. Louis B. Mayer estaba sentado frente a su gigantesco escritorio blanco. Tal y como la anterior vez, ni siquiera alzó la mirada cuando ella entró, sino que continuó ojeando un guion.

—Señor Mayer.

—Siéntese —dijo él bruscamente, aún sin mirarla—, estoy haciendo algo.

Maud se sentó completamente quieta, y esperó lo que le pareció un largo rato.

—De acuerdo, señora Baum, ¿qué puedo hacer por usted?

—Me he enterado de que pretende quitar de la película la canción del arcoíris.

—Ya está hecho —dijo él—. El preestreno fue todo un éxito, pero la canción ralentizaba la película. Demasiado lenta y triste, no es muy adecuado tener a una estrella cantando en un corral de granja.

—¿No puede deshacerse? —preguntó Maud.

—No, no se puede. La decisión viene de lo más alto, no está en mis manos. Nuestro negocio es hacer dinero, y la película era demasiado larga.

—¿Está seguro? —dijo Maud—. Porque...

Mayer alzó una mano para silenciarla, y regresó a ojear sus papeles.

—¿Eso es todo?

Maud se levantó lista para irse. Se giró y dio unos pasos hacia la puerta, totalmente derrotada. Estaba claro que la película sería lo suficientemente buena sin la canción del arcoíris, ¿no? ¿Por qué se había convencido de forma tan completa de que la canción provenía de la mismísima voz de Frank, vivo de nuevo, saliendo hacia el mundo? Tonterías y supersticiones, eso es lo que era. Estaba volviéndose una blanda. Ella, que siempre había creído que la magia era eso que creabas del trabajo duro y la persistencia, no algo que salía de la nada.

Pero una extraña sensación como de una mano posándose en su hombro la hizo frenarse. Se giró y volvió a mirar a Louis B. Mayer.

—¿Recuerda cuando vine aquí por primera vez?

Él alzó la mirada.

—Sí, señora Baum, lo recuerdo.

—Vine porque quería asegurarme de que la historia de mi difunto marido estaba en buenas manos. Le dije que mucha gente pensaba en Oz como si se tratase de un lugar real, y que tenía un deber para con esa gente de hacer que ese lugar cobrase vida.

Mayer estaba observándola.

—¿Y sabe qué? He visto cómo su estudio creaba magia usando cámaras, pintura, pegamento y máquinas. Vi también cómo hacía una casa en miniatura y la soltaba en el aire para después revertirlo para que pareciese en la película que la casa volaba.

—Inteligente, ¿no es así? —dijo Mayer.

—Y también vi cómo creó la tierra de Munchkins de verdad. Caminé por la ciudad yo misma, y supe que esto debía ser lo que el mismísimo Frank veía en su imaginación cuando lo escribió. Había magia en el estudio. Magia de verdad, de película, y usted lo consiguió con ventiladores gigantes, decorados pintados y hechicería fotográfica.

Mayer estaba sonriendo y asintiendo, de acuerdo con ella.

—Pero para hacer magia se necesita algo más —dijo ella—. Hay un gran corazón que late en el interior de esta historia. El corazón es real, y ese latido resuena a través de esta película, a través de sus canciones, y cuando la chaqueta de Frank apareció en el plató, supe que él estaba con nosotros.

Mayer ya estaba observándola de verdad, atento y escuchándola.

—Cuando la chaqueta de su marido apareció en el plató lo supe. Simplemente… lo supe —dijo, entusiasmado—. Tratamos de hacer magia en cada proyecto. A veces lo conseguimos, y otras veces se nos escapa. Pero esa chaqueta… Supe que era un presagio. Presioné una y otra vez para conseguir más dinero de Nueva York. ¿Sabe que nos hemos gastado casi tres millones de dólares en este proyecto? *Tiene* que ser un éxito.

—Entonces lo entiende.

—Por supuesto que lo entiendo. La película es genial. Pero la canción no estará incluida, era demasiado larga —dijo con un gesto como para despedirse—. Tenga un buen día, señora Baum.

Como si la hubiera convocado, Ida Koverman abrió la puerta en ese momento.

—Tiene una visita, señor Mayer.

Judy Garland entró por la puerta.

—Vaya —dijo Mayer, iluminándosele la cara—. Pero si es mi pequeña jorobada.

Tras ella entró el pianista.

—¿Le importa? —preguntó Arlen, y se acercó al piano de cola blanco al otro lado del despacho—. ¿Sabe usted que la melodía para esta canción me vino mientras estaba frente a la farmacia Schwab?

—No lo sabía —dijo Mayer, echándose hacia delante, intrigado.

—Era la última parada del tranvía —explicó Maud—, allá por el 1910. El sitio exacto donde el señor Frank Baum pisó el suelo de Hollywood por primera vez.

—No me diga. —Mayer se levantó y rodeó su escritorio, acercándose al piano donde Arlen se estaba acomodando. Se sentó en el banco y puso el pie derecho sobre el pedal de sordina.

—Déjenos que la toquemos una vez más para usted y verá, se tiene en pie por sí misma —dijo Arlen—. No necesita el telón de fondo ni la orquestra. Escuche.

Judy parecía mucho más joven sin el abundante maquillaje que solía llevar en el plató. Tenía el pelo retirado del rostro con una diadema, un vestido azul marinero, calcetines tobilleros y unos mocasines con algunos rasguños. Era como si la estrella de cine en ciernes hubiera sido sustituida por una adolescente normal con la que podrías cruzarte en la calle sin darte cuenta. El pianista tocó los primeros acordes, y entonces Judy comenzó a cantar en voz baja con las manos entrelazadas frente a ella. Pero conforme su voz fue ascendiendo y llenando la habitación con aquellas notas fuertes y claras, fue como si un resplandor la rodeara, haciéndola brillar. Extendió los brazos a su alrededor, como si no pudiera contener todo el poder de la canción en su pequeño cuerpo, y tuviera que gesticular para hacerle un hueco. Sin todo lo demás, las cámaras, las luces y el maquillaje, su voz se convirtió en el más puro, simple, profundo y suplicante sonido del anhelo.

Muy pronto vio las lágrimas asomándose a los ojos de Mayer, que cruzó la habitación hacia ella como si estuviera hechizado.

Cuando la canción terminó, comenzó a pasarle el brazo por el hombro a la chica, pero pareció cambiar de idea y se apartó rápidamente, poniéndose junto a Ida Koverman.

—¿Lo ve? —dijo Maud—. Creemos que la canción es un mensaje del mismísimo autor. Daría mala suerte quitarla.

Mayer se sacó un pañuelo del bolsillo de la camisa y se sonó la nariz. Después los miró uno a uno, primero a Arlen, a Judy, después a Ida y, por último, posó la mirada sobre Maud.

—No es que sea supersticioso, pero con la chaqueta y con todo el dinero que hemos invertido en esta película no quiero que tengamos mala suerte… Y, además, esa canción… Es increíblemente bella. Sabe, no le cuento esto a todo el mundo, pero dejé la escuela a los doce años. Tuve que hacerlo, tuve que ganarme el pan por las malas. ¿Ve estas manos? Estaban cubiertas de callos. Hacía más frío del que podría imaginar en New Brunswick, Canadá. Me levantaba antes del amanecer, y hacía tanto frío, y todo estaba tan quieto… como si el mundo entero estuviese muerto. Siempre tenía hambre, y siempre pensaba que debía de haber un lugar mejor en alguna parte —dijo Mayer.

Observó al grupo, pensativo durante unos minutos. Entonces se acercó a su escritorio y descolgó el teléfono.

—Póngame con la sala de edición —dijo, y esperó un momento—. Soy Mayer, producción 1060. Poned la canción del arcoíris de nuevo en la película.

* * *

Cuando estaban saliendo al exterior, Maud agarró a Judy del brazo y la arrastró hasta el cuarto de baño de mujeres.

—No sé si nos veremos alguna vez de nuevo —dijo Maud—. Vas a ser una estrella, tan famosa que ni te acordarás de mi nombre… Pero no pasa nada. Hay algo que quería decirte, y quiero que no lo olvides jamás.

—De acuerdo —asintió Judy en un tono de voz serio.

—Naciste con un don. Un don tan inmenso que apenas te cabe en el cuerpo. No sabes por qué lo tienes, ni tampoco yo lo sé, pero así es. Viví con alguien así: mi marido, Frank. Jamás se llamaba a sí mismo autor. Decía que era el Historiador Real de Oz, y que tan solo ponía por escrito los hechos. Pero quiero que sepas una cosa ahora mismo: no es magia. Eres tú. Es lo duro que trabajas, es tu don, y lo que decides hacer con él. Tienes el poder de conmover a la gente, y eso no es magia.

—Pero… —dijo Judy, con el labio inferior temblándole—. Sí que hay magia, yo lo vi. ¿Qué hay de la chaqueta?

Maud puso la mano sobre el brazo de la chica.

—Eso no era magia, querida. No era más que un truco publicitario. ¿Sabes cuántas chaquetas así debe haber rondando por ahí? De acuerdo, puede que perteneciera a Frank, y estaba hecha por un sastre de Chicago al que Frank solía ir. Tenía un estilo y corte similar, pero no hay forma de saber si realmente era suya. La etiqueta era ilegible, lo único que hizo que pareciera el nombre de Frank era el deseo que todos teníamos de que así fuera.

—¿Entonces mintió, señora Baum? —preguntó Judy con voz temblorosa—. ¿Dejó que todos creyeran que era magia cuando no era así?

—Ah, pero sí que era magia, solo que no de la clase que tú estás pensando. La magia no es hacer que las cosas aparezcan de la nada. La magia es lo que ocurre cuando mucha gente cree en lo mismo y al mismo tiempo, y de alguna forma escapamos de nosotros mismos un poco y nos encontramos en otro lugar. Y durante un momento, podemos alcanzar lo sublime.

—Vaya, pues eso es horrible —dijo Judy, llorando—. Creí que usted podía ayudarme a contactar con mi padre. Yo creía en ello, y ahora me dice que no es cierto.

Judy se limpió la nariz con el dorso de la mano. Entonces se metió la mano en el bolsillo del vestido y buscó algo. Cuando lo sacó, lo sostuvo en la palma de la mano.

—Entonces, ¿cómo puede explicarme *esto*?

Judy sostenía un arrugado y amarillento trozo de papel. A Maud se le paró el corazón.

—¿Qué es? —dijo, tratando de mantener la voz estable.

Judy alisó el trozo de papel y leyó en voz alta:

«La hija del rey Arcoíris se levantó de su asiento y saltó al arco que la esperaba. Dorothy no podía verla ya, pero le mandó besos con la mano mientras se despedía con la otra. De repente, el final del arcoíris se levantó de la tierra lentamente, y los colores ascendieron hasta perderse entre las nubes. Y tanto la chica como el arcoíris desaparecieron».

—¡Déjame ver eso! —exclamó Maud.

Judy soltó el frágil trozo de papel sobre la mano de Maud, a quien le temblaban las rodillas. Reconoció la distintiva letra zurda de su marido.

—¿De dónde has sacado esto?

—Del bolsillo.

—¿Bolsillo?

—De la chaqueta. ¿Recuerda cuando me encontró en el vestidor, con la chaqueta puesta? Metí la mano en el bolsillo y había un agujero en ella. Cuando metí la mano por el forro, sentí un papel enrollado. Y cuando lo leí, supe que era ella.

—¿Quién? —preguntó Maud con voz temblorosa.

—La chica al otro lado del arcoíris. Es como supe cómo cantar la canción. Cuando la canto, puedo sentir a mi padre cerca de mí, puedo verlo mirándome desde arriba. Solo está al otro lado del arcoíris.

Maud observó a Judy con asombro. La acercó hacia sí misma y la abrazó. Después la separó y volvió a observarla.

—Creo que en algún lugar —le dijo a Judy—, hay un niño o una niña que se siente triste o desesperanzado ahora mismo. Y cuando te escuchen cantar, soñarán con un mundo mejor. Eso… Eso es magia.

* * *

De vuelta en el aparcamiento, Maud encontró su coche aparcado de forma oblicua. Buscó a los guardias a su alrededor, pero parecían haber suspendido su búsqueda. Mientras conducía de vuelta a casa comenzó a llover. Y cuando estaba llegando, algo la sorprendió tanto que estuvo a punto de estrellarse con el coche. De repente había aparecido un arcoíris gigante en el cielo. Parecía terminar en su jardín, detrás de Ozcot. Cuando parpadeó, se fue. Pero no importaba. Frank por fin le había enviado una señal.

Capítulo 28

HOLLYWOOD

15 de agosto de 1939

Las letras gigantes de la marquesina brillaban más que un cuerpo celestial, iluminando el cielo por encima de Hollywood Boulevard y arrojando haces de luz sobre los rostros de la multitud. La calle estaba abarrotada, la gente amontonada contra las cuerdas de terciopelo. En el sofocante calor de aquella noche de agosto, el aire olía a perfume Tabu, sudor y polvos con olor a flores, todo entremezclado. La esencia de la esperanza y el deseo.

Los Packards negros llegaron, los chóferes uniformados abrieron las puertas de los pulcros coches y la multitud se echó hacia delante, como atraída por una fuerza gravitatoria. Cuando los hombres y las mujeres elegantemente vestidos comenzaron a desfilar por la alfombra roja hubo una explosión de fogonazos de las cámaras de los fotógrafos, como si a cada estrella la siguiera el rastro en llamas de un cometa.

* * *

Maud podría haber caminado las cinco manzanas que había desde Ozcot. Sin embargo, el estudio insistió en que llegara en una limusina conducida por un chófer. En 1910, Maud por fin había usado su herencia para construir su hogar familiar en

Hollywood. Cuando llegaron allí era solo una ciudad adormilada, y ahora se había convertido en una tierra moderna encantada, el lugar más glamuroso de la tierra. Con las manos en el regazo, Maud se recordó a sí misma que aquello no corría a su cuenta. Jamás había parado de contar peniques, de controlar los gastos. Era ya una costumbre, y era demasiado mayor para cambiar.

En casa se había reunido una gran cantidad de gente para despedirse mientras se marchaba: los chicos, sus esposas y sus nietos. Vio a Kenneth, su bebé, que había crecido para parecerse tanto a su padre con su postura recta y el brillo de sus ojos. Estaba revoloteando a su alrededor, preocupado. La ayudó a subir a la limusina y se inclinó para besarla en la mejilla y decirle al oído: «Padre ciertamente está disfrutando con toda esta parafernalia».

Pero Maud iría al estreno de la película sin acompañante. Solo le habían conseguido una entrada, mientras que los demás asientos habían sido asignados a celebridades de Hollywood y la prensa. *Mejor*, pensó ella. Aquello era algo que debía hacer a solas.

Maud había visto la marquesina antes a la luz del día, con las letras gigantes que decían LA INCREÍBLE PELÍCULA *EL MAGO DE OZ*, DE MGM. Al ir a la farmacia y el mercado pasaba por allí, así que en los últimos días había visto a los trabajadores ensamblando la hilera de gradas en la calle, respaldadas por un cartel de neón adicional en un gran andamio que podía verse en todo el bulevar. Incluso ahora, con las luces eléctricas transformando el cielo nocturno, Maud percibió el artificio tras todo aquello: el andamio sobre el que el neón estaba colocado, la fachada opulenta pero falsa del gran cine. Aquel era su talento: ver lo ordinario y no dejarse deslumbrar por el espectáculo. Cada vez que había pasado por allí, había esperado encontrar el nombre de Frank deletreado con las letras de luces. Y cada vez, al notar su ausencia, sentía el murmullo de la decepción.

Pero aquella noche mientras su limusina entraba en Hollywood Boulevard hacia la ornamentada fachada del Teatro Chino de Grauman, sintió el aleteo del entusiasmo despertarse en su interior. El llamativo pabellón chino donde se encontraba el cine contrastaba contra el oscuro cielo, con las torretas recubiertas de cobre y delineadas por miles de luces brillantes de colores. Y para añadir al espectáculo, los rayos de luz de unos potentes focos reflectores se cruzaban en la oscuridad, como advirtiendo a los cuerpos celestiales que su sitio aquella noche estaba por detrás de las estrellas que brillaban aquí, en la Tierra.

El chófer abrió la puerta y le ofreció la mano. Se sentía inestable, momentáneamente cegada por el brillo de las luces, solo una anciana entre tanta juventud. La multitud se echó hacia delante, el entusiasmo de los admiradores era como una fuerza física, pero nadie reconocía a aquella mujer de casi ochenta años, con el pelo canoso peinado hacia atrás, con un vestido anticuado y unos robustos zapatos de caminar. Los ojos de la muchedumbre la examinaron y después pasaron de largo, ansiosos por ver qué otras celebridades conocidas saldrían de los coches.

A Maud le daba igual que no la reconocieran. Con la barbilla bien alta y la espalda recta, sabía a quién se parecía en ese momento: a su madre, Matilda, cuando había subido al estrado en el centenario nacional de Filadelfia. ¡Ah, si su madre pudiera verla ahora! Si su madre y Frank pudieran haber estado allí, uno en cada brazo, para ver que lo que una vez había sido solo imaginación, ahora había cobrado vida.

Aquella noche, la famosa entrada de Grauman, decorada con las huellas de las estrellas de cine, había sido transformada en un maizal. Un muy buen detalle que a Frank le habría encantado. Un encargado la guio para posar para una foto frente a un tallo de maíz, y ella sonrió.

Dentro del elegante palacio de cine, Maud apenas notó los elaborados adornos, las linternas chinas o los biombos de seda pintados a mano. Un acomodador la escoltó hasta su sitio de honor. Se sentó en el asiento acolchado de terciopelo rojo y cerró los ojos, viajando hacia su interior, haciendo un llamamiento a su madre y a su padre, a su queridísimo Frank, a su hermana Julia. Sin cada uno de ellos, aquel glorioso momento en ese gran cine jamás habría ocurrido. Y, sin embargo, allí estaba, sola.

Las luces destellaron y después se atenuaron mientras la gente se apresuraba a buscar sus asientos. Las conversaciones disminuyeron hasta apagarse.

Maud entrelazó las manos en el regazo y se quedó muy quieta mientras el telón se abría, levantando el velo entre este mundo y otro distinto.

Unos créditos aparecieron en la pantalla en grandes letras blancas, flotando en un fondo de un cúmulo de nubes sobre un cielo gris.

DEL LIBRO

escrito por

L. FRANK BAUM

Las palabras desaparecieron de la pantalla y Maud vio una carretera en tonos sepia que se alejaba hacia el horizonte, y a una chica con su perro corriendo por ella.

La hija de su corazón. Joven para siempre.

EPÍLOGO

Mi historia sobre Dorothy comenzó en 1965, cuando tenía cuatro años y vivía en un suburbio de Houston con mi familia. Los dueños de una tienda local de televisores abrieron a deshoras e invitaron a todo el vecindario a ir a ver la retransmisión anual de *El mago de Oz* en una de sus nuevas televisiones a color. Como tanta otra gente, jamás he olvidado la primera vez que vi esa legendaria película. Y como tantos otros, sentí que el personaje de Dorothy me pertenecía solo a mí. En los sesenta, hermana de en medio entre dos hermanos, tenía claro que las chicas no eran iguales que los chicos. No podíamos llevar pantalones al colegio o jugar en los equipos deportivos. Instintivamente, supe que Dorothy era el tipo de chica que quería ser: una que podía sostenerle la mirada a un león, derretir a una bruja o domar a un mago. Desde aquel día, Dorothy se convirtió en mi amiga imaginaria.

Hace unos seis o siete años, estaba leyéndole *El maravilloso mago de Oz* en voz alta a mi hijo cuando tuve curiosidad sobre el autor. ¿Por qué estaba tan familiarizada con sus creaciones, y sin embargo no sabía nada sobre el hombre que las había creado? Entonces comencé a leer sobre él y de repente fue como si entendiera por qué ese hombre en particular había creado a uno de los personajes femeninos más valientes e imperecederos de la literatura estadounidense.

Maud Gage Baum, su esposa, era una fuerza de la naturaleza, completamente contraria a las mujeres victorianas. Pero no era de extrañar, ya que Maud era la hija de una de las mayores defensoras de los derechos de la mujer del siglo XIX. En 1876, la madre de Maud, Matilda Joslyn Gage, ayudó a escribir la Declaración de los Derechos de la Mujer y se encaminó, sin invitación, a la tarima de la celebración del centenario de la nación para entregarle ese documento en mano a un asombrado senador John Ferry, que por entonces actuaba como vicepresidente, acompañada de sus amigas Susan B. Anthony y Elizabeth Cady Stanton. Matilda luchó por que las mujeres tuvieran acceso a una educación superior, ayudando a que su propia hija Maud fuera una de las primeras estudiantes de grado en la Universidad Cornell. Y, sin embargo, Maud desafió a su formidable madre y escogió casarse con un actor llamado L. Frank Baum, demostrando el espíritu de independencia que su madre le había inculcado. Maud jamás se arrepintió de aquella decisión. El suyo fue un amor épico, y Frank y Maud fueron una pareja devota durante el resto de sus vidas.

Pero no fue hasta que me topé con una fotografía de 1939 de Judy Garland y Maud Baum sentadas la una junto a la otra, leyendo *El maravilloso mago de Oz*, cuando me di cuenta de que había encontrado una historia que contar. Maud Gage nació en 1861, poco antes de que se detonasen los primeros disparos en Fort Sumter que dieron inicio a la guerra civil. Cuando me enteré de que Maud, a la edad de setenta y ocho años, había conocido a Judy Garland, de dieciséis, en el plató de *El mago de Oz* en 1939, supe que necesitaba saber más. ¿Cómo había ocurrido aquel encuentro? ¿De qué habrían hablado?

Cuando un lector disfruta de una novela histórica, es probable que se pregunte cuánto de ella está basado en la vida real. En el caso de *En busca de Dorothy*, he alterado algunas fechas y algunos nombres para dar transparencia e impulsar el argumento, pero la mayor parte de esta historia está basada en hechos históricos. Antes de escribir una sola palabra, recurrí a biografías y diarios, cartas y fotografías para ayudarme a reconstruir la vida de los Baum. Aprendí que la inspiración de Frank Baum para *El maravilloso mago de Oz* ha sido ampliamente documentada. Puedes encontrar en el libro de Baum a las brujas sobre las que su suegra escribió en su respetado, aunque radical libro, *Mujer, iglesia y estado*. En la novela puedes encontrar al espantapájaros que atormentó a Maud en su niñez, y sombras de los años de Frank como vendedor de lubricante para una compañía llamada Castorine de Baum en el Hombre de Hojalata. Si estás interesado en leer más sobre la vida de L. Frank Baum hay varias biografías fantásticas, incluyendo: *Finding Oz: How L. Frank Baum Discovered the Great American Story*, de Evan I. Schwartz; *The Real Wizard Of Oz: The Life and Times of L. Frank Baum*, de Rebecca Loncraine; *L. Frank Baum: Creator of Oz*, de Katharine M. Rogers; y *Baum's Road to Oz: The Dakota Years*, editado por Nancy Tystad Koupal.

Pero cuando se trata de saber qué lo inspiro a crear el personaje de Dorothy, no hay un consenso claro. Los Baum no tenían hijas. Algunos especulan que Frank nombró al personaje por una de las sobrinas de Maud, Dorothy Gage, hija de T. C., quien murió siendo una bebé en 1898, pero no me pareció una teoría tan convincente cuando descubrí que Frank había usado el nombre de Dorothy en una historia corta llamada *Little Bun Rabbit*, la cual fue publicada en 1897, antes de que la sobrina de Maud naciese. En la historia, el personaje de Dorothy era descrito como una dulce niña que vivía en una granja, y que era tan bondadosa que era capaz de hablar con los animales. Así que quizás la sobrina de Maud, quien solo vivió cinco meses, recibió su nombre por el personaje de Baum, y no al revés.

Pero sí que hay un consenso entre los estudiosos de Oz de que la visión de Baum sobre Kansas salió de la pradera de Aberdeen, que entonces era parte del territorio de Dakota, donde Maud y Frank llegaron justo cuando el auge en la agricultura comenzaba a resquebrajarse. Particularmente, Baum pareció obtener la inspiración de la miserable vida de la hermana mayor de Maud, Julia, y su marido, quienes reclamaron una concesión en el condado LaMoure de Dakota, que después pasaría a ser Dakota del Norte en 1884. Los Carpenter vivían en una propiedad cruel y despiadada justo en el momento en que la sequía comenzó a hacer que fuera imposible ganarse la vida con una concesión del gobierno. Localicé el diario de Julia en la colección del museo de la Sociedad Histórica de Dakota del Norte, el cual me aportó muchos detalles sobre su vida, incluyendo su lucha con su salud, con el duro entorno de su hacienda de Dakota y con la muerte de su hijo Jamie cuando solo era un bebé. Su marido, diez años menor que ella, era un alcohólico y un hombre duro, además de un mal agricultor. Julia registró cuidadosamente las listas de sus regalos de Navidad, los achaques y enfermedades de sus hijos, la carga sin final que era su trabajo y la espantosa soledad de vivir en una choza aislada sin nadie, excepto los lobos y las estrellas como compañía. Pero quedaba mucho por decir en ese diario, como la inquietante entrada de un día lúgubre de invierno de 1888, cuando simplemente escribió: «¡Qué noche tan terrible!». Dentro de esos márgenes es donde he escrito su historia.

Tras perder la granja, la familia Carpenter fue capaz de trasladarse, primero a la pequeña ciudad de Edgeley, donde Magdalena tuvo la oportunidad de ir a la escuela, y después a Fargo, Dakota del Norte, donde Frank ayudó a su cuñado a establecerse en el negocio de los seguros. Su vida material mejoró considerablemente, pero James Carpenter continuó siendo un hombre infeliz y acabó quitándose la vida a los sesenta años. Julia Carpenter sufrió varios problemas de salud durante toda su vida, aunque continuó siendo fiel a la fe de la ciencia cristiana, la cual prohibía los medicamentos. Pero su salud mental también fue bastante precaria, y terminó muriendo en un sanatorio. Magdalena se graduó en la Universidad de Wisconsin en 1909. Su hija, Jocelyn Burdick, la bisnieta de Matilda Joslyn Gage, fue la primera mujer en servir como senadora de los Estados Unidos en Dakota del Norte.

La propia vida de Maud, su infancia poco convencional con Susan B. Anthony y Elizabeth Cady Stanton como visitantes frecuentes en su casa, la novatada que sufrió en Cornell, su episodio casi fatal con la fiebre puerperal, su trabajo como costurera para mantener a su familia y su relación tan cercana a su madre, hermana y marido, está todo basado en hechos históricos. Maud tuvo cuatro hijos y pidió en una ocasión a Julia que la dejara adoptar a Magdalena, oferta que Julia rechazó. La familia Baum visitó la famosa White City de Chicago en más de una ocasión, y muchos investigadores creen que sirvió como inspiración para la Ciudad Esmeralda. La dedicatoria de *El maravilloso mago de Oz* es así: «Este libro está dedicado a mi buena amiga y camarada. Mi esposa». Frank Baum murió en 1919 a los sesenta y dos años por complicaciones tras una cirugía de la vesícula. El entrar en bancarrota en 1910 tras la incursión temprana de Frank en la emergente industria del cine, llevó a Maud a relegar los derechos de *El maravilloso mago de Oz* a sus acreedores. Aun así, Maud tuvo dinero suficiente para construir Ozcot, el primer hogar permanente de los Baum, gracias a la herencia de su madre. Tras la muerte de Maud, Ozcot fue demolido para hacer espacio para un insulso edificio de apartamentos, pero la casa de los Baum en Aberdeen, Dakota del Sur, aún permanece allí.

En busca de Dorothy, plasma la historia de la vida de Maud y Frank, obviando algunos eventos de su larga vida juntos. *El maravilloso mago de Oz* fue el primer libro de Frank y el que proporcionó una prosperidad duradera a su familia, pero antes de eso también publicó dos libros de poesía sin sentido. Para simplificar las cosas, he excluido a algunos miembros de la familia cercana. Además de T. C. y Julia, Maud tenía otra hermana: Helen. Además de Magdalena y Jamie, Julia tuvo otro hijo llamado Harry, y T. C. tenía otra hija, llamada Matilda Jewell y dos hijas más que murieron siendo bebés.

Si te interesa saber más sobre la creación del clásico de cine *El mago de Oz*, recomendaría el libro *The Making of the Wizard of Oz*, de Aljean Harmetz. La canción *Over the Rainbow* casi fue apartada del metraje tras el primer preestreno. Muchas de las personas asociadas con la película quisieron atribuirse el mérito de haber salvado la canción. Yip Harburg, quien escribió la letra de la canción, más tarde escribió las canciones de la exitosa obra de Broadway *Bloomer Girl*, cuya historia estaba inspirada en la vida de Amelia Bloomer, una activista de los derechos de la mujer y contemporánea de Matilda Gage. Harburg más tarde fue añadido a una lista negra por negarse a cooperar con el Comité de Actividades Antiestadounidenses.

¿Realmente apareció la chaqueta de Frank en el plató de *El mago de Oz*? La publicista jamás se retractó de su versión de la historia de que alguien del departamento de vestuario compró en una tienda de segunda mano la chaqueta que Frank Morgan llevó durante las escenas de Kansas, y que más tarde fue autenticada por Maud Baum y el sastre de Chicago como la chaqueta que había pertenecido a L. Frank Baum.

La vida de Judy, sus dificultades como una niña actriz, la historia de su padre, cuya experiencia como hombre gay a principios del siglo XX causó que su familia fuera expulsada de los sitios donde vivían en varias ocasiones, está todo basado en hechos históricos. El trato cruel que recibió a manos de los ejecutivos del estudio, los médicos del estudio que la atiborraban a pastillas, su ambiciosa madre, la muerte de su padre en un hospital mientras cantaba en la radio nacional y los casos de acoso sexual en el estudio, todo proviene de fuentes documentadas. Arthur Freed puede que abusara de Judy, o puede que no, pero sí que se desnudó frente a Shirley Temple cuando solo tenía once años. *Over the Rainbow* fue la canción distintiva de Judy, a la que siempre volvía una y otra vez, pero trágicamente ella jamás consiguió encontrar la paz por sí misma. En sus propias palabras: «Intenté por todos los medios creer en el arcoíris, traté de alcanzar el otro lado, pero no pude». Y, sin embargo, fue su papel como Dorothy y su interpretación de *Over the Rainbow* lo que consolidó su lugar en la inmortalidad.

EN BUSCA DE DOROTHY   409

El mago de Oz debutó en 1939 con reseñas generalmente positivas, y un éxito moderado en taquilla, pero no fue la película más taquillera del año. Sin embargo, tras su debut en televisión en 1956, se convirtió en una emisión anual en la televisión nacional hasta 1980, y ver la película se convirtió en una tradición muy querida por una generación entera, haciendo que *El mago de Oz* se convirtiera en una de las películas más vistas de todos los tiempos. *Over the Rainbow* fue votada como la canción número uno del siglo xx por la Asociación de Industria Discográfica de Estados Unidos y la Fundación Nacional para las Artes.

AGRADECIMIENTOS

En muchas ocasiones parece que un autor hace el papel del Mago, mientras un ejército de gente trabaja duro entre bastidores, susurrando: «No le hagas caso a la persona tras el telón». Esta es mi oportunidad de agradecer a las muchas, muchas personas sin las que este libro, ni ninguno de mis libros, serían posibles. Me quedo corta si digo que estoy agradecida porque, con su ayuda, tengo la oportunidad de pasar el tiempo haciendo lo que más amo en el mundo: contar historias.

La mayor alegría para un autor es que te den la oportunidad de publicar varios libros con las mismas personas, en especial cuando ese equipo es tan increíble como el de Ballantine. Por su apoyo incansable, muchísimas gracias a la editora de Ballentine Batam Dell, Kara Welsh, a la subeditora Kim Hovey y a la redactora jefe y editora asociada Jennifer Hershey. Por su exhaustiva atención al detalle y sugerencias sagaces, gracias a mi redactor de producción Steve Messina y a mi correctora Bonnie Thompson. Por la preciosa cubierta y el diseño interior, les estoy agradecida a Lynn Andreozzi y Barbara Bachman. Como siempre, gracias a Cindy Murray, subdirectora de publicidad, y Quinne Rogers, directora de publicidad, por sus creativas, animadas e ingeniosas estrategias para averiguar cómo hacer que la audiencia conecte con un libro. Le estoy eternamente agradecida al equipo entero de ventas, quienes me han mostrado una y otra vez que les importa realmente cada libro y cada autor.

Me es difícil expresar adecuadamente cómo de agradecida le estoy a mi increíble editora, Susanna Porter. No solo tiene unas habilidades increíbles de edición, sino que también trabaja increíblemente duro ayudándome a perfeccionar cada manuscrito. Su intuitiva capacidad de entender a los personajes me ha ayudado a darle más profundidad a mi historia y a serles fiel a las mujeres fuertes sobre las que estaba escribiendo. También tengo que darle las gracias a Emily Hartley, cuya ayuda y perspicaz contribución en un borrador inicial me recordó la importancia del amor.

Como siempre, estoy en deuda con mi agente, Jeff Kleinman de Folio Literary Management, quien me animó a escribir ficción de nuevo, y cuyo incansable y contagioso entusiasmo por esta historia me alentó durante todo el proceso de escritura. También le estoy muy agradecida a Jamie Chambliss de Folio, quien me ayudó mucho al principio a encontrar el alma de la historia con sus astutos comentarios editoriales.

Hay muchas personas que leyeron los primeros borradores del manuscrito, cuyas opiniones me proporcionaron un entendimiento clave. En particular, mis hijos me ayudaron de muchas maneras. Nora, quien me ayudó a comprender quién era Dorothy. Hannah, a quien se le ocurrió el maravilloso título. Y Willis, quien descubrió la historia de Frank y Maud en primer lugar, gracias a su entusiasmo por *El maravilloso mago de Oz*. Gracias a mi madre, Ginger Letts, quien me escuchó pacientemente y que rara vez me critica.

Por su ayuda con la colección de L. Frank Baum, gracias a Shirley Arment, de la biblioteca pública de K. O. Lee Aberdeen, y también gracias a Michael Swanson del museo de la Sociedad Histórica de Dakota del Norte por proporcionarme una copia del diario de Julia Gage.

Escribir puede ser una profesión solitaria, pero no podría sobrevivir a ella sin mis queridos amigos escritores, que celebran conmigo cada éxito y lamentan cada coma que se escapa: Tasha

Alexander y Andrew Grant, Jon Clinch, Karen Dionne, Renée Rosen, Danielle Younge-Ullman, Jessica Keener, Lauren Baratz-Logsted, Melanie Benjamin, Sachin Waikar, Keith Cronin y Darcie Chan.

A cada lector que recomienda mis libros, que escribe reseñas en Amazon y Goodreads, y que se arriesga a leer a un autor que no conoce, os estoy eternamente agradecida. A cada bibliotecario y vendedor de libros: sois mis héroes. A cada miembro de un club de lectura, sois parte de mi otra familia de amantes de los libros. Sin los lectores, no habría escritores.

A todos los miembros de mi familia, os estoy eternamente agradecida por vuestro amor y apoyo.

Y, por último, me gustaría honrar la memoria de Matilda Joslyn Gage, quien luchó arduamente por el derecho al voto de las mujeres para que las futuras generaciones pudieran beneficiarse de sus esfuerzos. A L. Frank Baum, cuya historia y personajes han perdurado durante más de un siglo, y han inspirado a incontables otros artistas. A Judy Garland, cuyo gran talento continúa alegrando a tanta gente. Y a la mismísima Maud, ¡la mujer tras el telón!

ACERCA DE LA AUTORA

Elizabeth Letts es la autora número uno de *The Eighty Dollar Champion* y *The Perfect Horse*, que ganó el premio literario PEN Center USA en 2017 por literatura de investigación de no ficción, y también de dos novelas previas: *Quality of Care* y *Family Planning*. Se tituló como enfermera y comadrona y sirvió en el Cuerpo de Paz, en Marruecos. Vive en California del sur y el norte de Michigan.